GEIR GULLIKSEN

OBERES TOR, UNTERES TOR

Roman

Aus dem Norwegischen
von Andreas Donat

btb

beauty goes unrecognized

1

EIN GANZES LEBEN SPÄTER kehre ich zurück.

Ich parke hinter dem Krankenhaus. Wo der Asphalt aufhört, haben sich vier schlanke Birken ihren Weg durch den Kies gesprengt, fahles Laub, der Herbst hat begonnen, lange bevor der Sommer zu Ende ist. Die Birken sind etwa so groß wie kleinwüchsige Konfirmanden und werden auch nicht mehr höher, dafür ist das Erdreich zu flach.

Auf den Hügeln rund um die Stadt wachsen mehr Fichten und Kiefern als Birken, und obwohl sich das Stadtzentrum ausgedehnt hat, ist Overberget immer noch von dunklem Nadelwald umgeben. Aus der Ferne wirken die Hügel blau. Am Ende des Tages leuchten die Kiefern rot. Im Frühling sind die Birken violett, und so weiter, ich erinnere mich an alles. Von dieser Landschaft wollte ich weg und niemals hierher zurückkehren.

Ich steige aus dem Auto, atme ein und spüre den schalen Geschmack von Herbst mitten in der Augusthitze. Warum muss ich über das Wetter reden. Über die Landschaft. Was solls, ich tue es, und schon jetzt vermisse ich alles, von dem ich einmal wegwollte. Ich vermisse es, weil es mir verschlossen ist, weil ich hier niemanden mehr kenne, nicht mehr hierhergehöre. Falls ich überhaupt jemals hierhergehört habe, aber das habe ich, das muss ich getan haben, ich war ein

Kind, ich hatte nichts anderes als diese Aussicht, diese Hügel, Straßen, Menschen, die hier wohnten. Ihre Gesichter im Gegenlicht verwischt wie auf alten, von der Sonne vergilbten Farbfotos.

Das Zentrum von Overberget liegt in der Sohle eines langen Flusstals, ehe die Landschaft flacher wird. Beide Seiten des Flusses sind bebaut, eine breite Stromschnelle namens Nybrufossen verläuft reißend und weiß schäumend unter der Nybrua, die immer noch das »neu« im Namen trägt, auch wenn sie älter ist, als sich irgendein Lebender hier erinnern kann. Immer noch heißt es, die Nybrua verbinde die Ostseite der Stadt mit der Westseite, dabei wird der Durchgangsverkehr schon lange am Zentrum vorbei und über eine neuere Brücke geleitet. Seit meinem letzten Besuch ist südlich der Stadt, wo flache Kiefernwälder talaufwärts übers Gebirge und auf die andere Seite des Landes führen, eine Autobahn gebaut worden. Overberget ist keine Stadt mehr, die man durchfährt, weil man anderswo hinmöchte. Niemand braucht hierherzukommen, der das nicht will, oder muss.
 Aber Ivar hat mich angerufen, um mir zu sagen, ich müsse.
 Er hat gesagt: Ich finde, du solltest jetzt kommen.

Er erwartet mich im Eingangsbereich, ich trete aus dem grellen Tageslicht hinein und sehe ihn erst, als er mit seiner großen Hand vorsichtig meine Schulter berührt.
 – Hallo, sagt er, und ich erkenne die Stimme aus längst vergangener Zeit, leicht nasal wie immer, aber jetzt hat sie einen selbstbewussten und sicheren Klang, erwachsen und grob. Sein Gesicht ist verschwollen, seine blauen Augen haben früher immer leicht hervorgestanden, wie die Augen eines großen Tiers, immer ist er mir und allen anderen mit

großäugigem Vertrauen begegnet. Aber jetzt liegen sie tiefer in ihren Höhlen. Schwere Lider, die Trauer überwuchert sein Gesicht.

– Sie ist nicht mehr sie selber, das muss dir klar sein, sagt er.

– Ist sie wach?

– Heute Nacht habe ich mit ihr gesprochen, ein paar kurze Sätze. Sie wollte wissen, wo sie war, und dann hat sie auf die Deckenlampe gedeutet und gesagt: Schau, der Mond.

Er blickt mich eine Sekunde lang an, während er mit der einen Augenbraue ein Lächeln andeutet.

– Aber dann war sie wieder weg. Ab und zu murmelt sie ein wenig, das ist alles.

Ich will auf den Fahrstuhl zugehen, aber er hält mich zurück, er ist noch nicht fertig.

– Es kann sein, dass sie dich nicht erkennt.

Er bleibt mit offenem Mund stehen. Er möchte mir etwas sagen, das er nicht herausbekommt, er atmet schwer, blickt sich um, als wollte er sichergehen, dass niemand in der Nähe steht und zuhört.

– Sie ist nicht mehr unsere Mama, wenn du verstehst, was ich meine.

Das tue ich nicht, nicke aber trotzdem, ich will es ihm nicht schwer machen. Wir steigen zusammen in den Aufzug, nicht den großen, der für die Krankenhausbetten plus mehrere Personen vorgesehen ist, sondern einen kleineren mit dem Vermerk *Personal*.

– Ich fahre immer mit dem, sagt mein Bruder, der andere macht ständig Probleme.

Er hat Angst davor, dass der Aufzug stecken bleibt, das ist neu. Aber er will es nicht zugeben, das ist nicht neu. Sein Körper füllt den Großteil der kleinen Aufzugskabine, und ich drücke mich gegen die Wand, damit wir einander nicht zu nahe kommen. Ich tue es um seinetwillen, weil er nie ein großer Freund von Umarmungen gewesen ist. Das mag jetzt anders sein, denn als sich unsere Arme berühren, scheint es ihm nichts auszumachen, er zwinkert mir zu und lächelt aufmunternd. Er ist schwerer geworden, er ist ein erwachsener Mann mit einem ziemlich kompakten Bauch, bald wird er in Rente gehen, aber immer noch sagt er *Mama* und kriegt dabei feuchte Augen. Das versetzt mir einen leichten Stich, ich weiß nicht warum, vielleicht ist es Neid. Ich habe sie immer Gladys genannt. Nicht immer, aber solange ich mich erinnern kann.

Auf dem Korridor vor dem Zimmer, in dem sie liegt, neigt sich Ivar zu mir und flüstert mir mit seinem heiseren und nasalen, tief berührten Bariton ins Ohr:

– Sie ist kaum noch ein Mensch. Das ist es, was ich dir sagen wollte.

Ivar war immer schon rücksichtsvoll, immer wollte er mich schonen, und andere auch. Nein, nicht immer, aber seit wir erwachsen sind, hat er stets darauf geachtet, niemanden traurig zu machen oder aus der Fassung zu bringen. Er ist der Älteste, das war er schon immer – ich weiß, das versteht sich von selbst, aber ich möchte damit etwas anderes sagen: Es ist, als wäre Ivar mit dem klaren Bewusstsein auf die Welt gekommen, der Erstgeborene zu sein, der sich als solcher um uns andere zu kümmern hat. Auch das stimmt nicht ganz, denn irgendwann einmal war er pubertär und verblendet und dachte nur an sich selbst. Aber dann fing sein zweites Leben an, er lernte Hanne kennen, und sie heirateten und bekamen Kinder und wurden eine kleine Familie, damals verloren wir den Kontakt, und damals ist er vermutlich zu dem freundlichen und selbstsicheren Mann geworden, der er heute ist.

Er ist mein Bruder, und ich kenne ihn schon mein ganzes Leben lang. Bei dem Gedanken erfasst mich eine unerwartete Traurigkeit. Nun, da ich im selben Zimmer stehe wie er, fällt es mir schwer zu begreifen, warum wir uns nie sehen. Ivar hat seine Erinnerungen an meine Geburt und meine Kindheit, vielleicht lässt er mich deshalb so leicht davonkommen. Wenn Gladys Hilfe gebraucht hat, hat sie jedes Mal Ivar angerufen.

Klar tut sie das, meint er, immerhin sei er von uns dreien der Einzige, der in der Stadt wohnen geblieben sei.

Und jetzt hat er sie durch einen Krankheitsverlauf begleitet, der damit enden wird, dass sie nicht mehr gesund wird, und deshalb fand er, ich müsse kommen, denn bald würde es zu spät sein.

Und ja, es ist bereits zu spät, und dennoch bin ich hier. Ich stehe in der Tür und blicke sie an. Sie ist kleiner und schmächtiger geworden, in dem hohen Krankenhausbett gleicht ihr Körper einem vergessenen Stoffbündel. Früher einmal war sie groß und kräftig, mit breiten Hüften und großen Händen. Sie hat immer groß gewirkt. Ich kann mich erinnern, dass einer von den Menschen, mit denen ich zusammengelebt habe, einmal unmittelbar vor einem von Gladys' seltenen Besuchen bei uns zu Hause ausrief: Sie wird hier nicht reinpassen, unsere Zimmer sind zu klein, deine Mutter ist zu groß für uns.

Und jetzt ist sie so klein geworden. Sogar ihr Gesicht ist zusammengefallen, als hätte sie es um meinetwillen getan, als wollte sie sagen: Schau, du bist nicht der Einzige, der sich verändern kann, auch ich bin nicht mehr dieselbe wie früher. Und plötzlich verstehe ich nicht mehr, was es ist, was es war, das mich all diese Jahre von hier ferngehalten hat. Warum ist es mir unmöglich gewesen, sie zu besuchen, mit ihr zu reden, den Versuch zu machen, die Person kennenzulernen, die sie heute ist?

– Setz dich neben sie, sagt Ivar.

Er deutet auf den wuchtigen Lehnstuhl, auf dem er vermutlich den Großteil der Tage und Nächte seit Gladys' Einlieferung ins Krankenhaus verbracht hat. Für sich selbst holt er einen Hocker und setzt sich auf die andere Seite des Betts.

– Mama, sagt er, und wieder treten ihm Tränen in die Augen.

– Schau doch, wer da ist.

Völlig unerwartet öffnet Gladys die Augen und blickt ihn an.

– Runar?, fragt sie.

Es dauert ein paar Sekunden, ehe ich verstehe, was sie gesagt hat. Ihre Stimme ist belegt, sie ist das Sprechen nicht gewohnt. Und ich bin es nicht mehr gewohnt, sie sprechen zu hören. Ihre Stimme hat früher anders geklungen, aber auch mit der neuen Stimme erkenne ich sie wieder, obwohl sie tiefer und zugleich irgendwie flacher ist. Ihre Art zu artikulieren ist immer noch dieselbe, sie verschluckt das »R« ein wenig, während das lange »U« in Runar sehnsuchtsvoll und zärtlich klingt.

– Nein, Mama. Runar ist tot, das weißt du doch. Schon lange.

Und dann sagt er den Namen, bei dem sie mich gerufen hat, irgendwann einmal, vor so langer Zeit, dass ich ihn schon vergessen hatte.

– Titti ist hier.

Es überrascht mich, dass ich hier bin, dass es den, der ich war, immer noch gibt, dass der Name, den ich einmal getragen habe, immer noch benutzt werden kann. Aber Gladys blickt Ivar ausdruckslos an. Und dann blickt sie an die Decke, es sieht aus, als verdrehte sie die Augen, und ihre Lider fallen wieder halb zu. Sie atmet schwach, undeutlich, fast lautlos, wie vorhin, als wir hereingekommen sind.

– Schau mal, Mama, sagt Ivar. – Titti ist da, er sitzt hier neben dir.

Von irgendwo unter ihrer Decke dringt ein Laut hervor, weich und zusammengepresst, wie eine verstimmte Trompete oder ein unterdrücktes Keuchen in einem dunklen Zimmer. Wieder vergehen einige Sekunden, ehe mir klar wird, was ich gehört habe, aber dann besteht kein Zweifel, es muss ein Furz gewesen sein.

Ivar und ich sehen einander an.

– Ui, sagt er.

Er schüttelt den Kopf, um es mir leichter zu machen, er denkt, ich wäre traurig, er befürchtet, die Trauer, die ihn selbst so hart getroffen hat, könnte auch mich überwältigen.

IVAR STOCHERT in einer zusammengesunkenen Brokkoliquiche, die er in der Mikrowelle aufgewärmt hat.

Sie zerfällt auf seiner Gabel und ist ohnedies zu heiß, um sie in den Mund zu nehmen. Gladys hat so tief geschlafen, dass ich Ivar überreden konnte, in die Kantine mitzukommen und etwas zu essen. Langsam schlich er um ihr Bett und hatte Angst, sie zu wecken, er stand in der Tür und vergewisserte sich, dass sie schlief, ehe er sich dazu durchringen konnte, dass es vielleicht doch in Ordnung sei zu gehen. Jetzt schiebt er den Teller zur Seite, hebt das Wasserglas an den Mund und schaut mich an, während er trinkt. Durch den Boden des Glases wird die rote Innenseite seines Mundes sichtbar, ein intimer und unerklärlicher Anblick, der sogleich wieder verschwindet, er leert das Glas in einem Zug, ehe er es abstellt. Er erzählt, seine Tochter werde später vorbeikommen, es sei an der Zeit, dass ich sie wiedersehe. Ich frage, wie alt sie mittlerweile ist. Er hebt die Augenbrauen, überrascht über mein mangelndes Erinnerungsvermögen. Frida ist doch deine Nichte, sagt er. Sie ist siebzehn. Dann fällt ihm etwas ein, ein Foto, das er mir zeigen möchte. Aus der Brusttasche seiner Jacke holt er einen Umschlag hervor, und aus dem Umschlag zieht er ein Foto, von dem ich meine, es noch nie gesehen zu haben. 1953, steht auf der Rückseite. Gladys war siebzehn, genauso alt wie Frida jetzt ist. Das Foto muss im Frühsommer gemacht worden sein, also nur wenige Wochen, bevor Gladys Gunnar kennenlernen wird, nämlich im August, und von ihm schwanger werden wird, im September. Nur wenige Wochen vor Ivars Zeugung. Gladys zu Hause im Garten ihrer Eltern, sie läuft auf die Kamera zu, ihre Augenpartie ist durch die Bewegung verschwommen, vermutlich ist es ihr ältester Bruder, der das Foto macht. Wenn sie zu Hause nach ihr rufen, dann sagen sie »Gladdis«, sie hat einen englischen Vornamen bekommen, weil das stattlich und vornehm klingt, aber sie sprechen ihn norwegisch aus, denn sie soll eine unter allen sein, sich nicht hervortun. Hinter ihr sehe ich ihre verwöhnte kleine Schwester, halb in Richtung Haus gedreht, wahrscheinlich hat die Mutter sie gerufen. Hinter der kleinen Schwester steht der jüngste Bruder, der an Polio erkranken und in selben Jahr direkt vor Weihnachten sterben wird. Er blickt in die Kamera, er hebt die Hand, um gesehen zu werden, er ahnt nicht, dass er in nur wenigen Monaten für niemanden mehr sichtbar sein wird, nicht einmal für sich selbst. Aber all diese Ereignisse des Sommers, der kaum begonnen hat, und des Winters, der wartet, und all der kommenden Jahre, sind nichts als unsere Vorstellung, die wir hier sitzen und das Bild betrachten und denken, wir wüssten es besser als Gladys, die in ihrem selbst genähten Kleid auf uns zugelaufen kommt. Geblümter Stoff, dessen Farben auf dem kleinen Schwarz-Weiß-Foto unmöglich zu erraten sind, und kurze Ärmel, einen Hauch niedlicher und koketter, als eigentlich zu ihr passt. Sie richtet sich für niemanden her, nicht damals und nicht heute, aber sie trägt das geblümte Kleid, so scheint es, mit Leichtigkeit. Das schwarze Haar ist fein gelockt, das muss an der Dauerwelle liegen, auf die sie so sehr schwört, von frühester Kindheit an ist es ihr größter Kummer gewesen, dass ihr Haar nicht schön fiel.

Ihr Haar, und der tote Bruder, und später Runar, der auch gestorben ist.

Sie blickt direkt in die Kamera, das knochige, pferdeähnliche Gesicht, eine Spur unscharf, lang und ausdrucksvoll, mit der markanten Nase, für die sie sich ebenfalls schämt. Sie weiß nicht, dass wir, die wir ihre Söhne sein werden, eines Tages dieses Bild von ihr betrachten und denken werden *da ist sie*, als wäre dies eine wahrere Version ihrer selbst als jene eingesunkene Landschaft, die jetzt ihr Gesicht darstellt, hier im Krankenbett, in dem sie liegt und in dem sie sterben wird.

Es ist leicht, in den Glauben zu verfallen, dass ein Augenblick wie dieser, in dem sie über die Wiese läuft, um den großen Bruder davon abzuhalten, das Foto zu machen, oder um ihm die Kamera wegzunehmen und selbst zu fotografieren, dass dieser Augenblick wahrer und zugleich unschuldiger ist als vieles von dem, was später kommen wird. Hier sehen wir sie in ihrer Jugend, umgeben von ihrer ersten Familie. Hier weiß sie nichts davon, dass sie bald schwanger sein wird, dass sie als gerade mal Achtzehnjährige ihr erstes Kind gebären und ihr Dasein bald auf den Kopf gestellt werden wird. Sie wird noch unfreier werden, als sie es bereits ist. Sie wird Gunnar heiraten, dem nicht über den Weg zu trauen ist, und sie wird eine junge Hausfrau werden, die Wasser kocht, um Windeln und Bettzeug und Kleider zu waschen. Sie wird das Essen fertig haben, wenn ihr Mann nach Hause kommt, sie wird sich den Bedürfnissen dieses Mannes und dieser Söhne unterordnen. Und dann wird sie, überraschend und dennoch selbstverständlich, langsam anfangen, ihr Leben selbst zu formen, innerhalb gewisser Rahmen, die sie als unabdingbar betrachtet.

Aber was hat sie damals vor sich gesehen, als Siebzehnjährige? Es kann sein, dass sie sich ein Leben vorgestellt hat, das ziemlich genau so aussah wie das, was sie schließlich bekam. Sie träumte davon, jemanden kennenzulernen, in den sie sich verlieben würde. Sie wünschte sich, was jeder sich wünscht: Umarmungen, Lachen, Austausch von Zärtlichkeit und Bestätigung, was auch immer einem ermöglicht durchzuhalten. In ihrem Fall also: einen Mann. Danach Kinder und Familienleben. Für Mädchen wie sie gab es nichts anderes. Keine Möglichkeit, irgendwelche verborgenen Fähigkeiten zu entfalten. Keine Studien, keine Reisen, niemals einen Augenblick, sich in irgendetwas zu vertiefen, sich Wissen über die Welt außerhalb der kleinen Stadt anzueignen. Als Dreizehnjährige hatte sie die Schule abgeschlossen, jetzt arbeitete sie in einem Lebensmittelladen, sie stand hinter der Fleischtheke und schnitt Schinken. Radelte zur Arbeit, radelte nach Hause, half im Haushalt mit. Ihre kleine Schwester war sieben Jahre jünger, sie würde drei Jahre länger zur Schule gehen als Gladys, aber dann war auch ihre Ausbildung zu Ende, und ein Leben begann, das jenem von Gladys glich. Der große Bruder, Vilhelm, ging noch ein paar Jahre länger zur Schule und wurde Schreiner, wie sein Vater. Aber das wirklich Entscheidende war auch für Vilhelm etwas anderes: eine Frau kennenzulernen, mit ihr zusammenzuleben, eine Familie zu gründen. Vilhelm lernte Vilma kennen und heiratete sie im selben Jahr, in dem Gladys Gunnar heiraten musste. Es wurde, aus praktischen Gründen, eine Doppelhochzeit.

Auf den Hochzeitsfotos ist zu sehen, dass Gladys unter ihrem Kleid schwanger war. Das war ein Unglück, das Schande und Erniedrigung bedeutete, aber kann es nicht auch ein leicht verbeultes und robustes Glück gewesen sein?

Sie muss losgelassen und es geschehen lassen haben, sich dem hingegeben haben, was auf sie zukam. Endlich nahm das Leben Fahrt auf und erhielt eine Richtung. Und warum auch nicht? Sie wusste um die Leere, die unter allem ruht, sie muss den Eiswind gespürt haben: jedes Mal, wenn sie sich aufs Fahrrad setzte, jedes Mal, wenn sie sich im Hinterzimmer des Ladens die Schürze anzog, jedes Mal, wenn sie das kalte Stück Schinken auf die Schneidemaschine legte und anfing, die dünnen Scheiben zu schneiden, die flach auf das Wachspapier fielen. Oder jedes Mal, wenn es still um sie wurde, etwa wenn sie in ihrem Dachbodenzimmer, das sie mit ihren Geschwistern teilte, im Bett lag und an die Decke blickte.

Die Leere, und die Sehnsucht nach etwas, das nicht leer ist. Nicht die Sehnsucht in die Ferne, von der alle reden, sondern die Sehnsucht hinein, hinein ins Leben, hinein zu den anderen, hinein in das, was zugleich Grenzen und Halt bietet und das Leben für sie verständlich und erträglich machen konnte. Dorthin wollte sie, dorthin musste sie, wohin sonst?

EINMAL WAR GUNNAR GROSS und schlank gewesen, mit einem steilen Nacken, der zu Sonnenbränden neigte.

Aber das weiß heute niemand mehr, niemand außer Gladys. Falls sie da, wo sie gerade liegt, überhaupt etwas weiß. Sie atmet beinahe unhörbar, ihre Augenlider zittern, als träumte sie und würde im Traum durch irgendetwas gestört, tief drinnen in einer ansonsten behaglichen Landschaft, durch die sie sich bewegt. Und falls sie jetzt von allen möglichen Menschen tatsächlich Gunnar vor sich sieht, dann muss es wohl der junge Gunnar sein.

Sie kannte ihn schon lange, bevor die beiden ein Paar wurden, sie konnte sich noch an den Jungen erinnern, der vier Klassen über ihr in die Schule gegangen war. Als Kind war er pummelig gewesen, von den anderen Jungen in seinem Jahrgang wurde er Dickwanst genannt, sie erinnerte sich an sein rundes, helles Gesicht und das unter dem Pullover deutlich erkennbare Bäuchlein. Den Bauch hat er später, als mittelalter Mann, wieder bekommen, aber als er zweiundzwanzig war und mager und sonnengebräunt und groß, mit glatt aus der Stirn gekämmtem Haar (wie Elvis) deutete nichts darauf hin, dass er wieder dick werden würde. Und wenn doch, dann hätte das auch keinerlei Bedeutung gehabt, nicht für sie. Sie verliebte sich in ihn, weil sie dafür bereit war, und weil es an der Zeit war, und weil er auf einmal vor ihr stand und tanzen wollte. Was hätte sie anderes tun sollen? Sie war siebzehn, sie musste jemanden zum Heiraten finden, das war das Einzige, was auf sie wartete, der einzige Weg, den sie gehen konnte.

An dem Abend, an dem er schließlich Mut fasste und sie zum Tanz aufforderte, meinte sie in seinem Gesicht eine Art Abenteuerlust zu erkennen, oder Gier. Oder vielleicht war es einfach nur Hoffnung. Sein Gesicht war damals so offen, ein Leuchten lag in seinen Augen. Oft zog er die Augenbrauen hoch und starrte an den Gesichtern um ihn herum vorbei nach oben, als wartete er darauf, dass sich dort irgendetwas offenbarte. Sein halb geöffneter Mund, das leuchtende Blau seiner Augen, so deutlich inmitten von all dem Weiß, das es umgab, und vielleicht war ihr das schon genug? Dass sein Gesicht sich vor ihr öffnete, wie eine unerwartete Möglichkeit, ein Weg hinein ins Leben. Sie nahm seine Aufforderung an, mit einem verschämten Lachen oder einem abfälligen Kichern, zur Sicherheit, immerhin wollte sie sich auch nicht allzu beflissen zeigen. Sie erhob sich von dem kleinen Cafétisch, an dem sie mit ihren drei Freundinnen aus dem Nähklub gesessen hatte, und folgte ihm auf die Tanzfläche. Er legte seinen Arm um ihre Hüfte und führte sie. Es war ein Walzer, bei Walzern fühlte er sich am sichersten, aber sie merkte, er war wohl insgesamt ein ziemlich guter Tänzer. Er sah sie an und lächelte, er ließ seinen Blick über die anderen Tanzenden schweifen, und lächelte weiter. Als wäre er stolz darauf, mit ihr zu tanzen. Das war er wohl auch. Er war einer, der stets auf das Beste hoffte, und das war ansteckend, das sollte sie bald selbst erfahren.

ABER ES WÜRDE GUTGEHEN zwischen ihnen, das hatte sie beschlossen.

Es würde gutgehen, auch wenn es anfangs nicht danach aussah. Gleich bei der ersten Übelkeit, die sie beim Betreten des hinteren Ladenzimmers heimsuchte, wo sie sich die Schürze anzog, um sich für ihre Schicht an der Fleischtheke fertig zu machen, wurde ihr klar, dass sie schwanger war. Dieses Wort. Schwanger. Übrigens sagte sie es nicht so, sie sagte *schwanngr*. Sie machte sich das Wort zu eigen, und dann muss sie beschlossen haben, dass es gutgehen würde. Das ist typisch für sie: eine Entscheidung zu treffen und dann auf Biegen und Brechen dabeizubleiben. Zuerst erzählte sie es Gunnar; der reagierte zufrieden, als wäre die ganze Sache sein alleiniges Werk, er war stolz, dass es ihm gelungen war, sie gleich beim ersten Versuch zu befruchten. Und dann musste sie ihn mit nach Hause nehmen und ihren Eltern zeigen. Erst danach konnte sie ihnen erzählen, dass sie ein Kind erwartete.

Sie gingen die Treppe hoch und in den Flur, zogen ihre Schuhe und Mäntel aus, die Kleiderbügel klirrten, und Gunnar räusperte sich, und sie wusste, ihre Eltern konnten hören, dass sie nicht allein war, dass sie mit einem Mann nach Hause kam. Sie öffnete die Tür einen Spalt und rief hinein:

– Ich hab jemand mitgebracht.

Sie versuchte, es in einem leichten Tonfall zu sagen, als wäre es eine gute Neuigkeit, dass sie jemanden nach Hause mitgebracht hatte, obwohl sie wusste, wie angespannt ihre Mutter wurde, wenn sie Besuch hatten. Sie wusste es nur zu gut, sie konnte die Anspannung schon im Voraus in ihrem eigenen Körper spüren, und als sie die Tür öffnete, sah sie Mutter und Vater in der Küche nebeneinanderstehen, mitten im Raum. Die Mutter strich mit den Händen nervös über ihre Schürze, das eine Augenlid und der eine Mundwinkel zitterten mehr als gewöhnlich.

– Das ist Gunnar, sagte Gladys.

Immer noch versuchte sie, den leichten Tonfall beizubehalten, als hätten sich alle gewünscht und sehnlichst erwartet, dass sie mit einem wildfremden Mann nach Hause kam. Und ihr Vater wiederholte den Namen, misstrauisch oder verständnislos, er zog die Augenbrauen hoch, und auf seiner Stirn zeigten sich die fünf schmalen Falten, vor denen Gladys stets auf der Hut war. Also wusste er Bescheid, dachte sie. Vermutlich hatten sie es ihr längst angesehen. Ihre Hüften wirkten breiter, und sie lief den lieben langen Tag mit feuchten Augen rum, es musste ihnen längst klar gewesen sein, dass etwas im Busch war. Jedenfalls: Als sie mit einem Mann namens Gunnar nach Hause kam, von dem sie noch nie gehört hatten, bestand kein Zweifel mehr. Gladys würde ein Kind kriegen und musste heiraten. Das war der Satz, mit dem sie sich ihren Verwandten und Nachbarn erklärten, sobald es offensichtlich, sobald es zu sagen unvermeidlich geworden war.

Gunnar war Klempnerlehrling und arbeitete seit einiger Zeit mit seinem Bruder zusammen. Der Bruder war ein paar Jahre älter und hatte gerade seinen Gesellenbrief erhalten. Einen Gesellenbrief würde auch Gunnar bekommen, ziemlich bald, meinte er, hielt sich über den genauen Zeitpunkt jedoch bedeckt. Er wich aus und gab zugleich den Angeber. Er schien sich zu schämen, also musste er wohl einen Grund dafür haben? Doch dann fing er an, mit seiner Arbeit zu prahlen, mit allem, was er gelernt hatte, es hörte sich an, als wäre er Weltmeister der Klempnerei, und danach, als Gunnar sich bedankt hatte und gegangen war, ließ ihr Vater die Bemerkung fallen, dass mit Scheiße zu arbeiten ja wohl nicht allzu schwierig sein könne. Die Scheiße müsse in die Rohre und die Rohre in den Fluss geleitet werden, das würde ja wohl jeder hinkriegen. Und ihre nervöse, aufbrausende Mutter hatte den Kaffee in den feinsten, teuersten Tassen serviert, die sie besaßen, und Gunnar hatte seine zu fest gehalten und war plötzlich mit dem kleinen Porzellanhenkel zwischen den Fingern dagesessen, nachdem die Tasse auf den Tisch geplumpst war. Die Tischdecke voller Tassenscherben und Kaffee, und Gladys war noch nicht mal achtzehn, und Gunnar war zweiundzwanzig. Sollte es so mit ihr enden, sollte ihre älteste Tochter einen Angeber heiraten, einen Tölpel? Es lag an ihr, etwas Anständiges aus ihm zu machen, und ihr Vater meinte, es mochte nicht das erste Mal sein, dass ein solches Unterfangen geglückt sei, aber er hatte seine Zweifel, und die Mutter vergaß die zerbrochene Tasse niemals.

Aber Gladys hatte sich entschieden, sie würde es schaffen. Sie würde Gunnar zurechtbiegen, ihn zu jemandem machen, der im Leben klarkam und auf den man stolz sein konnte. Er war gut aussehend, er hatte ein schönes Lächeln, und seine Stimme nahm einen so warmen Klang an, wenn er über das Leben sprach, das er vor sich sah, das Leben, das sie gemeinsam haben würden, mit einem Haus und ein paar Kindern und irgendwann einem Auto. Sie hörte ihm gern zu, wenn er von der Zukunft redete. Er redete sich warm, seine Augen leuchteten, während er sich ausmalte, was ihm nicht alles gelingen würde. Aber wo sollte das Geld dafür herkommen? Solange Gunnar bloß ein Klempnerlehrling ohne feste Arbeitszeiten war, würden sie sich keine Wohnung leisten können. Der Klempnermeister hatte nicht jeden Tag Arbeit für Gunnar und seinen Bruder, manchmal arbeiteten sie bis spät in den Abend hinein, während sie sich an anderen Tagen in der Stadt herumtrieben und ihr Geld im Bahnhofscafé ausgaben.

Das würde sich ändern, sobald das Kind da war, sagte Gunnar, er würde mit dem Klempnermeister darüber reden. Aber er zögerte das Gespräch hinaus, jede Woche fragte sie, ob er schon mit dem Meister gesprochen habe, und jede Woche antwortete er Nein, er könne die Sache noch nicht ansprechen, es seien schlechte Zeiten. Der Klempnermeister habe nicht einmal für sich selbst genug Geld, argumentierte Gunnar, der es nur schlecht vertrug, unter Druck gesetzt zu werden, und dann kam das Baby, und Gunnar hatte noch immer keine feste Arbeit. Die erste Zeit durften sie bei Gladys' Eltern wohnen. Ihr Vater ließ den äußersten Teil des Wohnzimmers abtrennen, den Raum, der bisher als eine Art Wintergarten gedient hatte. Dort hatten sie einen Eingang vom Garten aus und gewissermaßen ihr eigenes Heim. Aber das war keine Dauerlösung, und so überredete Gladys Gunnar, sich bei der Waffenfabrik zu bewerben. Zuerst wollte er nicht, er war gern Klempner. Ganz ähnlich sollte es in den kommenden Jahren weitergehen: Gladys hatte ihre Vorstellungen davon, was passieren musste, um bestimmte Dinge zu erreichen, während Gunnar es vorzog, alles beim Alten zu belassen. Aber schließlich bewarb er sich doch um die Stelle in der Waffenfabrik, und seltsamerweise wurde er sofort eingestellt, höchstwahrscheinlich weil Gladys' Vater mit einem Bekannten in der Personalabteilung gesprochen hatte. Das war die Rettung, eine feste Anstellung in der Waffenfabrik. Jetzt würde alles gut werden.

Gunnar sollte als Feilarbeiter anfangen, das mussten alle Neuangestellten in der Fabrik. Dafür musste er an einem Feilkurs teilnehmen, und das behagte ihm nicht, er hatte keine Lust, mit anderen Anfängern im Feilarbeitersaal zu stehen und Anweisungen zu befolgen. Er hatte versucht klarzustellen, dass er keinen Kurs brauche, immerhin habe er doch bereits Rohre gefeilt, aber er kam nicht drumrum, niemand durfte in der Fabrik arbeiten, ohne den Feilkurs absolviert zu haben. Gunnar war überheblich und unverschämt, das schien bei ihm in der Familie zu liegen, vermutete Gladys. Ihr Vater bot ihm an, ihn anzulernen, aber das hatte Gunnar nicht nötig. Er hatte keine Angst davor, es nicht zu schaffen. Wer in der Lage war, eine Spüle zusammenzubauen, würde doch wohl auch Gewehrläufe feilen können, und bestimmt auch fein gegossene Maschinenteile. Feilen sei Präzisionsarbeit, bemerkte ihr Vater, etwas völlig anderes als Rohre zusammenzuschrauben, aber das sagte er nicht zu Gunnar, sondern zu Gladys. Ob es nun darum ging, die Kanten der großen industriellen Rührbehälter zu feilen oder Gewehrläufe aus der Gewehrwerkstatt, Präzision sei das Einzige, was zähle. In der Waffenfabrik wurden nicht nur Kanonen hergestellt, sondern alles Mögliche, was die Verkaufsabteilung für profitabel hielt, Autoteile und Globoidmaschinen und Bootsschrauben. Und alles erforderte dieselbe Genauigkeit.

Es ging nicht gut. Gleich am ersten Tag ruinierte er drei

Gewehrläufe, sie waren nicht zu retten und wurden als Anschauungsbeispiel benutzt, wie man es nicht machen sollte, er wurde vor allen anderen vorgeführt. Der Vormann meinte, es mangle ihm an Geschick, und damit hatte er gewiss recht. Später, als sie einen Baukredit erhielten und Gunnar Teile der Bauarbeiten selber erledigen wollte, musste er das Handtuch werfen. Er schlug sich beim Nageln mit dem Hammer auf die Finger, und als er die Dachüberstände streichen wollte, fiel er von der Leiter. Am Ende musste er sich damit begnügen, stattdessen Materialien für den Zimmermann zu tragen und Nägel aufzusammeln.

Das Feilen sei wohl schwieriger gewesen, als Gunnar es sich eingebildet habe, kommentierte Gladys' Vater das Ganze. Aber jemand hielt eine schützende Hand über ihn, und Gunnar bekam eine Stelle in der Montagewerkstatt. Wieder war es Gladys' Vater gewesen, der im Hintergrund die Fäden gezogen hatte. Er verachtete Gunnar, er schüttelte über ihn den Kopf, und das sollte sich niemals ändern.

Woher weiß ich das. Ich suche in dem Wenigen, das mir erzählt worden ist, aber vor allem in meinem eigenen Gefühlsleben, meinem emotionalen Archiv, in das auch die Gefühle anderer einfließen, nichts überträgt sich so leicht wie die Emotionen anderer Wesen, seien es Menschen oder Tiere. Ich denke an Gunnar, und unmittelbar steigt in mir das Schamgefühl auf wie ein aufgeschwollener weißer Kadaver in schwarzem Wasser. Ich muss sie irgendwo herhaben, die Scham über meinen Vater, sie ist auf mich übertragen worden, nicht von Gladys, glaube ich, aber vielleicht von ihrem Vater, und vielleicht von anderen in unserem Umfeld. Oder vielleicht, und wahrscheinlicher, von Gunnar selbst.

Gladys befürchtete, dass er in der Fabrik nicht zurechtkommen würde, aber das musste er nun mal, und sie würde ihm dabei helfen. Schon im Voraus machte sie sich Sorgen darüber, was er an seinem ersten Arbeitstag anziehen würde. Ein Flanellhemd, aber ein neues, das mussten sie sich leisten können, und darunter ein Unterhemd, wie ihr Vater es immer trug. Gunnar wollte kein Unterhemd, ihm war ohnehin immer zu warm, und er wollte nicht aussehen wie sein Schwiegervater, und was hatte denn überhaupt ihr Vater mit der Sache zu tun, der hatte doch nie in der Fabrik gearbeitet. Sie reagierte im Namen ihres Vaters gekränkt, immerhin war er Schreinermeister und hatte es weitergebracht als seine Brüder, die allesamt in der Fabrik arbeiteten. Aber genau aus diesem Grund wusste er auch mehr über die Fabrik als Gunnar. Gunnar würde sich gegenüber seinem Schwiegervater immer unterlegen fühlen, und das zu Recht, fand Gladys später. Aber damals noch nicht, damals meinte sie, sie könnte Gunnar ummodeln, ihn zu dem Menschen machen, den sie bei ihrer ersten Begegnung in ihm zu erkennen geglaubt hatte. Er hatte sie so leicht und einfach angelächelt, und außerdem war er ein guter Tänzer.

Gunnar wollte kein neues Hemd, er wollte nicht aussehen, als hätte er sich für die Arbeit herausgeputzt. Nun gut, dann musste es eben das beste Hemd sein, das er hatte. Aber seine Hose war abgewetzt und hatte speckige Glanzflecken an Gesäß und Knien, die konnte er nicht anziehen, wenn er seine neue Stelle antrat. Es war eine Sache, solche abgenutzten Hosen zu Hause zu tragen, oder auf dem Weg zur Arbeit als Klempner, dafür hatte er ja seinen Blaumann, aber wenn er durch das Fabriktor ging, musste er aussehen wie ein anständiger Mensch. Dort würde er doch auch einen Blaumann bekommen, sagte er. Aber was änderte das schon, er würde durch das Tor gehen müssen, er würde sich mit den anderen umziehen, er würde seine Kleidung in einen Spind hängen. Er konnte nicht mit seiner abgenutzten Hose reingehen und sie in einen der neuen feinen Metallspinde der Fabrik hängen. Sie würde ihn bitten, seine Kleidung ordentlich aufzuhängen, Kleiderbügel würde es dort wohl geben, ansonsten musste er einen von zu Hause mitbringen. Sie stellte sich vor, wie er seine Kleidung am Boden des Schranks liegen lassen würde, während alle anderen ihre ordentlich aufhängten, sie sah seine Kleidung als dummen zusammengefallenen Haufen vor sich, wie irgendetwas Totes, das da unten auf dem Schrankboden lag. Sie war stolz auf ihn und seine neue Arbeit, und zugleich schämte sie sich für ihn. Sie befürchtete, dass er ungepflegt aussehen würde. Stets musste sie ihn daran erinnern, sich zu waschen, sie ärgerte sich über seinen Geruch, Schweiß und Tabak, ungewaschene Hosen, dreckige Unterhosen, er selbst schien nichts davon zu bemerken. Wenn sie sich nur ein Haus mit fließendem Wasser hätten leisten können, und das konnten sie jetzt vielleicht bald. Außerdem brauchte er eine neue Arbeitstasche, sagte sie, das komme nicht in Frage, sagte er laut, er war wütend, was bildete sie sich nur ein. Die alte abgenutzte braune Tasche würde er mitnehmen, alles andere wäre zu viel. Aber sie nähte ihm eine neue Hose, sie kaufte schönen graublauen Terylenstoff und nähte zwei Abende hintereinander, die Nähmaschine ratterte und hämmerte auf den Tisch, und es vibrierte in den Kinderbetten, in denen unter anderem auch ich lag, nein, ich war damals noch nicht geboren, diese Anstellung sollte der Grund sein, dass Gladys sich schließlich darauf einließ, noch ein Kind zu bekommen, aber ich weiß trotzdem, wie es damals war, sie saß da und nähte ihm bis spät in die Nacht eine Hose, der wütende Klang des

Nähmaschinenpedals, und alles war umsonst, denn als die Hose fertig und mit einer allzu scharfen Bügelfalte versehen war, wollte er sie nicht, sie war ihm zu fein. Er werde die Hose für Weihnachten aufheben, sagte er. Er hatte Angst, er wollte nicht auffallen. Und dann war da noch die Brotdose, oder sollte er Butterbrotpapier benutzen, ach nein, wie stutzerhaft, in der Kantine sitzen und mit Butterbrotpapier knistern, das wollte er auf keinen Fall, er würde seine alte Brotdose benutzen, und dieselbe Thermoskanne wie immer. Nun gut, dann sollte er eben gehen, wie er war, aber wozu dann überhaupt eine neue Stelle annehmen, wenn ohnehin alles so weitergehen sollte wie bisher? Sie knallte mit den Schranktüren und klapperte mit dem Geschirr, um das sie sonst immer so besorgt war. Aber sie suchte die beste seiner alten Hosen heraus, sie wusch und bügelte seine Kleider, wie immer. Und am Morgen seines ersten Arbeitstags stand sie besonders früh auf und schmierte ihm Schinkenstullen, wenn schon, denn schon.

Sie hatte Schinken gekauft, sie stand im Laden und sah zu, wie er aufgeschnitten wurde, das Mädchen hinter der Fleischtheke war nett, sie lächelte und redete und lachte, aber Gladys hätte es schneller und präziser machen können. Frühmorgens schmierte sie ihm die Stullen für die erste Brotzeit, die er in der Feilerwerkstatt essen sollte, sie legte frischen, glänzenden Schinken auf die Brotscheiben, es roch roh und kalt und lebendig, so würde es nicht immer sein, das konnten sie sich nicht leisten, aber der erste Tag und der erste Eindruck waren wichtig. Auch Gunnar machte sich Sorgen um den Eindruck, den er auf die anderen machen würde. Wenn etwas schiefging, würde es auf ihm sitzen bleiben, er wollte keinen Spitznamen, davor fürchtete er sich am meisten, ein Name, der an ihm hängen bleiben würde, und zwar nicht nur in der Fabrik, ein Spitzname verbreitete sich in der ganzen Stadt, alle, die er kannte, würden davon erfahren. Dort geht er, und dann der Name, Schrottbüchse, Morgenkuss, Rosentanz, Friedhofsscheißer, Linkshänder-Larsen. Manchmal gingen die Namen auf die Söhne über, wenn sie in der Fabrik anfingen, dort geht der Sohn von Morgenkuss. Nein, das durfte nicht passieren, er würde es nicht ertragen. Vor dem Losgehen überprüfte er seine Kleidung und seine Sachen und sogar den Tabakbeutel, er überprüfte, ob der Tabak nicht zu alt und trocken war, und ganz neu durfte er auch nicht sein, auffallen konnte man mit allem Möglichen, das wusste er. Am Vorabend hatte er zwei Kartoffelscheiben in den Tabakbeutel gelegt, um den Tabak weniger trocken zu machen. Jetzt nahm er die Kartoffelscheiben heraus und warf sie weg – was, wenn er es vergessen hätte. *Toffel* hätten sie ihn genannt. Er betrachtete seine abgenutzte Hose und beschloss, doch die neue anzuziehen. Aber bevor er sie anzog, rollte er sie zusammen, warf sie auf den Boden und trampelte darauf herum, damit sie nicht so neu und frisch gebügelt aussah. Er rasierte und kämmte sich wie immer. Gladys freute sich, ihn mit der neuen Hose zu sehen, sie tätschelte ihm die Wange, zärtlich, hätte ich beinahe gesagt, aber dieses Wort gab es in ihrem Vokabular nicht. Gunnar spürte die Wärme ihrer Hand, das muss ihm eine Hilfe gewesen sein, auch wenn er es sich nicht anmerken ließ.

Und dann ging er los, stieg aufs Fahrrad und verschwand um die Kurve und die Straße hinunter. Zuerst war er sich nicht sicher gewesen, ob er mit dem Fahrrad fahren sollte oder nicht, das hatte er Gladys nicht erzählt, es war ihm auf einmal so alt und klapprig vorgekommen, aber um zu Fuß zu gehen, war er zu spät dran. Also stieg er auf und ließ sich den Hügel hinunterrollen. Die Kette hätte geölt werden müssen, sie rasselte und quietschte, das hatte ihn bisher nie gestört, aber jetzt ging es ihm auf die Nerven, jetzt beschloss er, sich so bald wie möglich darum zu kümmern. Er fuhr ein Stück am Fluss entlang, er hatte vorgehabt, vor der Alten Brücke vom Rad zu steigen und es am Ufer im Gebüsch abzustellen. Aber daran war nicht zu denken, immerhin war er nicht allein, die Straße war voller anderer Männer, auf Fahrrädern oder zu Fuß, die alle in dieselbe Richtung mussten, und hätte ihn jemand dabei beobachtet, wie er sein rostiges Fahrrad im Gebüsch versteckte, dann wäre er damit nur ins Gerede gekommen. Fahrraddieb hätten sie ihn genannt, oder Buschjäger. Beim Gedanken daran musste er beinahe selbst lachen, aber für ein richtiges Lachen war er zu nervös. Also radelte er mit der gleichen Geschwindigkeit wie alle anderen und stellte das Fahrrad mit den anderen am Fahrradständer der Fabrik ab, wo Hunderte schwarze Herrenräder standen, die gespannten Stahlrahmen und braunen Sattel aus seitlich eingerissenem Leder, und reihenweise glänzende Lenkstangen, sie glichen metallenen Pferden. Er schob dieses Bild von sich, fast machte es ihm Angst, er löste die Tasche vom Gepäckträger, die abgenutzte braune Tasche, die er von seinem Bruder geerbt hatte, der sie wiederum vom Vater geerbt hatte, dem dicken Bäcker mit den wunden Händen. Gunnar erinnerte sich noch aus seiner Kindheit an diese Tasche, und jetzt trug er sie selbst unterm Arm durch das Tor. Dort saß hinter einer kleinen Luke der lahme Pförtner mit dem schiefen Mund, ihm war als Kind ins Gesicht geschossen worden, von seinem kleinen Bruder, hieß es, er hatte vier Brüder, und wer den Schuss abgefeuert hatte, war ein Familiengeheimnis, keiner verstand, warum es ein Geheimnis sein musste, das schadete doch nur den drei anderen Brüdern, die nicht geschossen hatten, aber so war es nun mal, über nichts durfte geredet werden, und am besten blickte man einfach geradeaus. Der Pförtner war unter dem Namen Waldtroll bekannt, so hatte man ihn seit der Schulzeit genannt, und Gunnar kannte ihn von damals, er nickte ihm zu und hoffte, dass er nichts würde sagen müssen, aber was war es eigentlich, das er nicht sagen wollte und so ängstlich zu verbergen suchte? Irgendetwas muss mein Vater sein Leben lang versteckt gehalten haben, vielleicht sogar vor sich selbst. Vielleicht ist es das, was ich herausfinden werde, während ich hier an Gladys' Bett sitze und alles, was sich durch ihre dösigen Gedanken bewegt, in mein Inneres weiterfließt. Mag sein, dass sich das, was mein Vater in seinem Inneren bewachte, niemals aufdecken lassen wird. Der Pförtner mit dem schiefen Mund redete gerade mit jemandem, einem Höherstehenden, und dann war Gunnar drinnen, und im Gegensatz zu den anderen sollte er nicht einstempeln, nicht am ersten Tag, er ging einfach weiter auf dem Kiesweg, der zum längsten Gebäude führte, Gebäude Nummer 11, so heißt es heute, das hat mir Ivar erzählt. Gunnar folgte dem Strom der anderen, die ebenfalls in das lange, niedrige Backsteingebilde mussten, in dem die alte Feilerwerkstatt lag. Das Gebäude umschloss ihn mit Geräuschen und Gerüchen und einer kühlen, mauerartigen Dunkelheit, die er bald zu schätzen lernen sollte. Dem Licht zu entschlüpfen und in die kühlen Schatten einzutauchen, das kam ihm zupass, stelle ich mir vor, vielleicht sehnte er sich danach, ein Teil jener Dunkelheit zu werden.

Dabei war es drinnen keineswegs dunkel. Die alten Fabrikgebäude am Fluss hatten entlang der gesamten Fassade hohe Sprossenfenster, und von den Decken hingen große weiße Kugellampen, in vielen Hallen waren die Wände verputzt und weiß gestrichen wie in einem Laboratorium, wie in einem modernen Traum von der sauberen Zukunft der Industrie. Aber für Gunnar fühlte es sich dennoch so an, als verschwände er hinab in die Dunkelheit, in eine gnädige Unterwelt, wo er hoffentlich in den Schatten verharren konnte, am besten ohne mit irgendjemandem zu reden, ohne aufzufallen. Er bekam eine Werkbank, an der er arbeiten sollte, und ein Set Feilen, manche gröber und manche feiner, einige flach und andere halbrund, er hatte keine Ahnung gehabt, dass es so viele verschiedene Arten von Feilen gab. Er stand am Fenster, und wenn er sich ein bisschen in die Höhe streckte, konnte er sogar ein wenig vom Fluss sehen, der hier unten schwarz war und glänzte und stark strömte, genau wie er selbst, fand er. Und dann machte er sich an die Arbeit, feilte drauflos, neigte sich über die Bank und folgte den Anweisungen, die man ihm gab, und er machte sich nicht übel, fand er selbst, obwohl ihm jedes Geschick fehlte, obwohl er viele Fehler machte, der Vormann kam und bemängelte dieses und jenes, wies ihn an, genauer hinzuschauen, sorgfältiger zu sein, aber trotzdem machte er sich gut, ansonsten, so dachte er, hätte man ihn wohl kaum weiterarbeiten lassen. Und ziemlich bald breitete sich eine Zufriedenheit in ihm aus, wie typisch für ihn, diese voreilige Selbstzufriedenheit. Er stand da und pfiff, lautlos fast, aber doch so, dass man es hören konnte, dass die anderen es sehen konnten, und ich weiß, wie er dann aussah, mit dem spitzen Pfeifmund, selbstgefällig sah er aus, dachten manche, und in der Feilerwerkstatt galt Selbstgefälligkeit als das Allerletzte. Nach all diesen Jahren ist es für mich klar ersichtlich, dass Gunnars Hang zur Angeberei einer chronischen Unsicherheit geschuldet war, aber für seine Arbeitskameraden war das keine Entschuldigung, denn Unsicherheit war mindestens genauso schlimm. Außerdem muss da noch etwas anderes an ihm gewesen sein, das auffällig war. Vielleicht war es sein unbedarfter Gesichtsausdruck, der offene Mund, mit dem er durch die Halle lief, vielleicht hatte er etwas Merkwürdiges gesagt, oder vielleicht war es einfach seine Art, stehen zu bleiben und ins Leere zu schauen, die Anstoß erregte, und als er hinaufging in die Kantine und sich zum Essen zu den anderen setzte und mit einem dummen kleinen Knall den Deckel seiner Brotdose aufklappte, da sickerte ihm und seinen Tischnachbarn der Geruch frischen Schinkens in die Nase, und einer, der mit ihnen am Tisch saß, irgendein alter Teufel, den er aus der Schule kannte, einer, vor dem er immer schon etwas Angst gehabt hatte, lange bevor er gewusst hatte, dass er jemals in der Fabrik anfangen würde, lange bevor irgendjemand von ihnen dort gearbeitet hatte, beugte sich über den Tisch und fragte, was denn da unten am Tischende so gottverdammt stinke.

– Das sind nur Schinkenstullen, sagte Gunnar.

Der frische Schinken leuchtete auf der Brotscheibe liegend, und das blasse gekochte Fleisch muss ausgesehen haben wie das Ebenbild seines offenen, gutgläubigen Gesichts, es war für alle sichtbar, sie sahen es in einem Augenblick plötzlicher gemeinsamer Erleuchtung, und sie lachten laut darüber, ein Tisch voller erwachsener Männer mit aufgerissenen Mündern – glücklich oder schadenfroh oder überwältigt von der Ähnlichkeit des runden Gesichts des neuen Feilers mit dem hellen Schinken auf seinem Brot, und dieses Gelächter sollte ihn durch die Nächte, durch die Jahre und durch den Rest seiner Existenz verfolgen. Man hört es bis hierher, selbst Gladys in ihrem Dunkel oder Halbdunkel, durch das sie sich bewegt, selbst ich kann das Gelächter hören und spüren, wie es seinen Körper einnahm und tief in uns allen liegen blieb, ohne dass wir wussten oder begriffen, was es war. Dies wurde eines seiner vielen Geheimnisse, und es machte seinen Charakter noch unbequemer, als er ohnehin von Geburt an gewesen war. Was ist das übrigens für ein Wort, unbequem, das hätte er selbst nie in den Mund genommen. Vielleicht versuchte er mitzulachen, aber dafür war er nicht der Typ, ihm fehlte diese Art Charme, an dem alles abprallt, er nahm sich selbst zu ernst, und außerdem war es ohnedies zu spät, denn nur eine Stunde nachdem sie in der Kantine über ihn gelacht hatten, sollte einer im Feilarbeitersaal nach ihm rufen.

– He du, sagte er, und Gunnar reagierte nicht rasch genug, und der, der ihn angesprochen hatte, konnte sich vielleicht nicht an Gunnars Namen erinnern, oder er rief ihn genau darum, um ihm diesen neuen Namen zu geben, nur um derjenige zu sein, der ihn getauft hatte.

– He du, Schinkenstulle!, rief er,

und somit war es getan, und von nun an hieß er Schinkenstulle, ungeachtet seines Aufstiegs durch die Ränge, selbst als er Beamter geworden war und stets nur noch durch das obere Tor ging, wurde er von vielen immer noch Schinkenstulle genannt. Auch viele Jahre später kam es noch vor, dass Gunnar in der Nacht von Rufen geweckt wurde, man rief nach ihm, und immer war es dieser Name, mit dem er gerufen wurde.

Es stimmt jedenfalls, dass er nachts häufig wach wurde, manchmal schlafwandelte er, und einmal stolperte er dabei über einen kleinen Korbtisch mit einer Glasplatte, die in die Brüche ging und an deren Scherben er sich das Handgelenk aufschlitzte. Ich wurde vom Klirren des Glases geweckt, und am nächsten Morgen waren immer noch Blutflecken auf dem Boden, obwohl Gladys versucht hatte, alles wegzuräumen und zu putzen, nachdem sie Gunnar ausgeschimpft und gefragt hatte, weshalb er mitten in der Nacht durchs Haus geistere und sich dabei nicht mal auf den Beinen halten könne. Sie machte sich Sorgen, sie hatte Angst, weil er so schlimm gestürzt war, sie vermutete wohl, dass er getrunken hatte, und vielleicht zu Recht, und dann hatte sie ihm geholfen und einen Verband angelegt. Während der Jahre, die wir mit Gunnar zusammenlebten, wachte ich oft davon auf, dass er im Schlaf laut schrie. Ich habe häufig an seine Schreie gedacht, den hohlen Schrecken darin. Die Stimme eines erwachsenen Mannes, der im Dunkeln wegen irgendetwas schreit, das nicht zu ertragen ist. Aber ich habe nie verstanden, woher dieses Etwas kam oder wie es sich anfühlte. Jetzt glaube ich, es muss sich angefühlt haben, als würde er fallen oder hinfliegen, wie er selbst gesagt hätte. Als hätte er ständig davor Angst gehabt, als wäre es für ihn eine Erleichterung gewesen, endlich hinzufliegen, loszulassen, den Halt zu verlieren, verlorenzugehen, für sich selbst und die anderen.

DIE NATUR muss mit uns experimentiert haben, wie sie mit allem experimentiert.

Ein neugeborenes Kalb ist nur ein weiteres neugeborenes Kalb, außer für das Kalb selbst. Für sich selbst ist es ganz neu und weiß nicht einmal, dass es ein Kalb ist, und Ivar wurde als Antwort auf eine Frage geboren, von der niemand wusste, dass sie gestellt worden war. Er kam direkt aus der Natur, eine Folge biologischer Umstände. In den ersten Monaten füllte er für Gladys jeden Winkel ihres Daseins. Vielleicht auch für Gunnar, als er Vater wurde, nein, Papa, ein dem Anblick seines kleinen Jungen hilflos ausgelieferter Papa. Ging damals etwa nicht ein Riss der Zärtlichkeit durch ihn hindurch? Verlor er nicht einen Teil der Ichbezogenheit des jungen Mannes, der er gewesen war, im Tausch gegen die aufreibende Fürsorge für ein kleines Kind? Geriet die Liebe zu dem Kind nicht auch für ihn zu etwas so Starkem und Tiefgreifendem, dass sein eigenes Leben an Bedeutung verlor? Wurde nicht auch er zu einem jener Menschen, die vor allem dafür leben, sich um ihr Kind zu kümmern? Doch, höchstwahrscheinlich, etwas anderes zu glauben wäre ungerecht – nur blieb es nicht lange dabei.

Herbst 1954, und Gladys war zu Hause bei Ivar. Er war ihr Kalb, er war ihr guter kleiner Junge, er war *kleiner kleiner meiner*, eine Deklination der Liebe, die mehrere Hundert Jahre zuvor im offiziellen Norwegisch ausgestorben war, in Overberget jedoch überlebt hatte und von Generation zu Generation weitergegeben worden war. *Kleiner kleiner meiner*, so klang die geheime Grammatik der Fürsorge, die plötzlich in Gladys Knospen geschlagen hatte. Ivar war ein Säugling, er lag auf ihrem Schoß und blickte zu ihr auf, sein Gesicht brach plötzlich in ein Lächeln aus, und Gladys fing an zu schluchzen. *Oh, mein Junge. Oh, kleiner kleiner meiner.* Er lächelte, und sie lächelte und weinte, und es war, als ob er sie wiedererkannte oder sie für sich auserwählte, weil er wusste, dass er ohne einen erwachsenen Menschen, der ihn über alles andere stellte, nicht überleben konnte, und das tat sie, er muss es an ihrem Geruch erkannt haben und an ihren großen, behutsamen Händen.

Kleiner kleiner meiner.
Mein kleines kleines Kind.

Gunnar ging morgens zur Waffenfabrik und kam zu einem gedeckten Tisch und einem neugeborenen Kind nach Hause, mit dem er am Nachmittag ein wenig sitzen und plaudern konnte. Seine Stimme wurde weich, und er kitzelte den Jungen mit einem nikotingelben Zeigefinger unter dem Kinn. Er lachte, wenn der Junge lachte, aber sobald der Kleine zu jammern begann, verlor er die Geduld. Eine halbe Stunde war genug, dann bekam er seinen Koffie, und Gladys ging und versuchte, den Jungen zum Einschlafen zu bringen. Mit achtzehn Jahren war Gladys Hausfrau und Mutter und Ehefrau geworden, Gunnar mit zweiundzwanzig ein verheirateter Mann mit fester Anstellung. Wie sollte das weitergehen? Ein zweites Kind muss wie eine natürliche Fortsetzung gewirkt haben, und anderthalb Jahre später wurde Runar geboren.

Runar kam wie eine Frage, die zu beantworten niemand imstande war. Nicht einmal er selbst, so schien es. Er war nicht bereit, geboren zu werden. Vom ersten Augenblick an gefiel es ihm nicht, er hielt es nicht aus, auf die Welt gekommen zu sein. Er konnte nicht schlafen, und er konnte nicht essen. Er war nicht in der Lage, das Essen bei sich zu behalten, er erbrach sich, sobald er gestillt worden war, und er schrie. Er schrie so laut, dass niemand anderer etwas sagen konnte. Gladys trug ihn auf dem Arm durch die Zimmer, sie wiegte ihn und sang Tag und Nacht, aber Runar schrie weiter. Ein rundes kleines Gesicht, rot vor Anstrengung. Monatelang war es, als bekäme sie nie seine Augen zu sehen, sie waren schmale gequälte schwarze Striche, alles, was er ihr zeigte, war sein zum Schreien weit aufgerissener roter Mund. Gladys ging mit dem schreienden Runar umher, während Ivar geduldig auf dem Boden saß und spielte. Ivar reagierte auf alles mit Vertrauen, er lächelte hoffnungsvoll, er passte sich an, und er wollte helfen – so würde sie sich später an ihn erinnern, so erinnert sie sich immer noch an ihn, hier, wo sie mit geschlossenen Augen in ihrem Krankenbett liegt –, während sein kleiner neugeborener Bruder das Leben ablehnte. Runar wollte weder Trost noch Liebe, er schrie und zappelte in ihren Armen, feuerrot im Gesicht. Er war klein und dünn und nahm nicht zu, und es sah so aus, als würde er nicht durchkommen. Einmal hörte sie im Krankenhaus einen Arzt sagen, wenn dieser Junge nicht bald Nahrung zu sich nähme, dann wäre es um ihn geschehen.

Gladys ging nach Hause und traf eine Entscheidung, und in dieser Nacht rührte sie Weizenmehl in Kuhmilch ein und gab es ihm auf einem Löffel. Er nahm es an, und es kam nicht wieder hoch. Sie fuhr fort, ihn zu füttern, Löffel für Löffel. Bald schlief er in ihren Armen ein, sein Gesicht war glatt und weich. Er war zufrieden, zum ersten Mal, seit er auf die Welt gekommen war. Er schlummerte, und Gladys weinte vor Erleichterung oder Erschöpfung. Sie gab ihm weiterhin Kuhmilch mit Weizenmehl, zuerst mit dem Löffel und später aus einer Flasche, und jetzt behielt er endlich die Nahrung bei sich. Die Tage vergingen, er aß und rülpste und machte in die Windeln. Er bekam Bauchweh und weinte immer noch häufig, aber er aß und nahm zu, er wuchs. Er wuchs zu einem kleinen Bruder heran, der gehen und sprechen konnte, er schaute Gladys mit großen Augen an, und er brachte sie zum Lachen. Er brachte seinen Bruder zum Lachen, sogar Gunnar. Er brachte alle zum Lachen, außer vielleicht sich selbst.

Runar war ein magerer Junge mit rundem Kopf, der am Tischende saß und die anderen zum Lachen brachte. Oder über Dinge redete, an die niemand sonst gedacht hatte.

Wann war das? Ich weiß nicht, ob ich schon auf der Welt war, vielleicht war ich ein Baby, Gladys bekam mich sieben Jahre nach Runar, also war ich ein Jahr alt, sie stellt sich vor, dass ich ihr gegenüber in einem Babystuhl am Tisch sitze. Ich konnte weder sprechen noch denken, zumindest nicht auf dieselbe Art und Weise wie jemand denken kann, der über Sprache verfügt, um damit seine Gedanken zu sortieren, da saß ich also mit meinem blassen Babygesicht und nahm nicht am Gespräch teil. Und Runar war gewissermaßen immer noch der Jüngste, der Jüngste von denen, die sprechen konnten, und derjenige, der mit unerwarteten Vorschlägen überraschte, und das sollte er viele Jahre lang bleiben.

Niemand weiß mehr, worüber an diesem Nachmittag am Tisch gesprochen wurde, aber höchstwahrscheinlich ging es um Geld. Gladys und Gunnar redeten oft über Geld, Geld war das allgegenwärtige Problem, das jedoch nicht als Problem anerkannt wurde, ganz im Gegenteil waren Geldsorgen ein Problem, das es nicht hätte geben dürfen. Daher ist es falsch zu sagen, dass sie darüber sprachen, denn sie konnten nicht darüber sprechen, Gladys war sauer, und Gunnar ging an die Decke, so wird es gewesen sein, denke ich, ein Teil von mir kann sich daran erinnern, jener Teil, der immer noch darum fleht, diesen Tisch verlassen zu können, weg aus diesem Raum, aus dieser Kindheit und hinein in ein anderes Leben. War Gunnar zu Hause, war die Stimmung meist schlecht, und sie prägte uns alle, auch Ivar, aber er sagte nichts, saß nur mit seinem milden, hoffnungsvollen Lächeln da und wartete darauf, dass es vorüberging oder er vom Tisch aufstehen durfte. Er stopfte sich das Essen so schnell wie möglich in den Mund, Kartoffeln und Hering oder Kartoffeln und Leber oder Kartoffeln und Fischkuchen, und er überlegte sich bereits, was er danach machen würde, wenn er endlich vom Tisch aufstehen durfte. Er würde mit seinen Spielzeugautos spielen oder ein Buch lesen, das würde den Nachmittag erträglicher machen. Aber Runar dachte nicht daran, wegzugehen, das hatte er noch nicht gelernt, er saß mit seinem offenen runden Gesicht und seinen hervorstehenden, weichen Ohren am Tischende und sagte:

– Können wir nicht einfach Geld machen?

– Geld kann man nicht einfach so machen, sagte Ivar schnell, er wurde ängstlich und wollte seinem Bruder Einhalt gebieten, begriff Runar denn nicht, dass er nichts sagen durfte, dass es jetzt nur darum ging aufzuessen, sich zu bedanken und abzuhauen? Ein Schatten legte sich über Gunnars Gesicht, er hielt Gabel und Messer so fest, dass man meinen konnte, er wolle sich selbst oder den Tisch und die Stühle und dann das ganze restliche Zimmer damit aufschneiden, und Gladys' Gesicht war verschlossen, ein Haus mit verriegelten Türen und Fenstern, nicht einmal in ihren Augen konnte man sie entdecken, vereinzelt huschten wachsame Blicke gereizt hin und her und machten ihre Augen für uns unnahbar, unmöglich sie anzusehen, ohne Angst zu bekommen. Sogar ich muss es gespürt haben, der ich ihr am Tisch gegenübersaß und den Mund nach einem Löffel lauwarmen Haferbreis nach dem anderen aufriss. Ich war ein braves Kind, das hat Gladys immer behauptet. Dasselbe sagte sie auch über Ivar, was bedeuten muss, dass wir nicht weinten, obwohl wir wegwollten, obwohl wir merkten, dass keiner von uns hier sein wollte, obwohl wir nichts anderes kannten. Aber wir weinten nicht, und wir beschwerten uns nicht, wir saßen einfach da und hofften, dass es vorübergehen würde. Also waren wir brav.

Aber Runar ließ sich nicht abwimmeln, er versuchte, eine Lösung zu finden, und er sagte:

– Doch, das geht. Ivar, weißt du denn nicht, dass es unten in der Stadt eine Fabrik gibt, in der das ganze Geld Norwegens gemacht wird?

Und damit hatte er recht, in der Stadt, in der wir aufwuchsen, wurden alle Münzen des Landes hergestellt, und so war es gewesen, seit man in den Bergen das Silber gefunden und die ersten Gruben gesprengt hatte. So sei unsere Stadt entstanden, hatten wir gelernt. Das Silber wurde aus dem Erdinneren gegraben, und aus dem Silber wurden Münzen gemacht, das wusste jeder, außer mir natürlich, auch Ivar wusste es, vielleicht hatte es Runar sogar von ihm gehört, Ivar ging seit zwei Jahren in die Schule, aber er wusste noch etwas anderes, das Runar nicht zu begreifen schien, und zwar, dass jetzt jeder in diesem Zimmer still sein musste, dass es jetzt am besten war, überhaupt nichts zu sagen, denn Gunnars schweres Gesicht war noch schwerer geworden, seine Wangen hingen herab, die Tränensäcke unter den Augen schwollen an, und da begriff Gladys endlich, dass sie von dort, wo sie sich verbarrikadiert hatte, wo auch immer das sein mochte, zurückkehren musste. Mit dem Breilöffel in der Hand saß sie da, hielt ihn direkt vor meinen Mund, und ich verstand nicht, warum es so lang dauerte, aber ich war eben ein braves Kind, also weinte ich nicht, Gott sei Dank, denn was wäre dann passiert, und Gladys sagte:

– Das stimmt, Runar. Aber sein eigenes Geld kann man nicht machen.

– Warum nicht, fragte Runar. Wenn wir Geld brauchen, können wir doch einfach runter zur Geldfabrik gehen und welches machen lassen und uns alles kaufen, was wir wollen?

Und jetzt wussten sowohl Ivar als auch Gladys, dass Gunnar gleich fest mit der Hand auf den Tisch schlagen und schreien oder einfach aufstehen und hinausmarschieren würde, denn noch mehr Geldgerede hielt er nicht aus, er fühlte sich davon verfolgt, fühlte sich gescheitert und gedemütigt, und Ivar versuchte, Runar ein letztes Mal aufzuhalten, er sagte:

– Das geht nicht, verstehst du das nicht?

Er sagte es so scharf, wie er es für nötig hielt, denn er wollte helfen, er wollte Gunnars Wutanfall abwenden, der jeden Augenblick ausbrechen konnte, doch nun stiegen Runar die Tränen in die Augen, und Gladys musste ihn verteidigen. Sie sagte:

– Die Fabrik macht Geld für die Bank. Nicht für uns. Niemand kann für sich selber Geld machen, leider.

Ich sah sie an, ich hörte ihrer Stimme gern zu, ganz gleich, was sie sagte, ich verstand es nicht, ich fühlte nur, dass sie nicht wütend oder gereizt war, und das fühlten auch Runar und Ivar, nicht aber Gunnar. Sie spürte seinen Blick auf sich und bereute bereits, gesagt zu haben, dass dieses Geld nicht für uns bestimmt war, und noch mehr bereute sie das Wort *leider*, das konnte als Anklage aufgefasst werden, und das war es auch, eine Anklage an eine allzu deutliche Adresse, nämlich an Gunnar, der wieder einmal zu viel Geld für Schnaps und Tabak ausgegeben hatte, vielleicht, oder einfach nicht genug verdiente oder eine Rechnung nicht bezahlt hatte, wegen der sie nun ein Inkassoverfahren am Hals hatten, irgendetwas in der Art, diese Dinge wiederholten sich wieder und wieder in ihrem gemeinsamen Leben, und trotzdem wollte er Gladys nicht erlauben, wieder arbeiten zu gehen, sie wollte für mich einen Platz in einem Kinderhort suchen und zurück ins Berufsleben, wie früher, ehe sie Kinder geboren hatte und Hausfrau geworden war. Von einem einzelnen Einkommen konnten wir nicht leben, aber davon wollte Gunnar nichts hören, er wollte ein Mann sein, der seine Familie selbst versorgte, mit dieser Idee war er aufgewachsen und kannte nichts anderes, und Gladys ärgerte sich jedes Mal, wenn sie darüber redeten, denn sie kannte mehrere verheiratete Frauen in ihrem Alter, die von ihren Männern Erlaubnis bekommen hatten, sich eine Arbeit zu suchen. Es herrschte Mangel an Arbeitskräften, eine Tatsache, die Gladys zugutekam. Und sie hatte nicht vor aufzugeben. Aber jetzt war nicht der Moment, sich zu beklagen oder zu ärgern, denn mehr würde Gunnar nicht dulden, gleich würde er mit der behaarten Faust auf den Tisch donnern und Besteck und Gläser in die Luft springen lassen, und deshalb musste dieses Gespräch so bald wie möglich beendet werden, und so sagte Gladys:

– Esst jetzt auf, dann kriegt ihr gepufften Reis zum Nachtisch.

Und das hätte ausreichen können, ausreichen müssen, aber Runar konnte es nicht lassen, denn da stimmte was nicht, er hatte eine Lösung entdeckt. Denn wenn es eine Fabrik gab, die Geld machte, so dachte er wohl, dann konnte es nicht sein, dass es zu wenig Geld gab, das verstand sich von selbst, dann musste man eben jedes Mal, wenn jemand zu wenig hatte, mehr Geld machen.

– Ich habe einmal einen Jungen gesehen, sagte er, und der hat Geld gemacht.

– Einen Jungen?, fragte Gunnar.

– Ja, antwortete Runar.

– Einen Jungen, der Geld gemacht hat?

– Ja, sagte Runar, der hat sich sein Geld selbst gemacht, das geht.

Und da fing Gunnar an zu lachen, sein hilfloses, bellendes Lachen, das immer so verzweifelt klang, und das mich oft traurig gemacht hat, aber nicht an diesem Tag, und Gladys lachte erleichtert, und somit konnte auch Ivar lachen, das glückliche, selbstvergessene Lachen eines Neunjährigen, und sogar ich lachte, ohne zu wissen, dass ich lachte oder weshalb, aber wir alle lachten darüber, dass Runar in das allzu dichte Gewebe der Welt eine schmale Spalte gerissen hatte, und diese Öffnung hat er von diesem Tag an viele Male genutzt. Immer, wenn etwas unmöglich schien, immer, wenn ihm auf seine guten Vorschläge widersprochen wurde, erzählte er, dass er einmal einen Jungen gekannt habe, der all das tat, von dem die anderen behaupteten, es sei unmöglich.

ES IST NACHMITTAG GEWORDEN, Ivar ist im Lehnstuhl neben Gladys' Krankenhausbett eingenickt.

Einander zugewandt schlafen sie beide mit offenem Mund. Blasse und große Augenlider in den langen Gesichtern. Erst jetzt sehe ich die Ähnlichkeit zwischen den beiden. Vielleicht hat er ihr schon immer ähnlich gesehen, und sie muss gefühlt haben, dass zwischen ihnen eine besondere Verwandtschaft besteht. Eine Ähnlichkeit des Gemüts. Beide haben sie Freundlichkeit und Milde als Weg durch das Leben gewählt, mit einem unter der Oberfläche brodelnden Temperament, das jederzeit aufflammen kann. Ich erkenne Ivars jähe Gereiztheit wieder, als eine Reinigungskraft hereinkommt, um den Fußboden zu wischen, rasch und unaufmerksam fährt sie mit dem Mopp unters Bett, und durch den großen Körper meines Bruders geht ein Zucken. *Ach, komm schon!*, flüstert er jäh auffahrend und erregt in Richtung der sich schließenden Tür, als sie mit ihrem Gerät polternd das Zimmer verlässt. Er streicht mit der Hand über den Rand von Gladys' Decke, ihr Gesicht ist ebenso flach und verlassen wie zuvor, sie hat nichts gemerkt, aber dennoch schüttelt Ivar den Kopf, ermattet von seinem eigenen Ärger, und dann sinkt er auf einmal im Sessel zurück, schließt die Augen und schläft ein.

Die erste Nacht im Krankenhaus war dramatisch für ihn, er hat kein Auge zugetan, und auch in der darauffolgenden Nacht hat er nicht viel geschlafen. Aber jetzt scheint es, als könnte er sich endlich entspannen. Ich gehe zum Fenster, glücklicherweise lässt es sich öffnen, aber die milde Brise von draußen ist nur auf den Händen zu spüren. Ich stehe da und blicke auf die Siedlungen am Hügelkamm, wo wir einmal gewohnt haben, die kleinen Einfamilien- und Reihenhäuser, Gärten mit Bäumen, Straßen aus hellem, altem Asphalt, geparkte Autos. Alles wirkt niedriger, flacher als in meiner Erinnerung, die Landschaft verschließt sich vor mir wie ein aus großer Entfernung aufgenommenes Foto.

Plötzlich schreckt Ivar auf und schaut mich ängstlich an.

– Ist was passiert?, fragt er.

– Du hast nur ein paar Minuten geschlafen.

Er steht auf und neigt sich über das Bett, in dem Gladys immer noch in der exakt selben Stellung liegt wie zuvor. Dann kommt er ans Fenster herüber und bleibt neben mir stehen. Er deutet auf eine Autobahnbrücke für Fußgänger und sagt, er könne sich noch an die Zeit erinnern, als sie neu gewesen sei. Einmal, erzählt er, habe er im Winter mit ein paar anderen Jugendlichen von der Brücke Schneebälle auf die Autos geworfen, die auf der Straße unter ihnen hindurchgefahren seien. Drei Jungs und zwei Mädchen. Pål Hansen und Vidar Borgersrud, Elin Ruudsjordet und Marit Berntsen. Vidar Borgersrud habe Marit Berntsens Mütze geklaut und sie auf die Straße geworfen. Ivar sei hinuntergelaufen und habe die Mütze geholt und sie ihr zurückgegeben.

– Erinnerst du dich an Marit Berntsen?, fragt er.

– Ich glaube schon.

– Sie hat im Haus unterhalb von unserem gewohnt. Unserem neuen Haus, meine ich.

– Ja, ich erinnere mich an sie. Aber für mich war sie fast schon eine Erwachsene, als ich klein war.

– Sie war in meinem Alter, wir waren in derselben Klasse. Marit hatte rote Haare und Sommersprossen, weißt du noch? Nicht feuerrot, aber blassrosa, fast blond. Und so war auch ihre Haut, hell und rot gesprenkelt. Ich weiß noch, dass sie im Sommer die ganze Zeit über Sonnenbrand hatte. Alle haben behauptet, ich sei in sie verliebt, vor allem nach der Geschichte mit der Mütze. Und nach diesem Tag habe ich das beinahe selbst geglaubt. Aber so war es nicht, es ging um etwas anderes. Marit war gewissermaßen jemand, auf den man aufpassen musste. Sie war schüchtern, und das war ich auch, deshalb ist zwischen uns nie was gelaufen, und das war auch gut so. Sie ist im Leben gut zurechtgekommen, sie war gut in der Schule und hat einen aus unserer Parallelklasse geheiratet. Sie ist Optikerin geworden, und als ich eine Lesebrille brauchte, ging ich zu ihr. Sie sah aus wie früher, rötliches Haar und Sommersprossen. Nur etwas erwachsener im Gesicht. Und dann sagte sie *danke, dass du immer auf mich aufgepasst hast*. Und ich hatte gedacht, sie hätte es nicht gemerkt. Ich hatte es quasi heimlich gemacht, ohne dass jemand davon wusste. Aber sie sagte, es habe ihr etwas bedeutet. In der Schule habe sie ständig das Gefühl gehabt, dass ich sie im Auge behielt und dass ich eingegriffen hätte, wenn etwas passiert wäre. Ist das nicht seltsam? Das Einzige, was ich gemacht habe, war ihre Mütze zu holen. Und das war genau da unten.

– Ich kann mich auch dran erinnern, dass die Brücke mal neu war.

– Ja, und jetzt ist sie bald nur noch ein Rosthaufen. Aber was Marit Berntsen betrifft – die hat Brustkrebs bekommen. Sie hat es nicht gemerkt, bis sie Knochenmetastasen hatte, und nur ein paar Monate, nachdem ich mit ihr geredet habe, war sie tot.

– Oh nein. Das habe ich nicht gewusst.

Es ist warm im Zimmer, Ivar hat seine Hände auf das Fenstersims gelegt. Auch er spürt die milde Brise von draußen und wird vermutlich bald vorschlagen, das Fenster weiter zu öffnen.

– Ich weiß schon, dass es nichts mit mir zu tun hat. Aber ich habe das Gefühl, als hätte ich sie damals losgelassen, als wir uns in diesem Optikerladen wiedersahen. Als hätte ich bis zu diesem Zeitpunkt nie so richtig aufgehört, auf sie aufzupassen. Und als sie mir sagte, dass sie es wusste, konnte ich sie irgendwie gehen lassen. Und dass sie dann erst krank geworden ist, verstehst du? Was für ein Unsinn, ich glaube nicht an so was.

Er schaut mich an, dann hebt er die Hand und streicht sich über das Gesicht.

– Es ist doch nicht deine Schuld, dass sie gestorben ist.

– Ich weiß, aber es hat mich so ins Grübeln gebracht, als ich gehört habe, dass sie tot ist. Sie hatte keine Kinder, es gibt keine Nachkommen. Nur den Mann, den kenne ich nicht, aber ihre Eltern leben noch. Ich habe ihnen Blumen vorbeigebracht, sie wussten nicht mal, wer ich war, aber ich bin froh, dass ich es getan habe. Und jetzt sind bald nur noch du und ich übrig, hast du mal darüber nachgedacht? Von unserer alten Familie, meine ich, bald sind alle weg.

– Das Schlimmste ist, dass ich irgendwie froh darüber bin.

– Ich weiß, dass es dir so damit geht. Sag mal, wo schläfst du heute Nacht?

– Darüber habe ich noch nicht nachgedacht.

– Du kannst bei uns übernachten, wenn du willst. Wir haben ein Gästezimmer.

– Ich habe mir vermutlich vorgestellt, einfach hier zu bleiben.

Wir drehen uns beide um und betrachten das Krankenzimmer, als sähen wir es zum ersten Mal. Es ist Platz für ein weiteres Bett, aber Ivar hat sich vergewissert, dass keine andere Patientin hierherverlegt wird, es sei denn im Notfall. Das Krankenhaus ist klein und ständig von Schließung bedroht. Viele Abteilungen sind in das Kreiskrankenhaus verlegt worden, das eine Stunde entfernt liegt. Die Entbindungsstation, auf der wir beide geboren wurden, ist geschlossen und wieder eröffnet worden, und jetzt gibt es Pläne für eine erneute Schließung.

– Wir müssen nicht beide die ganze Nacht hierbleiben.

– Aber du musst schlafen, Ivar.

– Ist schon gut, ich bleibe eigentlich gern hier. Ich rufe dich an, wenn etwas passiert.

– Bist du sicher?

– Ja, irgendwie kann ich nicht von hier weg. Hast du übrigens den Schlüssel zu Gladys' Haus? Ich habe sonst einen für dich. Du kannst auch dort schlafen, wenn du willst.

– Ja, vielleicht tue ich das.

– Mach das. Dann bist du ganz in der Nähe.

Ivar löst einen alten Schlüssel von seinem Schlüsselbund und gibt ihn mir. Seltsam, das Muster und einige kleine Rostflecken daran kommen mir bekannt vor. Es könnte meiner gewesen sein. Ich stecke ihn in die Hosentasche, und wir verabschieden uns. Ich trete in den Korridor und gehe zum Treppenaufgang. Während ich aus der vierten Etage zur Rezeption hinuntergehe, denke ich über die Strecke nach, die ich gleich fahren werde, sobald ich im Auto sitze. Ich erinnere mich gut daran, der Weg ist weder lang noch kompliziert, und doch fühlt es sich für mich unmöglich an, ihn einzuschlagen.

GLADYS BLIEB ZU HAUSE BEI IHREN KINDERN, zuerst bei Ivar und Runar, und dann bei mir, und zwar so lange, bis ich in die Schule kam.

An ebenjenem Tag erhielt sie einen Anruf vom Personalchef der Fabrik, wo sie sich um eine Stelle als Sekretärin beworben hatte. Eine der festangestellten Sekretärinnen war nach ihrem Urlaub nicht zurückgekommen, weshalb man Gladys eine vorübergehende Anstellung anbot. Die Bedingung lautete, sie müsse sofort kommen. Es war ein Montagmorgen Ende August 1970, für ihre drei Söhne war es der erste Schultag nach den Ferien, und für den Jüngsten war es der erste Schultag überhaupt, also ein besonderer Tag. Am Abend zuvor hatte sie mir zurechtgelegt, was ich anziehen sollte, dasselbe hatte sie für Ivar und Runar getan, die Hemden waren selbst genäht, aus Baumwollstoff und mit breitem Kragen, wie sie damals in Mode waren, sie waren frisch gewaschen und gebügelt, und jedes hing auf einem eigenen Kleiderbügel. Meins war hellblau, Runars lila, Ivars dunkelblau, wir hatten uns die Farben selbst ausgesucht. Unser Plan war, dass Gladys mich in die Schule bringen und nach Schulschluss wieder abholen würde. Danach würden wir in der Stadt ins Café gehen, sie und ich. Das taten alle Mütter, sie gingen am ersten Schultag mit ihren Kindern ins Café, zumindest jene Mütter, mit denen sie sich vergleichen wollte.

Aber jetzt stand sie mit dem Hörer in der Hand im Flur. Wenn sie nicht sofort Ja sagte, würde der Personalchef die Nächste auf seiner Liste anrufen. Sie betrachtete sich im Spiegel. Die Frisur saß, steif gewellt, eine Wolke von Haarspray bewegte sich mit ihr durch die Zimmer, sie bemerkte es selbst nicht mehr. Seit dem Aufstehen war ich hinter ihr hergelaufen, ich liebte den Geruch, der mir in der Nase piekste und in den Augen brannte. Ich liebte alles, was mit Gladys zu tun hatte, außer wenn sie verärgert war und plötzlich die Eingangstür zuknallte oder allein ins Bad musste. Ich wollte nicht, dass sie irgendwo allein hinging. Wenn das passierte, wurde es in den Zimmern finster und öde. Aber heute war ein leuchtender Morgen, ich war noch nicht einmal dazu gekommen, mich vor der Schule zu fürchten, weil die Zimmer nach Haarspray und Parfüm dufteten, und weil Gladys mir mit ihrem roten Lippenstift einen Kuss gegeben hatte, sie musste eines von ihren weichen Abschminktüchern befeuchten und lange damit an meiner Wange rubbeln, um den Fleck wegzubekommen. Mit einem Kussmund auf der Wange kannst du nicht in die Schule gehen, sagte sie, dafür ist es zu früh, noch lasse ich dich nicht gehen. Ich begriff nicht, was sie meinte, aber das machte nichts, ich schaute sie einfach nur an. Sie trug ein neues beiges Kleid, Ohrringe und eine Halskette, und sie hatte sich gerade geschminkt. Und dann klingelte das Telefon, sie stand mit dem Hörer an der Wange vor dem Spiegel im Flur. Für eine Weile stand ich neben ihr und schaute sie an, das schien sie zu stören, und so ging ich in mein Zimmer. Der Personalchef hatte gesagt, wenn sie sofort kommen könne, hätte sie den Job. Zunächst für ein halbes Jahr, sagte er.

Er schien ihre Bewerbung vor sich liegen zu haben, eine Initiativbewerbung, die sie eingereicht hatte, nachdem

Gunnar endlich nachgegeben und gesagt hatte, na gut, dann solle sie es eben versuchen, er sagte es in einem mitleidigen Tonfall, als wäre von vornherein klar, dass sie die Stelle nicht bekommen würde. Dass sie wieder ins Berufsleben einsteigen wollte, war für ihn erniedrigend, aber der Gedanke an mehr Geld lockte ihn. Außerdem hatte sie sich damals Mühe gegeben, ihnen beiden einen gemütlichen Abend zu machen, und er hatte die Stimmung nicht ruinieren wollen. Später hat er es bereut, selbstverständlich, vermutlich hat niemand ein *na gut* jemals so sehr bereut wie Gunnar, aber das ahnten sie damals noch nicht.

Sie wusste, wer der Personalchef war, sie wusste, wer seine Frau war und wo sie wohnten, in einem der neuen Häuser mit Flachdach oben auf dem Hügelkamm. Gladys mochte keine Flachdächer, sie fand, dass sie künstlich aussahen, oder ärmlich. Und Leute, die an der Spitze standen, sollten doch nicht ärmlich aussehen, das kam ihr vor wie ein Schwindel, eine Art auf den Kopf gestellte Eitelkeit. Und dieser Personalchef hatte nun ihre Unterlagen vor sich liegen, zuoberst in einem Stapel von Bewerbungen anderer Kandidatinnen. Wie sie ganz oben gelandet war, hat sie nie erfahren. Da lag auch das Zeugnis von ihrem Kurs in Maschinenschreiben, das hob er besonders hervor. Er gab ihr zu verstehen, dass es jede Menge andere Bewerberinnen gebe, die er anrufen könne. Mindestens ebenso qualifizierte, sagte er vielleicht. Sie wollte ihm erklären, dass heute Schulbeginn sei, dass er sich einen schwierigen Tag für seinen Anruf ausgesucht habe, aber das hätte nichts gebracht, das war ihr klar. Sie bekam Angst, zu lange gezögert zu haben, auch wenn erst ein paar Sekunden vergangen waren, und so sagte sie Ja.

– Ja gern, sagte sie. – Ich kann sofort kommen.

So konnte sie ihre neue Stelle antreten, ohne sich darauf vorbereiten zu müssen, und ohne sich dumm vorzukommen. Jedenfalls nicht dümmer, als es am ersten Tag in einer neuen Arbeit zu erwarten war. Seit ihrem dreizehnten Lebensjahr hatte sie gearbeitet, aber es waren immer nur Gelegenheitsjobs gewesen. Sie hatte den Boden im Friseursalon gefegt, Blumen ausgeliefert und im Laden gestanden. Und dann war sie schwanger geworden, hatte geheiratet und war bei den Kindern zu Hause geblieben. In den letzten Jahren, seit Ivar und Runar ein gewisses Alter erreicht hatten und sie mit mir allein zu Hause war, hatte sie sich etwas dazuverdient, indem sie herumgereist war und auf Homepartys Schminke verkauft hatte. Um das Familieneinkommen aufzubessern, aber auch aus einem anderen Grund: Sie musste aus dem Haus, wenn sie bei Verstand bleiben wollte. Der jüngste Sohn war pflegeleicht, sie konnte mich mitnehmen, ich saß auf dem Boden und spielte, ohne dass irgendjemandem aufgefallen wäre, dass ich da war. Solange ich in ihrer Nähe sein durfte, konnte sie darauf vertrauen, dass ich ruhig sein würde.

Aber jetzt würde sie Sekretärin werden. Erstens, weil sie den Maschinenschreibkurs absolviert hatte, zweitens, weil sie ihre Bewerbung eingereicht hatte, und drittens, weil eine der fest angestellten Sekretärinnen nach ihrem Urlaub nicht zurückgekommen war.

Was war mit dieser Sekretärin passiert? Das habe ich sie viele Jahre später bei einer der wenigen Gelegenheiten gefragt, bei denen wir als Erwachsene beisammensaßen. Offenbar hatte sie in Dänemark jemanden kennengelernt, erzählte Gladys, einen dänischen Mann, und beschlossen, mit ihm einen Neuanfang zu wagen. Später sei sie zurückgekehrt (mit oder ohne den Dänen, das wusste sie nicht mehr) und habe ihren Job wiederbekommen, aber zu dem Zeitpunkt war Gladys bereits fest angestellt gewesen. Gladys, die immer genau und verantwortungsbewusst gearbeitet hatte, so hatte ihr Chef es formuliert.

Ihr Chef. War das Karl?, fragte ich. Aber nein, es sei jemand anderer gewesen. Karl sei Ingenieur gewesen, er habe in der Entwicklungsabteilung gearbeitet, das wisse ich doch, sagte sie, aber ich wusste gar nichts, ich hatte nicht aufgepasst oder alles vergessen. Die Sekretärinnen hatten ihre eigene Abteilung, zehn Damen mit einem männlichen Chef. Der Chef war ein eingebildeter Trønder, sagte sie, ganz anders als Karl.

Der Personalchef nannte ihr den Namen der Abteilung, und dass sie sich am Tor melden solle, von wo sie jemand abholen werde.

– Welches Tor?, fragte sie.

– Welches Tor? Das obere natürlich. Ob sie wisse, wo das sei?

Sie ärgerte sich, dass sie gefragt hatte, aber sie war sich nicht sicher gewesen. Das Wort *natürlich* sollte noch viele Jahre in ihr brennen, und sie verabscheute den Personalchef dafür, auch später noch, als sie miteinander bekannt geworden waren, sogar dann noch, als sie angefangen hatte, sich hin und wieder mit seiner Frau, die Lehrerin war, zu unterhalten. Aber jetzt war sie verdutzt und ahnte nicht, was sie antworten sollte, jeder wusste, wo das obere Tor war, sie kannte nur niemanden, der durch das obere Tor hineinging, und so sagte sie nur, Ja, natürlich.

Sie hatte also zugesagt, eine Stelle in der Fabrik konnte sie nicht ablehnen, es musste irgendwie klappen. Sie dachte daran, ihre Mutter zu bitten, mich zur Schule zu bringen, aber das war zu kompliziert, das hätte viele Tage im Voraus vereinbart werden müssen. Ihre Mutter wurde schnell nervös und musste auf alles langfristig vorbereitet werden. Sie ging in die Küche und redete mit Runar, der am Tisch saß und seinen Tee trank. Er saß vor der großen orangefarbenen Tasse, die er als seine betrachtete und die außer ihm niemand anfassen durfte. Er wusch sie sogar selbst ab. Earl Grey mit Milch und drei großen Löffeln Zucker. Er las Zeitung oder schaute einfach nur aus dem Fenster. Er nahm sich Zeit, er wollte Engländer sein, er war eine Art Landbesitzer, der über sein Anwesen blickte. Er schaute drein, als gehörte ihm die ganze Stadt, vielleicht sogar die ganze Welt. Seine großen Augen waren halb geschlossen, die Wimpern lang, Gladys hatte ihn mehrmals darum gebeten, ihn schminken zu dürfen, aber er hatte sich geweigert, sie musste sich mit mir begnügen, ich sagte nie Nein. Auch ich hatte lange Wimpern, wenn sie auch nicht so lang und dunkel waren wie Runars. Ivar war schon gegangen, aber ihn hätte sie ohnehin nicht gefragt, sie wandte sich immer an Runar. Sie erklärte ihm, wer angerufen habe und dass ihr ein Job angeboten worden sei, dass sie aber, wenn sie ihn annehmen wollte, sofort losmüsse und am ersten Schultag nicht dabei sein könne, und ich könne doch unmöglich allein gehen. Runar hatte begriffen, was sie wollte, bevor sie zu Ende gesprochen hatte.

– Ich kann ihn zur Schule bringen. Wann ist er fertig? Ich kann früher aus dem Unterricht gehen und ihn abholen.

– Ja, bist du sicher? Danach müsst ihr in ein Café gehen und Kuchen essen. Napoleonstorte und Limonade. Du brauchst Geld, ich lege es dir hierher. Ich kann dir etwas ins Mitteilungsheft schreiben.

– Ich brauche keine Mitteilung.

– Ich kann schreiben, dass es besondere Umstände sind.

– Besondere Umstände?

– Ja. Soll ich etwas anderes schreiben?

– Das ist nicht nötig. Ich erkläre es lieber selbst.

– Aber du brauchst doch wohl eine Mitteilung von zu Hause, um früher gehen zu dürfen.

Sie war dazu erzogen worden, um Erlaubnis zu bitten. Erlaubnis von Lehrern und Vorgesetzten. Ihren Eltern. Ihrem Mann. Aber Runar hatte etwas in sich, von dem sie nicht wusste, woher es kam. Er wollte niemanden über sich bestimmen lassen. Sie hatte Angst, dass ihm das eines Tages Probleme bereiten würde. Sie war *sicher*, dass es ihm eines Tages Probleme bereiten würde. Gleichzeitig war sie überzeugt, dass er immer zurechtkommen würde. Bei mir war sie weniger überzeugt, und in gewisser Weise auch bei Ivar, er war zu nett, fast passiv, fürchtete sie, aber bei Runar hatte sie keinen Zweifel, er würde immer zurechtkommen. Und jetzt sagte er:

– Ich bin erwachsen, ich regle das selbst.

– Du bist noch nicht mal vierzehn. Du bist nicht erwachsen.

– Aber ich regle das selbst. Mach dir keine Gedanken.

Sie seufzte, musste sich jedoch damit zufriedengeben. Denn jetzt musste sie los, sie wiederholte die Zeiten für ihn, er nickte, während sie sprach, er nickte weiter, bis sie fertig war. Er machte eine großspurige Geste mit der Hand, um ihr zu zeigen, dass sie gehen könne, und sie mussten beide darüber lachen. Sie gab mir dieselben Anweisungen, sicherheitshalber, obwohl sie wusste, dass ich sie vergessen würde. Ich war nicht wie Runar, der sich als Siebenjähriger am ersten Schultag selbst hätte zur Schule begleiten können. Es machte nichts, dass ich nicht zuhörte, dass ich mir keine Zeiten und Orte merken konnte, solange Runar mich begleiten und abholen und mit mir ins Café gehen würde.

Welche andere Mutter hatte schon einen dreizehnjährigen Sohn, der ihr solche Erledigungen abnehmen konnte? Sie war so dankbar und stolz auf ihn, dass sie fast vergaß, sich vor dem zu fürchten, was ihr selber bevorstand. Sie zog ihre Handschuhe an und schaute ein letztes Mal in den Spiegel. Sie wusste, Runar würde es gut machen. Er würde mit den anderen Müttern im Café an der Nybrua sitzen, dachte sie und musste lachen, aber es stimmte, er war für mich wie eine Mutter. Er würde Napoleonstorte und Limonade bestellen, und für sich selbst vermutlich einen Tee. Er würde sich interessiert und ernsthaft mit mir darüber unterhalten, was ich erlebt hatte, ob ich von den anderen Schülern in meiner Klasse jemanden kannte, und über meine Lehrerin, die noch keiner von uns kannte, von der wir nur von anderen gehört hatten, dass sie streng war.

Runar wusste besser als Gladys, was dazugehörte, um mir einen Schubs in Richtung Gesellschaft zu geben, und damit einen Anstoß für all das, was ich hoffentlich lernen würde. Er machte sich Sorgen, was aus mir werden sollte, und es kam vor, dass er mit Gladys auf Englisch über mich redete. Sie hatte als Erwachsene zwei Englischkurse besucht, *This way 1* und *2*, bald würde sie mit *3* anfangen, falls es ihr mit der neuen Arbeit nicht zu viel werden würde, was jedoch anzunehmen war, sie würde mit dem auskommen müssen, was sie gelernt hatte.

Sie zog den hellen Mantel an und legte sich das geblümte Baumwolltuch um. Sie nahm mein Gesicht zwischen die Hände und gab mir vorsichtig einen Kuss, sie wollte mir nicht noch einen Lippenstiftfleck verpassen. Sie sagte etwas zu Runar, woran sich niemand mehr erinnert, etwas über ihn und dass sie sich immer auf ihn verlassen könne. Ihre Worte gingen für ihn verloren, er wollte sie nicht annehmen, er ertrug kein Lob. Sie radelte den Hügel hinunter und um die Kurve, und ich stand da und blickte ihr nach. Ich hörte meinen Namen, Runar rief nach mir, er sagte, ich solle mir die Zähne putzen, es sei Zeit, zu gehen.

Der erste Schultag dauerte zwei Stunden, und als ich aus dem Klassenzimmer kam, stand Runar auf dem Schulhof und wartete auf mich. Die Grundschule war fast ganz neu, sie war ein Jahr zuvor gebaut worden, Runar und Ivar hatten diese Schule nie besucht, sie gehörte nur mir. Es war ein längliches, niedriges Gebäude, in dem man aus jedem Klassenzimmer direkten Zugang zum Schulhof hatte. Runar in seinem neuen lila Hemd war der einzige Teenager, der dort stand. Mit seinen langen dunklen Stirnfransen und den ernsten Augen und den schmalen Hüften muss er unter den Müttern Aufsehen erregt haben, sie standen in Grüppchen zusammen und warteten, aber sie taten so, als wäre nichts. Er war allein, und ich wollte am liebsten auf ihn zulaufen und mich ihm an den Hals werfen, aber etwas in seinem Gesicht befahl mir, ruhig auf ihn zuzugehen. Er legte seine Hand auf meine Schulter, das hatte noch nie jemand getan, nicht soweit ich mich erinnern konnte, und dann verließen wir den Schulhof und gingen Richtung Stadtzentrum.

Er fragte, ob alles gut gelaufen sei, was es nicht war, aber ich nickte und tat so, als wäre alles in Ordnung. Wir hatten gelernt, positiv eingestellt zu sein und aus allem das Beste zu machen, wie Gladys. Das war ihre Methode, die sie selbst entwickelt hatte, aus Not oder Einfallsreichtum, und diese Methode half bei allem. Nicht bei absolut allem, nicht bei dem, was nicht zu ändern war, aber aus dem ersten Schultag musste ich das Beste machen, denn er sollte eine schöne Erinnerung werden, hatte Gladys gesagt. Vor uns und hinter uns gingen die anderen Kinder, die ich noch nicht kannte, an der Seite ihrer Mütter, Mütter in schönen Kleidern und einige wenige in Hosen, und diejenigen, die Hosen trugen, sahen besser und jünger aus als die in den Kleidern, und alle hielten ihre Kinder an der Hand, und auch ich wollte an der Hand gehalten werden, ich versuchte, Runars Hand zu nehmen, doch er sagte, ich solle warten, und als wir die Eisenbahnunterführung erreichten, wo ich Angst hatte, dass der Zug über unsere Köpfe hinwegdonnern könnte, nahm er meine Hand, und dann gingen wir weiter bis zum Café am Nybrufossen. Dort aßen wir Napoleonstorte, ich trank Limonade, und er trank Tee, gelben Lipton-Tee mit drei Teelöffeln Zucker, er rührte lange in der Tasse, das tat er immer. Eine erwachsene Frau kam zu uns, neigte sich zu Runar herunter und flüsterte ihm etwas ins Ohr, sie lächelte, richtete sich wieder auf, schaute sich um und lächelte noch einmal, und er antwortete ihr, etwas Erwachsenes und Verständiges, er lächelte sie an, aber ich konnte sehen, dass er ihre Anwesenheit nicht wollte. Kurz darauf kam eine andere Dame an uns vorbei, und auch sie sagte etwas, nur zu Runar, und er nickte und lächelte und antwortete auch ihr, und alle erwachsenen Frauen im Café saßen da und schauten zu uns herüber, und Runar flüsterte mir zu, ich solle meinen Kuchen aufessen. Seinen aß er nicht auf, er trank nur den Tee und stand auf und half mir in die Jacke, und ich musste aufstehen und mitkommen, und wir gingen zwischen den Tischen mit den lächelnden Damen hindurch, Damen mit hochgesteckten Haaren und blauen Schatten auf den Augenlidern, und als wir draußen waren, sah ich, dass Runar die Tränen in den Augen standen. Er wischte sich ärgerlich über das Gesicht und wollte meine Hand nicht mehr halten, und wir gingen schnell nach Hause, und als Gladys von ihrem ersten

Arbeitstag nach Hause kam, fragte sie, wie es gelaufen sei, und Runar erzählte ihr, wir hätten Kuchen gegessen, und versicherte ihr, dass alles gutgegangen sei. Und sie strich ihm über die Wange und sagte ihm etwas Ähnliches wie die Damen im Café, aber das machte nichts, nicht, wenn es Gladys war, die es sagte. Runar fragte sie, wie es in der Arbeit gewesen sei, und dann strich er ihr mit der Hand über die Wange, genau wie sie es bei ihm getan hatte.

EINMAL SAH ICH SIE am Küchentisch sitzen und ein Bild mit einem Artikel darunter aus der Lokalzeitung ausschneiden.

Sie ließ es mehrere Tage liegen, zuerst auf dem Küchentisch und später auf der Kommode, auf der sie sonst die Post ablegte. Sie schaute es gern an, und sie wollte, dass auch wir es sahen, es repräsentierte für sie einen kurzen Augenblick des Ruhms. Auf dem Bild konnte sie sich selbst durch die Augen anderer sehen, die Augen des Journalisten hinter der dicken Brille, er war in der Stadt wohlbekannt, alle nannten ihn beim Vornamen, und durch die Augen des jüngeren Fotografen mit dem halblangen, ungewaschenen Haar. Aber sie wurde auch aus einer anderen, distanzierteren Perspektive gezeigt, denn so, dachte sie, sah sie in den Augen der Gesellschaft aus. Sie war für sich selbst nicht wiederzuerkennen, und das empfand sie als befreiend. Später muss sie den Ausschnitt in einer Schublade oder einem Fotoalbum aufgehoben haben. Sie weiß nicht mehr wo, sie hat dieses Bild schon viele Jahre nicht gesehen, aber jetzt sieht sie es deutlich vor sich, kann den weichen Widerstand des Zeitungspapiers unter ihren Fingerspitzen spüren. Die Überschrift lautet *Kurs in Maschinenschreiben*, das Foto zeigt zwölf Frauen hinter elektrischen Schreibmaschinen, aufrecht sitzend lächeln sie freundlich in die Kamera, die Hände auf der Tastatur: Gerd

Bergerud, Dagrunn Hope, Astrid Thonhaugen, Aud Sjursen, Laila Mikkelsen, Berit Bakken, Bjørg Åsdalen, Kirsten Thorud, und dann ihr eigener Name, mit blauem Kugelschreiber unterstrichen, und weiter: Liv Finnerud, Ranveig Brekke und Annie Viskum. Die Kursleiterin hieß Anne Lise Meyer, sie war deutlich jünger als die Kursteilnehmerinnen. Der Kurs fand in einem Klassenzimmer der Mittelschule statt. Ein Journalist von der Lokalzeitung war gekommen, man machte ein Foto von ihnen und schrieb ihre Namen in der Reihenfolge auf, in der sie im Raum saßen. Sie erkennt ihren eigenen Namen nicht gleich. Es ist ihr alter Nachname, nicht ihr Mädchenname, sondern der, den sie in den Jahren ihrer Ehe mit Gunnar getragen hat. Ihr Gesicht ist jung und ernst, aber auch etwas unscharf. Sie muss sich bewegt haben, während das Bild aufgenommen wurde. Auf dem Schreibtisch neben der Maschine liegt eine Lesebrille, die hatte sie wohl abgenommen, um auf dem Bild besser auszusehen.

Im Kurs inbegriffen war die Miete einer elektrischen Schreibmaschine, auf der sie zu Hause üben sollte. Da saß sie nun und schrieb Zeitungsartikel ab und machte Übungen aus einem kleinen Heft. Niemand außer ihr durfte die Maschine benutzen. Aber nach Kursende konnte sie sie zu einem guten Preis kaufen. Sie blieb im Waschraum auf dem Tisch stehen, wo Gladys normalerweise nach dem Bügeln die Bettwäsche ablegte. Jetzt durfte sie jeder benutzen. Zuerst Ivar, der bald die Geduld verlor, er machte Tippfehler und wollte kein Tippex benutzen, und wie so oft, hackte Runar deswegen auf ihm rum. Ivar und Runar kritisierten einander ständig, wegen jeder Kleinigkeit, aber keiner der beiden kritisierte mich, obwohl ich noch nicht einmal das zustande brachte, was ich längst gelernt haben sollte. Ich konnte mir nicht einmal die Schnürsenkel binden. Wenn ich es versuchte, sahen sie einander nur wortlos an, mit einem Ausdruck, den ich nicht verstand, jedenfalls damals nicht, und dann erbarmte sich Runar und half mir.

Als Nächster durfte Runar die Schreibmaschine ausprobieren, er schloss sich ein und schrieb einen langen Brief, den niemand lesen durfte, und es durfte auch niemand wissen, an wen er gerichtet war, aber Ivar war überzeugt, dass er für jemanden namens Inger war, und Gladys fragte: Inger, wer ist das?, und das ärgerte Runar, und er sagte zu Ivar, er solle das Maul halten. Erst einige Jahre später war ich an der Reihe, die Schreibmaschine auszuprobieren, für die sich inzwischen niemand mehr interessierte. Ich saß lange davor, ehe ich mich traute, die Tasten niederzudrücken. Schließlich schrieb ich meinen Namen. Nicht den Namen, unter dem ich allen bekannt war, sondern den anderen Namen, den, der nur zu Hause verwendet wurde. Die Buchstaben rissen Löcher ins Papier. Ich zog das Blatt aus der Maschine und hielt es mir vors Gesicht, aber ich konnte nicht durch die Löcher hindurchsehen.

ALLE SCHREIBTISCHE SAHEN GLEICH AUS, aus hellem Eichenholz und mit glänzend lackierten Tischplatten.

Nur die Sekretärinnen hatten Schreibmaschinen. Während die Schreibtische der Ingenieure fast leer und mit reichlich Abstand zueinander aufgestellt waren, saßen die Sekretärinnen näher beieinander, und die Schreibmaschinen füllten so gut wie den ganzen Schreibtisch aus. Gladys bekam eine Kugelkopfmaschine von IBM, ein ziemlich neues Modell in dunkelgrün. Der aschgraue Ein- und Ausschaltknopf befand sich auf der Rückseite ganz rechts. Wenn man die Maschine einschaltete, summte sie schwach, und nach ein paar Minuten stellte sich auf den Seiten eine angenehme hautartige Wärme ein. Manchmal legte Gladys die Hände darauf, um die Wärme und das fast unmerkliche Vibrieren zu spüren.

Und sonst? Auf der linken Seite des Schreibtisches stand ein dreistöckiger Aktensammler, im einen Fach lag das Briefpapier mit dem rot-gelben Logo der Waffenfabrik: ein O mit einer Krone darüber. Rechts außen am Tisch ein Tischkalender, auf dem das aktuelle Datum aufgeschlagen war. In der obersten Schreibtischschublade lagen Bleistifte, Kugelschreiber und Tipp-Ex. Das Tipp-Ex war im Grunde genommen überflüssig, denn die IBM-Maschine hatte eine Korrekturtaste. Außerdem schrieb Gladys fehlerfrei, jedenfalls an guten Tagen. Ansonsten fanden sich in der obersten Schublade: ein Päckchen rote Dunhill und ein goldfarbenes Feuerzeug. In der untersten Schublade bewahrte sie ihre Büroschuhe auf, außerdem eine kleines dunkelblaues Necessaire mit Make-up, einer Packung Papiertaschentücher und ein paar Damenbinden. Ihr Platz war nahe dem Fenster, und wenn sie sich nach links drehte, fiel ihr Blick auf eine spärlich belaubte Birke. Dahinter: ein wenig Himmel und der Gipfel eines fichtenbekleideten Bergkamms, Tveteråsen, der fünf oder sechs Kilometer entfernt lag. Ihre Hände wirkten größer als durchschnittliche Frauenhände, mit tiefrotem Lack auf den kräftigen Nägeln. Der eine Daumen war etwas größer als der andere. Am rechten Handgelenk eine dünne Goldkette, am linken eine Armbanduhr, der Ehering am linken Ringfinger.

Eines Morgens, als sie vor allen anderen zur Arbeit kam und sich auf ihren Platz setzte, entdeckte sie in der Birke vor dem Fenster einen kleinen Waldkauz. Mit einem leicht aufgekratzten Gesichtsausdruck wandte er ihr den Kopf zu, die langen, um die Zweige geschlossenen Klauen waren schwarz und glänzten, als hätte auch der Kauz versucht, sich schön zu machen.

DIES IST DER ABEND, an dem wir Papa verlassen. Gladys hat nie an diesen Abend gedacht, sie hat ihn gemieden, ihn aktiv verdrängt, von sich geschoben, als hätte es ihn nie gegeben, aber jetzt kommt er zu ihr zurück. Hier, wo sie sich nicht mehr verteidigen kann, steigt er von irgendwo unter dem Bett hervor. Keine lauten Stimmen, kein Türenknallen oder Geschrei, nur ein aufgeregtes Flüstern aus Ivars und Runars Zimmer, und Gladys selbst, die wahllos irgendwelche Kleidungsstücke zusammensucht und in einen Koffer wirft. Ich wusste von nichts, ich schlief, aber spätabends wurde ich von Runar geweckt, der mehrmals meinen Namen sagte. Ich wusste nicht, wer ich war, wusste nicht einmal, dass ich geschlafen hatte, aber ich erkannte Runar. Seine Stimme, etwas härter als sonst, auch sein Gesicht hart, er konnte streng mit mir sein, strenger als Gladys, und das war er nun. Ich müsse aufstehen, sagte er, ich müsse mitkommen. Er nahm meine Decke und rollte sie zusammen, die würden wir mitnehmen. Frag nicht, sagte er, komm einfach.

Das war im Frühling, im April. Am Vormittag war es sonnig und warm gewesen, fast wie im Sommer. Ich meine mich zu erinnern, tagsüber in der milden Frühlingsluft spazieren gegangen zu sein, aber vielleicht bilde ich mir das nur ein. Jetzt in der Nacht war es kalt geworden, und es wehte ein schneidender Wind. Schneegestöber in unseren Gesichtern, als wir vor dem Haus standen.

Wir kletterten auf den Rücksitz eines Autos, das ich noch nie zuvor gesehen hatte. Ein weißer Peugeot Kombi, wie ich heute weiß, er sollte für die kommenden Jahre unser Auto sein. Der Mann hinter dem Lenkrad drehte sich um und schaute uns an. Er sah uns zum ersten Mal. Sein Gesicht war lang und einfühlsam. Das denke ich jetzt, nicht damals, damals hatte ich nur Angst vor ihm, ich verstand nicht, was er von mir wollte, er sah wütend aus. Er war ein erwachsener Mann mit dunklem Bartwuchs, selbst Jahre später noch, als er anfing, sich glatt zu rasieren, ist sein Bartschatten immer zu erahnen gewesen. Aber bei dieser ersten Begegnung mit uns trug er einen Vollbart, sein Gesicht war mit Haaren bedeckt, nur seine Augen leuchteten in dem dunklen Auto. Er zog die Augenbrauen hoch und sagte etwas zu uns, ich weiß nicht, was, vielleicht etwas Freundliches, etwas Beruhigendes, aber ich blickte nur auf die finsteren Augenbrauen, die sich hoben und sein Gesicht noch länger aussehen ließen. Ivar und Runar antworteten ihm, und Ivar stupste mir mit dem Ellbogen gegen den Arm, damit auch ich etwas sagte, aber ich hatte nicht zugehört. Ich passte meistens nicht auf, das wussten alle. Vermutlich hatte er uns erzählt, wie er hieß. Karl. Gladys stieg vorne ein und versuchte, sich einen großen Koffer auf den Schoß zu hieven. Karl nahm den Koffer, zog ihn herüber auf die Fahrerseite, machte die Tür auf und stieg damit aus. Dann öffnete er den Gepäckraum und schob den Koffer hinter uns ins Auto, ein kalter Luftstoß fegte über unsere Köpfe hinweg, als sich die Hecktür mit einem Knall schloss. Gladys drehte sich zu uns um, sie blickte besorgt auf mich und fragte Runar, ob mir kalt sei.

Runar wickelte mich in die Decke, und Ivar drehte sich

abrupt von uns weg. Er lehnte seine Stirn gegen die Fensterscheibe. Wir fuhren aus der Einfahrt, und ich sah Gunnar am Fenster stehen. Er trug ein Hemd, das vorne aufgeknöpft war und ihm lose über den Hosenbund hing. Sein haariger Bauch wölbte sich unter dem offenen Hemd hervor. Es sah aus, als hätte er gerade ins Bett gehen wollen, als er erfahren hatte, dass wir ausziehen würden. Irgendwie muss ich begriffen haben, was vor sich ging, auch wenn niemand etwas zu mir gesagt hatte. Ivar saß neben mir, drückte sein Gesicht gegen das Glas und winkte langsam, damit niemand sehen konnte, dass er es tat. Ich glaube, er versuchte, Gunnar ein heimliches Zeichen zu senden, aber im Auto war es so dunkel, dass Gunnar seine Hand nicht gesehen haben kann.

Oft kommt es mir vor, als hätten wir Gunnar nach jenem Abend niemals wiedergesehen. Das stimmt nicht, wir haben ihn oft getroffen, die Stadt war klein, und Gladys wollte, dass wir den Kontakt zu ihm aufrechterhielten. Aber nachdem wir nicht mehr zusammenlebten, entstand zwischen uns eine Distanz, ein unüberbrückbarer Abgrund, der für Gunnar schlimmer gewesen sein mag als für uns. Ich kann mich nicht erinnern, dass es mir etwas ausmachte, ich vermisste es nicht, mit ihm zusammenzuleben. Kann es denn sein, dass ich lediglich registrierte, was vor sich ging, ohne mehr dabei zu empfinden als eine Art unpersönliches Interesse, wie beim Betrachten einer Wolke, die langsam über den Himmel zieht? Es hört sich nicht richtig an, aber ich habe es oft gedacht. Erst als ich selbst erwachsen wurde, habe ich versucht, mir vorzustellen, wie es für Gunnar gewesen sein muss, seine Söhne zu verlieren, als wir spätabends von ihm weggebracht wurden, noch dazu im Auto eines anderen Mannes. Er schrie nicht, er versuchte nicht, uns aufzuhalten, er stand einfach am Fenster und sah uns wegfahren.

Das Haus, in dem Gunnar am Fenster stand, verschwand hinter uns, als wir über die Schotterstraße den Hügel hinunterfuhren. Ehe wir auf die asphaltierte Straße kamen, die weiter ins Zentrum führte, bog Karl auf eine der anderen Schotterstraßen ab, die kreuz und quer über den langen Hügelkamm verliefen. Bald fuhr der weiße Peugeot wieder bergauf, aber diesmal fuhren wir auf der Straße, die auf dem Rücken des Hügels verlief und von der man einen Ausblick auf die ganze Stadt hatte. Hier gab es nur neu gebaute Häuser, braun gestrichene funktionalistische Villen mit Flachdächern. Die Leute, die hier lebten, waren alle zur selben Zeit eingezogen, es war kaum zwei Jahre her, dass die Häuser fertiggestellt worden waren. Bei einigen war noch kein Terrassenboden verlegt worden, große Steinblöcke zeugten nackt und mit roher Innenseite von den vorangegangenen Sprengarbeiten. Baumaterial stapelte sich, wo in der Zukunft einmal ganz gewöhnliche Gärten mit Gras und Ziersträuchern entstehen sollten. Der Straßenrand war immer noch mit Heidekraut und Kiefern bewachsen, den Überresten des Waldes, der gerodet worden war, um hier Lebensraum für Menschen zu schaffen. In diesem Wald hatte Gladys als Kind gespielt, damals waren hier Kühe herumgelaufen, und vor einer weißen Kuh hatte sie sich besonders gefürchtet, die hatte so spitze Hörner gehabt und war allen hinterhergejagt. Aber davon wussten die jetzigen Bewohner natürlich nichts mehr.

Alle neuen Bewohner dieser Häuser waren Ingenieure. Das heißt, alle Männer. Die meisten Frauen waren Hausfrauen. Eine von ihnen war Physiotherapeutin und eine andere Krankenschwester, und direkt neben uns wohnte, wie ich später herausfand, eine Lehrerin aus meiner Schule. Das Haus, in das wir einziehen sollten, lag fast ganz oben, knapp bevor die Straße auf der Westseite des Kamms wieder bergab führte. Karl benutzte die Garage normalerweise nicht, er schaltete den Motor aus und ließ das Auto auf die Haustür zurollen, ehe er wenige Zentimeter vor dem Treppenabsatz mit den Schieferplatten abbremste. Er parkte immer so, er konnte mit geschlossenen Augen dasitzen und das Auto vorwärtsgleiten lassen, und jedes Mal kam es an derselben Stelle zum Stehen. Einmal muss das erste Mal gewesen sein, dass er das tat, in seinem alten Leben, bevor wir kamen, vielleicht war es ein Spiel, das er sich für seine Kinder ausgedacht hatte, vielleicht hatten sie ihn darum gebeten, und seitdem hatte er nicht mehr damit aufhören wollen.

Der Schnee fiel jetzt dichter. Runar hielt mich an den Schultern und führte mich rasch ins Haus. Ich wollte natürlich nicht hineingehen, ich wollte nach Hause und zurück in mein eigenes Bett, aber ich konnte nicht protestieren.

Und dann waren wir drinnen, hier sollten wir nun wohnen. Für die Nachbarn muss es seltsam ausgesehen haben. Von einem Tag auf den anderen hatte Karl eine neue Frau anstelle der alten, und drei Söhne anstelle der drei Töchter, die er zuvor gehabt hatte. Wir seien eingezogen, als wäre es eine Selbstverständlichkeit gewesen, habe ich später zu hören bekommen. In den ersten Wochen standen noch die Fahrräder der Töchter vor dem Haus, sie waren noch nicht für den Winter verstaut worden, Karl hatte mehr Zeit in der Arbeit verbracht als im Haus, aber bald verschwanden die Fahrräder und mit ihnen alle Kleider, die in den Schränken gehangen hatten.

Runar ging mit mir in den ersten Stock, in das Zimmer, das meines werden sollte. Mir kam es so vor, als wäre er nicht zum ersten Mal hier. Er muss mit Gladys in diesem Haus gewesen sein, er muss gewusst haben, was passieren würde. Wie sonst hätte er wissen können, wo mein Zimmer war? (Dafür habe ich nie eine Erklärung bekommen, und Gladys kann mir nicht helfen, sie ist wieder auf dem Weg zurück in die Dunkelheit.) Runar deutete auf die Zimmer, in denen er und Ivar schlafen würden. Bisher hatten sie sich ein Zimmer geteilt, jetzt würde jeder sein eigenes bekommen. Unsere Zimmer lagen nebeneinander im oberen Flur, Runars Zimmer neben meinem, also konnte ich ihn rufen, wann immer ich wollte, und er würde mich hören. Das Bett war gemacht, aber er zog die Decke weg, die dort lag, damit ich meine eigene benutzen konnte. Es war eine Decke mit rosa Bezug, er faltete sie zusammen und legte sie auf den Boden. Er erzählte mir, das Mädchen, das vor mir hier gewohnt habe, sei etwas jünger als ich. Er wusste nicht, wie sie hieß, aber ich fand ihren Namen, sobald ich im Bett lag. Sie hatte ihn mit Kugelschreiber an die Wand geschrieben. Die Buchstaben hatten tiefe Rillen ins weiche Holz geritzt, und ich folgte den Spuren mit dem Zeigefinger, als schriebe ich mich selbst in ihren Namen hinein.

Mina.

Ich zog in ihr Zimmer ein, in ihr Bett, in ihr altes Leben. Es war, als zöge ich in sie selbst ein, als würde ich zu der Person, die sie gewesen war. Mir kam niemals der Gedanke, Mitleid mit ihr zu haben, und ich fragte mich nie, wer sie war. Ich glaubte, es zu wissen. Ich würde Mina werden. Ich würde der Mensch werden, der sie gewesen war, als sie hier gewohnt hatte.

AN DEM ABEND, an dem Gladys Gunnar verließ, machte sie sich zu einem modernen Menschen, der sein Leben selbst in die Hand nahm und sich von den Erwartungen der alten Gesellschaftsordnung und ihrer eigenen Familie freimachte.

Von nun an bestimmte sie, wer sie war, wer sie werden konnte, wie ihr Leben aussehen sollte. Es war ein Abschied von ihrer Herkunft und ein Aufstieg in der sozialen Hierarchie, sie ließ es zu, dass ihr Leben von einer zufälligen Eingebung geformt wurde. Später wünschte sie sich zurück in das Leben, das sie verlassen hatte, später versuchte sie, nach dem zu greifen, was sie fallen gelassen hatte, aber da war es zu spät, wie immer. Auch in dieser Hinsicht war sie zu einem Sinnbild des modernen Menschen geworden: eine tragische Figur, die gezwungen war, ihrem Leben selbst einen Sinn zu geben, einen provisorischen Sinn, der, wenn sie morgens zum Schminken vor dem Spiegel stand, zwischen ihren Fingern zerrinnen konnte. Das Leben, das ihr zufiel, hatte sie niemals vorausgesehen oder sich gewünscht. Niemand hatte sie darauf vorbereitet, und sie hat niemals aufgehört, sich darüber zu wundern.

Es fing damit an, dass es regnete und dass er sie nach Hause fuhr.

Normalerweise fuhr Gladys mit Gunnar zur Arbeit. Es war

Gunnar, der über das Auto verfügte, immer, das Auto gehörte ihm mehr als ihr, und an diesem Nachmittag fiel ein prasselnder Sommerregen. Er war von jedem Platz in der Fabrik aus zu hören und zu sehen. Es wäre also nur natürlich gewesen, wenn sie wie gewöhnlich mit Gunnar nach Hause gefahren wäre, aber an diesem Tag hatte sie etwas in der Stadt zu erledigen. Sie musste Ivar ein neues Hemd kaufen, da er zum Geburtstag von Sigurd Østli eingeladen war, der weiter oben am Hügel wohnte. Sigurd Østlis Vater war der Direktor der Firma Gassturbin, und Gladys legte Wert darauf, dass Ivar bei Sigurds Familie einen guten Eindruck machte. Ivar war in die Höhe geschossen, sein altes gutes Hemd konnte er nicht mehr tragen, es war ihm an den Ärmeln zu kurz, und selbst Hochkrempeln half nichts, da es ihm auch an den Schultern zu eng geworden war. Die Tage, als sie ihren Söhnen noch Hemden genäht hatte, waren längst vorbei, dafür hatte sie keine Zeit mehr. Sie konnten sich mittlerweile auch etwas mehr leisten, obwohl das Geld immer knapp blieb. Stets hatte Gunnar am Monatsende mehr ausgegeben, als sie für möglich gehalten hätte. Aber wofür, das konnte sie sich nicht erklären. Er hatte aufgehört, seine Zigaretten selbst zu drehen, er kaufte Fertigzigaretten, Pall Mall filterlos, und er ging vermutlich öfters in den Alkoholladen, als er ihr gegenüber zugab, außerdem gab er Geld für Sportwetten aus. Aber dennoch, es war, als gäbe es irgendwo auf der Welt ein Loch, das Gunnars Geld verschluckte.

Warum hatte Gunnar nicht mit ihr zum Laden fahren und im Auto auf sie warten können? So war das Leben dieser beiden nun einmal nicht. Gunnar fuhr allein nach Hause und setzte sich hin, um Zeitung zu lesen. Während Gladys durch die Straßen in Richtung Zentrum ging, wartete er darauf, dass sie nach Hause kam und das Abendessen kochte.

Sie hatte nicht einmal einen Regenschirm dabei, sie ärgerte sich über sich selbst, aber als sie morgens aus dem Haus gegangen war, hatte es keinerlei Anzeichen für ein derartiges Unwetter gegeben.

Sie stand am Ausgang und wartete, dass der Regen aufhörte, es hatte sich eine ganze Ansammlung von Sekretärinnen gebildet, die ebenfalls warteten, die Stimmung war ausgelassen, für ihren Geschmack etwas zu ausgelassen, sie war jemand, der sich am liebsten etwas abseits der Gruppe aufhielt. Sobald der Regen nachließ, strömten sie alle gleichzeitig hinaus, und Gladys ging, so schnell sie konnte. Sie gab sich Mühe, die schlimmsten Pfützen zu vermeiden, und erreichte den Kleiderladen, ohne allzu nass geworden zu sein. Als das Hemd gekauft war (es war teurer als gedacht), hatte es wieder zu schütten begonnen, stärker als zuvor. Sie stand unter dem Dach des Narvesen-Kiosks und wartete ein wenig, sie wollte ihre Dauerwelle nicht ruinieren, es würde Stunden in Anspruch nehmen, sie wieder in Ordnung zu bringen. Einen Regenschirm zu kaufen, konnte sie sich nicht leisten, sie hatte einen relativ neuen zu Hause.

Ein Ende des Regens war nicht abzusehen, und Gladys musste nach Hause. Dort saßen ihr Mann und die drei Söhne und warteten auf ihr Essen, sie konnte hier unmöglich stehen bleiben. Sie zog das in Plastik eingepackte Hemd aus der Einkaufstüte und steckte ihre Handtasche in die Tüte, um zu verhindern, dass das Leder vom Regen durchtränkt wurde, dann hielt sie sich das flache Hemdpäckchen als Schutz über den Kopf und trat hinaus auf die Straße. Es sah lächerlich aus, es war nicht ihre Art, sich so in der Öffentlichkeit zu zeigen, aber dann beschloss sie, die Sache mit Humor zu nehmen und über sich selbst und ihre Situation zu lachen. Sommerregen hat etwas Befreiendes, etwas Erlösendes, Ermutigendes, freudig Auflösendes. Etwas fast Sexuelles. Das hätte Gladys sicherlich nie behauptet, aber all das ist lange her, und Tatsache ist, dass eines der vorbeifahrenden Autos beim Näherkommen langsamer wurde. Sie vermutete in dem Wagen einen der wenigen Autofahrer, die sich tatsächlich die Mühe machten, auf die Fußgänger Rücksicht zu nehmen, wohingegen die meisten quer durch die Pfützen rasten, sodass das Wasser bis weit auf den Gehweg spritzte. Sie warf dem Fahrer einen dankbaren Blick zu und bemerkte, dass das Auto angehalten hatte, dass der Fahrer sie ansah und dass sie ihn kannte. Es war Hegg, der Ingenieur, der immer so nett zu ihr war. Er saß allein im Auto, jetzt lehnte er sich über den Beifahrersitz und öffnete die Tür und rief sie beim Namen.

– Komm, steig ein, Gladys, du wirst ja klatschnass.

Da gab es nichts zu überlegen. Hätte sie ablehnen sollen, nach Hause gefahren zu werden? Das meinte jedenfalls Gunnar, gereizt und schwarz vor Eifersucht, als sie nach Hause kam. Aber sie konnte schlicht und einfach nicht ablehnen, nicht bei diesem Wetter. Vielleicht hegte sie schon damals eine gewisse Schwäche für Hegg, der darauf bestand, von allen Karl genannt zu werden. Er war einer dieser neumodischen Ingenieure, er unterhielt sich immer mit den Arbeitern in der Werkstatt, er stand dort und lachte mit ihnen, löste Probleme mit ihnen. Anfangs waren sie skeptisch gewesen, aber dann hatten sie ihn akzeptiert. Er war nicht wie die älteren Ingenieure, die in weißen Laborkitteln herumliefen und alle siezten, und zwar nicht aus Höflichkeit, sondern aus Arroganz. Karl, so schien es, konnte mit allen gut. Sie stieg in sein Auto ein, und im selben Moment war es, als ob sich die Schleusen des Himmels erst richtig öffneten. Wie hätte man es anders ausdrücken können? Den beiden im Auto fiel jedenfalls nichts ein, und sie lachten über den Regen, der wie aus Eimern auf sie herunterplatschte. Karl war weitergefahren, musste aber wieder anhalten, weil er kaum etwas sehen konnte, das Wasser prasselte auf die Windschutzscheibe, und alle Autos standen still, sie mussten warten, bis das Schlimmste vorüber war.

Vielleicht waren diese paar extra Minuten schon genug. Sie saßen nebeneinander im Auto, er am Steuer und sie auf dem Beifahrersitz. Für einen außenstehenden Betrachter hätten sie ausgesehen wie ein Paar. Der Gedanke muss die beiden gestreift haben, sie mag sich Sorgen gemacht haben, gesehen zu werden, denn auch wenn bei diesem Wetter niemand mehr auf die Straße ging, war sie es gewohnt, stets daran zu denken, wie sie durch den Blick der Stadt wahrgenommen wurde. Und dann muss sie es gesehen, es gespürt haben, dass sie nebeneinandersaßen wie ein Paar. Mag sein, dass das etwas in ihr auslöste. Und auch in ihm, aber sie ließen sich nichts anmerken, sie unterhielten sich über den Regen. Alltäglichkeiten, über den kommenden Sommer, und sie war sogar so frei, eine Bemerkung über ihre Haare fallen zu lassen.

– Jetzt will ich mal hoffen, dass meine Dauerwelle nicht völlig im Eimer ist.

Sie klappte die Sonnenblende vor sich herunter, auf deren Rückseite sie einen kleinen Spiegel vermutete, einen sogenannten Schminkspiegel, und da war er, wie immer, auf der Beifahrerseite, der Frauenseite, und sie erlaubte sich, ihr Haar in diesem kleinen Spiegel zu betrachten, was ihr eigentlich nicht zustand. Es war der Spiegel einer anderen Frau, in dem sie sich betrachtete, aber die Umstände waren ja auch außergewöhnlich.

– Du siehst immer noch gut aus, sagte Karl, und er sagte

es ohne Hintergedanken, ohne aufdringlich zu klingen. Und es schien wirklich, als hätte die Dauerwelle den Regen überlebt. Sie lachte ein wenig, vielleicht auch aus Erleichterung darüber.

Nicht immer ist es sexuelle Anziehung, die den Anfang macht. Sie mag da gewesen sein, aber sie kann auch später hinzugekommen sein. Und Karl, der sich nie einen Fehltritt geleistet hatte, war kein Schürzenjäger, das konnte ihm keiner vorwerfen, er sah die Sekretärinnen keineswegs auf dieselbe Weise an wie gewisse andere Ingenieure.

Von Kindesbeinen an war Karl schüchtern gewesen, aber den Einstieg ins Berufsleben hatte er wie eine Art Befreiung erlebt. Dass er in einer Zeit der Auflösung alter Hierarchien lebte, kam ihm gelegen. Er war jung und zukunftsorientiert genug, um die meisten Veränderungen gutzuheißen, er wollte ein demokratisch eingestellter Mensch sein. Er selbst war der Ansicht, dass er sich mit den Sekretärinnen auf dieselbe Weise unterhielt wie mit den Männern in der Werkstatt, er betrachtete sie als Gleichgestellte, auf ein und derselben Ebene wie er selbst, mit demselben Recht, respektvoll behandelt zu werden. Ihm war bewusst, dass die alte Rangordnung nach wie vor intakt und er lediglich aufgrund seines Berufs in der Lage war, sich zu öffnen, eine Stufe hinabzusteigen und den anderen auf einer Ebene zu begegnen. Aber er tat, was er konnte, um bodenständig zu sein, wie manche sagten. Karl Hegg ist bodenständig, sagten sie. Und das war er, zumindest bei der Arbeit. Und jetzt saß er hier im Auto, während der Regen aufs Dach herniederprasselte und über die beschlagenen Fensterscheiben strömte, und neben ihm saß Gladys, wie er sie nannte, obwohl alle anderen Männer sie Frau Evensen nannten. Genau das irritierte die anderen Sekretärinnen, die einander beim Vornamen anredeten, während die Männer die Sekretärinnen mit Nachnamen anredeten, und vice versa. Einige von ihnen empfanden Karls Angewohnheit, die Damen beim Vornamen anzureden, als unangemessen, sie deuteten sie als Schwäche. Gladys war da anderer Meinung. Für sie war es umgekehrt, sie konnte es nicht erklären – sie war auch nicht daran interessiert, es zu erklären, sie hielt es vor sich selbst verborgen – aber es gefiel ihr, dass er sich, wenn er einen Brief zu schreiben hatte, neben sie an den Schreibtisch setzte. Er zog sich einen freien Stuhl heran, saß entspannt und breitbeinig da, lehnte sich vor und ließ sie die besten Formulierungen finden, lobte sie sogar für ihre Sprachfertigkeit, wie er es nannte. Sie war gut im Schreiben, fand er. Und auch schnell, sie vertippte sich fast nie. Das wusste sie, aber es war ihr unangenehm, dass er es so laut kommentierte, dass die anderen es hören konnten. Wenn er sich an sie und die anderen wandte, war es stets auf kameradschaftliche Art und Weise, ohne jede Anzüglichkeit. Vielleicht war das der Grund, warum einige ihn für schwach hielten: weil er nie auch nur eine einzige Anspielung machte.

Und dann muss sich der Regen wohl gelegt haben, und er fuhr sie nach Hause. Er wusste, wo sie wohnte, daran war nichts Ungewöhnliches, die Stadt war damals noch klein. Er fuhr den Hügel hinauf, bog an der richtigen Stelle ab und hielt vor ihrem Haus, wo Gunnar am Fenster stand und wissen wollte, wo sie geblieben sei. Das Ganze sei völlig unschuldig gewesen, von etwas anderem wollte sie nichts hören, es habe wie aus Eimern gegossen, und er habe sie nach Hause gefahren.

Und dennoch. Schon damals hatte zwischen ihnen ein

heimliches Gespräch stattgefunden, das sich unter dem eigentlich Gesagten abspielte. Sie wandten sich als Vertraute aneinander, intim Vertraute, als hätten sie bereits einen Pakt geschlossen. Etwas in diese Richtung muss Gunnar gespürt haben, immerhin sah er sie, als das Auto vor der Einfahrt hielt. Er sah, dass seine Frau in einem fremden Auto nach Hause kam, und er sah, dass sie sich Zeit ließ, das Gespräch zu Ende zu führen. Sie hatte es nicht eilig, aus dem Auto zu steigen, ganz im Gegenteil. Und er sah auch, wer der Fahrer war, Ingenieur Hegg, und den hatte Gunnar noch nie leiden können.

Das nächste Mal, als sie in Karls Auto sitzt, regnet es nicht.
Es ist Spätsommer, und Gladys trägt ein ärmelloses beiges Kleid. Bevor sie das Büro verlässt, zieht sie sich ihre Golfjacke an, nicht weil ihr kalt ist, sondern weil sie anständig aussehen und nicht gar so nackt wirken möchte. Auf der Straße will sie nicht mit einem ärmellosen Kleid herumlaufen. Für heute ist sie mit der Arbeit fertig, sie hängt sich die Handtasche über die Schulter und geht hinaus in den Korridor, um auszustempeln. Da sieht sie Karl, er ist stehen geblieben, um seine Pfeife anzuzünden. Kann es sein, dass er da steht, weil er auf sie gewartet hat? Sie hegt keinen Verdacht. Er nickt ihr zu, eine Art Lächeln blinkt in seinen Augen. Er geht voraus, und ihr bleibt nichts anderes übrig, als hinter ihm die Treppe hinunterzugehen. Er trägt ein zeitgemäß kariertes Flanellhemd und eine braune Cordhose, er möchte modern und demokratisch daherkommen, und das findet sie lächerlich, ein Anzug steht ihm viel besser. Ein einziges Mal hat sie ihn im schwarzen Anzug gesehen, darin hat er groß und schlank und stramm und schick ausgesehen, und sie findet, seine Frau müsste dafür sorgen, dass

er jeden Tag Anzug trägt. Aber Karls Frau ist Bibliothekarin und scheint eine von diesen Frauen zu sein, von den es mittlerweile überall wimmelt, mit loser Kleidung und offenem Haar und offeneren Haltungen als Gladys es von Frauen gewohnt ist. Gladys hat sie mit ihrem flatternden Haar, einem lila T-Shirt und Latzhose in der Stadt gesehen und gefunden, dass sich so etwas für die Frau eines Ingenieurs einfach nicht schickt.

Aber vermutlich passen sie zusammen, die zwei. Denkt sie, mit einem Anflug von Widerwillen. Heute hat Karl sogar Sandalen an den Füßen, zum Glück mit Socken, gestreiften Socken, die sauber und ordentlich aussehen. Sein Haar ist im Nacken und bei den Ohren etwas zu lang, aber es lockt sich so schön. Er ist tatsächlich einer der wenigen Männer, denen längeres Haar steht. Er öffnet die Tür, lässt sich mit einem eleganten Schwung zur Seite gleiten, um ihr den Vortritt zu lassen, und hält ihr die Tür auf. Er ist sich mit anderen Worten die ganze Zeit darüber bewusst gewesen, dass sie hinter ihm herging.

– Immer noch so heiß, sagt er und lächelt sie an.

Beim Lächeln bilden sich schöne Fältchen um seine Augen, und sie merkt, er will etwas mit diesem Lächeln. Aber vielleicht bildet sie sich das auch nur ein.

– Ja, sagt sie und lächelt ebenfalls, dann aber weiß sie nicht, was sie sonst noch sagen soll.

Schweigend gehen sie nebeneinander weiter.

Etwas wächst zwischen ihnen empor, das keiner von ihnen geplant hat. Die plötzliche Nähe jenes verregneten Nachmittags, jetzt ist sie wieder da. Normalerweise arbeitet Karl noch, wenn Gladys und die anderen Sekretärinnen nach Hause gehen. Aber diesmal ist sie länger geblieben, wegen eines Briefs, den sie vor dem Wochenende fertigschreiben wollte. Einen Brief für Midtskogen, der auch Aktenschänder genannt wird, er schludert und schlampt mit Zahlen und Begriffen, alles muss sie überprüfen, und außerdem ist seine Schrift kaum zu lesen. Mit Karls Briefen ist es völlig anders. Er hat eine runde und offene Schrift, fast wie eine Frau, nein, ein junges Mädchen. Mädchenschrift, damit wird sie ihn necken, noch nicht jetzt, viel später. Jetzt gehen sie hier nebeneinander her, auf dem Kiesweg, der zum Parkplatz führt, und je länger ihr Schweigen andauert, desto mehr wächst und umschließt sie die Intimität. Sie gehen nebeneinander her, als wären sie ein Paar, etwas zu nah beieinander. Dabei möchte das keiner von beiden. Gladys will den Abstand vergrößern, weiß jedoch nicht, wie sie das bewerkstelligen soll, ohne dass es auffällig wirkt.

Sie sind beim Fahrradständer angekommen, und endlich macht Karl den Mund auf.

– Fährst du mit dem Rad?

– Normalerweise schon, aber heute nicht. Heute bin ich mit meinem Mann mitgefahren.

– Aber zurück nach Hause nicht?

– Nein, er ist früher gefahren, er musste einen unserer Söhne zum Arzt bringen.

– Nichts Ernstes?

Die Frage ist aufrichtig gemeint, merkt sie, er bleibt stehen und blickt sie an, und sie schüttelt dankbar den Kopf. Ivar hat sich den kleinen Finger gebrochen, aber nun ist der Bruch verheilt, und er muss zur Kontrolle. Sie hat Gunnar überredet, ihn hinzufahren, sie möchte, dass er mehr am Leben der Jungs teilnimmt, sich als interessierter Vater zeigt. Sie saugt solche gesellschaftlichen Neuerungen in sich auf, alles, was im Trend liegt, nicht alles übrigens, aber das, was ihr brauchbar erscheint, und sie versucht, auch Gunnar dazu zu bringen, mit der Zeit zu gehen. Er ist es gewohnt, alles so zu machen, wie es seine Eltern gemacht haben, er hängt im Alten fest, findet sie. Aber sie hat ihm die Wange gestreichelt, und da hat er sich einverstanden erklärt, Ivar ins Krankenhaus zu fahren. Vermutlich hat er ihre Hand als Versprechen einer Belohnung aufgefasst, und das ist in Ordnung. Es ist Freitag, sie werden zu fünft etwas Leckeres essen, und nachdem die Jungs ins Bett gegangen sind, werden sie und Gunnar noch eine Weile beisammensitzen. Sie mit einem Glas Bailey's und er mit seinem Wodka. Wenn er nicht zu viel trinkt, wird es schön werden. Aber nichts davon kann sie Karl erzählen. Er wirkt so unschuldig, obwohl er ein erwachsener Mann ist.

– Ich fahre normalerweise auch mit dem Rad, sagt er.

Das weiß sie, sie hat ihn mehrmals gesehen, mit einem Band ums rechte Hosenbein und flatternder Jacke, er fährt viel zu schnell.

– Ich hab mir gestern auf dem Nachhauseweg einen Platten geholt und bin abends nicht zum Reparieren gekommen. Also war heute das Auto dran. Aber dann können wir doch gemeinsam fahren, wir zwei?

Das sagt er, anscheinend völlig ohne Hintergedanken. Fast sieht es so aus, als wäre er von seinem eigenen Vorschlag überrascht. Er führt die Hand ans Gesicht und streicht sich verlegen den kurzen Bart. Sie findet schon seit Längerem, dass er sich rasieren sollte, ohne Bart würde er besser aussehen. Noch eine Sache, für die eigentlich seine Frau zuständig wäre, sie ärgert sich über Karls nachlässige, gleichgültige Frau.

Gladys lächelt, um es Karl leichter zu machen. Die Situation hat diesen Vorschlag hervorgebracht, und die Situation macht es ihr ebenso unmöglich, dankend abzulehnen.

Sie möchte nicht unfreundlich sein, und außerdem kann sie nicht anders, es gelingt ihr nicht, aus dieser Nähe herauszutreten, die um die beiden emporgewachsen ist und sie gleichsam einkapselt und einander ähnlich macht. Für einen Augenblick sehen sie ganz gleich aus, wie Zwillinge, jeder hätte es sehen können, hätte nur jemand genauer hingeschaut. Aber es schaut niemand hin, alle anderen wollen einfach nur nach Hause. Sie gehen gemeinsam zu Karls Auto, dem weißen Peugeot, er mag französische Autos, das ist bei ihm eine Art fixe Idee, eine gewollte Exzentrizität, etwas, von dem er hofft, dass es sich zu einem Charakterzug entwickeln wird. Diese Seite von ihm kennt sie noch nicht. Sie wartet, dass er aufschließt, und dann öffnet sie selbst die Tür auf der Beifahrerseite und setzt sich ganz natürlich auf den Sitz neben ihm.

Diesmal fährt er sie nicht gleich nach Hause. Sie kommen ins Gespräch übers Baden, über Badestellen, und Karl sagt, er vermisse das Meer. Er komme aus einer Küstenstadt in Vestfold und würde gern öfter im Meer baden. Gladys zieht Süßwasser vor, sie hat Angst vor Quallen und starken Strömungen, aber das sagt sie nicht, sie will keine Schwäche zeigen.

Karl kennt in der Stadt nur drei Badestellen. Die nächstgelegene ist der Jennyvannet, dorthin geht er für gewöhnlich mit seiner Frau und seinen Töchtern, aber dort ist es immer so voll. Und dann gibt es noch Beverdammen, aber dort ist sogar noch mehr los, ein viel zu kleiner Sandstrand und daneben nur eine nasse Grasfläche. Er mag es nicht, wenn es zu eng wird und zu viele Menschen da sind. Darin stimmt Gladys ihm zu, und es gefällt ihr, dass er das sagt. Karl erzählt, dass sie manchmal nach Steglene fahren, wo außer ihnen fast nie jemand ist, aber das ist ihm zu weit weg. Auch darin stimmt sie ihm zu. In Wahrheit mag sie den Badeplatz bei Steglene nicht, weil sie einmal gehört hat, dass dort irgendjemand eine Kreuzotter gesehen hat. Sie soll im Wasser geschwommen sein, und seitdem hat Gladys nie wieder dort gebadet. Die Male, die sie trotzdem hingefahren sind, weil Gunnar aus Gewohnheit hinwollte, hat sie kerzengerade auf einem Campingstuhl gesessen und die Jungs beobachtet, die allzu unbekümmert im Wasser schwammen. Dass die Kreuzotter im Wasser nicht beißen kann, daran glaubt sie nicht. Ihre Mutter, die vor allem Angst hat und stets über sämtliche Missgeschicke informiert ist, kennt eine Frau, die beim Baden gebissen worden ist. Die Schlange hat sie in den Nacken gebissen, und das war an einem kleinen Teich, den alle für sicher hielten, aber auch davon will sie Karl nichts erzählen, sie weiß nicht, ob die Geschichte wirklich wahr ist.

Sie sitzen im Auto, er fährt ziemlich langsam, Gladys kann das Drängeln der Autos hinter ihnen spüren. Sie holt Luft, dann sagt sie, er solle mit seinen Töchtern doch lieber nach Aldrifoss fahren. Dort gebe es eine seichte Stelle mit überraschend guter Wassertemperatur, und nicht so viel Rummel. Und auf dem Weg flussaufwärts in Richtung Aldrifoss gebe es übrigens noch mehrere andere schöne Badeplätze, sagt sie. Gladys ist ja aus der Stadt, im Gegensatz zu Karl, es ist nur natürlich, dass sie mehr über die Gegend weiß als er. Sie ist es gewohnt, Ausflüge mit dem Auto zu machen, mit Campingtisch und Primuskocher, so ist es in unserer Familie üblich, im Gegensatz zu Karl, der gern zu Fuß in den Wald oder ins Gebirge geht. Sie ist hier aufgewachsen, und ihre Eltern haben schon hier gewohnt, als die Stadt noch so klein war, dass jeder alles über jeden wusste. So ist es immer noch, bildet sie sich ein. Auch wenn die Bevölkerungszahl längst auf die Zwanzigtausend zugeht, lebt sie ihr Leben, als wäre alles darin für jeden einsehbar, als würde jeder immer über jedes kleinste Detail informiert. Sie ist es gewohnt, sich zu verhalten, als würde sie beobachtet. Deshalb ist es bemerkenswert, dass sie sich noch einmal in Karls weißen Peugeot gesetzt hat. Und was als Nächstes passiert, ist noch bemerkenswerter, aber davon weiß niemand außer mir, und ich stelle nur Mutmaßungen an.

Karl fragt, ob sie ihm den Weg zu dieser Badestelle bei Aldrifoss genau beschreiben könne. Sie versucht, es ihm aufzuzeichnen, malt mit den Fingern Weggabelungen in die Luft, merkt aber, dass er mit dem Tal nicht gut genug vertraut ist. Und dann platzt es aus ihr heraus, dass sie ihm den Weg gern zeigen könne, sie könnten doch zusammen hinfahren.

Er dreht sich zu ihr, und auch sie möchte sich ihm zuwenden, aber das traut sie sich nicht.

Sie lächelt einfach still vor sich hin und sagt:

– Man fährt nur eine Viertelstunde.

Und mit diesem Satz hat sie sich an ihn gebunden. Und ihn an sich.

Als ich jünger war, habe ich immer geglaubt, was zwischen Gladys und Karl passiert ist, hätte sich in der Arbeit abgespielt. Ich habe mir seinen fragenden Blick vorgestellt, der plötzlich von ihr erwidert wird, und dass er an ihrem Schreibtisch vorbeigeht und diskret in ihre Richtung schaut, während sie von der Schreibmaschine aufschaut und seinem Blick begegnet. Dass die Faszination erwacht, in ihr und zwischen ihnen. Ich habe mir kurze, flirtende Wortwechsel im Flur oder an der Kopiermaschine vorgestellt. Und dann eine versteckte Berührung, eine Hand, die über einen Oberarm streicht. Dass etwas Intimes entsteht und aufrechterhalten wird, dass sie beide in die Glut pusten, bis sie nicht mehr ohne einander sein können.

Läuft es etwa nicht so ab, wenn man sich am Arbeitsplatz verliebt? Es gibt genügend Menschen, die einem Flirt nicht widerstehen können. Wenn jemand Interesse an dir zeigt, und insbesondere wenn es eine fremde Person ist, mit der du noch keine Nähe erlebt hast. Wenn der konventionelle Abstand zwischen den bekleideten Körpern plötzlich überwunden werden kann und eine unerwartete Nähe entsteht, in der das ganze Dasein auf einmal aufflammt. Für manche Leute sind es solche Ereignisse, die das Leben lebenswert machen, aber für Karl war es nicht so, und auch nicht für Gladys.

Sie parken neben einer schmalen Brücke. Gemeinsam gehen sie hinunter zum Fluss, wo das Wasser unterhalb des Staudamms klar ist und an einigen Stellen fast stillsteht. Hier baden ein paar wenige Kinder, groß genug, um ohne ihre Eltern baden zu gehen. Gladys und Karl gehen ein Stück weiter flussabwärts, finden auf einem warmen Felsen einen schönen Platz zum Sitzen. Es ist so heiß, dass sie die Golfjacke auszieht, und jetzt sitzt sie da in ihrem ärmellosen beigen Kleid, das ihr gerade mal bis an die Knie reicht. Nach einer Weile zieht sie auch die Schuhe aus und streckt ihre Zehen in die Luft. Sie hat ihre Zehennägel rot lackiert. Das ist er nicht gewohnt – das heißt, er ist gewohnt, es als albern zu betrachten, als längst überkommenes Stadium der Weiblichkeit. Plötzlich ändert er seine Meinung. Die roten Zehennägel bringen doch ein Leuchten in die Welt, sollte sich ein Mensch das etwa nicht erlauben dürfen?

Gladys ist kräftig gebaut, nicht dick, aber ihr Knochenbau ist solide. Selbst ihre Zehen sind kräftig, und der rote Nagellack schafft einen Kontrast, den er insgeheim zu bewundern beginnt. Sie sitzen in der Sonne, und Gladys denkt daran, wie verlockend es wäre, jetzt zu baden, aber diesen Schritt wagt keiner von ihnen. Wie sollte das gehen, nur in Unterwäsche? Karl knöpft sein Hemd auf, und sie bemerkt, dass seine Brust fast unbehaart ist. Im Gegensatz zu Gunnar, dem sogar auf dem Rücken Haare wachsen. Für gewöhnlich denkt sie, dass unbehaarte Brüste unmännlich aussehen, aber im Laufe eines Augenblicks ändert auch sie ihre Meinung. Es ist, als wäre Karl auf eine Weise nackt, die sie noch nicht erlebt hat. Sie stellt sich vor, ihm über die Brust zu streichen und an einer seiner Brustwarzen zu zwirbeln. Es ist kein bewusster Gedanke, nur ein verirrtes Bild, das auflebt und wieder erstirbt. Sie hält sich nicht damit auf, es bedeutet nichts, es darf nichts bedeuten.

Vielleicht zehn Minuten sitzen sie dort, dann müssen sie los. Er knöpft sein Hemd zu, sie zieht ihre Jacke an, sie steigen ins Auto und plötzlich wird sie traurig, weil sie fahren müssen. Und Karl geht es wohl ebenso, denn er sagt:
– Wäre schön gewesen, noch etwas zu bleiben.
Sie muss wegschauen, um ihre aufwallenden Augen zu verbergen. Er missversteht und will es wiedergutmachen, er sagt, am Wochenende werde er mit seinen Töchtern hierherkommen. Er sagt, er sei froh, dass sie sich die Zeit genommen habe, ihm den Weg zu zeigen. Das fühlt sich an, als würde er sie von sich wegstoßen, und sie ärgert sich über sich selbst. Warum sitzt sie hier und leidet vor sich hin? Sie lächelt wohlwollend und nickt, kann aber nicht verhehlen, wovon sie erfüllt ist, und er kann es nicht deuten, oder wagt es nicht. Er spürt, dass sie aus der Fassung geraten ist, er denkt, das müsse etwas in ihrem Leben geschuldet sein, von dem er nichts weiß, aber von dem sie ihm vielleicht erzäh-

len möchte. Er legt seine Hand auf ihr Handgelenk, umfasst es leicht und sagt:
– Alles in Ordnung?
Sie nickt, dann schüttelt sie den Kopf.
– Es ist nichts, sagt sie.
Und dann räuspert sie sich und sagt:
– Doch, schon, aber ich will nicht drüber reden.
– Ich verstehe, sagt er.
– Das tust du nicht.
Sie lacht, plötzlich klingt sie heiser, verzweifelt, aber gefasst. Und er nimmt sie auf einmal als unwiderstehlich schön wahr. Ihr Blick ist schwer zu deuten, und das gefällt ihm. Auch er lacht, er fühlt sich unsicher, aber seltsam ermutigt.
– Nein, da hast du recht. Ich verstehe gar nichts. Aber ich würde gern.
– Du würdest gern?
– Ja.
– Was meinst du, was würdest du gern?
Eigentlich hat er sagen wollen, dass er gern mehr über sie erfahren möchte und dass sie immer zu ihm kommen könne. Noch vor ein paar Sekunden ist das sein Plan gewesen: ihr zu sagen, dass sie sich ihm anvertrauen könne. Aber jetzt stimmt das nicht mehr, Gladys hat sie beide in eine andere Richtung geschoben. Ihre Frage: *Du würdest gern?*, so offensichtlich zweideutig, ob sie sich nun dessen bewusst war oder nicht, wiegt schwer in seinem Körper, lässt ihn nach Luft schnappen.
– Ich würde gern mehr mit dir reden, sagt er.
– Das geht doch nicht.
– Vielleicht können wir mal eine Spritztour machen.
– Das können wir nicht.

– Irgendwann vormittags. Vielleicht musst du zum Arzt, zum Zahnarzt. Das kann schon mal eine Stunde dauern.
– Und du?
– Ich kann in der Stadt was zu erledigen haben, das geht schon.

Sie nickt. Sie ist vor Schreck wie erstarrt. Das ist er bestimmt auch, er begreift nicht, wie dieses Gespräch überhaupt zustandegekommen ist. Wie das, was soeben noch von freien inneren Impulsen – ohne jede Verpflichtung – geprägt war, so plötzlich eine andere, eine verpflichtende Form annehmen konnte, sobald sie angefangen haben, darüber zu reden. Die Sprache gehört der Gesellschaft, zum Unterschied zu den sprachlosen Impulsen, die über alle möglichen Kanäle verfügen, um sich geltend zu machen. Was einmal ausgesprochen worden ist, kann nicht so leicht zurückgenommen werden, es hat bereits eine Art Vertraulichkeit zwischen ihnen geschaffen. Karl will nichts von alledem, er hat Angst um seine Ehe, Angst vor allem, was das Dasein ins Wanken bringen kann. Und Gladys? Sie hätte sich vermutlich niemals träumen lassen, jemals auf diese Weise neben einem anderen Mann zu sitzen und mit ihm zu reden. Aber das verdrängt sie, sie will nicht sehen, in was sie sich da gerade hineinbegibt, sie ist einfach nur praktisch, effizient, sie fragt, an welchen Tag er gedacht habe, und er, der an überhaupt nichts gedacht hat, geht im Kopf die kommende Woche durch und landet auf einem Tag.
– Wie wäre es am Mittwoch? Zu Mittag?

Sie denkt nach, dann nickt sie noch einmal.

Als der Mittwoch kommt, fahren sie gemeinsam aus der Stadt, vielleicht nach Steglene, vielleicht an irgendeinen anderen Ort, wo niemand sonst unterwegs ist. Sie hat gesagt, sie müsse zum Arzt, er gibt vor, etwas zu erledigen zu haben, sie geben sich eine Stunde. Er holt sie in einer Seitenstraße neben der Fabrik ab und lässt sie in einer anderen Seitenstraße wieder aussteigen. Sie kommen eine Viertelstunde versetzt in die Fabrik zurück, er nimmt es auf sich, nach ihr zu kommen, seine Freiheit, von der Arbeit wegzubleiben, ist größer als ihre. Auf dem Weg aus der Stadt kommen sie an einem Verkaufsstand mit Erdbeeren vorbei. Er hält an und kauft einen Korb. Eine so einfache, scheinbar unschuldige Handlung, aber er muss auf einmal gewusst haben, was er will. Nebeneinanderzusitzen und einen Korb Erdbeeren zu teilen, das ist fast wie eine Berührung nackter Haut, das ist, als würde man einen Knopf aufknöpfen und die Bluse ein Tick zur Seite ziehen. Karl nimmt eine besonders schöne Beere, zwirbelt den Stielansatz herunter und bietet sie Gladys an, er führt sie zu ihrem Mund und zwingt sie auf diese Weise, ihn entweder abzuweisen, indem sie ihre Hand ausstreckt, damit er die Beere dort ablegt, oder ihren Mund zu öffnen und die Beere aus seiner Hand zu essen. Sie öffnet den Mund und nimmt sie an. Er bereut es, aber jetzt gibt es kein Zurück mehr. Er sucht noch eine Beere aus, zupft die grünen Kelchblätter ab, eine kleine Beere diesmal, vermutlich extra süß. Hält sie ihr an die Lippen. Und als sie die Beere zwischen ihre Lippen nimmt, lässt er die Hand einen Augenblick dort verweilen, berührt mit einem Finger ihre Lippen, und auch darauf antwortet sie, beißt ihn sanft in den Finger. Er steckt den Finger in seinen eigenen Mund und leckt den Erdbeersaft herunter, das tut er instinktiv, wie ein Kind, er will einfach den Finger sauber machen, aber sie schaut ihm dabei zu, und er spürt, dass das etwas in ihm, in ihnen verändert. Vielleicht hört es hier auf, sie glauben immer noch, dass sie umkehren und so tun können, als wäre nichts. Sie reden über die Sommerferien, die sie mit uns und Gunnar auf dem üblichen Campingplatz verbracht hat, und er im Sommerhaus der Schwiegereltern, sie unterhalten sich über ihre Kinder und über die Arbeit, und über die Wassertemperatur, aber jedes Wort, das gesagt wird, schiebt die beiden nur noch näher aufeinander zu. Ihr unterirdisches Zusammenleben hat bereits Form angenommen, es ist ihnen unmöglich, nicht weiterzumachen.

In den darauffolgenden Monaten machen sie weitere Spritztouren. Manchmal geht sie abends spazieren und trifft sich mit ihm im Wald, er hat zu Hause ebenfalls gesagt, er wolle einen Spaziergang machen. Sie haben ihren festen Treffpunkt. Er muss den Hund mitnehmen, das wurmt sie ein wenig, der Hund beschnüffelt sie und ist aufdringlich und macht Karl verlegen, aber spazieren zu gehen, ohne den Hund mitzunehmen, wäre zu auffällig, das versteht sie. Sie akzeptiert den Hund, versucht sogar, ihm den Kopf zu streicheln, obwohl sie keine Hunde mag. Manchmal bindet er den Hund an einem Baum fest, und sie setzen sich (oder legen sich? aber worauf? auf seine Jacke?) ein wenig abseits auf den Waldboden. Der Hund nimmt das, was geschieht, lautlos hin, liegt mit dem Kopf zwischen den Pfoten da und wendet seine traurigen Augen in eine andere Richtung.

Sich einem anderen hingeben, ein heimliches Leben leben. Das ist eine Rolle, in die man schlüpft, ein bekannter Ablauf, es gibt ein Regelwerk, an das jeder sich halten kann. Selbst wer es noch nie getan hat, weiß genau, welches Maß an List und Diskretion und Intensität und schrittweiser Steigerung derselben für ein solches Unterfangen notwendig ist. Du magst gewusst haben, dass es dir irgendwann passieren würde, es hat auf dich gewartet, und als es passiert, erkennst du es wieder. Aber vielleicht hast du dir auch nie zugetraut, dass du so etwas tun könntest, und dann tust du es doch, und du genießt es, und du genießt sogar deine eigene Verzweiflung darüber, dass du es tun kannst, vielleicht weil es ein so schneidendes und zugleich befriedigendes Gefühl ist, zu wissen – endlich einmal –: das, was du jetzt gerade an dir siehst, das ist wenigstens wahr.

Aber Gladys hat es vermutlich nicht so erlebt. Ich glaube, sie hat dagegen angekämpft. Ich glaube, sie war gelähmt vor Schreck und Realitätsverweigerung. Ich glaube, sie war taub vor Aufregung und Neugierde, und auch Begehren. Ich glaube, dass sie nicht mehr wusste, wer sie war, und in den Augenblicken, in denen sie doch wusste, wer sie war oder wer zu werden sie im Begriff stand, versuchte sie, die Augen davor zu verschließen. Sie wollte nicht wissen, was mit ihr passierte oder dass sie diejenige war, die es passieren ließ.

Nachdem sie abends die Küche aufgeräumt hat und wir zu Bett gegangen sind, setzt sie sich allein an den Küchentisch. Sie legt eine Hand über die andere und denkt über alles nach. Das dauert nur kurz, vielleicht eine halbe Minute. Sie atmet tief ein, und dann denkt sie nicht mehr daran. Sie steht auf, schiebt den Stuhl vorsichtig an den Tisch und geht ins Wohnzimmer, wo Gunnar sitzt und auf sie wartet.

Manchmal, in der Mittagspause, trifft sie sich mit Karl auf einer Bank unten am Fluss. Sie haben einen versteckten Ort auf der Rückseite eines der alten Werkstattgebäude gefunden. Dort kann sie niemand sehen, glauben sie. Mittlerweile erlauben sie sich hin und wieder, gewisse Risiken einzugehen. Sie sitzen nebeneinander, achten aber darauf, Abstand zu halten. Die Gespräche wirken auf den ersten Blick unschuldig, aber wer auch immer die beiden dort zusammen gesehen hätte, hätte sofort begriffen.

Sie redet über ihre Jungs, über uns. Er erzählt von seinen Töchtern, und ein paar seltene Male von seiner Frau. Er benutzt ihren Namen, als ob Gladys sie kennen würde. *Monika*, sagt er. Das kann sie nicht leiden. Monika tut dies oder das, davon will sie lieber nichts hören. Das ist ein Unterschied zwischen ihnen, der keinem von beiden bewusst ist. Karl möchte gern mehr über Gunnar erfahren, während sie nach Möglichkeit vermeidet, ihn überhaupt zu erwähnen. Es fühlt sich wie ein größerer Verrat an, einem anderen Mann auch noch von Gunnar zu erzählen, da redet sie lieber gar nicht über ihn. Karl erlebt es umgekehrt, er will sich selbst daran erinnern, dass die anderen existieren. Er weiß, wer Gunnar ist, er weiß, dass er Schinkenstulle genannt wird, aber Karl benutzt keine Spitznamen. Sie erzählen einander von ihrem Aufwachsen, oder ihrer Kindheit, wie sie es nennen, in verschiedenen Städten und unter sehr unterschiedlichen Bedingungen. Gladys zieht Vergleiche, sie ist darauf bedacht, sich ihm oder seiner Familie gegenüber niemals unterlegen zu fühlen. Karls Vater war Schriftsetzer, wurde dann jedoch Vorarbeiter in der Druckerei, und daran scheint sie sich zu stören, merkt er. Sie ist stolz auf ihren Vater, den Tischlermeister, der in allem, was er tut, so gründlich ist. So gründlich, dass er das Handwerk, das er so hoch schätzt, niemals verlassen hätte. Das versteht Karl als Seitenhieb in Richtung seines eigenen Vaters, den sie nicht kennt und den sie, wie er meint, auch niemals kennenlernen wird. Er will aus der ganzen Sache raus. Er denkt, es wäre am einfachsten, das Verhältnis einfach im Sande verlaufen zu lassen, zwischen jedem Treffen mehr Zeit vergehen zu lassen. Sie merkt, dass er sich zurückzieht, sie ist stolz und will nicht nachfragen.

Außerdem ärgert sie sich über Monika, und ihre Verärgerung überträgt sich auf die Art und Weise, wie sie über Karl denkt. Sie findet ihn in Bezug auf seine Frau nachgiebig und schwach, und eigentlich, sagt sie sich, ist er ein Waschlappen. Sie fragt sich, wie das alles überhaupt gekommen ist, diese geheimen Rendezvous, diese hastigen Treffen. Sie sitzt an ihrem Platz und erledigt ihre Arbeit wie immer. Sie achtet sorgfältig darauf, ihn nicht anzusehen, sie hat eine Heidenangst, dass ihnen jemand auf die Spur kommen könnte. Im Büro wird über alle möglichen Leute geschwätzt, und das will sie tunlichst vermeiden. Dafür ist sie nicht der Typ. Sie will alles, was passiert ist, von sich abbürsten und zu dem Leben zurückkehren, das sie früher hatte. Plötzlich erscheint es ihr so sorglos, das Leben vor Karl.

Es ist mittlerweile Winter geworden, und sie können sich ohnehin nicht mehr im Wald treffen. Er will sie ein letztes Mal sehen und mit ihr Schluss machen. Er sitzt neben ihr und diktiert einen Brief, und während er weiterredet, beugt er sich vor und schreibt auf den Notizblock, den sie neben der Schreibmaschine liegen hat: *Montag um sieben? Im Auto?* Sie blickt auf ihre Hände, die Schreibmaschine, sie will ihm nicht in die Augen sehen, aber sie nickt. Dann reißt sie das Blatt ab, auf das er geschrieben hat, kariertes Papier mit seiner runden Handschrift, zerknüllt es zu einem Ball und wirft es in den Papierkorb.

Auch für Autofahrten haben sie einen festen Treffpunkt. Er holt sie in einer der kleinen Sackgassen auf dem Hügel ab. Karl sagt, er kenne eine Forststraße oben bei den Gruben, dort fahren sie hin. Er lässt den Motor laufen, sie sitzen eine Weile schweigend da, und als er sagt:

– Wir müssen damit aufhören,
   unterbricht sie ihn und sagt:

– Ja, es reicht jetzt, wir können uns nicht mehr treffen.

Sie platzt damit heraus, bevor er noch zu Ende gesprochen hat. Sie müssen beide lachen, und das ist vielleicht das allererste Mal, dass sie gleichzeitig lachen, spontan und ungehemmt. Er ist gerührt, oder vielleicht auch ein wenig traurig, er hat nicht erwartet, dass auch sie mit ihm Schluss machen möchte. Er nimmt ihre Hand. Sie lässt es zu. Nach einer Weile zieht sie ihre Hand zurück und legt sie auf seinen Oberschenkel. Sie weiß nicht, warum sie es tut, aber es ist, als fände die Hand ihren Weg von allein, wie aus Gewohnheit. Sie versichern einander, dass dies das letzte Mal ist, dann klappen sie die Rückenlehne des Beifahrersitzes herunter. Vielleicht wird die Lust durch die Tatsache verstärkt, dass es das letzte Mal ist. Die Autofenster beschlagen, sie müssen die Türen öffnen, als es vorüber ist. Sie ist ungeduldig, will nach Hause, sie empfindet jetzt eine leichte Abscheu vor ihm, und vor sich selbst, wie immer. Sie bittet ihn loszufahren, wortlos fahren sie durch die Straßen der Stadt, und er setzt sie an der Straßenecke ab, wo er sie abgeholt hat. Sie haben diesen Ort ausgewählt, weil es hier so wenige Häuser gibt und sie keinen der Anwohner kennen.

Gladys ist erleichtert, sie spürt bereits, wie sie all dies hinter sich lassen wird, wie die Tage und Wochen vergehen werden und Gras über die Sache wachsen wird. Sie wird es vergessen, und an das, was zwischen ihnen passiert ist, wird sie nie wieder denken. Sein Gesicht wird zu einem von vielen Gesichtern im Büro werden. Sie mag ihn ja nicht einmal, er ist ein Schwächling, sie sind viel zu verschieden.

Sie steigt aus dem Auto und sieht eine sportlich gekleidete Frau mit Skiern und Stöcken über der Schulter aus dem Wald kommen. Eine jüngere Frau, rosig und frisch im Gesicht, sie muss sich gerade erst die Skier abgeschnallt haben. Gladys erkennt sie sofort, es ist Synnøve, eine der neuen Sekretärinnen. Sie nickt Gladys zu, wirkt verwundert, geht aber ruhig am Auto vorbei und blickt unverhohlen auf den Mann auf dem Fahrersitz, bis sie ihn erkennt. Karl hat den Wagen gewendet, er hebt die Hand zum Gruß, er grüßt sie beide, als wären sie in der Arbeit, und dann fährt er los. Gladys dreht sich um und geht schnell, ohne etwas zu sagen, in Richtung Zuhause. Synnøve geht hinter Gladys den Hügel hinauf, sie mietet in der Nachbarschaft von Gladys und Gunnar eine Kellerwohnung. Sie sieht, wie schnell Gladys geht, um nicht mit ihr sprechen zu müssen. Sie sieht auch etwas anderes, etwas, das sich über Gladys' Rücken oder ihrer Hüfte gelegt hat: Scham oder Trauer oder Wut, das Unbehagen, entlarvt worden zu sein.

Am nächsten Tag erzählt Synnøve ihrer Schreibtischnachbarin Audhild, was sie gesehen hat. Audhild kommt aus Asker, eine Stunde von hier entfernt. Auch Monika kommt aus Asker. Audhild und Monika waren in ihrer Jugend befreundet und sind zufällig in derselben Stadt gelandet. Ein paar Tage später geht Audhild am Nachmittag in die Bibliothek. Sie mag gewusst haben, dass heute Monikas einzige Spätschicht der Woche ist, oder es kann Zufall gewesen sein. Vielleicht ist sie auch jeden Nachmittag hingegangen und hat nach Monika Ausschau gehalten, und diesmal hat sie Glück. Was sie weiß, ist so spektakulär, dass sie nicht anders kann, als es Monika zu erzählen, so muss es gewesen sein. Sie geht zum Schalter, der Boden ist matschig vom Schnee draußen, sie zieht ihre Lederhandschuhe aus, nimmt die Mütze ab und lockert den Schal. Sie begrüßen einander wie immer und tauschen Alltäglichkeiten aus. Wie läuft es hier so, zieht es nicht von der Tür, und Ach herrje, wie früh es doch mittlerweile dunkel wird. Danach stellt Audhild eine scheinbar harmlose Frage. Etwas in ihrer Stimme verrät sie, und Monika begreift sofort, worum es geht. Sie bringt keine Antwort heraus, sitzt mit unverstelltem Gesichtsausdruck da, nicht lange, aber lange genug, dass Audhild es bemerkt. Und das wird später für Monika das Schlimmste sein: dass Audhild zur Zeugin ihrer absoluten Ahnungslosigkeit geworden ist. Die Demütigung, das Gerede, und so weiter. Sobald die Bibliothek geschlossen und sie allein ist, ruft Monika Karl zu Hause an. Er leugnet nichts. Er sagt, es sei vorbei, er habe bereits mit Gladys Schluss gemacht. Diese Formulierung, von der er glaubt, dass sie ihm helfen wird. Oh, was für ein Idiot. Allzu deutlich kommt darin zum Ausdruck, dass die ganze Sache noch viel schlimmer ist, als Monika angenommen hat. Langzeitaffäre, eine Geliebte bei der Arbeit, das sind die Ausdrücke, die sie benutzt, und wann hat er überhaupt die Zeit dafür gehabt? Beim Gedanken daran fühlt sie ihr Leben leer werden. In ihrem gelben Mini Morris, den ihre Nachbarn als das perfekte Ehefrauenauto bezeichnet haben, fährt sie nach Hause. Sie weist Karl ab, will nicht mit ihm sprechen, will kein Wort von ihm hören. Sie packt das Allerwichtigste zusammen und fährt mit ihren Töchtern zu ihren Eltern nach Asker. Während sie im Auto sitzt, legt sie sich einen Plan zurecht, und das Erste, was sie nach ihrer Ankunft tut, ist, bei uns zu Hause anzurufen. Spätabends klingelt gewöhnlich fast nie das Telefon, und Gunnar geht ran. Monika stellt sich vor und fragt, ob er wisse, dass Gladys mit Karl ein Verhältnis hat. Weißt du, dass deine Frau mit meinem Mann vögelt, sagt sie, um herauszufinden, wie weh es tut, und es tut weh, es ist viel schlimmer, als sie gedacht hat. Sie will, dass auch Gunnar es spürt, und sie will auch Gladys' Existenz zugrunde richten. Jetzt gibt es im Leben von ihnen allen nur noch Schmerz und Ruin und Niedrigkeit, und sie hat nicht vor, irgendjemanden davonkommen zu lassen.

Gunnar legt auf und ruft nach Gladys. Sie begreift sofort, was passiert ist, hat ganz still im Wohnzimmer gesessen, jetzt steht sie auf und geht zu ihm hinüber. Er schlägt ihr mit der flachen Hand ins Gesicht. Dann zieht er seinen Mantel vom Kleiderbügel und geht hinaus, er könne nicht im Haus bleiben, sagt er, mit leiser und fremd zitternder Stimme. Seltsamerweise knallt er nicht mit der Tür. Aber Gladys weiß, bald wird er zurückkommen, und dann wird es umso schlimmer. Sie ruft Karl an und erzählt ihm, was passiert ist. Er fragt, ob sie einen Ort habe, wo sie hinkönne. Sie antwortet, zu ihren Eltern könne sie nicht gehen, nicht so kurzfristig. Zu groß wäre die Schande, begreift er. So was kann Gladys ihrem Vater unmöglich zumuten, das geht einfach nicht. Und Freundinnen hat sie keine, niemanden, der eine verheiratete Frau aufnehmen könnte, die an einem Mittwochabend vor ihrem Mann flieht, ein solches Leben hat sie einfach nicht gelebt. Also liegt es an Karl, ihr zu helfen, und er bietet an, sie sofort abzuholen. Sein Haus ist leer, das hat er ihr bereits gesagt. Ohne die Jungs könne sie nirgendwohin, sagt sie. Er antwortet, *dann nimm sie eben mit.*

Etwas verwirrt und gereizt und unpersönlich großzügig. In seinem Leben ist jetzt ohnehin alles kaputt und durcheinander. Aber dass wir länger als eine Nacht bleiben werden, damit hat er nicht gerechnet.

IN MINAS ZIMMER, das mein Zimmer wurde, stand außer dem Bett mit der roten Decke noch ein kleiner Schreibtisch mit einer gelben Leselampe.

Die Kommode war voller Mädchenklamotten: Röcke und Kleider, rosa Socken und kleine weiße Unterhosen. Die rote Decke war bereits am Tag nach unserer Ankunft verschwunden. Ohne dass ich mich darüber wunderte, verschwanden auch die Kleider aus der Kommode und der Sportbeutel, der an einem Haken hinter der Tür hing. Aber die Bilder an den Wänden blieben mehrere Wochen dort hängen. Ein Gemälde, das aussah wie das Foto eines weißen Pferdes mit einem Mädchen auf dem Rücken. Das Mädchen trug einen silbrig schimmernden Prinzessinnenumhang. Außerdem ein Disney-Poster mit Aschenputtel und den kleinen Tierchen, die ihr mit dem Ballkleid helfen. Jeden Abend verschwand ich in dieses Plakat hinein, ich war Aschenputtel, dem von den Tieren geholfen wurde, und die freundlichen Tiergesichter gaben mir ein Gefühl der Sicherheit. Eines Tages, als ich von der Schule nach Hause kam, waren alle Bilder fort. Stattdessen hatte jemand ein paar Poster aus meinem alten Zimmer aufgehängt. Das große Plakat mit dem Foto des Monds hing dort, wo das Pferd und das Mädchen gehangen hatten, und das andere mit der Nahaufnahme des Astronautenhelms, in dem sich die vom Mond aus gesehene Erde spiegelte, hing am Platz des Aschenputtel-Plakats. Ich ging zu Gladys und fragte, wo mein Aschenputtel-Bild hingekommen sei, und sie antwortete:

– Das war nicht dein Bild. Das hat dem Mädchen gehört, das vor dir in dem Zimmer gewohnt hat.
Sie wollte Minas Namen nicht benutzen. Vielleicht, dachte ich, wusste sie nicht einmal, wie sie hieß, und ich wollte es ihr nicht verraten. Keiner redete über Karls Töchter, nicht einmal Karl selbst, und Mina blieb mein Geheimnis. Ihr Spiegel über dem Haken hinter der Tür war das Einzige, was hängen blieb. Es war ein runder Spiegel mit gelbem Plastikrahmen. Ich stand davor und betrachtete mich selbst und wartete, dass Minas Gesicht an Stelle von meinem darin auftauchen würde.

Und Gladys? Wollte sie all das, oder war sie in eine Falle getappt, in der Situation gefangen? Bei Karl einzuziehen, in sein Haus, war nicht das, was sie sich vorgestellt hatte. Sie mochte das Haus nicht, und es ist ungewiss, ob sie Karl eigentlich mochte, sie waren so verschieden, aber sie band sich an ihn, und nach und nach entstand zwischen ihnen eine tiefe Vertrautheit.

Aber das sollte noch lange dauern. Sie hatte nie vorgehabt, Gunnar zu verlassen, sie wollte nicht eine von denen sein, die aus einer Ehe ausbrechen und denen nicht zu trauen ist. Aber genau das hatte sie getan. Also griff sie auf das zurück, worin sie gut war, sie wurde pragmatisch, machte das Beste daraus. Allmählich fing sie an, Dinge wegzuräumen, still und leise, aber ohne zu fragen. Sie entfernte Bilder von Monika und den Mädchen, räumte Kleidung, Schuhe und Toilettenartikel weg, die noch herumlagen. Sie überredete

Karl, nach Asker zu seiner alten Familie zu fahren, und Pappkartons, voll gepackt mit ihren Sachen, mitzunehmen. Sie schuf Platz für ihre eigenen Kleider, und für unsere. In den folgenden Tagen und Wochen verschwand immer mehr von dem, was vorher da gewesen war, Spielsachen, Bücher und Klamotten. Zugleich tauchten unsere Sachen auf, meine Matchbox-Autos und Airfix-Soldaten, die Modellflugzeuge und ein paar wenige Bücher. Plötzlich waren es meine Kleider, die in den Schubladen lagen.

Sie hängte Vorhänge auf, sie konnte sich nicht erklären, wie das bisher unterlassen worden sein konnte. Sie beschuldigte Monika, das Haus nicht ordentlich eingerichtet zu haben, und als Karl argumentierte, dass der Lichteinfall durch nackte Fenster in der Konstruktion des Hauses vorgesehen sei, fasste sie das als Verteidigung Monikas auf. Karl mochte die schweren Vorhänge nicht, die Gladys aufhängte, aber er gab nach, ließ sie das Ruder übernehmen. Jetzt waren es Gladys' Mäntel, die im Flur hingen, und ihre Schuhe und Stiefel standen auf den Regalen.

SCHON ALS ICH MICH AM ERSTEN ABEND in Minas Bett legte, wurde ich ein anderer Mensch als zuvor.

Ich war Mina. Am nächsten Morgen ging ich zur Schule, als wäre es ein ganz normaler Tag. Ich wusste, dass niemand sehen konnte, was mit mir passiert war, aber ich selbst spürte es deutlich. Der Weg zur Schule war etwas kürzer als früher. Ich ging mit kleineren Schritten als früher. Ich passte besser auf mich auf. Ich konnte spüren, wie die anderen mich ansahen, besonders ein paar Mädchen, aber sie verstanden nicht, was mit mir los war, und fragten auch nicht nach.

Als die letzte Unterrichtsstunde vorbei war, kam Runar mich abholen, damit ich nicht etwa vergaß, was passiert war und den alten Weg nach Hause ging. Er muss früher von seiner eigenen Schule losgegangen sein, um rechtzeitig anzukommen. Wir gingen zusammen zum neuen Haus und warteten auf Ivar. Runar machte Tee, wir saßen in der Küche und hörten Ivar hereinkommen. Er hängte seine Jacke auf einen Kleiderbügel und zog sich die Stiefel aus, kickte sie aber nicht in die Ecke wie sonst. Langsam kam er zu uns herein, er sah fremd aus in der fremden Küche, und sicherlich taten wir das auch.

– Was macht ihr?

– Tee trinken, sagte Runar.
– Tee?
– Ja, willst du auch?
– Und Kekse? Wo hast du die her?
– Aus dem Schrank.
– Können wir die einfach nehmen?
– Wir wohnen doch hier.
– Wir wohnen nicht hier.
– Tun wir doch. Wir werden hier wohnen.
– Trotzdem. Das gehört nicht uns. Du kannst dich nicht einfach bedienen.
– Gladys hat es erlaubt.
– Hat sie gesagt, wir können uns nehmen, was wir wollen?
– Sie hat gesagt, wir sollen uns Tee nehmen. Also können wir doch wohl auch Kekse nehmen.
– Das hast du entschieden.
– Ja. Und du solltest auch mal was entscheiden, immerhin bist du verdammt nochmal der Älteste. Willst du nicht?
– Gibt es hier nichts anderes?

Ivar öffnete den Kühlschrank, holte einen Teller mit Resten vom Abendessen unter einer dünnen, durchsichtigen Plastikfolie hervor. Es war eine Quiche, so etwas hatten wir noch nie gegessen, sie sah aus wie eine Pizza, und Pizza hatten wir nur ein einziges Mal gegessen, aber Runar sagte, es sei Quiche. Ivar schob den Teller unsanft wieder hinein, nahm einen Milchkarton und trank einen großen Schluck daraus.

– Igitt, sagte Runar, kannst du kein Glas benutzen?
– Ich spare Geschirr, sagte Ivar.
– Hier gibts einen Geschirrspüler.
– Häh?
– Sieh doch mal.

Runar öffnete einen Schrank unter der Bank, kein gewöhnlicher Schrank, er öffnete sich von oben, ein Metallraum mit Tellern, Tassen und Gläsern.

– Sind wir jetzt reich oder was?, fragte Ivar.

– Jedenfalls reicher als vorher.

– Dann issja gut, dass sie mit ihrem Chef zusammen ist.

– Er ist nicht ihr Chef.

– Doch, ist er.

– Er steht über ihr, natürlich, aber er ist nicht ihr Chef. Karl ist Ingenieur. Der Büroleiter ist Storfossen.

– Storfossen? Kennst du die etwa alle?

– Storfossen ist der Vater von Hilde aus meiner Klasse, deswegen weiß ich das.

– So oder so, Karl steht über ihr. Und er liegt auf ihr drauf. Das hat er bestimmt gestern gemacht, sie die ganze Nacht durchgebumst.

Runar sah mich an. Ivar sah Runar an und dann mich.

– Ist doch wahr, sagte Ivar. – Es ist richtig beschissen.

– Ja, finde ich auch.

– Also mache ich mir jetzt was Ordentliches zu essen.

Ivar durchstöberte den Kühlschrank, holte Eier und Milch heraus.

– Ich mache Goggelmoggel, gibts hier einen Mixer?

Runar zeigte auf das Ende der langen Küchenzeile, dort stand eine Küchenmaschine. Ivar zog sie hervor und suchte sich zusammen, was er an Zutaten brauchte, er nahm jede Menge Zucker und kleckerte Ei auf die Arbeitsplatte.

– Jetzt mach mal langsam, sagte Runar.

– Warum? Ich habe Hunger. Sieh an, Nesquik gibt es auch.

Er schüttete Kakaopulver hinein, und über der Mixschüssel bildete sich eine Wolke.

– Möchte noch jemand?, fragte Ivar.
– Ja bitte, sagte ich.
– Gib mir auch etwas, sagte Runar.

Wir saßen um den massiven Kiefernholztisch, nur ein paar Tage später sollte Gladys versuchen, ihn mit einem Tischtuch zu bedecken, er war ihr zu nackt, sie fand, er sah schäbig aus, ärmlich. Karl hingegen fand ihren alten Respatex-Tisch mit den kleinen bestickten Tischdecken schäbig und geschmacklos. Sie passte sich nie der Einrichtung und dem Stil an, den Karl bevorzugte, sie arbeitete im Verborgenen daran, das Haus anständig zu machen, wie sie sagte. Ich stützte meine Arme auf den Tisch, während ich mein Goggelmoggel schlürfte. Der Tisch war fremd, genau wie alles andere in diesem Haus mit seinem Flachdach und seinem Holzfußboden. Es war fremd und sollte zugleich unseres sein, und in diesem Fremden lag etwas Erhabenes, das mir gefiel. Runar ging es vielleicht ebenso, aber für Ivar war es anders. Als wir das Goggelmoggel aufgegessen hatten, hatte er immer noch Hunger, im Kühlschrank fand er Heidelbeermarmelade und beschloss, Pfannkuchen zu machen, die Küchenmaschine stand ja noch da, und er kleckerte absichtlich weiter, hinterließ Milchflecken und Mehlmatsch, er weigerte sich, hinter sich aufzuwischen, und als Runar es tun wollte, stellte Ivar sich ihm in den Weg.

– Lass das!, sagte er. – Zuerst mache ich Pfannkuchen, dann essen wir, und dann werde ich drüber nachdenken, ob ich am Ende noch aufräume.

– Du weißt, dass Mutter und Karl bald nach Hause kommen, sagte Runar.

– Na und?

– Dann gibt es Essen. Du kannst jetzt vor dem Abendessen keine Pfannkuchen machen. Wenn, dann müssen wir für alle kochen und sagen, dass wir sie zum Abendessen gemacht haben.

– Wenn ihr nicht wollt, esse ich alleine, sagte Ivar.

Und das tat er, er aß langsam und ließ den ganzen Abwasch stehen, das sah ihm nicht ähnlich, und da er es nicht aushielt, im Haus auf Gladys zu warten, ging er raus. Draußen wusste er nicht, wohin er sollte, also beschloss er, zu Gunnar zu gehen. Er kam noch einmal zurück in den Flur und rief Runar zu, er gehe jetzt, er ziehe zurück zu Gunnar. Was Runar antwortete, konnte ich nicht hören, aber später hörte ich Gladys, ich hörte ihre Stimme, als sie nach Hause kam. Runar war gerade dabei, Ivars Zeug wegzuräumen, war aber noch nicht fertig, und ich hörte Gladys rufen: Was ist hier passiert? Runar erklärte ihr, dass Ivar wieder nach Hause gezogen sei, und sie sagte: Das kann er sich abschminken. Dann kochte sie das Abendessen, und als Karl nach Hause kam, aßen wir, ohne über Ivar zu sprechen. Nach dem Essen räumte sie auf, dann zog sie Mantel und Stiefel an und ging hinaus. Sie brauchte zehn Minuten zu dem Haus, das gestern noch ihr Zuhause gewesen war. Sie klopfte an die Tür und ging hinein, ohne zu warten, dass jemand öffnete. Gunnar saß mit der Zeitung im Wohnzimmer, er hatte gerade genug Zeit, von seinem Sessel aufzustehen, als sie bereits vor ihm stand. Im Haus roch es nicht einmal nach Abendessen, sie wollte fragen, ob sie etwas gegessen hatten, ließ es aber bleiben. Sie fragte nach Ivar, und Gunnar sagte, er sei in seinem Zimmer. Er sagte es, als ginge es sie nichts an.

– Er kann nicht hier wohnen.

– Doch, das kann er, hier ist sein Zuhause.

– Nein, das kann er nicht. Du kannst dich allein nicht um ihn kümmern.

– Dann komm du eben auch zurück.
– Das tue ich nicht, Gunnar.
Er sah sie an, sie sah ihn an.
– Ivar kommt mit mir.
– Das muss er selbst entscheiden.
– Gunnar, denk nach. Es geht nicht. Was wäre das denn für ein Leben für ihn, hier allein mit dir?

Er sah sie an, für eine Weile hielt er ihrem Blick stand, dann gab er auf und schaute aus dem Fenster. Sie rief nach Ivar, sie wusste, dass er alles gehört hatte. Ivar kam aus seinem Zimmer und tat so, als hätte er geschlafen, er gähnte und streckte sich.

– Zieh dir die Jacke an und komm.

Ivar sah Gunnar an, und Gunnar sagte:

– Du musst wohl auf Mama hören.

Ivar und Gunnar sahen einander an, dann wandte Gunnar sein Gesicht ab, wieder zurück zum Fenster, und somit war die Sache entschieden, und Ivar sagte:

– Ich will meinen Plattenspieler und meine Platten mitnehmen.

– Du kannst alles mitnehmen, was du willst, sagte Gladys. – Aber nicht jetzt, wir regeln das ein andermal.

– Nein, ich will es jetzt mitnehmen. Den Plattenspieler und alle Platten und all meine Klamotten auch.

– Ja, wir werden alles mitnehmen, was du willst. Aber nicht heute Abend.

– Dann komme ich nicht mit.

– Ivar, wir können das nicht alles tragen.

Ivar sah Gladys an, und begriff, dass sie zu Fuß gekommen war, dass sie kein Auto hatte, dass sie zu Fuß von hier zu Karls Haus gehen würden. Gunnar stand auf und klirrte mit dem Autoschlüssel in seiner Tasche.

– Ich kann euch fahren, sagte er.

– Danke, sagte Gladys. – Das ist nett von dir.

Sie fuhren wortlos, Gunnar und Gladys vorne und Ivar hinten, sie waren eine kleine Familie innerhalb der Familie, die es nicht mehr gab, dachte Ivar, er saß da, mit den Händen auf den Oberschenkeln, und ließ seinen Körper den Bewegungen des Autos folgen. Diese kleine Familie existierte für ein paar Minuten, dann waren sie angekommen. Gunnar trug Ivars Sachen vom Auto bis zur Treppe, und nachdem er weggefahren war, kam Karl heraus und half Ivar, den Plattenspieler und die Platten und die Tüten, die mit Ivars Kleidern vollgestopft waren, hineinzutragen.

DER FUSSWEG VOM ALTEN HAUS, in dem Gunnar immer noch lebte, zum neuen war nicht weit.

Man brauchte nur den Hügel hinunter und die Kurve durch ein kleines Laubwäldchen (Eberesche, Weide, Espe, diese Bäume sind längst verschwunden) zu gehen, und dann weiter den flachen Hang hinunter, wo eine Siedlung älterer Häuser lag, die bald von neuen Bewohnern übernommen und modernisiert werden würden. Bevor die Waffenfabrik mit der Bebauung des Hügels anfing, hatten hier mehrere Bauernhöfe und ein paar vereinzelte Häuser aus der Vorkriegszeit gelegen. Von der Straße, die zum Zentrum weiterführte, bog rechts eine scharfe Abzweigung nach oben, eine lange, neu angelegte Straße, die noch nicht asphaltiert worden war.

Wenn er abends dort entlangging, konnte er den Geruch des kalten, festgewalzten Kieses riechen. Wenn es regnete und die Straßenlaternen brannten, konnte man sich ungesehen zwischen den Lichtkreisen fortbewegen. Wenn er im Gehen zum Nachthimmel aufblickte, wurde der Regen unter den Straßenlaternen zu schrägen schraffierten Linien, eine Art hastig angedeutetes Wettersymbol für Niederschlag. Jetzt waren sieben Minuten vergangen, seit er von zu Hause aufgebrochen war. Genau hier blieb er jedes Mal im Schatten einer großen, verkrüppelten Kiefer stehen. Die gibt es immer noch, etwas dicker und mittlerweile noch krummer, vielleicht eine Spur lichter benadelt, aber einem, der das Haus von außen beobachten möchte, bietet sie nach wie vor ein perfektes Versteck. Von hier aus konnte er direkt in die hell erleuchtete Küche sehen. Ein fiebriges elektrisches Glühen in allen Fenstern, abgesehen von meinem, das dunkel war und so im Verborgenen lag. Gunnar wusste nicht, welches Fenster in diesem Haus meines war, aber er wusste, dass ich schlief. Reglos stand er da und blickte in die Küche, wo Ivar und Runar einander am Küchentisch gegenübersaßen und Hausaufgaben machten. Mit gesenkten Köpfen saßen sie über ihren häuslichen Abendpflichten. Er stand da und betrachtete sie, solange er es aushielt. Das waren seine Jungens, so hatten er und Gladys uns genannt, bald würde er der Einzige sein, der das noch sagte.

Er blieb stehen, bis etwas sein Bild störte, etwa der Schatten des erwachsenen Mannes, bei dem wir wohnten, oder die andere erwachsene Gestalt, die sein Körper bereits erkannte, ehe ihm noch bewusst war, woher das Stechen in seiner Brust kam. Manchmal trug sie ein Kleid, an das sich seine Fingerspitzen noch erinnern konnten, zum Beispiel das weiße mit dem beigefarbenen Muster und dem weichen Kragen. Sein Arm hatte sich um diese Taille gelegt, viele Male, und der Arm erinnerte sich daran, als hielte er sie immer noch, als könnte er sie immer noch halten.

Wie oft hat er dort unter dem Baum gestanden? Und wie lange harrte er aus, ehe er wieder ging? Drehte er sich um und ging denselben Weg zurück, oder ging er weiter, unmittelbar am Haus vorbei, wo jeder ihn sehen konnte, um noch näher heranzukommen, um mit beschleunigtem Puls spüren zu können, dass er sich auf verbotenem Territorium befand?

Das muss er getan haben, ehe er eine Abkürzung durch ein paar fremde Gärten nahm und durch das Wäldchen zu seinem leeren Haus zurückkehrte. Aber das Seltsame war nicht, dass er dort draußen im Dunkeln stand, im Schatten unter der Kiefer. Das Seltsame war, dass uns nie in den Sinn kam, dass er dort war.

– ES IST EIN ROTKEHLCHEN, SAGTE IVAR.
Der kleine Vogel lag in seiner Hand, er hielt ihn mir hin, ehe er ihn vorsichtig auf den Gartentisch legte. Er hatte die Flügel eng an den Körper gepresst, genau wie die Jungs in meiner Klasse immer dastanden, wenn wir bei der Schulärztin gemessen wurden. Ich strich mit den Fingern über den Vogel. Die Federn waren glatt, und er fühlte sich immer noch warm an. Runde schwarze Augen, aber etwas in ihnen fehlte, sie sahen nicht lebendig aus. Runar hatte ihn mit Ivars Luftgewehr abgeschossen, und Ivar war vorgelaufen und hatte ihn unter dem Baum auf der Erde gefunden.
– Willst du ihn dir nicht anschauen?, fragte Ivar.
Runar schüttelte den Kopf. Er saß auf der obersten Stufe der Treppe, die von der Terrasse in den Garten führte, mit abgewandtem Gesicht, den Gewehrkolben auf die Stufe unter sich gestützt und beide Hände um den Lauf gelegt. Wir hatten einen kalten Winter mit viel Schneefall gehabt, dann war es innerhalb kürzester Zeit wärmer geworden, und jetzt war der ganze Schnee geschmolzen. Wir hatten den ganzen Tag auf der Terrasse und im Garten verbracht, als wäre schon richtig Frühling.
– Wie schön er ist, sagte ich.
– Er ist tot, sagte Runar.
– Ja, du hast gezielt und getroffen, sagte Ivar.

– Das hätte ich nicht tun sollen, sagte Runar. – Das hätte ich wirklich nicht tun sollen.

Er drehte sich um und sah uns an.

– Kannst du ihn wegbringen, bitte. Ich möchte ihn nicht sehen.

– Okay, sagte Ivar, nahm den Vogel in die Hand und ging damit ums Haus. Wir hörten seine Schritte auf dem Kies und dann einen leisen Knall. Ich erkannte das Geräusch, es war die Mülltonne. Gleich darauf kam er zurück.

– Was hast du mit ihm gemacht?, fragte Runar.

– In den Müll geworfen, sagte Ivar.

– Wollen wir ihn nicht begraben?, fragte ich.

– Nein, das wäre albern, sagte Runar. – Dann wird am Ende noch was Schönes daraus. Ich will nicht, dass wir dastehen und armes Rotkehlchen sagen und Erde drauf streuen und ein Kreuz in die Erde stecken. Das hier ist nichts für schöne Gefühle, es ist einfach nur ein toter Vogel. Aber ich hätte ihn nicht erschießen sollen. Ich wollte einfach nur sehen, ob ich ihn treffen würde, und erst als er runterfiel, ist mir klar geworden, dass er wirklich tot war.

Ivar setzte sich neben ihn auf die Treppe, und ich setzte mich auf die Stufe darunter. Die Treppe war etwas feucht, aber Runar und Ivar schien das nicht zu stören, also wollte ich mich auch nicht daran stören.

– Es ist nur ein kleiner Vogel, sagte Ivar. – Von denen gibt es richtig viele.

– Ja schon. Aber ich habe nicht daran gedacht, dass er sterben würde.

– Nein?

– Nein, ich bin so bescheuert. Ich dachte, ich könnte auf ihn zielen und auf ihn schießen, ohne dass er davon sterben würde.

Ivar lachte.

– Vielleicht wäre es besser gewesen, auf eine Krähe zu schießen, sagte er. – Die sind nicht so klein und niedlich.

– Ich glaube, das wäre vielleicht noch schlimmer gewesen, sagte Runar.

– So oder so kann man mit einem Luftgewehr keine Krähen schießen, sagte Ivar. – Dafür bräuchten wir schon ein Kleinkalibergewehr.

– Gunnar hat ein Kleinkalibergewehr. Eins von den alten aus der Waffenfabrik.

– Ja, ich erinnere mich. Er behauptet, er hätte es selbst gemacht, aber das glaube ich nicht.

– Nichts von dem, was Gunnar sagt, ist wahr, sagte Runar. – Wo ist das Gewehr jetzt?

– Im Schrank in seinem Schlafzimmer, sagte Ivar. – Was willst du damit?

– Gar nichts. Hab nur dran denken müssen.

– Früher haben wir immer damit gespielt.

– Du wolltest immer der Deutsche sein.

– Na klar.

– Ich weiß, wo die Patronen für das Gewehr sind, sagte ich.

– Woher weißt du das?, sagte Runar.

– Ich habe in seinem Nachttisch eine Schachtel gefunden, sagte ich.

– Du hast in Gunnars Nachttisch rumgeschnüffelt?, rief Ivar. – Du Schwein!

– Warum Schwein?, fragte ich.

Sie lachten beide laut und wollten nicht antworten. Aber ich wusste, worüber sie lachten. Wonach ich in der Schublade eigentlich gesucht hatte, war ein Stapel Zeitschriften, dicke, glänzende Zeitschriften mit Farbfotos von nackten Menschen. Manche Bilder daraus waren immer noch in meinem Körper lebendig. Eine junge Frau, die sich vor zwei Männern und einer anderen erwachsenen Frau auszog, und diese junge Frau konnte ich nicht vergessen, teilweise wegen der anderen Bilder, die auf das erste Bild folgten, aber auch aus einem anderen Grund. Es hatte etwas mit der Art zu tun, wie sie dastand, wie sie die Arme über ihren Brüsten kreuzte, wie sie sich versteckte und zugleich herzeigte. Ich hatte versucht, genauso dazustehen wie sie, aber meine Brust war ja ganz flach, es war nicht dasselbe. Ich wusste, dass diese Zeitschriften dort lagen, darum war ich hingegangen und hatte Gunnars Nachttischschublade geöffnet, aber ganz hinten in der Schublade hatte ich etwas gefunden, das ich noch nie zuvor gesehen hatte. Es war eine kleine weiße Schachtel, sie war schwer, und als ich sie öffnete, sah ich, dass sie mit Patronen gefüllt war. Ich nahm eine heraus und wollte sie mitnehmen, ich wollte sie haben, sie lag so gut in der Hand. Sie hatte eine goldene Hülse und eine weichere graue Spitze. Sie war schwer und warm, ähnlich wie das Gefühl, das ich im Unterleib bekam. Aber die Schachtel war voll, und es wäre zu auffällig gewesen, wenn eine der Patronen fehlte, also legte ich sie wieder zurück.

Runar reichte Ivar das Luftgewehr.

– Danke fürs Ausleihen, sagte er.

– Du willst es nicht mehr?

– Nein, das war das letzte Mal für mich.

– Okay.

– Kann ich das Gewehr halten?, fragte ich.

– Du bist zu klein, Titti.

– Aber kann ich es nicht einfach nur halten?

– Nein. Du bist zu klein.

– Du kannst es bestimmt irgendwann später mal ausprobieren, sagte Runar. – Aber zuerst musst du etwas älter werden, weißt du.

– Ich frage mich, ob die Patronen wohl noch da sind, sagte Ivar.

– Sicher, sagte Runar.

– Also hat er Gewehr und Patronen.

– Was meinst du?

– Dass er vermutlich kein Gewehr bei sich rumliegen haben sollte.

Ich lachte, oder ich atmete schnell durch die Nase aus, um zu zeigen, dass ich lachte, ehe ich begriff, dass es nicht lustig gemeint war.

– Was willst du damit sagen, sagte Runar. – Das Gewehr hat er schon immer gehabt.

– Ja, aber jetzt wäre es besser, wenn er es nicht hätte.

– Jetzt?

– Ja, jetzt. Mir ist nicht ganz wohl bei der Sache. Dass er dort allein im Haus sitzt und ein Gewehr hat, das er jederzeit laden und benutzen kann.

– Was soll er denn schon damit machen?

– Nichts.

– Nein? Na dann ist es ja wohl kein Problem.

– Nein, aber ich kann nur sagen, was ich *glaube*. Ich weiß es nicht. Ich weiß gar nichts. Ich *glaube*, dass er sich nicht erschießen wird, dafür ist er irgendwie nicht der Typ, oder? Aber wissen kann ich es nicht. Und ich finde es irgendwie ätzend, daran zu denken.

Sie sahen sich an.

– Ich hab keine Lust, dorthin zu gehen und ein Gewehr zu holen, sagte Runar.

– Nein. Dann ich auch nicht, sagte Ivar.

– Soll er es doch behalten, sagte Runar.

– Ja, was sollen wir damit?, sagte Ivar. – Ich brauche kein Kleinkalibergewehr.

Er seufzte. Er strich mit den Fingern über einen entzündeten Pickel auf seiner Wange, studierte seine Fingerspitzen und schnippte damit, und dann seufzte er erneut.

– Ich kann das Gewehr holen, sagte ich.

– Du?, sagte Ivar und lachte.

– Das kannst du nicht, sagte Runar.

– Das kann ich wohl, sagte ich. – Ich kann einfach mal ins Haus gehen, wenn ich früh von der Schule komme. Ich weiß, wo der Schlüssel liegt.

– Wo liegt er denn?

– Unter dem großen Blumentopf auf der Treppe.

– Du erinnerst dich tatsächlich.

– Dann mache ich das einfach, ja?

– Du kannst nicht mit einem Gewehr in der Hand von unserem alten Haus hierherspazieren, sagte Runar.

– Ich kann es doch in eine Decke einwickeln? Ich bringe eine von zu Hause mit. Also von hier. Ich kann ein Laken mitnehmen, oder einen Schlafsack, und das Gewehr drin einrollen. Dann denken alle, dass ich dort übernachtet habe.

– Du kannst dort nicht hingehen und ein Gewehr holen, Titti. Das darfst du nicht, sagte Runar.

– Ich kann es tun, wenn ihr nicht wollt, sagte ich.

– Vergiss es einfach, sagte Ivar. – Vergiss, was ich darüber gesagt habe. Du darfst das Gewehr nicht holen.

– Aber ich werde es tun, sagte ich.

Sie lachten beide. Ivar schüttelte den Kopf. Runar klopfte mir auf den Rücken und sagte:

– Das wirst du nicht. Und du sollst es auch nicht, vergiss das Gewehr jetzt einfach. Es bleibt, wo es ist.

Ich zuckte mit den Schultern, und dann lachte er wieder

und strich mir über die Wange. Aber als ich mich an jenem Abend schlafen legte, beschloss ich, am nächsten Tag zu unserem alten Haus zu gehen. Gleich nach der Schule würde ich hingehen, ich würde die Tür aufschließen und mich umsehen. Es würde unordentlich sein, da war ich mir sicher. Es würde anders aussehen als damals, als wir noch dort wohnten. Gunnar machte vielleicht nicht einmal den Abwasch. Vielleicht waren die Vorhänge zugezogen wie damals, als ich den falschen Heimweg genommen und auf einmal vor dem Haus gestanden hatte. Aber diesmal würde ich die Tür aufschließen und hineingehen, ich würde durch das Haus gehen und mir mein altes Zimmer anschauen, und die Küche und das Wohnzimmer. Ich würde nicht aufs Klo gehen. Aber ich würde die Tür zu dem Zimmer öffnen, das Gladys' und Gunnars Schlafzimmer gewesen war. Die Tür war früher immer geschlossen gewesen und war es bestimmt auch jetzt noch. Ich würde direkt zum Schrank gehen und das Gewehr holen, und dann würde ich die Nachttischschublade öffnen und die Patronen herausnehmen. Ich würde nicht in die Zeitschriften schauen. Ich würde das Gewehr in etwas einwickeln, das ich im Haus fand, eine Decke oder ein Laken, und dann würde ich sofort nach Hause gehen. Ich würde das Gewehr in Ivars Zimmer verstecken und nichts darüber sagen, er sollte es selbst finden. Ich überlegte mir jeden Schritt genau, ich stellte mir alles in dem Haus vor, und wie ich mich von Raum zu Raum bewegen würde. Als ich am nächsten Morgen aufwachte, fühlte es sich an, als wäre ich bereits dort gewesen, und das tröstete mich, als ich von der Schule nach Hause ging. Ich musste nicht mehr zu dem Haus gehen, in dem Gunnar lebte, ich hatte es bereits in Gedanken getan, es erschien mir unnötig, es noch einmal zu tun. Aber als ich abends wieder ins Bett ging, nahm ich mir vor, dennoch hinzugehen, am nächsten Tag. Ich dachte nicht an Gunnar, ich hatte keine Angst, dass er sich mit dem Gewehr erschießen könnte, das war nicht der Grund. Ich hatte keine Angst davor, dass Gunnar sterben würde, aber ich hatte Angst um Runar. Denn wenn sich Gunnar am Ende doch erschießen würde und Runar gesagt hatte, dass er das Gewehr nicht holen wollte, was würde dann mit Runar passieren? Am Abend beschloss ich, das Gewehr zu holen, am Morgen kam es mir unnötig vor. Es war etwas, das mich nur abends beschäftigte, im Bett, im Dunkeln wurde es groß und unumgänglich, eine Aufgabe, die ich auf mich nehmen musste, weil niemand sonst es wollte, aber am Morgen war es nicht mehr wichtig, und schließlich dachte ich nicht mehr darüber nach.

ES DAUERTE NUR WENIGE TAGE, bis das Gerücht jeden erreicht hatte, der Gunnar und Gladys oder Karl und Monika kannte.

Gunnar fuhr wie gewohnt mit dem Auto zur Arbeit, es war ein hellblauer, zwölf Jahre alter Wartburg, auf den er seit dem Tag, an dem er ihn von seinen Eltern hatte übernehmen dürfen, stolz gewesen war. Aber jetzt kam er sich sogar dem Auto gegenüber wie ein Fremder vor. Seine Eltern hatten sich einen neuen Moskwitsch gekauft, ein schickes russisches Auto, das er als Nächstes zu übernehmen hoffte. Er schlüpfte in seinen Blaumann und betrat die Dreherei, ohne nach links und rechts zu schauen. Er spürte die Blicke, spürte die Stille, die sich um ihn legte. Ein eiskaltes Feld öffnete sich in seinem Bauch und breitete sich in seinem ganzen Körper aus, bis in die Fingerspitzen. Er wollte umkehren und wieder hinausgehen, aber das konnte er nicht. Jetzt wurde ihm aufs Neue bewusst, dass Gladys ihn verlassen hatte, dass sie die Kinder mitgenommen und ihn für den Ingenieur hatte sitzen lassen. Oh Schande, oh Demütigung. Ach, Gladys, Gladys, er würde nie akzeptieren können, dass sie gegangen war. Es konnte nicht wahr sein, er würde es nicht hinnehmen, er hätte ihr nie erlauben dürfen, arbeiten zu gehen. Wieder und wieder musste er nach Luft schnappen, als fiele ihm plötzlich ein, was passiert war, als hätte er nichts davon gewusst, bis jetzt, und jetzt, und jetzt. Und jedes Mal traf es ihn mit voller Wucht, weil alle um ihn herum davon wussten und darüber redeten. Es stieg vom Betonboden auf, über den er ging, es leuchtete ihm von den ovalen, ausdruckslosen Gesichtern entgegen, die sich in der Werkstatt nach ihm umwandten, er atmete es mit der Raumluft in seinen Körper ein. Der Geruch von Metall, von Metallstaub, alten Mauern und kaltem Öl.

Wie gewohnt begrüßte er den rothaarigen Arvid Halling, der sich mit seinen bleichen Augen zu ihm umdrehte, und den ansonsten stets mürrischen Hallgeir Foss, der auf einmal versuchte, ihm zuzulächeln. Dass Foss zu lächeln versuchte, war beinahe das Schlimmste, es führte ihm vor Augen, in welch erbärmlichen Licht ihn die anderen sahen. Wenn Hallgeir Foss mit einem Mitleid hatte, dann war man tief gesunken. Und die Schande war vielleicht noch schlimmer als der Verlust, denn mit der Schande musste er leben. Und wie sollte er das schaffen, er, der schon so viel Scham in sich trug?

Foss und Halling standen in der Werkstatt links und rechts von ihm, und die drei machten sich gleichzeitig an die Arbeit. Das Leben muss weitergehen, dachte Gunnar. Das war das Einzige, was ihm einfiel: dass das Leben weitergehen musste. Er machte seine Arbeit, es kam an seiner Maschine zu etwas mehr Zwischenfällen als sonst, aber er gab nicht auf und machte auch nicht mehr Pausen als sonst. Aber dann kam Halling zu ihm und legte ihm die Hand auf den Ellbogen. Wie schwach die schmale Hand doch wirkte, der mit Sommersprossen übersäte Handrücken, beinahe durchsichtige Sommersprossen in einem Muster, das sich entlang des unbehaarten Unterarms bis hinauf zum mageren Gesicht erstreckte.

– Fünf Minuten Pause?, fragte Halling.

Sie setzten sich auf die Bank unter dem Fenster, drehten sich jeder eine dünne Zigarette, saßen still nebeneinander und rauchten. Eine mildere Stimmung breitete sich im Raum aus, man atmete auf. Halling hatte es auf sich genommen, mit Gunnar zu reden, es musste getan werden, alle in der Dreherei hatten es gespürt, aber niemand hatte sich verantwortlich gefühlt, nicht Andreas Andersen, nicht Roar Guttormsen, nicht Svein Ormåsen, nicht Kåre Henderson, nicht Peder Fossberget, nicht Henry Tharaldsrud, und schon gar nicht Hjalmar Tharaldsrud, der Henrys Neffe war und den Spitznamen Faulsack trug, nicht Petter Thorud, der es doch ansonsten stets als seine Aufgabe ansah, die Probleme anderer zu kommentieren, doch nicht einmal der sah sich berufen, etwas zu Gunnar zu sagen. Und natürlich auch nicht Hallgeir Foss. Nur Arvid Halling, er nahm es auf sich, so ungewöhnlich es für ihn auch sein mochte, und jetzt saßen Halling und Gunnar schweigend zusammen und rauchten. Sieben Minuten lang saßen sie dort, ohne dass zwischen ihnen ein Wort gesprochen wurde, aber als sie zurück zur Maschine gingen, sagte Halling plötzlich:

– Aber was machst du jetzt?,

und Gunnar schüttelte den Kopf, fast fing er an zu weinen, das durfte nicht passieren, er fuhr sich mit der Hand übers Gesicht und antwortete:

– Weiß nicht,

und Halling nickte verständnisvoll und sagte:

– Sag Bescheid, wenn du Hilfe brauchst.

Aber womit hätte der kleine Halling ihm helfen sollen?

Erst später an diesem Tag, als Gunnar heim ins leere Haus kam und sich fragte, was er eigentlich tun sollte, begriff er es. Alle warteten nur darauf, dass er es Karl heimzahlte, dass er diesen gottverdammten Strickwesten-Heini eines Nachmittags vor dem Fabrikstor niederschlug. Oder dass er aufgab, seinen Job kündigte, die Stadt verließ. Als Alternative: dass er sich erhängte, dass er bei sich zu Hause ein Seil an der Aufhängung der Deckenlampe befestigte und man ihn mit eingenässten Hosenbeinen und einem vom Fuß gestrampelten Schuh unter sich finden würde. Und dann würde Jahre später plötzlich jemand fragen: Was ist eigentlich aus Schinkenstulle geworden? Und ein anderer würde antworten: Weißt du das denn nicht? Der hat sich aufgehängt.

– Er wird sich erhängen, das würde zumindest ich machen, sagte einer, mehrmals, allerdings ohne dass Gunnar es hörte. Derjenige, der das prophezeite, wurde Luger genannt, wie die Pistole. Ein paar Jahre später hat er sich ertränkt, ausgerechnet im Langevann, wo er früher immer gefischt hatte, er ging an einem frühen Samstagmorgen hin, füllte seine Jackentaschen mit Steinen und watete hinaus. Bei Luger verstand niemand, warum er es getan hatte, er war ein Mann mit Frau und Kindern, am Wochenende betätigte er sich als Handballschiedsrichter und hatte ein erfülltes Leben. Warum nicht das Leben achten, wenn man es schon so gut hat, sein Selbstmord war ein Rätsel und eine Sünde wider die Natur. Aber hätte sich Gunnar das Leben genommen, jeder hätte es verstanden und respektiert.

Manche lachten hinter seinem Rücken, und manch einer lachte ihm direkt ins Gesicht. Ob aus Sympathie oder Schadenfreude, war schwer zu sagen. Einige hatten Mitleid mit ihm, und die meisten verachteten ihn. Was für ein erbärmliches Bild er doch abgab. Wer würde etwa nicht auf einen Mann herabblicken, der es nicht schafft, seine Frau bei sich zu halten? Alle warteten, dass etwas passieren würde, und einer von ihnen fragte einfach geradeheraus. Das war natürlich der langbeinige Straten aus dem Kraftwerk, eines Vormittags folgte er Gunnar, als der gerade über den Snekkerbakken zum oberen Tor hinauflief, er rief *Gunnar, Gunnar*, aber Gunnar musste mit einem blutenden Daumen in die Krankenstation, wie typisch für ihn, immer dieselbe Unvorsichtigkeit. Er hörte die *Gunnar, Gunnar*-Rufe hinter sich und wusste, dass es Straten war, aber er wollte nicht warten, wollte nicht reden, nicht mit Straten, vor allem nicht mit ihm, und da rief Straten ihm nach: *Du, Gunnar, ich versteh einfach nicht, wie du dir das gefallen lassen kannst.*

Auf solche Dinge antwortete Gunnar nicht. Er versuchte nicht mehr, sich großzumachen, prahlte nicht mehr, spielte nicht mehr den feinen Herrn oder Weltmeister. Er schüttelte das Gesagte mit einem milden und traurigen Lächeln ab, als hätte man ihm ins Gesicht geschlagen und es bliebe ihm nichts anderes übrig, als die andere Wange hinzuhalten. Wenn jemand versuchte, ihn aufzuhalten und über Gladys und Karl zu sprechen, wich er schweigend aus, schüttelte den Kopf. Er wollte nicht reden, und er wollte nicht angesehen werden, nicht aus der Nähe, nicht als der Mensch, der er jetzt geworden war.

Ausgerechnet er, der immer so eifersüchtig gewesen war. Aber von seiner Eifersucht hatte nur Gladys gewusst. Manchmal hatte er sie fest ins Fleisch ihrer Hand gekniffen, wenn sie mit einem anderen getanzt hatte und anschließend zu ihm zurückgekehrt war, er kniff so fest, dass sie nach Luft schnappte, aber ohne dass es jemand sehen konnte, er war stets auf seinen Ruf bedacht. Und wenn sie von einem Fest nach Hause kamen, konnte er sie an den Oberarmen packen und hart gegen die Wand stoßen und ihr hässliche Dinge ins Gesicht schreien, an die sie sich später nicht erinnern wollte, so war er, oder so war er gewesen. Aber jetzt, wo eingetreten war, wovor er sich vielleicht die ganze Zeit gefürchtet hatte, jetzt setzte er nur ein mildes und bitteres Lächeln auf. Er gab sich nicht wütend oder selbstgerecht, verdammt oder rachsüchtig. Er hatte sich seinem Schicksal gebeugt, so schien es, als wäre er Christ geworden. Aber das war er nicht.

Und natürlich ist irgendjemand (keiner weiß, wer) dabei gewesen, als Gunnar und Karl zum ersten Mal nach der Sache aufeinandertrafen. Sie kamen sich vor der neuen Kantine entgegen, mussten einander von Weitem gesehen haben, und keiner von beiden wollte ausweichen. Karl verlangsamte seine Schritte und grüßte als Erster, er starrte Gunnar direkt ins Gesicht und nickte ihm voller Ernst zu. Auch Gunnar nickte und gab einen Laut von sich, der einem Gruß ähneln sollte. Er hatte *Moin* sagen wollen, aber es kam nur ein *Oooihn* heraus, mit etwas zu viel Luft, aber das musste genügen. Er verhielt sich nicht so unterwürfig, wie er es sonst getan hätte, denn immerhin war nun eine Verbindung zwischen ihnen geschaffen worden, eine schamvolle Verbindung zwar, aber zugleich war es, als wären sie auf einmal miteinander verwandt. Sie beide respektierten, dass es diese Verbindung gab, und dass sie unrein war und daher von ihnen einen achtsamen Umgang miteinander erforderte.

Bei Gladys war es anders. Gunnar wollte weder mit ihr sprechen noch sie ansehen. Sie existierte für ihn nicht mehr. Es kam vor, dass sie einander auf dem Werksgelände oder in der Stadt über den Weg liefen, und dann grüßte sie ihn jedes Mal. Sie sprach seinen Namen aus, mit ihrer klaren und wohligen Stimme, die er immer gemocht hatte, jetzt aber nur noch als lästig und demütigend empfand, und er antwortete nicht. Er sah sie nicht an, starrte nur geradeaus, und sein Gesicht war zugenäht wie ein Sack voller Verbitterung.

Er ging zur Schulungsabteilung und bat um Unterstützung. Er wollte an Fortbildungen teilnehmen, seine Kompetenzen erweitern, etwas aus sich machen. Er durfte einen Arbeitsleitungskurs belegen und dann einen Verwaltungskurs, er arbeitete hart, abends und am Wochenende, wo er doch jetzt, da er allein lebte, nichts Besseres zu tun hatte, und nach ein paar Jahren bekam er eine neue Stelle in der Planungsabteilung. Es war nicht zu glauben. Böse Zungen behaupteten, er sei befördert worden, um in der Werkstatt keinen weiteren Schaden anrichten zu können, aber wen kümmerte das schon, er hängte seinen Arbeitsanzug in den Spind und zog ihn nie wieder an. Er wurde Beamter, er ging mit Anzug und Krawatte zur Arbeit. Aber damit war es nicht getan, nicht für ihn. Vorläufig befand sich sein Büro noch in einer der Baracken, die Dawson City genannt wurden, unten am Fluss, nur hundert Meter von seiner früheren Arbeitsstätte in der Dreherei entfernt. Täglich musste er am Tor seine alten Arbeitskollegen begrüßen, und es kam vor, dass ihm etwas nachgerufen oder über ihn gelacht wurde, aber was machte das schon: was gesagt wurde, kümmerte ihn nicht mehr. Er wollte höher hinaus, er wollte einer von denen werden, die durch das obere Tor gingen. Als sich die Gelegenheit bot, wurde er Mitglied in einem Verband technischer Funktionäre. Er wechselte die Seiten, nun wollte er ein Mann der Führung sein. Durch den Verband wurde er zu neuen Kursen, Konferenzen und Meetings geschickt. Nach und nach wurde ein guter Redner aus ihm. Er schrieb Vor- und Beiträge, lernte Maschinenschreiben, stand am Rednerpult und argumentierte. Seine hellblauen Augen, der optimistische Ton, den er anschlug, diese Eigenschaften, die ihn früher als Fantasten und Angeber ausgewiesen hatten, nun ließen sie sich als Führungsqualitäten verkaufen. Zum fünfzigsten Geburtstag des Fabrikdirektors schrieb Gunnar in der Betriebszeitung eine Huldigung, die so unterwürfig und kriecherisch war, dass sie belohnt werden musste. Er bekam eine Stelle in der Personalabteilung, wo er von nun an sein eigenes Büro hatte, auf der oberen Ebene, direkt hinter dem Tor.

Das war im Jahr 1976. Gunnar kaufte sich ein nagelneues Auto, einen Ford Taunus in metallischem Braun. Manche behaupteten, die Farbe sehe aus wie hellbraune Kacke mit Goldglitzer drin, aber das kümmerte ihn nicht. Er ließ sich breite Koteletten stehen, trug eine dünne Goldkette um den Hals. Jeden Morgen marschierte er beflissen und geschäftig mit einem hellbraunen Aktenkoffer in der Hand durch das obere Tor. Es kam vor, dass er Karl oder Gladys begegnete, oder im schlimmsten Fall beiden zusammen, wenn sie morgens von zu Hause zur Arbeit kamen, direkt aus dem warmen Bett sozusagen, das muss ihm doch durch den Kopf gegangen sein, wie hätte es anders sein können, aber jetzt konnte er sich erlauben, Gladys zurückhaltend – und Karl tatsächlich etwas munterer – zuzunicken.

Er hatte, so schien es, seine Rache an allen bekommen. Das fand er wohl auch selbst. Aber das war erst der Anfang.

KARL WAR UNS EIN RÄTSEL.
Er war anders als Ivar, Runar und ich, unter anderem, weil er anders sein wollte. Das verstanden wir nicht, zumindest ich nicht. Wir waren Kinder, streng genommen zwei Jugendliche und ein Kind, und wir standen dem, was mit uns passierte, grundsätzlich wohlwollend gegenüber. Wir wollten Karl mögen. Und wir dachten, alles würde gut werden, wenn er nur ein klein wenig mehr so würde wie wir, oder wie Gladys, oder sogar wie Gunnar, und genau das war etwas, das sich Karl um nichts in der Welt hätte vorstellen können und das er sich niemals erlaubt hätte.

Er musste sich vor uns und unserem schlechten Geschmack abschirmen. Er weigerte sich, mit uns fernzusehen. Es kam vor, dass er allein auf dem Sofa saß und sich die Abendnachrichten oder ein anderes Programm über Politik oder Architektur oder abstrakte Kunst ansah, doch sobald sich einer von uns zu ihm setzte, was ich häufig tat, vor allem am Anfang, stand er sofort auf und suchte sich eine andere Beschäftigung. Er musste uns auf Distanz halten. Es dauerte viele Jahre, bis ich begriff warum. Er setzte sich an den Küchentisch, um für den Jazzklub, in dem er als Kassierer tätig war, die Buchhaltung zu erledigen, oder er las seine Zeitschrift, die vom Ingenieursverband herausgegeben wurde, oder eine der vielen Zeitungen, die er abonnierte, aber meistens setzte er sich in den Sessel neben dem Fenster, wo sein Plattenspieler mit den großen Kopfhörern stand.

Er konnte stundenlang dieselbe Jazzplatte hören, so schien es. Mit geschlossenen Augen saß er da, oder er drehte den Stuhl zum Fenster, um ungestört zu sein.

Viele Jahre lang durften wir Karls Plattenspieler nicht benutzen. Ivar und Runar hatten ihren eigenen Plattenspieler mit eingebautem Verstärker und zwei kleinen Lautsprechern. Er gehörte ihnen gemeinsam, aber jetzt, wo sie nicht mehr das Zimmer teilten, mussten sie sich jede Woche damit abwechseln. Sie hörten unterschiedliche Musik und stritten jedes Mal darüber, an welchem Tag der Plattenspieler ins andere Zimmer gestellt werden sollte. Eigentlich war es montags, aber wenn Ivar am Wochenende bei einem Tischtennisturnier gewesen war und den Plattenspieler nicht benutzt hatte und noch dazu sehen konnte, dass Runar ihn in seinem Zimmer benutzt hatte, weil Runar eine seiner LPs dort hatte liegen lassen, dann bestand er manchmal darauf, ihn zwei zusätzliche Tage zu behalten. Das wollte Runar nicht akzeptieren, nachdem sie doch Montag vereinbart hatten, und so weiter, und so weiter. Ich hörte ihnen zu, ohne etwas zu sagen. Manchmal schaute mich einer von ihnen an, als hätte er vergessen, wer ich war. Dann machten sie weiter.

Karls Plattenspieler benutzte keiner von uns, auch dann nicht, wenn er nicht zu Hause war.

Es wäre undenkbar gewesen, dass sich Karl am Samstagabend zu uns gesetzt und *Rauchende Colts* geschaut hätte, und schon gar nicht wollte er am Freitagabend *Columbo* oder *Derrick* sehen. Bei uns gab es die Tradition, am Freitag Hähnchenflügel zu essen und am Samstag Eintopf, und als wir noch »zu Hause« gewohnt hatten, wie ich noch Jahre später zu sagen pflegte, also bei Gunnar, hatten wir immer vor dem Fernseher gegessen. Aber das erlaubte uns Karl nicht, er wollte keine Eintopfflecken auf dem Teppich haben. Der Teppich bei Karl war kein gewöhnlicher, wie wir es gewohnt waren, dick und synthetisch und weich, sondern ein flacher und harter türkischer Kelim. Es war ein alter Teppich, löchrig und zerschlissen, und das sollte so sein, sagte Karl, der Teppich sei eine Antiquität, und er habe ihn auf dem Basar in Istanbul gekauft. Er war mehrere Hundert Jahre alt, und Gladys ekelte sich davor, ihn anzufassen, sie hob den Teppich zwischen Daumen und Zeigefinger hoch, wenn sie das Wohnzimmer putzte und ihn auf die Terrasse hängen musste. An einzelnen Stellen waren die Löcher mit kleinen Lappen aus einem anderen Stoff bedeckt, dünner, seidenartig, zumeist mit großen, demonstrativen Nähten aus dickem Wollfaden befestigt. Runar war der Ansicht, dass jemand bewusst versucht hatte, den Teppich älter aussehen zu lassen, als er war, aber das sagte er nie zu Karl. Ich saß gern auf diesem Teppich und spielte mit meinen kleinen Soldaten. Die aufgenähten Stücke waren Gefängniszellen, in denen die feindlichen Soldaten sitzen mussten, oder Krankenzimmer, oder Verstecke, wenn ein Kampf ausbrach.

Von nun an aßen wir an den Wochenenden Hähnchenflügel und Eintopf am Küchentisch, aber sobald wir fertig waren, setzten wir uns vor den Fernseher. Dort verbrachten wir, Gladys und ihre Söhne, den ganzen Abend. Wir schauten uns das Freitags- und das Samstagsunterhaltungsprogramm bis zum Ende an (oder in meinem Fall, bis ich ins Bett musste). Karl aber saß mit Kopfhörern in seinem Sessel am Fenster. Er fand, dass Gladys uns verwöhnte, dass wir zu wenig lernten, dass wir ermuntert werden sollten, etwas anderes als Unterhaltungsfernsehen zu sehen. Gladys antwortete, es sei nichts Falsches daran, sich zu amüsieren. Das wurde zu ihrem Motto, es war das Einzige, was sie ihm entgegensetzen konnte. Karl ärgerte sich jedes Mal, wenn sie »sich amüsieren« sagte, und genau deshalb blieb sie dabei. Vielleicht war es umgekehrt, dass Gladys' übermäßiges Bedürfnis nach Amüsement Karl zu einer Art Puritaner machte. Erst viele Jahre später ist mir aufgefallen, dass wir nie darüber nachdachten, welche Art von Freitag- und Samstagabenden Karl mit seinen Töchtern und seiner Frau verbracht hatte, als sie noch hier gelebt hatten, als sie eine Familie gewesen waren. Wahrscheinlich hatte er mit ihnen vor dem Fernseher gesessen, zumindest Teile des Abends. Vielleicht hatte er seinen Töchtern die Nachrichten erklärt oder sie kommentiert. Vielleicht hatten sie gemeinsam Naturdokus geschaut. Aber jetzt waren seine Töchter weg, raus aus seinem Leben, er sah sie fast nie, stattdessen hatte er uns, eine fremde Familie, in seinem Haus sitzen.

Ein einziges Mal spielte er uns eine seiner Jazzplatten vor. Ich sah die Erwartung in seinem Gesicht, deutete sie als etwas anderes und fing an zu kichern. Ich dachte, er wollte, dass wir die Platte hörten, weil sie lustig war, ich hielt das Ganze für eine Parodie, ich dachte, wir sollten lachen, weil der Pianist so schnell und unzusammenhängend aufs Klavier hämmerte und der Schlagzeuger seine Trommeln in ständig wechselndem Tempo schlug und ein seltsam blökendes Instrument, das eine Trompete oder ein Saxofon hätte sein können, auf eine Art und Weise gespielt wurde, dass es klang wie Gunnar am 17. Mai, wenn er Luftballons aufblies und die Luft wieder rausließ. Karl saß in seinem Sessel und schaute uns mit einem, wie ich dachte, schelmischen Gesichtsausdruck an, und ich lachte laut, ich war erleichtert und glücklich darüber, dass Karl herumalbern wollte, ich lachte laut und krähend, sozusagen um mitzuhelfen. Ivar sagte mehrmals meinen Namen, leise und drohend, aber es war zu spät. Karl stand ruckartig auf, um die Musik auszuschalten, Perlen vor die Säue, seufzte er. Ich begriff immer noch nicht, was passiert war, aber jedenfalls war Karl jetzt sauer auf mich, und Ivar auch. Karl beugte sich über den Plattenspieler, es sah aus, als wollte er seine Musik vor uns beschützen, er ließ den Tonarm sanft an dem kleinen Hebel nach oben gleiten und hob die Platte mit beiden Händen hoch, mit merkwürdiger Behutsamkeit, als hielte er einen heißen Teller. Er wechselte den Griff, sodass die LP in einer Hand ruhte, und balancierte sie zwischen dem Daumen ganz außen und drei Fingern innen am Papieretikett – das weiß ich, weil Runar mir später beigebracht hat, dasselbe zu tun, aber bis dahin sollte noch viel Zeit vergehen –, und dann ließ er die Platte sanft in die Innenhülle gleiten, und mit ein und derselben Bewegung, die voller unbegreiflicher Zärtlichkeit war, senkte er die Innenhülle weiter in den Pappumschlag, der einfach nur »Cover« hieß, aber das wusste ich noch nicht und wurde von den anderen – mit Ausnahme von Gladys – ausgelacht, weil ich es einen Pappumschlag nannte. Aber das geschah an einem anderen Tag, einem etwas leichteren Tag, an diesem Abend sagte niemand mehr etwas über Karls Platten.

Ein wenig später am selben Abend, nachdem Ivar, Runar und ich auf unsere Zimmer gegangen waren, hörte ich Gladys zu Karl sagen, sie erlaube nicht, dass er ihre Jungen Schweine nenne. Das gehe zu weit, sagte sie und knallte mit Schubladen und Schranktüren. Sie wollte nichts hören, als er ihr zu erklären versuchte, dass es sich dabei um eine Redewendung handele, eine feste Redewendung, sie verstand nicht, was er meinte, als er sagte, dass sie es nicht wörtlich nehmen dürfe, und das verstand auch ich nicht, ich musste Runar später danach fragen, und er konnte es mir erklären, aber an diesem Abend lag ich auf dem Rücken im Bett und hörte, wie Gladys anfing zu weinen, oder zu heulen, wie wir sagten, wie sie sagte, jetzt hast du mich auch noch zum Heulen gebracht, rief sie und schleuderte irgendetwas gegen die Küchenanrichte, und Karl begann leiser mit ihr zu sprechen, das konnte er, er beherrschte einen Tonfall, den er benutzte, wenn er sie wieder fröhlich machen musste, und ich ahnte nicht, was er sagte, und wollte es auch nicht wissen, aber ich mochte es, seine Stimme durch den Boden zu hören, die leise, sanft brummende Stimme, die sich bei ihr einschmeichelte oder ihr etwas versicherte oder etwas für sie sichtbar machte, etwas anderes, es war wie ein Versprechen, und er schaffte es fast immer, sie wieder froh zu machen, auch wenn es lange dauerte, manchmal musste er mehrmals von vorn anfangen, aber dann hörte ich sie mit derselben leisen, sanfteren Stimme antworten, sie war immer noch gekränkt, sie beschuldigte ihn immer noch, rücksichtslos zu sein, aber jetzt mit einer leichteren und leiseren Stimme, und dann hatte sich das Blatt gewendet, jetzt würde es bald wieder normal sein, und das war das Wichtigste für mich, für uns, dass alles normal wurde.

ES MUSS FÜR KARL schwierig gewesen sein, es an den Wochenenden zu Hause auszuhalten, vor allem an den Sonntagen.

Den Großteil des Tages hingen wir zu Hause rum. Ivar war zwar oft weg, weil er sich einbildete, von allen Dingen ausgerechnet Tischtennis spielen zu müssen, aber Runar und ich waren so gut wie immer zu Hause. Das war noch vor der Zeit, als Runar sich in seinem Zimmer einschloss oder abends ausging. Am schwersten tat sich Karl ohnehin mit mir. Er hielt es nicht aus, dass ich ihm durchs Haus folgte. Jedes Mal, wenn er aufsah, begegnete er meinem Blick, und er begriff nicht, was ich von ihm wollte. Das tat ich natürlich selbst ebenso wenig.

Oft sagte er zu Gladys, er müsse zur Arbeit. Sie wusste, warum er ging, sagte aber nichts. Wenn sie fragte, ob er vorhabe, zum Abendessen nach Hause zu kommen, antwortete er ausweichend. Davon wollte er am liebsten verschont bleiben, das Allerschlimmste war für ihn, mit uns am Tisch sitzen und unsere Gesichter sehen zu müssen. Er hatte gute Gründe, zur Arbeit zu gehen, es gab immer etwas zu erledigen. Er schwang sich auf sein Fahrrad, ließ sich mit ansehnlicher Geschwindigkeit den Hügel hinunterrollen. Er näherte sich dem Zentrum, bog ab und folgte für eine

Weile dem Fluss, ehe er die alte Brücke überquerte und den Gamlebrubakken hinauffuhr. Es war anstrengend, aber er stieg nicht ab, weigerte sich aufzugeben, die letzten Meter musste er im Stehen in die Pedale treten. Später, als er sich ein Rennrad kaufte, konnte er problemlos überall hinfahren, und dann wurde das Radfahren an sich ein Grund, das Haus zu verlassen. Endlich oben angekommen, rollte er langsam am Nytorget vorbei, am Gefängnis, das kein Gefängnis mehr ist, und weiter durch die engen Gassen, die quasi in aller Heimlichkeit zum oberen Tor führten. Er grüßte den Pförtner, der immer dort saß, und betrat das verlassene Gebäude. Er musste das Licht einschalten, bevor er die Treppe hinaufgehen und einstempeln konnte.

Er setzte sich an den Zeichentisch, bereute, keine Thermoskanne mit Kaffee mitgenommen zu haben. Er war zu abrupt von zu Hause aufgebrochen, war einfach aufgestanden und gegangen. Das nächste Mal würde er sich besser vorbereiten, es sich gemütlicher machen. Er blickte über die menschenleere Bürolandschaft. Seine Lampe war als einzige eingeschaltet, all die anderen glichen schlafenden missgebildeten Köpfen, die sich blind über ihre Tische neigten. All diese leeren Plätze erinnerten ihn an sein Leben. Er zündete seine Pfeife an und saß lange da und rauchte, ehe er zu arbeiten anfing. Aber dann legte er los. Er hatte seinen Job immer gemocht, und die Zeit verging wie im Flug. Nach etwa zwei Stunden kam Helge Brekke, einer der neuen Ingenieure, mit seinem kleinen Sohn. Sie wollten die Kopiermaschine benutzen. Der Sohn hatte eine Zeitung zusammengestellt, und die beiden ließen sich Zeit beim Kopieren, Sortieren und Heften. Das war typisch Brekke, er nahm sich seine Freiheiten. Karl saß da und hörte ihnen zu, die eifrige, grelle Jungenstimme, die Brekke zu dämpfen versuchte. Er selbst hätte dort stehen sollen, zusammen mit Mina und Mona, die beiden hätten den dröhnenden Rank-Xerox-Kopierer geliebt, der bei jeder Kopie kleine Blitze aussandte, warum hatte er nie daran gedacht? Als sie endlich fertig waren, schickte Brekke seinen Sohn zu ihm, um ihn zu fragen, ob er eine Zeitung kaufen wolle. Ein blasser Junge mit großen ernsten Augen. Und Karl konnte nicht Nein sagen, er fragte, ob er die Zeitung sehen dürfe, er blätterte sich durch Zeichnungen von Flugzeugen und Autos, dazu gab es ein paar Witze, konventionelle und kindische Witze, und außerdem ein Kreuzworträtsel. Er lobte den Jungen. Gut gemacht, sagte er. Besonders das Kreuzworträtsel, hast du dir das alles selbst einfallen lassen? Der Junge nickte. Karl wollte ihm die Wange streicheln, das konnte er nicht, aber dann legte sich seine Hand auf die Schulter des Jungen, und das war in Ordnung. Seit einiger Zeit unterhielt er sich gern mit den Kindern anderer Leute. Nur nicht mit Gladys' Jungs – hätte er uns eine solche Zärtlichkeit geschenkt, wäre etwas in ihm zerbrochen, denn das wäre ein Verrat an seinen Töchtern gewesen. Den hatte er ja bereits begangen. Aber hätte er einem von uns die Hand auf die Schulter gelegt oder über die Wange gestrichen, die Sehnsucht wäre nicht mehr auszuhalten gewesen. Das verstanden wir von allein, nahm er an. Das musste in Ordnung sein, fand er. Aber Brekkes blassen, scheuen Sohn würde er später immer grüßen, lange nachdem der Junge selbst vergessen hatte, warum Karl sich einbildete, ihn zu kennen. Jetzt holte er eine Fünf-Kronen-Münze aus seiner Hosentasche, die der Junge mit feierlicher Miene entgegennahm, ehe er zu seinem Vater rannte.

Endlich wieder allein im Büro, hatte er vollends den Faden verloren.

Er streicht sich mit der Hand über das Gesicht und würde

am liebsten weinen. Er muss Monika und die Mädchen anrufen. Die ganze Zeit über hat er es gewusst, es als geheimen Plan in sich getragen, einen Plan, den er sich nicht hat eingestehen wollen. Er sucht die Nummer aus seinem Notizbuch heraus, er hat sie oft angesehen, bald wird er sie auswendig können. Monika hat in der Nachbarschaft ihrer Eltern ein Haus gemietet, sie werden lange dort wohnen bleiben, irgendwann in den 1980er Jahren wird sie mit Hilfe ihres Vaters das Haus kaufen. Karl ist dort gewesen, als er die Fahrräder der Mädchen und jede Menge andere Sachen abgeliefert hat, er weiß, wie die Zimmer aussehen, weiß, wo das Telefon steht. Auf einem niedrigen Telefontisch in einem relativ dunklen Flur, in dem ein länglicher, einsamer Spiegel hängt. Er dreht die Wählscheibe. Etwas in ihm wartet darauf, dass Monika sagt, die Mädchen seien nicht zu Hause. *Sind sie nicht zu Hause?*, wird er dann sagen, und Monika antwortet *Nein*. Ein kurzes und abweisendes Nein. Und er wird es noch einmal versuchen und sagen *Aber es ist doch Sonntag?* Und sie sagt *Ja*, und in dieses Ja legt sie ihre ganze Enttäuschung darüber, was aus ihrem Leben geworden ist. Es ist Sonntag, und sie sollten beisammen sein, es ist Sonntag, und die Mädchen haben keinen Vater mehr, es ist ein langer leerer Sonntag im Leben seiner Töchter, weil er sie verlassen, sie sogar aus ihrem Zuhause in Overberget rausgeworfen hat, wo sie von klein auf gelebt haben und wo sie hätten aufwachsen sollen. Deshalb will Monika ihm nicht erlauben, mit ihnen zu reden, denkt er. Bestimmt wird er im Hintergrund ihre Stimmen hören, vielleicht wird eine von ihnen zum Telefon kommen und fragen *Mama, wer ist das?*, und Monika wird die Tochter einfach wegschieben. Während sie den Hörer auflegt, wird er sie sagen hören: *Ne, es war niemand dran.*

Er ist jetzt für sie alle ein Niemand, und Monika möchte nichts mehr mit ihm zu tun haben. Er vergisst, dass er es ist, der gegangen ist, dass er Monika und die Mädchen praktisch vor die Tür gesetzt hat. In der Geschichte, die er sich selbst erzählt, hat sich das alles umgekehrt: Er war dumm, hat sich mit einer der Sekretärinnen eingelassen, es war ein Fehler, er hat nie die Absicht gehabt, aus seiner Ehe auszubrechen, sie hätte gerettet werden können, wenn Monika nicht so überheftig reagiert hätte. Wenn Monika nicht Gunnar angerufen hätte, dann wäre Gladys nicht mitten in der Nacht mit ihren Söhnen bei Karl aufgetaucht. Gladys wusste zwar, dass Monika die Mädchen mitgenommen hatte und zu ihren Eltern in Asker gefahren war, aber dass es ein endgültiger Bruch war, hatte niemand wissen können. Gladys war einfach davon ausgegangen. Während Karl sich vorgestellt hatte, dass er Monika zurückbekommen würde, dass seine Familie nach ein zwei Wochen wieder nach Hause kommen würde. Aber das ging nun mal nicht, nachdem Gladys und ihre Söhne mir nichts, dir nichts eingezogen waren.

All dies geht er in Gedanken durch, oft mehrmals am Tag. Er verarbeitet, klagt an, verteidigt und beschuldigt sich. Monika und die Mädchen sind für ihn unerreichbar, er ist aus ihrem Leben ausgeschlossen, so sieht es für ihn aus.
Nicht aber für Monika.
Sie hebt den Hörer ab und ist freundlich und klar, es klingt, als freute sie sich über seinen Anruf, und sie ruft die Mädchen ans Telefon. Zuerst die Jüngste. Mina kommt und haucht in den Hörer, sie sagt:
– Papa?,
als wäre es schwer zu glauben, dass er es ist, nein, als

wüsste sie gar nicht mehr, wer er ist. Und das tut sie vermutlich auch nicht. Er sagt:

– Hallo Mina,

und dann weint er, und das versteht sie nicht, sie hat ihn niemals weinen sehen, sie sagt einfach noch einmal *Papa*, und da reißt er sich zusammen, die Tränen versiegen augenblicklich, und er fragt:

– Na, was machst du heute?

– Nichts, sagt sie,

und genau das zerreißt ihm das Herz, dass sie nichts zu tun hat, dass ihr Leben so leer ist, muss das wirklich so sein, sie sollte bei ihm sein, dann könnte er wenigstens mit ihr einen Ausflug machen. *Dann tschüs*, sagt Mina tapfer, und die Nächste kommt, Mona. Es wird schlimmer, er hört, wie sie sich verstellt, sie benutzt die Stimme, mit der sie mit Fremden spricht. Sie sagt, die neue Schule sei gut, sie habe neue Freunde, und er weiß, dass sie es um seinetwillen sagt. Schließlich bekommt Monika den Hörer in die Hand und sagt, Matilde sei leider nicht da.

– Sie wird traurig sein, dass sie nicht mit dir reden konnte, sagt Monika, er könne gern ein andermal anrufen, vielleicht irgendwann mal abends nächste Woche? Sie schlägt nicht vor, ihn anzurufen, unter ihrer alten Telefonnummer. Es versteht sich von selbst, für sie, für ihn, für alle Beteiligten, dass das nicht möglich ist. Weil dort Gladys ist, weil dort ihre Söhne sind, weil Karl eine neue Familie hat, und gerade das macht ihn so verzweifelt, und so wütend, und zugleich spürt er eine Welle warmer, heiterer Dankbarkeit gegenüber Monika. Sie möchte, dass er wieder anruft, am besten bald. Sie weiß, dass er von der Fabrik aus anruft, also ohne dass Gladys davon weiß. Sein Körper ist es gewohnt, mit Monika Geheimnisse zu teilen, gemeinsam haben sie ihr geheimes, vor den Töchtern verborgenes Leben gehabt, bis er mit seinem eigenen Geheimnis alles zerstört hat. Aber das scheint sie jetzt nicht mehr zu interessieren, es klingt nicht so, als würde sie ihm das oder irgendetwas anderes vorwerfen, sie ist einfach nur freundlich und herzlich und anscheinend froh, mit ihm zu sprechen. Er ahnt, dass dies eine bewusste Entscheidung von ihrer Seite ist, vielleicht eine Art Strategie, und sich somit alles wieder ändern, sie wieder wütend auf ihn werden kann, aber im Augenblick erwärmt er sich an der Tatsache, dass sie ein gemeinsames Geheimnis teilen. Er versteht nicht, ob sie einer Taktik folgt oder ob sie sich um der Kinder willen Mühe gibt, er vermutet Letzteres, aber er hat so wenig Routine in solchen Situationen, dass er sich von ihrer Freundlichkeit einlullen lässt.

Er beschließt, gleich am nächsten Abend wieder anzurufen. Er macht Überstunden und wartet, bis das Büro leer ist, ehe er anruft. Aber jetzt ist Matilde beim Handball, das hatte er vergessen, montags Handball. Er unterhält sich ein wenig mit Monika, und diesmal bittet er sie nur, die Mädchen von ihm zu grüßen, mit zweien von ihnen hat er ja erst gestern gesprochen. Und dann verstreicht eine lange Zeitspanne bis zum nächsten Anruf, und jetzt fällt es ihm wieder schwer, und in ihm wächst die Distanz. Aber jedes Mal, wenn er Mut fasst und anruft, oder wenn er nach Asker fährt, um sie zu sehen (stets aus einem praktischen Grund, ein paar Bücher, die den Mädchen fehlen, das alte Familienzelt, nach dem sich Monika erkundigt hat, sie möchte es im Garten aufstellen, das wird im Sommer schön für die Mädchen), erwacht diese seltsame Vertrautheit zwischen Monika und ihm aufs Neue.

Für Karl sieht es so aus: Über viele Jahre hinweg führen sie weiterhin eine geheime Beziehung, die so geheim ist, dass nie über sie gesprochen wird, und die sich auch in nichts manifestiert, weder in Küssen noch in Zärtlichkeiten, nicht einmal in einer Umarmung, sie sind darauf bedacht, einander nicht zu nahe zu kommen. Und dennoch führen sie diese geheime Beziehung, eine unwirkliche und unmögliche Verbindung. Sie zeigt sich in nichts anderem als in ihren Stimmen, und in ihren Gesichtern, diesen immer erwachsener und gebrochener wirkenden Gesichtern, die sich in scheuem Wohlwollen einander zuwenden.

EINES TAGES hatte Runar angefangen zu malen.

Niemand in unserer Familie hatte das je getan, auch niemand, den wir kannten. Ich kam von der Schule nach Hause und wunderte mich über den Geruch, der im Haus hing. Ich ging hinauf in sein Zimmer, und dort stand Runar vor der Staffelei, auf die er eine Leinwand gespannt hatte. Ich fragte ihn, was er da tue, und er sagte: Ich male. Die Art, in der er es sagte, bedeutete: Frag nicht. Ich stand da und schaute ihn an und begriff nicht, was ich sah. Die Palette, auf der die Farben zusammengerührt wurden, und wie er sie hielt, mit dem Daumen durch das Loch, der ausgestreckte Arm, und die langen Pinsel, und die kleinen Farbtuben. Er wollte nicht, dass ich sah, was er malte.

Später hörte ich, wie er Gladys erzählte, er habe sich im Malklub angemeldet. Keiner von uns hatte jemals von einem Malklub gehört. Karl vielleicht, der war Mitglied im Jazzklub, und manchmal ging er auf Konzerte, die der Liederklub veranstaltete, also kannte er bestimmt auch den Malklub, aber er sagte nichts dazu. Ein paar Tage später kam Runar mit Zeichnungen einer nackten Frau vom Malklub nach Hause, er hatte Kohlestifte benutzt, von denen wir ebenfalls noch nie gehört hatten. Bein und Po und Hüfte waren in einem langen geschwungenen Strich gezeichnet, sie saß mit einem Handtuch über dem Schoß da und drehte sich halb weg, sodass ihre Brüste nicht zu sehen waren. Die Schulter war ebenso weich und geschwungen, und bei ihrem Anblick wurde mir schummrig zumute.

– Wie hast du das hingekriegt?, rief Ivar,
und Gladys fragte:
– Wer ist das? Ist das eine von den anderen im Malklub?
– Nein, das ist nur ein Modell, sagte Runar.
– Ein Modell?, sagte Gladys

und schaute misstrauisch drein, keiner von uns wusste im Grunde, was ein Modell war, war es ein Mensch oder war es so was wie ein Modellflugzeug, ein Bausatz, das wollte ich fragen, aber Gladys war gereizt und gab nicht nach. Es war ihr unbegreiflich, weshalb Runar sich so seltsam benahm, so merkwürdige Worte benutzte und obendrein noch Geheimnisse vor uns hatte.

– Du kannst uns doch wenigstens sagen, wie sie heißt? Wenn es im Malverein eine Frau gibt, die splitternackt vor dir steht, dann möchte ich wenigstens ihren Namen wissen.

– Sie sitzt, sagte Ivar, sie steht nicht.

Er wollte nicht, dass Gladys weiter über nackte Frauen redete, das machte ihm schlechte Laune. Runar wollte nicht erzählen, was im Malklub vor sich ging, er setzte sich einfach hin und fing an zu zeichnen. Die anderen gingen, aber ich saß da und schaute ihm zu, ich hörte den Kohlestift über das Papier kratzen, ich sah, wie er mit den Fingern über das Gezeichnete strich, um die Linien weicher zu machen, wie er den Kohlestaub wegblies und weiterzeichnete. Nach einer Weile wurde mir klar, dass er mich zeichnete, während ich dasaß und ihm zusah, mein Gesicht, ein helles Oval mit großen Augen. Die Zeichnung gefiel den anderen. Welche Ähnlichkeit, sagten sie, aber mir gefiel sie nicht, ich erkannte mich nicht darin wieder und wollte mich auch nicht darin wiedererkennen.

Gladys verlangte, dass Runar vor dem Malen den Boden mit Zeitungspapier abdeckte, aber darauf wollte er sich nicht einlassen. Ich putze lieber danach, sagte er, und Karl sagte, *lass ihn einfach machen*. Karl hatte noch immer das letzte Wort in allem, was das Haus betraf, das Haus gehörte ihm, zumindest vorerst, später hat er es Gladys überschrieben.

Keiner von uns bekam zu sehen, was Runar malte. Jedes Mal, wenn er fertig war, stellte er die Leinwände in seinen Schrank und schloss ihn mit einer Kette und einem Vorhängeschloss ab. Den Schlüssel befestigte er an seinem Schlüsselbund, den er nie mehr offen liegen ließ, sondern an seinen Gürtel hängte. Die Kette und das Schloss dienten hauptsächlich dazu, Ivar zu ärgern. Aber nach ein paar Wochen begann Runar, die Bilder im Zimmer stehen zu lassen. Dann waren die Tuben zu wirren Formen verdreht, die Palette war übersät mit Klumpen, die an der Oberfläche eingetrocknet waren, innen aber weicher wurden, wenn ich mit der Fingerspitze draufdrückte. Ich konnte rote Farbe aus dem Weiß hervorpulen, es fühlte sich an, wie in einem kleinen Körper zu graben. Die Bilder standen mit dem Rücken zur Raummitte, aber ich drehte sie um und betrachtete sie.

Das erste Bild stellte einen alten Mann ohne Haare dar, in sitzender Position, ein Arm lag in seinem Schoß, den anderen hatte er auf einem Tisch abgestützt. Die Arme wirkten steif, sie waren mit schwarzer Farbe skizziert. Der eine war viel zu breit, doppelt so dick wie der andere. Der Kopf war kahl, das Gesicht fast ohne Gesichtszüge, aber die Haut des Gesichts war grün, und als Ivar das Bild sah, lachte er laut.

– Ganz grün in der Fresse, ist der etwa seekrank?

Aber Runar kümmerte sich nicht darum, er lachte selbst ein wenig, und ich stand einfach nur da und schaute zu und nahm das Bild des alten Mannes in mein Dasein auf, in die Geschichte, die Geschichte, die nicht nur meine war, sondern unsere, und von dort ist dieses Bild nie wieder verschwunden. Ich wollte fragen, warum Runar einen alten Mann mit grünem Gesicht gemalt hatte, aber so etwas konnte ich nicht fragen. Ich wollte fragen, wen es darstellen sollte, aber das ging ebenso wenig. Und jetzt ist es unmöglich zu sagen, was er geantwortet hätte. Aber oft habe ich mir vorgestellt, er könnte gesagt haben, das Bild sei von nirgends hergekommen, es habe sich einfach aus der Bewegung des Pinsels ergeben. Er hatte mit der grünweißen Farbe mitten auf der Leinwand begonnen, und daraus war ein Bogen entstanden, der einem kahlen Kopf ähnelte, einem Altmännerkopf, das hatte er nicht im Voraus geplant, es war einfach so gekommen, und von diesem Kopf ausgehend hatte er weitergemalt. Zuerst die krummen Schultern und den gebeugten Rücken, dann etwas, das einem Gesicht ähnelte, nicht allzu deutlich, denn das konnte er noch nicht, dafür war er noch nicht gut genug, und um ein detailgenaues Gesicht hinzukriegen, hätte er es zuerst zeichnen müssen, aber das hätte nicht zum Rest gepasst, und er wollte nicht zeichnen, er wollte mit Ölfarben malen und sehen, was unter dem Pinsel entstand. Und vielleicht war das genauso interessant, ein Gesicht ohne Details, nur eine Andeutung von Augenbrauen und Nase, und dann die grüne Farbe, ein ziemlich helles, mit Weiß gemischtes Grün, und nicht ganz zusammengemischt, das Grüne und das Weiße lagen wie unterschiedliche Gesteinsarten nebeneinander, und das Bild war unter dem Pinsel entstanden, ohne dass er im Vorhinein eine Vorstellung davon gehabt hätte, und das könne ich doch wohl sehen, hätte er gesagt. Deshalb war es auch nicht ganz vollendet, es sollte unfertig aussehen, weil es noch im Entstehen war, so hatte er es sich vorgestellt, denke ich mir. Und deshalb konnte ich nicht fragen, woher das Bild gekommen war oder wen es darstellen sollte, es war einfach ein alter Mann mit grünlicher Haut. Vorher hatte es ihn nicht gegeben, aber jetzt gab es ihn, hätte er gesagt.

Das hätte ich ihn gern sagen hören, aber so redete er nicht mit mir, das tat er nie, und ich fragte auch nie, ich stand einfach da und betrachtete das Bild am Morgen, nachdem er gegangen war, oder am Nachmittag, bevor er zurückkam. Ich habe es so oft angesehen, dass ich es immer noch vor Augen habe. Ich weiß nicht, wo es jetzt ist. Vielleicht hängt es bei irgendjemandem zu Hause an der Wand, oder es steht auf einem Dachboden, oder es ist in einen Container geworfen und weggefahren und verbrannt worden, und erst jetzt wird mir bewusst, dass das, was das Bild lebendig machte, oder zumindest nicht leblos, der Umstand war, dass der alte Mann nicht in den Raum gehörte, in dem er saß. Er war nur skizziert, er sah aus wie eine durchsichtige, über Stuhl und Wand gelegte Form, in Wahrheit befand er sich nicht in diesem Raum mit dem Stuhl und dem Tisch und der Andeutung eines Fensters. Er schwebte außerhalb von all dem. Kann es sein, dass Runar dieses Gefühl hatte, das Gefühl, mit uns hier in diesen Räumen zu sein, zu sprechen und zu erzählen und am Leben teilzunehmen, und dennoch außerhalb von allem festzuhängen?

Aber wer hat das nicht erlebt. Es hätte ebenso gut umgekehrt sein können, dass er ein Gefühl fand, das ihm unbekannt war, und dieses Gefühl zum Ausgangspunkt seines Gemäldes machte.

Eines Abends saß Karl in Runars Zimmer, während Runar malte. Ich ging an der offenen Tür vorbei und wusste, dass ich besser nicht hineingehen sollte. Runar stand an der Staffelei, und Karl saß in dem weißen Korbstuhl, und ich hörte, wie er sich mit Runar über Maler unterhielt. Er wollte vermutlich helfen, Runar etwas vermitteln oder die künstlerische Ader stimulieren, die so völlig unerwartet in einem von Gladys' verlorenen Jungs zum Vorschein gekommen war. Runar war damals übrigens noch nicht verloren. Mit Runar unterhielt sich Karl im Vergleich zu uns anderen am öftesten. Aber in seinem Zimmer hatte er noch nie gesessen. Für Karl war es immer noch Monas Zimmer. Er kam nie in unsere Zimmer, er wollte nicht wahrhaben, dass sie zu unseren Zimmern geworden waren. Wenn er uns etwas sagen musste, blieb er in der Tür stehen. Aber jetzt saß er dort, im Korbstuhl, und sah verlegen und berührt aus. Ich weiß nicht, über welche Maler er sprach, vielleicht Van Gogh, vielleicht Matisse, Namen, die für mich oder Ivar oder Gladys keinerlei Bedeutung hatten. Oder er sprach über Leonardo da Vinci. Runar interessierte sich für da Vinci, er wusste so manches über seine Gemälde und Erfindungen und Zeichnungen von Obduktionen. Ich saß in meinem Zimmer und hörte den beiden zu, ihre Stimmen wurden lebhaft, besonders Karls Stimme, und dann fingen sie an, sich über die Entstehung des Lebens auf der Erde zu unterhalten. Karl benutzte das Wort Ursuppe. Gladys musste laut über dieses Wort lachen, ich werd euch eine Ursuppe geben, sagte sie, sie stand unten an der Treppe und hatte Labskaus gemacht, es war bald Essenszeit, und auch ich lachte, ich fing an, das Wort Ursuppe für mich zu wiederholen, das klang so schön. Aber Karl und Runar schenkten Gladys keine Beachtung, sie redeten weiter, und Karl sagte, dass im Falle eines Atomkriegs von allem vielleicht nur eine Art Ursuppe übrig bleiben würde, und die wäre dann jahrtausendelang radioaktiv. Ja, aber aus dieser Ursuppe könne wieder Leben entstehen, sagte Runar, und das wäre vielleicht gar nicht so übel. Darüber lachten sie beide so seltsam. Und Runar redete mit der Stimme, die er benutzte, wenn er erwachsen klingen wollte, einer Stimme, die zwischen straffen Kehlmuskeln hervorkam und die später zu seiner gewöhnlichen Stimme geworden ist, die er immer benutzte. Sie saßen noch eine Weile beisammen und redeten, und dann ging Karl. Runar muss sich darüber gefreut haben, dass Karl ihn in seinem Zimmer besucht hatte, oder vielleicht tat er nur so? Tat so, um Karls willen, weil er wusste, welches Opfer es für ihn bedeutete, ganz entspannt dazusitzen und sich mit Runar in dem Zimmer zu unterhalten, das einmal Monas Zimmer gewesen war.

Ich habe vielleicht sieben oder acht Bilder gesehen, die Runar gemalt hat, und einen Block mit Kohlezeichnungen. Und dann war Schluss. Als Maler kam er nie übers Anfängerstadium hinaus, aber wer weiß, was er erreicht hätte, wenn er weitergemacht hätte? Vielleicht hätte das Malen für ihn wichtig werden können. Eines der Bilder hing früher in unserem Wohnkeller, den niemand benutzte, abgesehen von Ivar, der da unten an der Wand eine Tischtennisplatte aufgestellt und die eine Hälfte hochgeklappt hatte, damit er mit dem Ball dagegenschlagen und mit sich selbst spielen konnte. Ab und an kam es vor, dass Gladys Gäste mit nach unten nahm, um ihnen Runars Bild zu zeigen. Sie war stolz darauf, vor allem nachdem Runar zu malen aufgehört hatte und von zu Hause ausgezogen war. Sie zeigte das Bild im Wohnkeller her und erntete ein paar begeisterte Kommentare von ihren Freundinnen aus dem Nähklub oder von wem auch immer. Sie zeigte ihnen den Titel, rechts unten in der Ecke, und dann lachten sie immer. Es war eine große Leinwand, schmal und hoch, mit einer zerklüfteten Landschaft in Braun, Grau und Rotgelb, von unten betrachtet. Man sah das Weiß der Leinwand unter den Farben hervorschimmern. Vielleicht hatte er mit einem dünnen braunen Pinselstrich begonnen, und daraus war das Bild entstanden. Er fand in dieser Farbe eine Landschaft, oder hatte die Landschaft vor sich gesehen, noch ehe er zu malen begonnen hatte, aber das glaube ich nicht, ich glaube, dass er zu malen anfing und in der dünnen braunen Farbe diese Landschaft fand. Und auch den Ort, von dem aus die Landschaft betrachtet wurde, denn wer das Bild betrachtete, befand sich unter einem grauen Felsvorsprung und einem nackten Baum, am Fuß eines steilen Hangs. Es war eine fremdartige Landschaft, trocken und öde. Ich erinnere mich an dieses Gefühl, und vielleicht wollte Runar es verdeutlichen, oder sich davor schützen, jedenfalls gab er dem Bild einen Titel, der allen in unserer Familie gefiel. In der unteren rechten Ecke stand auf Nynorsk: *Allein auf dem Heimweg durch die Ödnis*. Ivar und Gladys zitierten den Titel und lachten, und Karl tat dasselbe, für sie klang der Titel wie ein Gedicht, ein komisches Gedicht, weil sich Nynorsk für uns automatisch komisch anhörte, wir kannten es nur von den Untertiteln in ein paar wenigen Fernsehsendungen und aus der Schule. Ivar sagte, das Bild erinnere ihn an finnisches Fernsehtheater. Typisch Ivar, er hatte Angst vor komplizierten Gefühlen, das hatten wir übrigens alle. Alle lachten über den Titel, wir lachten erheitert und erleichtert, es war nichts Schlimmes daran, es war einfach nur Runar, dem wieder einmal etwas Seltsames eingefallen war.

Und dann fing er an, Gitarre zu spielen. Er belegte Gitarre als Wahlfach in der Schule, und hatte sich mit dem Geld, das er als Zeitungsjunge verdiente, eine Gitarre gekauft. Sie war klein und rot, mit scharfen Stahlsaiten, auf denen ich mir wunde Fingerspitzen holte, als ich sie ausprobierte. Jeden Abend saß er hinter geschlossener Tür in seinem Zimmer und lernte Akkorde und Songs. Ich erinnere mich an einen Song mit dem Titel *American Tune*, den mochte ich am liebsten. Es waren einfache Harmonien, C, F, G und G7, und so weiter, aber für mich war es unbegreiflich, wie er ein ganzes Lied spielen und obendrein noch eine Melodie singen konnte, die dazu passte. Er übte, wieder und wieder, bis die Musik ins Fließen geriet. Ich dachte, er hätte den Song selbst komponiert, und als er das mitbekam, wurde er sauer. Eingeschnappt wäre wohl das richtige Wort gewesen. Das hast du doch nicht etwa wirklich geglaubt?, rief er. Doch, das hatte ich. Ich glaubte, dass alles, was von Runar kam, wahr sein musste, ich empfand die Worte, die er sang, als kämen sie aus seinem eigenen Inneren, alles andere war für mich undenkbar. Wie sonst hätte er mit so stillem, innigem Ausdruck singen können? Aber auch beim Gitarrespielen blieb er nicht lange. Er hängte die rote Gitarre an die Wand, manchmal fuhr Gladys mit dem Staubwedel darüber und sagte, er solle wieder anfangen zu spielen. Dann nahm er sie beizeiten herunter und spielte ein wenig, aber er lernte keine neuen Lieder mehr. Er klimperte auf den Saiten herum und jodelte mit einer dünnen, cowboyartigen Stimme auf Spaßenglisch herum, und das machte allen gute Laune, nur nicht mir.

Und sonst? Er lernte, Fotos zu entwickeln. Es gab in Overberget auch einen Fotoklub, in der Mittelschule wurden Abendkurse abgehalten. Runar durfte sich Karls Kamera ausleihen und fotografierte Bäume aus der Ferne, oder Baumrinde aus nächster Nähe, Gräser, Blumen und Felsklippen. Eine Nahaufnahme eines Berghangs sah aus wie grobes graues Gewebe, und Gladys dachte, er hätte eine Wolldecke fotografiert. Das machte ihm nichts aus, er zeigte seine Fotos auch weiterhin zu Hause her, obwohl niemand etwas mit ihnen anzufangen wusste.

Dann gab er auch das Fotografieren auf. Er trat der AUF bei, der Jugendorganisation der sozialdemokratischen Regierungspartei, die unser Großvater immer wählte. In diesem Jahr ging Runar am ersten Mai auf die Straße und nahm mich mit, und das Demonstrieren fühlte sich fremd für ihn an, vielleicht hatte er mich deshalb mitgenommen, so konnte er sich leichter von den Rufen und Gesängen distanzieren. Danach trat er wieder aus. Für kurze Zeit interessierte er sich für Keramik, er nahm an einem Wochenendkurs bei einem der lokalen Keramikkünstler teil. Ich erinnere mich an eine blaue lasierte Schale, von der Gladys so begeistert war und die sie viele Jahre später versehentlich zerbrach. Damals war Runar schon tot, und während sie versuchte, die Scherben wieder zusammenzukleben, weinte sie laut. Die Töpferei endete genauso abrupt wie das Malen, das Gitarrenspielen, die Politik und die Fotografie.

ICH SCHLIESSE DIE TÜR AUF, das Schloss klemmt ein wenig, als hätte das Haus lange Zeit leer gestanden, dabei sind erst ein paar Tage vergangen, seit Gladys das letzte Mal zu Hause war.

Man hat sie gegen Mittag gefunden, sie lag auf dem Küchenboden. Der Nachbarin war aufgefallen, dass sich Gladys morgens ihre Zeitung nicht geholt hatte, und sie hatte eine böse Vorahnung, also war sie zu Gladys' Haus hochgegangen und hatte durch das Küchenfenster geschaut. Dort lag Gladys mit dem Gesicht nach unten auf dem Bauch. Es sah aus, als wäre sie einfach kopfüber auf den Boden gefallen. Das erklärt die blauen Flecken und die gebrochene Nase, die Gesichtsprellungen, sie war gefallen, ohne sich abzufangen. Sie wohnen dicht beieinander, Gladys und Gunvor, fünfzig Jahre sind sie bereits Nachbarinnen, und jetzt leben beide allein. Sie behalten einander im Auge, für den Fall, dass so etwas passiert, ein Schlaganfall oder ein anderer unvorhersehbarer Notfall, wie er jetzt eingetreten ist.

Die Küche sieht aus, als wäre Gladys gerade erst aufgestanden und als ob jemand zu Besuch gewesen wäre, ohne dass sie Gelegenheit hatte, danach aufzuräumen, wie sie es sonst immer so gewissenhaft tut. Etwas Sand auf dem Fußboden, vermutlich von den Schuhen der Sanitäter. Eine halb volle

Tasse Kaffee auf der Anrichte und ein halber Laib Vollkornbrot, das mittlerweile vertrocknet ist. Ich räume auf, werfe das Brot weg, stelle den Wasserkocher an und mache mir eine Tasse Tee. Die Luft im Haus ist stickig, ich öffne die Terrassentür, setze mich hinaus auf die Treppe zum Garten. Draußen ist es immer noch warm, obwohl es bereits dunkel ist.

Im Vergleich zu damals, als wir hierherzogen, ist das Haus nicht wiederzuerkennen. Nur wenige Jahre nachdem ich ausgezogen war, hatte Gladys die Kontrolle übernommen, endlich ihren Willen durchgesetzt, alles weggeräumt, was mit Monika in Verbindung gebracht werden konnte. Jetzt hängen in jedem Zimmer schwere Vorhänge, das alte, gerade Sofa, über das sie sich immer geärgert hatte (*so unbequem*), ist durch ein großes, weiches Ecksofa ersetzt worden. Auf dem alten Dielenboden liegt neues Parkett, die puristischen Kiefernholzwände sind in Pastellfarben gestrichen, und sämtliche Außenwände des Hauses erstrahlen in glänzendem Weiß. Ursprünglich war das Haus schwarz gebeizt, mit einzelnen nackten Feldern aus roten Ziegelsteinen, auch die sind jetzt weiß gekalkt. Zu hart, hatte Gladys gefunden. Am liebsten hätte sie das Haus um eine Dachetage mit Schrägdach aufgestockt, um es wie ein normales Haus aussehen zu lassen, aber das flache Dach ist das Einzige, was vom ursprünglichen Gebäude übrig geblieben ist. Selbst die Bilder an den Wänden sind durch Fotografien von Kindern und Enkeln ersetzt worden, hauptsächlich von uns, aber auch von Karls Töchtern und deren Kindern. An der Wohnzimmerwand, wo früher ein Picasso-Plakat hing, eine seiner ewigen Friedenstauben vom Anfang der 1970er Jahre, hängt jetzt ein Amateurgemälde von einem Fjord, das ehemals im Haus ihrer Eltern gehangen hat. Verschwunden sind die gerahmten Poster und Karls altes Saxofon, das immer in einer Ecke gestanden hat. Sogar seine Stereoanlage und sein Ledersessel sind weg. In meiner Erinnerung war das der Ort, an dem Karl sein Leben lebte. Aber auch er selbst muss an der Umgestaltung des Hauses beteiligt gewesen sein. Neben dem weichen, überdimensionierten Ecksofa finde ich eine kleine Stereoanlage mit ein paar CDs, Sammelalben mit Musik von Vivaldi und Mozart. Was ist aus seiner riesigen ECM-Schallplattensammlung geworden, und all den amerikanischen Jazzplatten? Später finde ich die Stereoanlage und die Platten übereinandergestapelt in einem Schrank in dem Zimmer, das einmal Runars Zimmer gewesen ist. Dort liegen auch Bücher und Landkarten und Bergstiefel und Karls alte Wanderausrüstung. Der ganze Schrank riecht nach ihm, Pfeifentabak und Rasierwasser. An einem Haken im Schrank hängen auch Hundeleinen und Halsbänder seines Hundes. *Mai-els*, wie Gladys sagte, benannt nach Miles Davis.

Aber das weiß ich noch nicht, noch habe ich es nicht über mich gebracht, mich im Haus umzusehen, ich sitze immer noch auf der Gartentreppe. Der Garten ist zu einem stinknormalen Garten mit Thujenhecke und Rosensträuchern mutiert, der kurz gemähte Rasen wird von einem Rasenmäher-Roboter in Form gehalten. Das einzig verbliebene Relikt aus Karls geliebtem Wildgarten ist eine einsame Kiefer. Schmal und hoch, mit verdrehten, sinnlichen braunroten Ästen steht sie da und hält allen Veränderungen um sich herum stand.

Ich gehe hinauf in den ersten Stock und öffne die Tür zu meinem alten Zimmer. Auch hier sind die Wände gestrichen worden, sie sind jetzt weiß, und das Zimmer ist neu eingerichtet. Nachdem ich ausgezogen war, hatte Karl hier sein Büro, an der Innenseite der Tür hängt eine Wanderkarte von der Umgebung rund um Overberget. Er muss sie dort aufgehängt haben, damit Gladys sie nicht sehen konnte, sie konnte seiner Vorliebe für Landkarten an den Wänden nichts abgewinnen, wir wollen hier kein Militärkommando, sagte sie. Auf meinem alten Schreibtisch steht ein großer PC, der Karl gehört haben muss und der anscheinend schon jahrelang nicht mehr benutzt worden ist, der Stecker ist nicht eingesteckt. Was sich darin verbirgt, werde ich vermutlich niemals herausfinden. Alles ist sauber und staubfrei, Gladys muss mindestens einmal pro Woche mit Lappen und Staubsauger hier durchgegangen sein. So hat sie sich fit gehalten: indem sie aufräumte, putzte und das Haus in Schuss hielt, für den Fall, dass jemand käme. Ich setze mich kurz auf das Bett, das nicht das alte Bett ist, das ich von Mina geerbt habe, sondern ein neues und praktisches Schlafsofa, das offenbar noch nie benutzt worden ist.

Ich kann hier nicht übernachten, meine Augen jucken, und mein Atem pfeift. Sogar nach so vielen Jahren merkt man noch, dass hier einmal ein Hund gelebt hat, und ich weiß aus Erfahrung, dass sich die Allergie, wenn sie sich einmal gemeldet hat, nur verschlimmert, solange ich nicht vom Auslöser wegkomme. Hat in einem Haus einmal ein Hund gelebt, dann liegen die Proteine, die die allergische Reaktion auslösen, noch jahrelang in Spalten und Hohlräumen und werden durch Staub und Luftzug im Raum verteilt. Ich gehe in die Zimmer von Runar und Ivar, sie sind eingerichtet wie Gästezimmer. Auch hier: Schlafsofas, Topfpflanzen in den Fenstern und auf jedem Bett eine extra Wolldecke. Das Haus sieht aus wie eine leer stehende Pension. Gladys hat versucht, das Haus in etwas zu verwandeln, das zu einer älteren, allein lebenden Frau passt, also hat sie Gästezimmer eingerichtet. Hierher würden ihre Söhne auf Besuch kommen, hierher würden sie ihre Kinder mitbringen und mit ihnen übernachten, hier würde sie am nächsten Morgen allen das Frühstück servieren, Eier und Speck und Tee in der alten Teekanne, die sie sonst nie benutzte. Eine dünne und staubfreie Sehnsucht singt in den penibel geputzten Zimmern.

Ich räume die Küche auf und schließe die Terrassentür ab, ich lasse ein paar Fenster einen Spalt offen stehen, damit es im Haus nicht zu heiß und stickig wird, das hätte Gladys auch gemacht. Ich schließe die Haustür hinter mir ab und werfe einen Blick auf das Namensschild. Dort steht *Gladys Hegg*, mit einer kleinen Rose daneben, die hat sie selbst gemalt, bei einem Kurs in Porzellanmalerei. Früher einmal war sie Gladys Kvidejordet, dann wurde sie Gladys Evensen, und dann schließlich Gladys Hegg. Sie hat ihre Namen getragen wie Mäntel oder Kleider, gewöhnliche praktische Kleidungsstücke. Das erste wirkte wie von Hand genäht und etwas klobig, aber ihres Vaters wegen war sie stolz darauf, das zweite schien zunächst leichter, sah rückblickend aber schlampig aus, wegen Gunnar. Das dritte war zu fein für sie, aber sie nahm es an und tat so, als wäre nichts, und dann hat sie sich daran gewöhnt.

Ich steige ins Auto und befinde mich endlich wieder in meinem eigenen Leben, wo eine andere Leere herrscht, die sich für mich erfüllt anfühlt. Ich setze aus der Einfahrt zurück und fahre hinunter ins Zentrum. Die wichtigsten Straßen sind rasch abgefahren, Bahnhof, Einkaufszentrum, Kino, dann über die Brücke, an der alten Kirche vorbei und den Hügel hinunter und noch einmal über die Brücke. Dann fahre ich durch die kleineren Straßen, entlang der alten Siedlung am Fluss, die längst zu einer Art stillem Idyll renoviert worden ist, und vielleicht ist sie das auch wirklich, zumindest die meiste Zeit, trotz allem, was zwischen Menschen passieren kann, und dann durch die neueren, dichter besiedelten Wohngebiete, die ans Zentrum angrenzen. Ein paarmal verfahre ich mich und muss umkehren, aber die meiste Zeit gelingt es mir, das Auto in Bewegung zu halten. Ich betrachte die Leute, an denen ich vorbeifahre, lauter Gesichter, die ich eigentlich kennen müsste, aber ich möchte nicht, dass sie mich sehen. Ich habe Angst davor, erkannt zu werden, oder ich sehne mich danach, begreife aber, dass es nicht dazu kommen wird. An der alten Stadteinfahrt stehen immer noch eine Tankstelle und eine Imbissbude, hier versammelten sich abends immer die Autos, Plüschwürfel an den Rückspiegeln und Southern Rock aus den offenen Fenstern, aber heute Abend bin ich der Einzige, der vor Alabama Chicken & Fries parkt. Hier saß Nancy Kristoffersen in ihrem opalblauen metallic Thunderbird, die Rückbank voller 15- bis 16-jähriger Verehrer, die Passagiere wurden nie älter, sie wurden lediglich ausgetauscht, während auf Nancys Jeansweste immer mehr Aufnäher prangten und ihre Zöpfe nach und nach einen müden graublonden Ton annahmen. Aber wo ist Nancy jetzt? Sie lernte einen Mann kennen, der für sie perfekt war, einen Dänen mit dickem Bauch und einer Schwäche für Schafe. Jetzt betreiben Nancy und ihr Mann eine Öko-Farm in Nord-Svene, sie fährt einen silbergrauen Pickup, und einmal, als sie bei ihrem Arzt in Overberget war, hat sie in einem Kreisverkehr ihren alten Thunderbird vorbeigleiten sehen. Sie hatte ihn an einen Musiker aus Notodden verkauft, und der hatte ihn offenbar weiterverkauft. Sie blickt auf das Auto, und es ist, als betrachtete sie sich selbst, eine alte Version ihrer selbst, die sie auf einmal vermisst. Sie winkt ihm zu, und der Fahrer, der keine Ahnung hat, wer sie ist, geht davon aus, dass sich ihr Interesse auf seine Person bezieht. Und wo ist Kenneth Sjøvold, der immer mit seiner Gitarre auf dem Rücken durch die Stadt geradelt ist, eine zwölfsaitige Martin, zerkratzt und ramponiert, Kenneths Version von »Stairway to Heaven« war intensiv wie ein Feuersturm, und Kenneth schien beim Spielen jedes Mal innerlich zu verbrennen. Ihn spielen zu sehen, war, als würde man Zeuge einer fortgeschrittenen Form der Selbstverletzung, hat irgendjemand einmal gesagt, daran erinnere ich mich gut. Aber Kenneth ist vor langer Zeit tot aufgefunden worden, es soll eine Überdosis gewesen sein, die Gitarre hatte man ihm gestohlen.

Ich fahre auf den Hügel, der zuletzt bebaut worden ist, hier stehen immer noch schlanke Kiefern zwischen den Häusern, fahre durch die stillen Straßen, in denen Ivar und seine Familie leben, ich erkenne das Haus, obwohl es aussieht wie alle anderen, schwarze Beize und grüner Garten, glänzende Fahrräder an einem Fahrradständer. Irgendjemand bewegt sich vertraut und geschäftig hinter dem Küchenfenster, und ich bremse nicht ab, ich fahre weiter und dann wieder auf die Straße zurück ins Zentrum, der Kiosk an der Nybrua ist kein Kiosk mehr, sondern ein Take-away-Restaurant, das fühlt sich an wie ein Fortschritt, und ich fahre durch die engen Gassen, die ich vorhin übersehen habe, vorbei an der alten Bibliothek, in der es in meiner Kindheit einmal gebrannt hat, an der nächsten Ecke ist eine Apotheke, die immer schon da war, und dann muss ich abbremsen, da gerade ein Mann den Zebrastreifen überquert, er geht langsam, umständlich, als wollte er dafür sorgen, dass ich Zeit habe, ihn ausführlich zu betrachten, und das tue ich, und als ich ihn wiedererkenne, entfährt mir ein Laut, der an ein gekränktes Lachen erinnert. Ich hatte völlig vergessen, dass es ihn gibt. Er trägt Trainingskleidung, aber nicht von der Art, die man tatsächlich zum Sport anzieht, eine große Jacke aus glänzendem Stoff und eine weite Hose aus demselben leicht entzündlichen Material, mit weißen und schwarzen Streifen an Armen und Beinen. Die Jackenärmel sind hochgekrempelt, und auf dem einen Unterarm kann ich sein Tattoo sehen, das aussieht wie ein Fisch, und das ist es nicht, woran ich ihn erkenne, aber ich erinnere mich, dass Runar mir von dem Tattoo erzählt hat, oder vielleicht habe ich es selbst einmal gesehen. Er hat Laufschuhe an, sie sehen teuer aus, aber es muss lange her sein, seit er zuletzt gelaufen ist. Sein Haar ist immer noch golden und fällt auf eine merkwürdig selbstbewusste Art, auch die Haut ist golden, gebräunt von Sonne und langen Tagen im Freien. Er überquert die Straße langsam und umständlich, er weiß, dass ich ihn anschaue, aber er weiß nicht, wer ich bin. Er hat nie gewusst, wer ich war, er kannte nur Runar, und ich habe ihn nur einmal gesehen. Hilmar, der sich H nannte. Sobald Hilmar über die Straße gestolpert ist, winkt er mich weiter, wedelt gereizt mit einer Hand durch die Luft hinter sich, als erteilte er mir die Erlaubnis, weiterzufahren. Nicht einmal über die Straße kann er gehen, ohne die Kontrolle über die Situation zu übernehmen und sich aufzuspielen. Ich warte, bis er mit beiden Füßen auf dem Bürgersteig steht, dann fahre ich weiter. Ich will nicht fahren, am liebsten würde ich aus dem Auto steigen und mich zu erkennen geben und ihn nach meinem Bruder fragen und was er von ihm wollte, aber er würdigt mich keines Blicks. Warum sollte er auch, er geht ungestört weiter zu dem kleinen Platz und einem abends geöffneten Laden, den es dort früher nicht gegeben hat.

Und dann fahre ich aus der Stadt hinaus, talaufwärts, ich finde einen Rastplatz am Fluss, dort parke ich und steige aus dem Auto. Ich gehe hinunter zum Ufer und betrachte das Wasser, das mal schnell, mal langsam fließt. Der Himmel ist hell, aber auf dem Boden ist es so dunkel geworden, dass ich auf dem Rückweg zum Auto über Büsche und Steine stolpere. Dort ziehe ich meine Jacke aus und decke mich damit zu, klappe den Rücksitz herunter, lege mich hin, um zu schlafen.

ICH WAR KRANK GEWORDEN.
 Einen ganzen Tag lang hatte ich mich übergeben, und am Tag darauf musste ich zu Hause bleiben. Nun war Runar auch krank geworden, und wir waren gemeinsam zu Hause. Runar lag im Bett, während ich aufstand und im Haus umherging. Ich lag direkt unter der großen dänischen Deckenlampe auf dem Fußboden und stellte mir vor, wie so oft, sie wäre ein Raumschiff.

Runar bat mich, eine von seinen Platten mit hinunterzunehmen und sie aufzulegen. Er benutzte mittlerweile Karls Anlage, wenn Karl vormittags nicht zu Hause war, da der Sound besser war als auf seinem eigenen Plattenspieler. Ich legte die Platte auf den Teller und senkte die Nadel auf die äußersten Rillen der LP, das hatte ich inzwischen gelernt. Runar rief, ich solle lauter drehen. Mir gefiel die Musik nicht besonders, es war die Filmmusik zu *A Clockwork Orange*, Runar hatte den Film im Kino gesehen, und als er heimgekommen war, hatte er *Singin' in the Rain* gesungen und mir vorgespielt, wie ein Mann mit langer falscher Nase, schwarzer Melone und weißer Kleidung singend und tanzend einen älteren, auf dem Boden liegenden Mann mit Füßen trat. Ich habe den Film nie gesehen, aber diese Szene lebt in mir, weil Runar sie mir vorgespielt hat, und ich wünschte, er hätte es nie getan.

Ich ging in die Küche, setzte Teewasser auf und suchte einen Teebeutel hervor, Earl Grey. Ich ließ den Tee ein wenig ziehen und gab drei Löffel Zucker dazu. Dann ging ich langsam und umständlich mit der Tasse in der Hand die Treppe hinauf, während ich mit der anderen Hand die Unterseite der Tasse stützte. Runar bedankte sich, es klang, als redete er mit der Teetasse, er wollte in Ruhe gelassen werden. Ich ging auf mein Zimmer. Ich versuchte, mit meinen Soldaten zu spielen, und blätterte ein wenig in einem Buch mit Bildern aus dem Zweiten Weltkrieg, aber ich fand nicht recht hinein, nicht so wie sonst, ich hatte in letzter Zeit etwas zu oft mit den Soldaten gespielt und in den Büchern geblättert. Und jetzt langweilte ich mich. *A Clockwork Orange* war zu Ende, der Tonarm löste sich automatisch und wurde zur Ablage zurückgeführt, und dann hörte der Plattenteller auf, sich zu drehen. Runar sagte, er wolle es still haben. Ich ging noch einmal zu ihm hinein, und er sagte, ihm sei übel. Ich blieb ein wenig bei ihm sitzen, wir hörten den Tee in seinem Bauch gluckern, darüber musste er plötzlich lachen. Schon damals war er so dünn, dass man es an seinem Bauch sehen konnte, wenn er etwas gegessen hatte. Jetzt hatte er nur Tee im Magen, und jedes Mal, wenn er sich umdrehte, gluckste es darin. Auch ich lachte, es war ein Lachen, das ich von Zeit zu Zeit ausprobierte und das Runars Lachen ähneln sollte, es klang merkwürdig, und ich lachte auch dann noch, als Runar längst zu lachen aufgehört hatte, bis er schließlich fragte:

– Warum lachst du so komisch?

Ich stellte mich ans Fenster und schaute hinunter in den Garten, wo der Schnee gerade geschmolzen war. Das Gras war flach und gelb, und am Rand der letzten Schneewehe, die der Hauswand am nächsten war, sah ich etwas Dunkles und Langes auf der Erde liegen.

– Runar, sagte ich. – Da liegt eine Schlange im Garten.
– Blödsinn, sagte Runar.
– Doch ehrlich, sieh doch mal.
– Ich kann nicht aufstehen.
– Es ist *wirklich* eine Schlange, komm her und schau sie dir an.

Er setzte sich im Bett auf, stellte die Füße auf den Boden und stand auf, kam zu mir herüber und stützte sich auf den Fensterrahmen.
– Siehst du sie?
– Wo?
– Dort, wo noch Schnee liegt, ganz am Rand, wo der Schnee aufhört.
– Ui, was ist das?
– Eine braune Schlange, siehst du das nicht? Vielleicht ist es eine Würgeschlange.
– In Norwegen gibt es keine Würgeschlangen.
– Was ist es dann?
– Vielleicht eine Kreuzotter.
– Ist die gefährlich?
– Sie kann beißen und hat Gift in den Zähnen. Du stirbst nicht dran. Aber wenn du gebissen wirst, musst du ins Krankenhaus.
– Was sollen wir mit ihr machen?
– Nichts. Die haut bald ab.
– Aber sie liegt ganz still. Vielleicht schläft sie.
– Ja, oder sie ist tot.
– Ach du Scheiße.
– Sag nicht Scheiße, Titti.
– Du sagst es doch auch.
– Ja, aber du bist zu klein. Und ich werde es auch nicht mehr sagen.

– Warum nicht?
– Weil es sich nicht besonders schlau anhört.
– Nein?
– Eigentlich ist Fluchen nur was für dumme Leute.

Runar ging seit Neuestem in die Bibliothek. Er las Jules Verne und ein paar andere Bücher, für die ich mich nie interessiert habe, aber ich brachte ihn dazu, mir die *Reise zum Mittelpunkt der Erde* nachzuerzählen.

– Aber du bist doch nicht dumm.
– Nein, und du auch nicht. Deswegen musst du mit dem Fluchen aufhören.
– Aber Gunnar ist ziemlich dumm.
– Meinst du Papa?
– Ja. Gunnar.
– Warum ist er dumm? Weil er flucht?
– Ja, aber nicht nur darum. Er ist immer so wütend.
– Das ist ja wohl nicht dasselbe.
– Doch, er ist immer wütend, und das ist doch nicht besonders schlau.

Runar schüttelte den Kopf und lachte. Ich ging davon aus, dass er an dasselbe dachte wie ich, an die unzähligen Abende, an denen Gunnar Gladys angeschrien hatte, nachdem wir zu Bett gegangen waren, oder auch wenn wir noch wach waren, er schrie von einem Zimmer ins andere, oder stellte sich direkt vor ihr hin und schrie auch dann noch, obwohl offensichtlich war, dass sie ihn sehr gut hören konnte. Es war nicht sein Fluchen, sondern sein Schreien, das Gunnars Dummheit entlarvte, das hatte ich gemeint. Und dass er immer wütend wurde, wenn er etwas zu reparieren versuchte, und dass alles, was er reparierte, kaputtging, und dass er auf die Dinge, die kaputtgingen, wütend wurde, als ob sie lebendig wären und sich ihm nicht beugen wollten.

Ich war sicher, dass Runar an dasselbe dachte wie ich und dass er verstand, was ich meinte.

Runar streckte sich im Bett aus und seufzte.

– Kannst du nicht rausgehen und dir die Schlange ansehen?

– Nein, das schaffe ich nicht. Das musst du schon selber machen.

– Ich trau mich nicht.

– Sie liegt doch ganz still.

– *Du* traust dich nicht.

– Ich kann nicht. Mir ist zu übel.

– Wenn dir übel ist, dann solltest du nicht so viel Tee trinken.

– Nein, da hast du vielleicht recht. Aber wenn ich nichts trinke, werd ich nicht gesund. Das ist ein Dilemma, wenn du verstehst, was ich meine.

– Ein Dilemma?

– Vom Tee wird mir übel. Aber wenn ich nichts trinke oder esse, geht die Übelkeit nicht vorüber. Egal wofür ich mich entscheide, mir wird in jedem Fall schlecht.

– Vielleicht solltest du einen Keks essen. Soll ich dir einen holen? Wir haben eine rote runde Packung Kekse, die sind gut. Sie ist noch zu, aber wir dürfen uns doch bestimmt welche nehmen, wo wir doch jetzt krank sind?

– Danke dir, aber ich glaube, ich schlafe erstmal noch eine Runde. Aber nimm du dir einfach einen Keks.

– Aber was machen wir mit der Kreuzotter?

– Geh du raus und schau sie dir an.

Er wollte, dass ich mutiger wurde. Wenn er sich einmal dazu entschlossen hatte, konnte er mich dazu bringen, alles Mögliche zu tun.

– Aber ich habe Angst, dass sie mich beißt.

– Das wird sie nicht. Wenn sie am Leben ist, wird sie sofort davonkriechen, sobald sie deine Schritte auf der Erde spürt.

– Die kann meine Schritte spüren?

– Ja, die spürt alles, was sich nähert, sogar eine kleine Maus. Und außerdem ist es wahrscheinlich keine Kreuzotter, sondern eine Ringelnatter, und die sind nicht gefährlich. So oder so ist sie tot. Die liegt ganz still und wird sich nie wieder bewegen.

– Hilft es, wenn ich mir Gummistiefel anziehe?

– Ja, mach das mal.

Ich ging hinunter und steckte meine Füße in die blauen Segelstiefel, die ich mir von Gladys erbettelt hatte. Sie waren von derselben Marke wie Runars, aber seine waren weiß, und auf einen von ihnen hatte er ein großes *Peace*-Zeichen gemalt, das so aussah: ⊕, er hatte es mit grünem Filzstift gezeichnet, und Gladys war deswegen sauer auf ihn, neue Stiefel, und keine billigen, und die hatte er mit Filzstift anschmieren müssen. Aus diesem Grund hatte ich stattdessen dunkelblaue bekommen, auf denen man nicht so gut rumkritzeln konnte. Es dauerte viele Jahre, bis ich weiße Segelstiefel bekam, ich kaufte sie mir von meinem eigenen Geld, das ich mir beim Erdbeerenpflücken verdient hatte, und das Erste, was ich tat, war, auf jeden Stiefel ein Peace-Zeichen zu malen, mit blauem Filzstift, denn ich hatte kein Grün. Aber es sah nicht richtig aus, und das lag nicht an der Farbe. Ich begriff nicht warum, aber irgendwas stimmte einfach nicht. Inger-Johanne aus meiner Klasse, die sonst nie mit mir redete, fragte mich, warum ich einen Mercedes-Stern auf meine Stiefel gezeichnet hatte, und erst da begriff ich, dass ich das Symbol falsch gezeichnet hatte. Aber zu dem Zeitpunkt wusste ohnehin niemand mehr, was ein Peace-Zeichen war, und Runar war längst ausgezogen, er passte nicht mehr auf mich auf und auch nicht mehr auf sich selbst.

Ich zog mir meine Daunenjacke über den Pyjama. Ich ging um die Garage herum und am kleinen Apfelbaum vorbei, der nie gute Früchte trug, sondern nur kleine, saure, papierfarbene Äpfel, die niemand haben wollte. Ich kletterte über den großen moosbewachsenen Felsen, der laut Karl niemals weggesprengt oder mit Erde bedeckt werden durfte, da wir auf einem Waldgrundstück lebten, und der Apfelbaum, meinte er, sei sowieso ein Missverständnis gewesen. Ich nahm an, dass Monika den Baum gepflanzt hatte. Karl hätte am liebsten Heidekraut und Moos anstelle von Gras im Garten gehabt, aber davon wollte Gladys nichts wissen, das gehe zu weit, sagte sie, mit Heidekraut und Blaubeeren im Garten wolle sie nichts zu tun haben. Wenn sie nicht mal einen anständigen Garten haben dürfe, sei es sinnlos, dass sie überhaupt in diesem Haus lebe. Das sagte sie oft, wenn sie gereizt oder traurig war: dass sie nicht verstand, warum sie hier lebte. Ich mochte es nicht, wenn sie das sagte, und Ivar oder Runar mochten es ebenso wenig. Jetzt lebten wir nun mal hier, wir wollten nicht noch einmal umziehen.

Hinter dem Haus, wo im Schatten noch Schnee lag, blieb ich stehen und stampfte fest auf dem Boden auf, aber die Kreuzotter oder Ringelnatter rührte sich nicht. Ich blickte hinauf zu Runars Fenster, konnte ihn aber nicht sehen. Ich trat etwas näher heran und stampfte noch einmal auf, und die Kreuzotter lag immer noch still. Nie zuvor hatte ich so etwas gesehen, sie war braun und feucht und sah völlig lebendig aus, aber sie rührte sich nicht. Neben der Hauswand fand ich einen kleinen Stein und warf damit nach ihr, traf aber nicht, ich war schlecht im Werfen. Ich fand weitere Steine und zielte mit ihnen nach der Kreuzotter, und der letzte Wurf war ein Treffer. Immer noch lag die Kreuzotter reglos da. Sie sah nicht mehr lebendig aus. Ich ging ganz nah heran und trat mit dem Fuß gegen sie. Angestoßen von der blauen Spitze meines Segelstiefels bewegte sie sich, schwerfällig und widerwillig. Erst jetzt sah ich, dass es ein dickes braunes Seil war. Ein meterlanges Tau, grob und ausgefranst. Ich hob es hoch und fürchtete mich immer noch davor, es anzufassen, bis ich es in beiden Händen hielt. Ein dickes, nasses Seil, das den ganzen Winter lang unter dem Schnee gelegen hatte. Schnell ging ich ins Haus, rannte die Treppe hinauf zu Runar und erzählte ihm von dem Seil.

Er war fast eingeschlafen, aber jetzt wurde er wieder wach und setzte sich auf.

– Ein Seil?

– Ja, ein dickes Seil.

– Wo kommt das her, so ein Seil haben wir nie im Haus gehabt, sagte er, der genau wie ich über alles Bescheid wusste, was sich in sämtlichen Regalen und Schubladen und Schränken befand, und sogar in der Garage, wo er manchmal schreinerte, den niedrigen weiß gestrichenen Tisch zum Beispiel, den er sich selbst gebaut hatte, er war so niedrig, dass er auf dem Boden sitzen musste, wenn er ihn benutzte. In Runars Zimmer sah es so aus wie im Jugendklub im Keller unserer Schule, für den ich zwar noch zu klein war, den ich aber einmal gesehen hatte, als wir mit der Klasse einen Probealarm hatten und uns gezeigt wurde, wo sich der Luftschutzraum befand. Da unten war alles voll von niedrigen Tischen und niedrigen Hockern, und auf den Tischen standen die gleichen grünen Weinflaschen mit Kerzen drin wie auf Runars Tisch.

– Ich muss ne Weile schlafen, sagte Runar, legte seinen Kopf wieder auf das Kissen und schlief ein.

Ich stand da und betrachtete ihn; seine Augenlider wirkten hell und ungewöhnlich groß. Ich hatte sein Gesicht wieder und wieder studiert, die schmale Nase und den dünnen Mund und die dunklen Sommersprossen. Überall in seinem Gesicht die kleinen, fast schwarzen und dunkelbraunen Sommersprossen, die sich von seinem Gesicht über die Schultern bis zu Armen und Unterarmen fortsetzten.

Ich ging in mein Zimmer und legte mich auf das Bett. Es fühlte sich nicht gut an, so dazuliegen, es war, als hätte ich das Leben aufgegeben. Ich dachte an Mina und, was sie an meiner Stelle tun würde, und dann wurde ich zu Mina. Jedes Mal, wenn das passierte, spürte ich eine plötzliche Wärme in mir aufsteigen. Mina setzte sich auf, um sich ein wenig umzusehen, und dann fielen ihr die zerwühlten Laken auf. Sie stand auf und machte mit ruhigen und sicheren Bewegungen das Bett. Sie breitete die Tagesdecke darüber, sorgfältig, sodass keine Knitter oder Falten entstanden. Jetzt würde es erst wieder am Nachmittag möglich sein, auf dem Bett zu sitzen, also setzte sie sich an den Schreibtisch. Sie öffnete eine Schublade und betrachtete das Durcheinander, das mir gehörte, eine kaputte Klebertube, kleine Plastikteile, die von einer Spitfire übrig geblieben waren, die ich zusammengeklebt hatte. Mina war unzufrieden, dass ich nicht alle Teile verbaut hatte, aber auch sie wusste nicht, wo sie hingehörten. Sie beschloss, das Flugzeug anzumalen, nachdem ich es bis jetzt aufgeschoben hatte. Sie mochte es, Dinge abzuschließen, außerdem malte sie genauer, als ich es getan hätte. Sie holte die kleinen Dosen mit Humbrol-Farbe hervor, rot und schwarz und grau und grün. Ruhig malte sie die Propellerblätter schwarz und die kleine Nase in der Mitte des Propellers rot. Der Flugzeugrumpf war bereits in der Fabrik braun lackiert worden, mit einzelnen dunkleren Flecken, eine Art Camouflage. Ich war froh, dass der Rumpf bereits lackiert war, aber Mina hätte es vorgezogen, es selbst zu tun. Den Abschnitt rund ums Cockpit bemalte sie grau und grün, das Fahrwerk schwarz, und die Bomben, die unter den Flügeln hingen, grau-schwarz. Es sah gut aus, besser als ich es fertiggebracht hätte, wenn ich ich selbst gewesen wäre, aber auch nicht so gut, wie es die wirkliche Mina gemacht hätte. Zuletzt klebte sie die Markierungen auf, die runden auf Flügeln und Rumpf, und eine flaggenähnliche Markierung an der Heckflosse, und schließlich war das Flugzeug fertig. Es war besser geworden, als ich mir erhofft hatte, aber an ein paar Stellen waren die Teile ungenau angeklebt, vor allem das kleine Rad ganz hinten saß schief, mit Flecken von eingetrocknetem, schleimartig aussehendem Kleber. Es wäre besser gewesen, wenn ich Mina gewesen wäre, als ich das Flugzeug zusammenklebte, aber daran hatte ich damals nicht gedacht, ich war zu ungeduldig gewesen. Das war eines der Dinge, bei denen Mina mir half, sie brachte mir bei, etwas geduldiger zu sein und alles so ordentlich wie möglich zu machen.

Mina ging zum Fenster und blickte hinaus in den Garten, wo das braune Seil lag. Es war nicht mehr zu erkennen, dass es eine Kreuzotter gewesen war, jetzt war es einfach nur ein Seil, mit ausgefransten und eingerissenen Enden. Mina legte niemals Stirn und Mund gegen die Fensterscheibe, wie ich es immer tat, sie stand aufrechter und betrachtete alles um sich herum mit einer Art erhabener Würde. Das half, ich fühlte mich besser. Mina achtete immer darauf, wie sie dastand oder ging oder wie sie verschiedene Aufgaben ausführte, das war ihre Art, auf sich selbst aufzupassen, fühlte ich. Sie nahm ein Buch aus dem Regal, setzte sich auf die oberste Treppenstufe und fing an zu lesen. Nur Mina saß gern auf der obersten Stufe, so hatte sie den Überblick über alles, was im Haus passierte, und außerdem war es einfach, mit aufrechtem Rücken und dennoch entspannt dazusitzen. Manchmal kam es auch vor, dass sie bäuchlings auf dem Wohnzimmerteppich lag und las, dann streckte sie das eine Bein in die Luft und ließ den Fuß von einer Seite zur anderen schwingen. So würden die anderen sie bemerken, und zugleich konnte sie sich selbst auf diese Weise besser spüren. Einmal, als ich gerade wie Mina dalag und Karl an mir vorbeiging, fragte er: Warum liegst du so da? Danach tat ich es nur noch, wenn ich allein zu Hause war. Jetzt, wo sie auf der obersten Treppenstufe saß, überlegte sie, ob sie nicht ins Wohnzimmer gehen sollte, um ein wenig auf dem Bauch zu liegen und zu lesen. Aber heute ging das nicht, es fühlte sich richtiger an, in Runars Nähe zu sein. Mina passte mit einer Sicherheit auf Runar auf, die ich selbst nicht hatte, auch wenn Runar den Unterschied nicht bemerkte. Er schnarchte leise in seinem Zimmer. Ich las lange, bis ich darüber vergaß, Mina zu sein.

Runar hatte eine Stunde geschlafen, als er mit dem Gefühl erwachte, dass etwas nicht stimmte. Er lauschte nach mir, er versuchte zu hören, ob ich drinnen oder draußen war. Er bekam Angst, ich könnte etwas mit dem Seil angestellt haben, vielleicht hatte ich es mir um den Hals gewickelt und war an irgendetwas hängen geblieben, und jetzt lag ich erstickt irgendwo im Haus. Er stellte sich meinen Körper in einer steifen und unnatürlichen Position vor. Er wollte aufstehen und nach mir sehen, hatte jedoch nicht die Kraft, sich aufzuoetzen, und dann hörte er, wie ich die Seiten meines Buches umblätterte, und bald konnte er auch meinen Atem vernehmen, den Atem eines noch recht kleinen Kindes, das mit offenem Mund liest. Er lag eine Weile da und starrte zur Decke, auf die weißen, rauen Deckenplatten, die er manchmal aussehen lassen konnte wie die Oberfläche des Mondes.

Ich schrak von meinem Buch auf, als er anfing, sich zu übergeben. Ich ging zu ihm und hielt mit einer Hand seine Stirn, wie Gladys es immer tat. Ich holte Küchenpapier, mit dem er sich abwischen konnte, dann leerte ich für ihn den Eimer aus und spülte ihn auf der Toilette mit Wasser aus der Dusche gründlich aus. Mina war nicht mehr da, aber ein kleiner Rest von ihr saß immer noch in meinem Körper und in meinen Händen. Ich fragte Runar, ob er Wasser trinken wolle, und er schüttelte den Kopf. Aber jetzt, nachdem er erbrochen hatte, fühlte er sich auf einmal besser.

Er lag im Bett und las *Gewaltfreiheit*, eine dünne Zeitschrift, die er seit Neuestem zugeschickt bekam. Karl fand es gut, dass er die Zeitschrift las, er fand fast alles gut, was Runar machte, obwohl er, wie er sagte, nicht allem zustimmte, was in der Zeitung stand, Gladys sah das ganz anders. Sie hatte Angst, dass Runar ins Gerede geraten könnte. Runar hatte beschlossen, den Militärdienst zu verweigern, das war verboten, aber er musste deswegen nicht ins Gefängnis, sondern würde vielleicht an einem weit entfernten Ort arbeiten müssen. Und das sei es wert, sagte er. Ich war ganz seiner Meinung. Ich war in allem seiner Meinung, aber in dieser Sache besonders. Auch ich wollte nicht töten. Wer wollte das eigentlich? Wenn alle sich weigerten, einander umzubringen, würde es doch nie mehr Krieg geben. Ich ließ meine kleinen Soldaten einander mit Gewehren und Maschinengewehren und Handgranaten und Bazookas umbringen, oder mit den Kampfflugzeugen und Panzern, die ich mit Runars Hilfe zusammengeleimt hatte. Wenn der Schnee ganz weg und es draußen warm genug war, würde ich meine

Soldaten auf dem Felsen im Garten aufstellen, sie würden sich in Abhängen und Gräben zu verstecken versuchen, und dann würde die Spitfire sie überraschen und mit Maschinengewehren auf sie schießen und sie fast alle umbringen. Die Soldaten würden auf spektakuläre Weise von Klippen und Felsvorsprüngen stürzen, während sie von der Spitfire niedergemäht wurden. Ich würde wahrscheinlich auch eine kleine Kerbe in den Flugzeugrumpf machen, vielleicht mit Runars glänzendem schweren Skalpell, wenn es mir nur gelang, es mir unbemerkt auszuleihen, denn die Bodensoldaten verteidigten sich und hätten beinahe das Flugzeug abgeschossen, und deshalb wollte ich ein Loch in den Rumpf machen, verursacht von einer Maschinengewehrsalve der Bodentruppen. Vielleicht mehrere Löcher. Und vielleicht würde ich sie am Ende das Flugzeug abschießen lassen. Das Flugzeug könnte auf dramatische Art und Weise abstürzen, es würde am Himmel kreisen und schließlich mit voller Wucht auf die Erde prallen. Ich zog in Erwägung, das Flugzeug kaputt zu machen, es mit einem großen Stein zu zerschlagen, um die durch den Aufprall verursachten Splitter sehen zu können, aber dafür war es noch zu früh, ich wollte ein paarmal mit dem Flugzeug spielen, ehe ich es kaputt machte. Einer oder zwei Bodensoldaten sollten überleben und sich schwer verletzt durch das Gras schleppen, um sich hinter der Frontlinie in Sicherheit zu bringen. Immer gab es einen oder zwei Soldaten, die schwer verletzt wurden und trotzdem durchkamen. Ich mochte es, von den kleinen Plastiksoldaten eine Hand oder einen Arm abzubeißen oder -zuschneiden sie so richtig zu verletzen. Einen hatte ich mit einem Feuerzeug bearbeitet, einen englischen Kommandosoldaten mit Handgranate, der eine Arm war geschmolzen und der Kopf verkohlt, und die Gesichtszüge verschwammen ineinander. Ich übte, mit dem Mund Laute zu formen, die wie ein richtiges Maschinengewehr klangen, und wenn mir der richtige Klang gelang, spürte ich es im ganzen Körper.

Mir gefiel es, die in einem Graben liegenden Leichen auf einem Bild in dem Buch über den Zweiten Weltkrieg zu betrachten. Die Soldaten lagen aufeinander, als hätte sie jemand weggeworfen. Ich schaute genau auf die zerrissenen Kleider und die Stellen auf ihren Körpern, wo die weiße Haut sichtbar war. Ein toter deutscher Soldat hatte so lange unter einem abgebrannten Baum auf der Erde gelegen, dass sein Körper aufgequollen war. Zwischen Jacke und Hose drang weiße Haut hervor. Es war ekelhaft anzusehen, aber es war ekelhaft auf eine Art und Weise, die es mir unmöglich machte wegzuschauen, es war ein Gefühl von Übelkeit und Genuss zugleich, das ich sonst nirgendwo fand.

– Hör dir das an, sagte Runar.

Er saß im Bett und las, ich saß im Korbstuhl, den Runar mit Karls Erlaubnis weiß gestrichen hatte. Runar hatte in der Schule ein Kissen mit blauweißem Muster dafür genäht. Ich konnte das Korbgeflecht durch das Kissen spüren, es war etwas zu dünn, das hatte auch Gladys gesagt, aber Runar meinte, es sei genau richtig. Er sei so dünn, dass er es sowieso nicht spürte, hatte Gladys geantwortet. Sie machte sich immerzu Sorgen, dass Runar nicht genug aß.

– Schau dir diesen Mann an, sagte Runar. Er heißt Iver Jonsson. Mit siebzehn beschloss er herauszufinden, wie viele Leute beim geheimen Überwachungsdienst der Polizei arbeiteten. Weißt du, wie er das gemacht hat?

– Nein.

– Er rief auf der Polizeiwache an und bat darum, jemanden sprechen zu dürfen, der für den Überwachungsdienst arbeitete. Daraufhin wurde er weiterverbunden, und der

Beamte, der ans Telefon kam, sagte beim Abheben seinen Namen. Somit hatte er den Namen von einem von ihnen. Etwas später rief er noch einmal auf der Wache an und fragte nach einem Kollegen des Beamten, dessen Namen er bereits kannte. Er wurde zu einem anderen Beamten weiterverbunden, der wiederum, als er ans Telefon ging, seinen Namen nannte. Jetzt kannte er schon zwei Namen. Wie ist er bloß auf die Idee gekommen? Das waren geheime Informationen, und er hat sie *so* leicht rausgekriegt! Er machte weiter und rief sämtliche Polizeiwachen im ganzen Land an, und zeichnete eine Übersicht, wie viele Beamte in den Geheimdiensten arbeiteten und wie sie hießen.

Runar zeigte mir ein Foto von Iver Jonsson, der in einem blauen Henley vor einem Bücherregal posierte, das Hemd sah genauso aus wie meines. Als Gladys es mir gekauft hatte, hatte es mir nicht gefallen, aber jetzt beschloss ich, es doch zu tragen. Iver Jonsson sah so freundlich aus. Runar hielt mir *Gewaltfreiheit* vors Gesicht, damit ich mir das Bild genau ansehen konnte. Es war, als hätte er vergessen, dass ich jünger war als er, und für mich gab es nichts Schöneres, als wenn er mit mir redete wie mit einem Gleichaltrigen.

– Er sieht aus wie ein Erwachsener. Ist er erst siebzehn?

– Nein, er war siebzehn, als er das gemacht hat. Jetzt ist er erwachsen, weißt du. Aber als er den Geheimdienst aufgedeckt hat, war er siebzehn.

– Der Geheimdienst ist ein Teil der Polizei, nicht wahr?

– Ja, aber das ist keine normale Polizei. Der Geheimdienst überwacht Leute, ohne dass sie davon wissen. Er überwacht, was die Leute denken. Kommunisten zum Beispiel, die sich in Norwegen eine Revolution wünschen. Die wollen eine ganz neue Gesellschaft.

– Und das gefällt dem Geheimdienst nicht?

– Der Geheimdienst will auf die Gesellschaft aufpassen, die wir haben. Damit sie niemand kaputt macht.
– Ist das denn nicht gut?
– Doch, das ist gut. Aber manchmal geht das zu weit. Sie überwachen Leute und spionieren ihnen nach, nur weil die ein anderes politisches System im Land haben wollen.
– Weil sie aufpassen müssen, dass keine Revolution kommt.
– Ja, aber die Leute haben ein Recht auf ihre eigene Meinung. Wenn du willst, dass das Land auf eine andere Weise regiert wird, darfst du darauf hinarbeiten. Du darfst keine Waffen benutzen, um an die Macht zu kommen, aber du darfst mit anderen darüber reden, was du denkst, und versuchen, sie davon zu überzeugen, dass du recht hast. Und was Iver Jonsson aufgedeckt hat, ist, dass die Überwachungspolizei manchmal Leuten hinterherspioniert, die zum Beispiel einfach nur auf eine Demo gegangen sind. Und wenn die Überwachungspolizei glauben würde, dass wir eine Revolution planen, dann könnten die einfach anfangen nachzuforschen, wer wir sind und wo wir wohnen, sie könnten sogar unser Telefon abhören. Sie könnten alles hören, was wir am Telefon sagen und wüssten Bescheid darüber, wo wir hingehen und was wir tun. Und das dürfen sie nicht. Und genau das hat Iver Jonsson aufgedeckt: dass es eine Geheimpolizei gibt, die ganz normale Menschen überwacht. Verstehst du?
– Ja, sagte ich.
– Wenn die Polizei die Leute nur wegen ihrer Meinungen überwacht, dann wird uns das Recht genommen, zu denken, was wir wollen. Dabei müssen wir das dürfen. Verstehst du, was ich sage?
– Ja, sagte ich.
Aber mir gefiel der Gedanke, dass es eine Überwachungs-

polizei gab. Ich mochte die Vorstellung, dass es vielleicht jemanden gab, der mich und Runar und alle überwachte. Überwachung, Geheimdienst, große Bandaufnahmegeräte in fensterlosen Räumen. Dass es jemanden gab, der uns im Auge behielt und wusste, wer wir waren und was wir dachten. Das gefiel mir, das fühlte sich sicher an. Aber das konnte ich Runar nicht sagen, er stand auf Iver Jonssons Seite. Das tat ich auch, weil Iver Jonsson so einen schlauen Plan gehabt hatte, aber zugleich stand ich auf der Seite der Überwachungspolizei. Ich begriff, was Runar an der Sache begeisterte, und ordnete mich dem unter. Deshalb sagte ich das, wovon ich immer noch denke, dass er mit dieser ganzen Sache darauf hinauswollte, ob es ihm selbst nun bewusst war oder nicht, ich sagte:

– Kannst du das nicht auch machen? Das, was Iver Jonsson gemacht hat?

– Du meinst, bei der Polizei anrufen?

– Ja.

– Das wird nicht klappen.

– Warum nicht?

– Das klappt kein zweites Mal. Auch wenn es bei Iver Jonsson funktioniert hat, wird es nicht klappen, wenn ich es versuche. Das verstehst du doch wohl.

– Du traust dich nicht.

– Darum geht es nicht.

– Du hast dich nicht getraut, zur Kreuzotter rauszugehen, das musste ich selber machen. Und jetzt traust du dich nicht, die Polizei anzurufen.

– Jetzt reicht es langsam.

– Aber du brauchst doch einfach nur anzurufen. Warum kannst du das nicht machen?

– Ruf doch selber an.

– Die hören an meiner Stimme, dass ich ein Kind bin.
– Ja, das stimmt.
– Kannst nicht du es machen?
– Aber wieso sollte ich?
– Einfach so.
– Einfach so?
– Stell dir vor, es klappt. Stell dir vor, du kannst mit einem von der Überwachungspolizei reden.
– Ja?
– Das wäre doch cool.
– Na gut.
– Machst dus?
– Ja, ich muss ja wohl.
– Cool.
– Findest du das cool?
– Ja, supercool.

Runar stand auf und zog seinen Morgenmantel an. Niemand sonst bei uns trug einen Morgenmantel, nur er. Er sei chinesisch, sagte er. Er war dünn und sah aus wie aus Seide, aber heute denke ich, dass er aus Baumwolle gewesen sein muss. Es ist schwer zu sagen, wenn man nur die Erinnerung zur Hilfe hat, aber es hat etwas damit zu tun, wie der Stoff fiel. Runar ging vor mir die Treppe hinunter, ich ging langsam hinter ihm her und bereute es bereits, ich wollte nicht, dass er anrief, ich hatte Angst vor dem, was passieren würde, aber das konnte ich jetzt nicht sagen.

Man kann leicht sagen: Ich war ein Kind, ich war acht. Ebenso leicht lässt sich vergessen, dass auch Runar ein Kind war. Er war fünfzehn, und für mich war das so gut wie erwachsen, und ich denke, auch er selbst fühlte sich erwachsen, aber das war er nicht. Er war vielleicht erwachsener als viele andere Fünfzehnjährige, bilde ich mir ein. Dennoch war er nur ein Fünfzehnjähriger. Er setzte sich auf den niedrigen Telefontisch und blätterte im Telefonbuch. Seine dünnen Knie und Waden stakten aus dem Morgenmantel hervor, er sah kränker aus als zuvor.

– Musst du wieder kotzen?

– Warum fragst du?

– Du bist doch krank, du kannst ja mit dem Anrufen einfach bis morgen warten.

– Jetzt hab ich gerade die Nummer gefunden.

Er las sie vor, vier Ziffern. Für jede Ziffer drehte er die Wählscheibe. Ich hörte es klingeln. Wir schauten einander an, während wir warteten. Runar runzelte die Stirn, worauf ich kichern musste und er *Psssst!* sagte. Es klingelte fünfmal, dann wurde abgenommen. Ich hörte eine Männerstimme sagen:

– Polizeikammer.

– Ich würde gern mit jemandem sprechen, der für den Sicherheitsdienst arbeitet.

Seine Stimme klang anders, als wenn er mit mir redete. Er versuchte, wie ein Erwachsener zu klingen. Er sah mich nicht länger an, er drehte sich weg und blickte in den Spiegel, ohne dabei sich selbst anzusehen.

– Ja, den Sicherheitsdienst, wiederholte er.

Ich hörte die Stimme am anderen Ende der Leitung, konnte aber nicht verstehen, was sie sagte.

– Das kann ich nicht sagen, sagte Runar.

Er blickte an die Decke. Er wickelte sich das Telefonkabel um einen Finger.

– Ich kann nicht sagen, worum es geht, sagte er.

Er stand auf, während er weiterhin das Kabel um den Finger wickelte.

– Zurückrufen?, fragte er.

Er bekam Angst, das fühlte ich.

– Doch, das geht in Ordnung.

Und dann hörte ich ihn unsere Telefonnummer sagen. Sie lautete 1523. Er wartete ein wenig, während der Beamte am Telefon mitschrieb, und dann hörte ich ihn seinen Namen sagen. Er sagte auch unseren Familiennamen. Und dann sagte er: *Danke, tschüss.*

Er legte den Hörer auf und drehte sich zu mir.

– Das ist nicht so gut gelaufen.

– Du hast deinen Namen gesagt.

– Ja, und die Telefonnummer. Ich konnte nicht anders. Warum habe ich nicht einfach einen falschen Namen und eine falsche Nummer angegeben. Scheiße. Verdammte verfickte Scheiße.

– Fluch nicht, sagte ich.

– Was wird jetzt passieren?, fragte er.

Er sah mich mit seinen großen Augen an. Er lächelte, aber aus Angst, und das machte auch mir Angst.

– Werden sie dich verhaften?

– Nein, aber gut ist es halt auch nicht. Es ist ganz bestimmt illegal. Oh Mann, warum habe ich bloß meinen Namen gesagt? Warum habe ich ihnen meine Telefonnummer gegeben? Ich hätte einfach auflegen sollen.

– Ja, sagte ich. – Das wäre besser gewesen.

– Ja, sagte er. Und jetzt sitzen die sicher schon an ihren Schreibtischen und finden raus, wer ich bin.

– Wie machen sie das?

– Sie suchen in einem Archiv. Vielleicht im Einwohnermeldeamt. Dort rufen sie jetzt an und finden raus, wie alt ich bin und wer meine Eltern sind und wo ich wohne. Hoffentlich kommen sie nicht hierher. Dann kann ich nicht mehr hier wohnen. Das kann ich vielleicht sowieso schon nicht mehr.

– Du darfst nicht von hier wegziehen, sagte ich.

Das wäre für mich das Allerschlimmste gewesen: wenn Runar nicht mehr da wäre. Diese Möglichkeit war mir nie zuvor in den Sinn gekommen. Jetzt legte er mir die Hand auf den Kopf, an die Seite des Kopfes, ganz leicht, nur für einen kurzen Augenblick, und sagte:

– Eines Tages ziehe ich sowieso von zu Hause weg, weißt du. Wenn ich achtzehn bin. Bis dahin sind es nur noch drei Jahre.

– Ja, schon.

Aber drei Jahre waren eine Ewigkeit.

– Und du wirst auch von zu Hause wegziehen.

– Ja, aber bis dahin dauert es noch länger. Wenn du nicht vorher wegziehst, denn dann komme ich mit dir mit.

– Du kommst mit mir mit?

– Ja, muss ich doch.

Ich erinnere mich, dass ich das sagte, und ich weiß, dass er es hörte, aber ich weiß nicht mehr, wie wir dastanden oder was er antwortete oder ob er mich überhaupt ansah. Als wäre das, was ich gesagt hatte, in der Luft hängen geblieben, oder in der Zeit, als hinge es immer noch dort und er hätte immer noch nicht darauf geantwortet oder es überhaupt wahrgenommen. Und es stimmt, ich hätte mit ihm gehen sollen, ich hätte ihn nicht allein davontreiben lassen dürfen, wie er es schließlich getan hat. Jetzt ging er vor mir her, wir gingen ins Wohnzimmer. Er setzte sich in Karls Sessel und wickelte sich fester in seinen Seidenmorgenmantel, und das beruhigte ihn irgendwie, merkte ich. Er sah mich an und schüttelte den Kopf.

– Und du hast mich dazu gebracht.

– War es meine Schuld?

– Quatsch, es war nicht deine Schuld. Aber warum habe

ich meinen Namen gesagt? Und warum habe ich ihnen meine Telefonnummer gegeben? Ich hoffe bloß, dass sie jetzt anrufen, wenn wir allein zu Hause sind. Karl darf nichts davon erfahren. Und Mutter auch nicht.
– Ich werde nichts sagen.
– Vielleicht kannst du ans Telefon gehen, wenn sie anrufen?
– Soll ich?
– Ja, kannst du?
– Klar.
– Gut. Du musst sagen, dass ich krank bin und schlafe. Und dann hoffen wir einfach, dass sie kein zweites Mal anrufen. Kriegst du das hin?
– Ja.
– Ich glaube, ich muss jetzt wirklich ein wenig schlafen, okay? Geht das für dich klar?
– Ja, sicher, sagte ich.

Und dann ging er hoch und legte sich hin, und ich ging wieder im Haus umher. Ich begann, mit den Soldaten zu spielen, und nach einer Weile vergaß ich, auf das Telefon zu achten. Und dann klingelte es auf einmal, und ich bekam Angst, aber ich nahm trotzdem den Hörer ab, und es war nur Gladys, die wissen wollte, wie es uns ging. Sie hörte die Ängstlichkeit in meiner Stimme und vermutete, ich wäre kränker, als ich tatsächlich war, und versprach, uns auf dem Heimweg Weintrauben mitzubringen. Und dann legte ich auf und spielte weiter, bis Runar schließlich aufwachte. Er fragte, ob jemand angerufen habe, und ich sagte, nur Gladys, und darüber freute er sich, und dann war es, als hätten wir beide das Ganze vergessen. Ich vergaß es, es sank zurück in die Dunkelheit. Große Teile meines Lebens, große Teile unserer Leben, lagen für immer im Dunkeln, ohne dass an sie gedacht oder über sie gesprochen wurde. Das akzeptierte ich, und nicht nur das, ich hätte alles darum gegeben, dass all das, was sprachlos im Dunkeln lag, auch dort liegen blieb.

Eines Nachmittags mehrere Wochen später kam ich von der Schule nach Hause und war gerade dabei, die Tür aufzuschließen, als ich das Telefon klingeln hörte. Ich musste pinkeln und konnte kaum stillstehen, während ich mit dem Schlüssel herumwurstelte, aber als Allererstes musste ich ans Telefon gehen. Das Telefon klingelte selten, so war es jedenfalls bei uns, und die wenigen Male, wenn es klingelte, war es fast immer für Karl. Abgesehen von einigen Ausnahmen. Vor allem, wenn Ivar oder Runar oder ich den Hörer abnahmen, kam es vor, dass es am anderen Ende der Leitung still blieb, und doch konnten wir spüren, dass jemand da war, jemand, den wir nicht einmal atmen hören konnten, der aber dennoch da war, jemand, der schweigend lauschte und wollte, dass wir etwas sagten.

– Leg einfach auf, sagte Gladys dann.

Wenn Karl den Hörer abnahm, wurde sofort aufgelegt. Wenn Gladys abnahm und niemand etwas sagte, wurde sie ärgerlich und rief:

– Jetzt hör doch endlich auf damit!

Wir wussten, wer der Anrufer war, aber wir redeten nie darüber. Deshalb dachte ich, dass es vielleicht auch diesmal Gunnar sein würde, der anrief.

Ich schaffte es, die Tür aufzuschließen, rannte hinein und nahm den Hörer ab.

– Bei Hegg, sagte ich.

Hegg war der Name des Hauses, das war der Name, den wir sagen sollten, wenn wir den Hörer abnahmen, obwohl Runar meist seinen eigenen Namen sagte.

– Hier spricht die Polizei, sagte ein erwachsener Mann.

Er fragte, ob er mit Runar sprechen könne. Er sagte Runars vollständigen Namen, auch den Zweitnamen, den Runar selber nie benutzte.

– Der ist in der Schule, sagte ich.

– Und du bist sein kleiner Bruder?

– Ja.

Da sagte er auch meinen ganzen Namen. Ich begriff, dass er das tat, um mir zu zeigen, dass er wusste, wer ich war. Und er wollte mir vermutlich Angst machen. Der Gedanke daran machte mir tatsächlich Angst, für einen kurzen Augenblick, doch dann war die Angst verflogen. Ich merkte, dass es mir Spaß machte, mit der Polizei zu telefonieren.

– Und weißt du, um wie viel Uhr Runar nach Hause kommt?

– Er kommt um halb vier.

Es war Dienstag. Ich wusste genau, wann Runar an jedem einzelnen Tag der Woche nach Hause kam, ich wartete immer auf ihn. Ivar arbeitete diesen Herbst in der Gärtnerei und war nie vor fünf Uhr fertig, er kam als Letzter nach Hause und ging morgens als Erster. Er nahm jeden Tag fünfzehn Brotstullen zur Arbeit mit. Aber bald würde Ivar in der Gärtnerei kündigen und sich für die Luftwaffe anwerben lassen. Dann würden nur noch Runar und ich zu Hause übrig bleiben. Schon jetzt waren Runar und ich jeden Morgen vor und jeden Nachmittag nach der Schule allein zu Hause. Runar setzte Kartoffeln und Karotten auf, und manchmal kochte er auch das ganze restliche Abendessen. Dann briet er normalerweise Fischfrikadellen oder Würste, oder er kochte Dorsch.

– Sag deinem Bruder, dass ich ein andermal wieder anrufe.

– Ja.

– Wirst du dran denken?
– Na klar, sagte ich.
– Du musst es ihm sofort sagen, wenn er nach Hause kommt. Es ist sehr wichtig.
– Ich versprechs.
– Ausgezeichnet, sagte er.

Das hatte ich noch niemanden sagen hören. Das Wort *ausgezeichnet* kannte ich nur aus Runars Zeugnisheft. Das brachte mich auf den Gedanken, dass der Anrufer vielleicht vom Militär war, auch wenn er von der Polizei aus anrief. Oder vielleicht gab es gar keinen so großen Unterschied zwischen Militär und Polizei. Darüber musste ich später mehr nachdenken. Und dann sagte er etwas, mit dem ich ebenso wenig gerechnet hatte:
– Du brauchst keine solche Angst zu haben. Hörst du? Ich will nur mit deinem Bruder reden. Kein Grund sich zu fürchten.
– Ja, sagte ich noch einmal.

Ich wollte sagen, dass ich keine Angst hatte, aber das schaffte ich nicht. Ich hatte vergessen, dass ich aufs Klo musste, aber jetzt fiel es mir wieder ein.

Und dann sagte ich:
– Nein.

Aber das war kaum zu hören, und dann wurde aufgelegt.

Es war nicht das erste Mal, dass ein Erwachsener verärgert reagierte, weil ich ängstlich oder verschreckt wirkte, es war mir schon viele Male in der Schule passiert, und manchmal auch anderswo. Sogar im Kino hatte die Frau am Schalter mich angesehen und gefragt: Wovor hast du denn solche Angst, sag doch einfach, was du haben willst!

Ich war so sehr daran gewöhnt, dass ich nie weiter darüber nachdachte, aber jetzt tat ich es. Ich kam mir dumm vor, weil er meine Angst bemerkt hatte, sogar als ich schon gar keine Angst mehr gehabt hatte. Ich beschloss, mich nie wieder zu fürchten. Ich wusste, dass ich es nicht schaffen würde, aber vermutlich half es trotzdem, sich dafür zu entscheiden. Vielleicht würde es mir gelingen, mich zu verändern, wenn ich nur oft genug daran dachte.

Als Runar nach Hause kam, war ich ganz ruhig und blieb in Karls Stuhl sitzen, wo ich in dem großen Buch über den Krieg las. An der Luft rund um Runar merkte ich, dass er von draußen kam und dass er den Hügel heraufgeradelt war.

– Es hat jemand für dich angerufen.

Zuerst blickte ich kaum zu ihm auf. Aber dann tat ich es doch und sagte:

– Er war von der Polizei.

– Ach was, sagte Runar.

– Ich soll dir ausrichten, dass er wieder anrufen wird.

– Wie hat er geheißen?

– Das hat er nicht gesagt.

– Es war bestimmt der, nach dem ich gefragt habe. Bist du sicher, dass er seinen Namen nicht genannt hat?

– Er hat nur gesagt, dass er von der Polizei ist. Und er hat deinen Namen gesagt, deinen ganzen Namen. Und meinen auch. Er wusste, wie wir heißen, wir beide.

– Und sonst hat er nichts gesagt?

– Er hat gesagt, dass ich keine solche Angst zu haben brauche. Dass er nur mit dir reden will.

– Hat er das gesagt? Dass du keine Angst haben sollst?

– Ja.

Runar nickte. Er setzte sich auf die Armlehne des Sessels und lächelte mich an. Ich hatte dieses Lächeln schon ein paarmal an ihm gesehen, und es fühlte sich nicht an wie ein Lächeln.

– Da hat er recht. Kein Grund, sich zu fürchten.
– Bist du sicher?
– Ja.
– Sie werden dich nicht verhaften?
– Natürlich nicht. Er hat doch gesagt, dass er nur mit mir reden will. Glaubst du, er hätte zu dir gesagt, dass du keine Angst zu haben brauchst, wenn er der Meinung wäre, ich hätte etwas verbrochen?
– Nein, bestimmt nicht.
– Eben. Wenn er wieder anruft und ich mit ihm geredet habe, werde ich dir erzählen, was er gesagt hat. Aber denk nicht mehr drüber nach. Gut, dass er jetzt angerufen hat, als nur du zu Hause warst. Du darfst keinem davon erzählen.
– Nicht mal Ivar?
– Nicht mal Ivar. Ihm kann ich es später erzählen. Er wird nicht gern in solche Sachen reingezogen.
– Was denn für Sachen?
– Sachen, die mit der Polizei zu tun haben. Das hier ist nichts Schlimmes, weißt du, nicht für mich. Aber das wissen nur du und ich.

Ungefähr so redete er darüber. Mir war klar, dass er versuchte, mich zu beruhigen, und es gelang ihm. Ich vertraute Runar immer. Sogar wenn ich ihn durchschaute, vertraute ich auf das, was er sagte. Ich hatte keine andere Wahl. Runar war der Einzige, den ich hatte, er war es, der die Welt für mich glaubwürdig machte.

LANGE ZEIT wurde er einfach nur H genannt.

Er war vielleicht zehn Jahre älter als Runar, etwa fünfundzwanzig, also ebenfalls noch mitten auf dem Weg ins Leben. Aber für Runar war er ein erwachsener Mann. H hatte breite Koteletten, Haare an den Händen und Haare an den Unterarmen, trug ein enges braunes Hemd, das am Hals offen stand, helle Jeans mit Schlag. Am Handgelenk trug er eine große schwarze Taucheruhr, eine wasserdichte Uhr, mit der er schwimmen gehen konnte, wenn er wollte. Er fuhr einen kleinen orangefarbenen Ford Escort mit schwarz lackierten Kotflügeln. Und eines Morgens, als Runar auf dem Weg zur Schule war, saß H in seinem Auto und wartete auf ihn.

Früher waren Ivar und Runar zusammen zur Schule geradelt, aber seit Ivar in der Gärtnerei arbeitete, war das vorbei. Runar fuhr nicht mehr mit dem Rad. Er wollte zu Fuß gehen, auch wenn es länger dauerte, er sagte, das gebe ihm Zeit, über das Leben nachzudenken. Er benutzte keinen Schulrucksack mehr, sondern trug stattdessen eine Schultertasche aus militärgrünem Segeltuch, auf die er NEIN ZUR EWG geschrieben hatte. Ein paar Jahre später ging ich auf dem gleichen Weg zur Schule, auch ich mit einer Schultertasche, aber einer anderen. Das war der Schulweg: zuerst von unserem

Haus den Hügel hinunter, dann unter der Eisenbahnbrücke hindurch und auf der anderen Seite wieder bergauf, und schließlich durch die breiten Straßen im Zentrum, die zum niedrigen, lang gestreckten Mittelschulgebäude mit seinen vorspringenden Flügeln und Flachdächern führten. Die Schule lag am Fluss, an einer Stelle, wo er langsam floss und immerzu schwarz aussah, wie ein schwarzer Spiegel, in dem alles verschwand. Ein Stück weiter unten nahm die Fließgeschwindigkeit des Wassers zu, und darunter lag die Stromschnelle mit ihrem weißen Schaum und dem Rauschen, das überall in der Stadt zu hören war, besonders nachts, wenn sonst alles still war.

Runar ging dort, wo er früher mit dem Rad gefahren war, und hatte das Gefühl, nicht vom Fleck zu kommen. Plötzlich öffnete sich eine Autotür, und ein Mann stieg aus.

– Bist du Runar?, fragte er.

Runar hatte ihn noch nie gesehen und verstand nicht, woher ein fremder Mann seinen Namen kannte. Zuerst bekam er Angst, dass etwas nicht stimmte, dass einem von uns etwas zugestoßen sein könnte. Er dachte an mich, als wäre es am wahrscheinlichsten, dass mir etwas zugestoßen war.

– Was ist los?, fragte Runar.

– Ich will nur mit dir reden.

– Und worüber?

– Ein wenig über dich. Und ein wenig über etwas anderes.

– Ich hab nichts getan.

– Das habe ich auch nicht behauptet. Du bist ein schlauer Typ, du kommst schon zurecht. Aber es wäre ja möglich, dass du Hilfe brauchst. Und ich kann dir helfen.

– Nein, danke.

– Kein Grund, sich zu bedanken. Ich hab dir nichts gegeben. Noch nicht.

Er lächelte, rund um seine Augen überkreuzten sich die Lachfältchen.

Runar wollte an ihm vorbeigehen, aber der Mann machte einen Schritt zur Seite und blieb direkt vor ihm stehen. Runar wandte sich zur anderen Seite, und der Mann tat dasselbe, mit einem raschen Schritt stellte er sich erneut vor Runar. Immer noch lächelte er.

– Lass mich gehen, sagte Runar.

– Schon gut, ich halte dich nicht zurück, sagte der Mann, stand aber immer noch vor Runar und versperrte ihm den Weg.

– Lass mich vorbei.

– Gleich.

Runar versuchte, an ihm vorbeizukommen, aber der Mann machte einen weiteren Seitwärtsschritt, stand vor ihm und lächelte freundlich.

– Willst du denn nicht hören, was ich dir zu sagen habe?

– Nein, danke.

– Hast du mich schon mal gesehen?

– Nein.

– Und ich hab dich auch noch nie gesehen. Trotzdem weiß ich, wie du heißt. Ist das nicht seltsam? Ich weiß auch noch andere Dinge über dich.

– Ach ja.

– Willst du wissen, was ich weiß?

– Sags doch einfach.

Er senkte die Stimme, legte die Hand auf Runars Arm, neigte sich zu ihm hinunter.

– Ich weiß, dass du gut in der Schule bist. Ich weiß, dass du Bilder malst und dass du bei einer Ausstellung im Malklub mitgemacht hast. Ich weiß, dass du Mitglied bei der AUF warst und dann wieder ausgetreten bist. Du bist vielleicht ein klein wenig desorientiert? Auf der Suche nach etwas? Und deine Mutter ist mit einem Mann namens Karl Hegg verheiratet. Wie läufts so mit ihm?

– Ich will nicht über ihn reden.

– Warum möchtest du denn nicht über Karl reden?

– Warum sollte ich?

– Über Karl zu reden ist immer interessant. Ist er nicht nett zu dir?

– Doch, er ist ganz nett.

Da lächelte er, eine unverständliche Freundlichkeit breitete sich in seinem Gesicht aus.

– Ich finde, du solltest auch weiterhin deine Augen offen halten, Runar. Hab ein Auge auf Karl, und alle anderen, aber vor allem Karl. Du brauchst nichts Bestimmtes zu tun, behalt einfach alles gut im Auge. Und bald unterhalten wir uns wieder. Vielleicht hast du mir dann etwas zu erzählen. Irgendwas, das du gesehen hast oder das dir eingefallen ist. Oder vielleicht auch nicht. Sag bloß keinem, dass du mit mir gesprochen hast. Es wird dir sowieso keiner glauben. Alles klar? Sind wir uns einig?

– Nein, sagte Runar. – Wir sind uns über gar nichts einig.

– Warte kurz, du kriegst noch was von mir.

Er zog einen zusammengefalteten Geldschein aus seiner Hemdtasche. Ein Hundertkronenschein, er sah ganz neu und glatt aus. Hundert Kronen von damals wären heute ungefähr tausend Kronen, würde ich sagen. Das war für einen Fünfzehnjährigen viel Geld, und für mich umso mehr, als ich davon erfuhr. Ich war entsetzt, als ich hörte, dass Runar das Geld nicht angenommen hatte, ich glaube, ich fand es unmoralisch. Ich muss wiederholen, dass ich ein Kind war, auch wenn das nicht alles erklärt.

– Nein, danke, sagte Runar.

– Nimms einfach. Es kommt nicht von mir. Jemand anderer will, dass du das Geld hast.

– Wer denn?

– Das kann ich dir nicht sagen. Aber es ist für dich. Es ist von Leuten, die wissen, dass ich mit dir rede. Kein Grund, sich zu fürchten, die stehen auf meiner Seite. Und auf deiner. Wenn wir über dich reden, benutzen wir nicht deinen Namen, wir nennen dich bloß den Jungen. Nur damit dus weißt. Falls jemand versucht, dich zu finden und dich Junge nennt, tu so, als wäre nichts. Wie ich heiße, darfst du natürlich auch nicht wissen. Aber du kannst mich H nennen. Verstehst du? Einfach nur H, der Buchstabe.

Er hielt Runar immer noch den Geldschein hin.

– Ich will das Geld nicht. Lass mich gehen.

Runar sprach jetzt lauter, auf der anderen Straßenseite ging jemand vorbei, eine ältere Frau mit Handtasche und Mantel, sie schaute zu ihnen herüber und ging schnell weiter.

– Selbstverständlich kannst du jetzt gehen, sagte H und trat zur Seite.

Während Runar an ihm vorbeiging, sagte H:

– Eine Sache noch. Ruf nicht mehr auf der Polizeiwache an. Sonst fragen sie sich dort noch, was du so treibst, und damit verrätst du dich. Und das ist das Letzte, was du willst, nicht wahr?

Er lachte, ein weiches und freundliches Lachen, es klang wie das Lachen einer Frau. Dann setzte er sich ins Auto und ließ den Motor an. Runar ging weiter, er schaute weg, als das Auto an ihm vorbeifuhr. Erst im Nachhinein fiel ihm ein, dass er auf das Nummernschuld hätte schauen sollen. Jetzt war es zu spät, er konnte nur noch den Buchstaben vor den Ziffern erkennen, es war ein H.

SPÄTER HABE ICH VERSTANDEN, dass Hilmar jemand war, den man überall kannte.

Er war Trainer des Orientierungslaufteams und ging mit Sportjacke zur Arbeit, als käme er direkt vom Laufen aus dem Wald. An den Wochenenden half er als einer der Freiwilligen bei Leichtathletikveranstaltungen, er war für die Bahn zuständig, maß und notierte die Länge der Würfe, brachte die Eisenkugeln und Diskusse herein, harkte nach jedem Durchgang den Kies auf der Laufbahn zurecht. An manchen Tagen verkaufte er in der Kantine Kaffee und Waffeln, und, egal welche Aufgabe er gerade übernahm, stets vermittelte er den Eindruck, irgendeine Art übergeordnete Verantwortung innezuhaben. Wenn er Konzerte im Jazzklub besuchte, kam er in den Backstagebereich und unterhielt sich mit den Künstlern, als wäre er einer der Veranstalter (dort gehörte Karl zu denen, die sich über ihn ärgerten). Auch in der Bibliothek wusste man genau, wer er war, er kam fast jeden Tag, um Zeitungen zu lesen, stets ein kleines Notizbuch in der Hand. Manchmal erregte etwas seine Aufmerksamkeit, dann lehnte er sich abrupt vor und notierte es. Auch im neuen Jugendklub war Hilmar ein bekanntes Gesicht, er kam vor allem, wenn Konzerte oder Vorträge stattfanden, und viele Jugendliche glaubten, dass er dort arbeitete. Aber seine Arbeit war in der Sicherheitsabteilung der Waffenfabrik. Anfangs war er Wachmann am Tor gewesen und hatte abends mit Taschenlampe und Hund seine Runden durch die Anlage gedreht. Der wichtigste Teil seiner Arbeit bestand jedoch darin, Kommunisten zu entlarven, damit prahlte er selbst. Er hatte in der Marine gedient und war ausgebildeter Taucher. Nach dem Wehrdienst war er für einen kurzen Zeitraum zur See gefahren, dann war er zurückgekommen und hatte einen Job in der Fabrik angenommen, und dort bot sich ihm seine Chance. Er hatte einen Onkel, der hochrangiger Polizeibeamter war, und dieser Onkel fragte ihn, ob er eine diskrete Aufgabe übernehmen könne. Die Aufgabe bestand darin, einen seiner Kollegen in der Fabrik zu beschatten, einen neu eingestellten Computeringenieur. Hilmar kannte ihn, weil sie beide Orientierungsläufer waren, und der Ingenieur war in den Verdacht geraten, Kommunist zu sein. Mutmaßliche Kommunisten oder Sympathisanten kommunistischer Parteien durften nicht an Posten gelangen, die ihnen Zugang zu sensiblen Informationen verschafft hätten, und wurden aus diesem Grund nicht befördert. Die Kontrolle von Kommunisten war für eine Waffenfabrik essenziell, diese Meinung wurde von den meisten geteilt und galt keineswegs als kontrovers. Selbst in einer unschuldigen Demokratie wie der norwegischen in den 1970er Jahren war politische Überwachung weit verbreitet, und die Informanten waren Kollegen, Nachbarn, Verwandte, Parteigenossen. Eine, wie es so schön heißt, von Vertrauen geprägte Gesellschaft ist aller Wahrscheinlichkeit nach auch vom Gegenteil geprägt. Ein tief verwurzeltes Misstrauen, eine unterschwellige Schicht aus Angst und Verdacht bilden die Grundlage jener Freundlichkeit und Geselligkeit, die sich an der Oberfläche abspielt. Die konventionelle Freundlichkeit ist in erster Linie als Schutz gedacht, eine Hülle, die sich über die Angst legt. Aus heutiger Sicht mag einem die damalige Überwachung wie ein Spiel erscheinen, bei der Polizei und Spione in schäbigen Büros auf einen bestimmten Typus revolutionärer Idealisten angewiesen waren, die verschwörerisch und aggressiv genug darüber redeten, die Macht im Land mit Waffengewalt an sich reißen zu wollen, während die Aktivisten selbst ihre Bedeutung durch die Tatsache, dass sie überwacht wurden, bestätigt sahen. Als die Überwachung etliche Jahre später aufflog, reagierten viele von ihnen verständlicherweise entsetzt über die schiere Menge dessen, was in seltsam paranoiden Berichten rapportiert, niedergeschrieben und archiviert worden war, aber auch über das Ausmaß an Missverständnis, Vereinfachung und Fiktion. Die Überwachung war banal gewesen und voller falscher Quellen, Irrtümer, zufälliger Registrierungen irgendwelcher Reisen von hier nach dort, summarischer Wiedergaben unschuldiger Gespräche. Nicht wenige sind seither vorgetreten und haben berichtet, auf Basis falscher Tatsachen überwacht worden zu sein. An der Überwachung beteiligt gewesen zu sein, Berichte geliefert zu haben oder sich über Kollegen, Bekannte oder Nachbarn interviewt haben zu lassen, gesteht jedoch niemand. Die Rolle des Informanten ist keine sonderlich begehrte, aber in kleinen Gemeinschaften ist es oft leicht zu erahnen, wer im Untergrund arbeitet, und in Overberget hatten wir Hilmar. Für eine kurze Zeit war er stadtbekannt. Irgendjemand musste Informationen sammeln, sich merken, wer auf dem Arbeitsplatz oder in den Leserbriefspalten der Lokalzeitung für Agitation sorgte, und für Hilmar wurde dies zum Lebensinhalt, was er im Übrigen auch jedem erzählte, der es hören wollte. Vermutlich war das ein Teil seines Problems: dass er so viel redete. Trotzdem stieg er auf, er bekam einen Bürojob in der Personalabteilung der Waffenfabrik, und muss also für eine gewisse Zeit mit Gunnar zusammengearbeitet haben. Keiner von uns weiß, ob zwischen Hilmar und Gunnar irgendeine tiefere Verbindung bestand, aber Hilmar interessierte sich für Dinge, mit denen sich auch Gunnar eine Zeitlang beschäftigte, antike Münzen etwa, und alte Uhren, er saß im Bahnhofscafé und kaufte, tauschte und verkaufte weiter. Und schien Leute in allen möglichen Kreisen zu kennen. Auch das war sicherlich ein Problem: dass jeder von ihm wusste. Später arbeitete er im Elektrizitätswerk. Obwohl er kein ausgebildeter Elektriker war, ging er in sämtlichen Häusern ein und aus und las die Zähler ab, und bald war es ein offenes Geheimnis, dass er Aufträge für die Überwachungspolizei übernahm. Er heiratete und bekam ein paar Töchter, und das Haus, in dem die Familie lebte, war viel zu groß für einen, der im Elektrizitätswerk arbeitete, hieß es, also konnte man sich leicht vorstellen, dass er versteckte Nebeneinkünfte haben musste. Am ersten Mai stand er da und fotografierte die Demonstrationszüge. Viele der Teilnehmer grüßten ihn, riefen *Hallo Hilmar* und winkten ihm zu, wenn er mit seiner Kamera dastand und sie fotografierte.

Und jetzt gehörte Runar auf einmal zu denen, mit denen sich Hilmar unterhielt. Er war gesehen worden, er war ausgewählt worden, so muss es ihm vorgekommen sein. Vielleicht fühlte es sich an, als wäre er ausersehen, eine große Aufgabe zu übernehmen. Und warum hätte er Hilmar nicht glauben sollen, wenn dieser behauptete, von jemandem bei der Polizei beauftragt worden zu sein, um Runar in die richtige Richtung zu lenken?

Man kann die Sache auch anders sehen, nämlich dass Runar sein eigenes Licht nicht ertrug. Das klingt übertrieben, aber ich sage es als Zwölfjähriger. Genauer gesagt als Zwölfjähriger, der Bücher las. Außerdem sage ich es als jener Zwölfjährige, der spürte, dass Runar mich langsam aber sicher losließ, seine Hand nicht mehr über mich hielt. Vielleicht hätte ich es nicht genau so ausdrücken können, aber ich fühlte es: dass hier der Wendepunkt lag, dass er hier vom richtigen Weg abkam und dass ich der Einzige war, der davon wusste. Oder ich sage es mit Gladys' Worten, Gladys, die es ebenfalls wusste, wenn auch auf eine andere Weise als ich, denn sie sah, wie sich ihr Junge einen Schatten überzog und sich allen anderen verschloss. So war er nie zuvor gewesen, nicht ihr gegenüber. Oft hatten die beiden spät in der Nacht gemeinsam am Küchentisch gesessen, und ich war zum Klang ihrer Stimmen eingeschlafen. An jenem Abend, als wir von Gunnar weggezogen waren, hatte sie sich als Erstes Runar anvertraut, und er hatte Ivar überzeugt, dass wir mitkommen mussten. Er hatte ein Auge auf mich, auf alle. Eines Morgens stand er plötzlich mit einem neuen Regenmantel für mich auf dem Schulhof, es goss in Strömen, und ich hatte keine ordentliche Regenkleidung, und er hatte sich freigenommen, um ihn zu kaufen und ihn mir in die Schule zu bringen. Er versuchte, uns und sich selbst zu verbessern, er versuchte, das Leben selbst zu verbessern, so hat es für mich ausgesehen. Und auch für Gladys, glaube ich.

Aber als Hilmar auftauchte, nutzte Runar die Gelegenheit, sich ihm anzuschließen. Es muss der genau richtige Zeitpunkt für ihn gewesen sein. Er hielt sein eigenes Licht nicht mehr aus, er ging in seinem eigenen Leben in Deckung, grub sich ein, fand einen Weg, der in die Schatten führte. Zu diesem Zeitpunkt hätte er sich wahrscheinlich von jedem Beliebigen führen lassen, und nun war das Los auf Hilmar gefallen. Das Gefühl, sich einer großen Sache zu weihen, muss für Runar unwiderstehlich gewesen sein, er stellte sich gern in den Dienst einer höheren Instanz. Er schlug sich auf die Seite der Mächtigen, hätte ich sagen können (nicht damals, aber später). Ivar hätte vermutlich gesagt, auf die Seite der Gesellschaft. Aber was hätte er selbst gesagt? Was geht in einem Menschen vor, der sich in seinem eigenen Leben verstecken möchte? Das hätte ich ihn gern gefragt, doch er hätte mir nie im Leben darauf geantwortet. Er hätte mich mit seinem strengen, prüfenden Blick angesehen, und dann hätte er meinen Namen gesagt und hinzugefügt, ich solle mit dem Unsinn aufhören.

Und eines Tages stand Hilmar vor der Schule und wartete auf Runar.
– Ich kann dir einen Job besorgen, sagte er.
– Aber ich gehe doch zur Schule, sagte Runar.
– Nicht am Wochenende. Der Job ist nur für samstags und sonntags. Das ist perfekt für dich, du verdienst dein eigenes Geld und kannst dir kaufen, was du willst.
– Was ist das für ein Job?
– Komm mit, dann zeig ichs dir.
So war Hilmar, und vermutlich nicht nur Runar gegenüber. Er machte sich wichtig, wollte nicht damit rausrücken, worum es ging, lief einfach los und überließ es Runar, ob er mitkommen oder stehen bleiben wollte. Wenig später gingen sie nebeneinander in Richtung Nybrua. Hilmar sagte nichts, und Runar nahm an, dass sie die Brücke überqueren würden, als Hilmar plötzlich vor dem kleinen Kiosk am Anfang der Brücke stehen blieb. Er lief die drei Stufen hinauf und hielt Runar die Tür auf, um ihn als Ersten hineingehen zu lassen.

– Hier ist er, rief Hilmar in den überfüllten kleinen Kiosk. Runar glaubte immer noch, ihr Ziel befände sich auf der anderen Seite der Brücke und Hilmar wolle hier lediglich irgendetwas kaufen, Zigaretten oder Kaugummi, doch dann erhob sich die Kioskbesitzerin von ihrem Stuhl und kam nach vorn zur Theke und fragte Runar, wie er hieß. Er sagte seinen Namen, und sie antwortete: Ich weiß, wer du bist, du bist der Sohn von Gladys Kvidejordet.
– Sie heißt jetzt Hegg, sagte Runar.
– Ja, das weiß ich. Aber als ich deine Mutter gekannt habe, hieß sie Kvidejordet. Ich habe auch ihre Mutter gekannt, ich kann sehen, dass du deiner Großmutter ähnlich siehst, du bist genauso dünn. Aber weißt du, wer ich bin?
– Nein.
– Thora Kars heiße ich. Du kannst deine Mutter von mir grüßen und ihr erzählen, ich hätte dich eingestellt.

Und so bekam Runar einen Job im Nybrukiosk, seine Schichten waren Samstagabend und Sonntagvormittag. Gladys konnte Thora Kars nicht leiden, und sie war dagegen, dass Runar irgendetwas mit ihr zu tun haben sollte. Karl hatte von solchen Dingen keine Ahnung. Ist doch bloß ein Kiosk, sagte er, ist doch bloß diese Alte mit ihrem Kiosk. Aber Karl war ein Zugezogener, und als Zugezogener in Overberget hätte er sein ganzes Leben hier verbringen können, ohne jemals mitzubekommen, was in einer scheinbar unschuldigen Unterhaltung eigentlich gesagt wurde. Thora Kars' Behauptung, Gladys und ihre Mutter zu kennen, war als Beleidigung zu verstehen, oder sogar als eine Art vage Drohung. Die Familien Kars und Kvidejordet hatten niemals miteinander Umgang gepflegt, sie wohnten in unterschiedlichen Ecken der Stadt, und Gladys' alte Mutter verkehrte mit niemandem, am allerwenigsten mit Thora Kars, also wozu musste sie nun in diese Sache reingezogen werden? Auch Gladys wusste nicht alles, sie hatte Sympathien und Antipathien geerbt, die ihren Ursprung in Ereignissen hatten, an die sich heute niemand mehr erinnerte. Sie orientierte sich an moralischen Gegensätzen, derer sie sich selbst nicht vollends bewusst war, so erging es allen aus ihrer Generation in Overberget. Gladys und Karl lebten nicht in derselben Stadt, Gladys wusste, dass mit Andeutungen und versteckten Verunglimpfungen gespielt wurde wie auf einer großen unsichtbaren Orgel, während Karl niemals mitbekam, was eigentlich gesagt wurde, ebenso wenig wie wir, wir waren zu jung. Gladys kannte ein paar Leute, die in diesem Kiosk gearbeitet hatten und denen es nicht gut ergangen war, vor allem junge Mädchen hatten schlechte Erfahrungen gemacht. Vor dem Kiosk hingen abends oft zweifelhafte Gestalten herum. Und wozu brauchte Runar einen Wochenendjob, die Schule war doch wohl Auslastung genug für ihn. Aber er hörte nicht auf sie, er traf seine Entscheidungen selbst, das hatte er schon immer getan. Sie musste hinnehmen, dass er jedes Wochenende am Kiosk stand, dass er, wenn er nach Hause kam, nach gekochten Würsten und Zigarettenrauch stank, und dass er über Thora Kars redete, als wäre sie eine Respektsperson. Aber wenigstens würde Runar lernen, mit Geld umzugehen, sagte sie sich, das war typisch für sie: in dem, wovor sie Angst hatte, eine Art Trost zu finden.

Es ist bis heute unklar, weshalb sich Thora Kars in Personalfragen von Hilmar beraten ließ, aber jetzt, da Runar am Kiosk arbeitete, wurde Hilmar einer von denen, die abends dort abhingen. Dann ging er hinter den Tresen und holte sich seinen Kaffee selbst, und oft saß er auch gleich gemeinsam mit Runar hinter dem Tresen, als wäre auch er dort angestellt. Einmal habe ich ihn dort getroffen, als ich zum Kiosk ging, um mir Brausepulver zu kaufen. Er hatte eine Tätowierung auf dem Unterarm, die eine nackte Frau darstellte, sie war schlecht gezeichnet und sah aus wie ein Fisch. Niemand weiß mehr, worüber sich Hilmar und Runar unterhielten, aber ich weiß, dass sich Hilmar für Karl interessierte. Karl war in der Fabrik wegen der Sache mit Gladys aufgefallen, einer heimlichen Romanze, die aufgeflogen war, das allein war vielleicht schon genug, um ihn suspekt erscheinen zu lassen. Außerdem war er ein Tick nach links orientiert und sah zeitgemäß alternativ aus, mit Bart und Pfeife und priesterartigen kragenlosen Hemden. Etwas haftete an ihm, er wirkte wie ein Mann voller Geheimnisse. Dass er in der Fabrik gute Arbeit leistete, machte die Sache nicht besser, jedenfalls nicht in Hilmars Augen.

Karl saß im Vorstand des Jazzklubs, und Hilmar soll Runar erzählt haben, dass der Jazzklub finanzielle Unterstützung von einem Fonds erhielt, der von der CIA finanziert war. Das hörte sich an wie ein Witz, Ivar hat mir die Geschichte später erzählt, und er fasste sie als reinen Unsinn auf. Hilmar hatte erklärt, die CIA fördere die Verbreitung amerikanischer Kultur, und Jazz sei amerikanisch und somit antisowjetisch. Erst Jahre später wurde allgemein bekannt, dass der Kalte Krieg auch einen kulturellen Krieg zwischen den USA und der Sowjetunion mit sich gebracht hatte und amerikanische Gelder in Literaturzeitschriften, Kunstausstellungen, Seminare und Musikvereine in der Provinz gepumpt wurden. Das bedeutet nicht, dass Hilmars Geschichte der Wahrheit entsprach, aber jedenfalls gelang es ihm, Runar glauben zu machen, dass in Bezug auf Karl und den Jazzklub etwas nicht mit rechten Dingen zuging. Karl hatte die Übersicht über sämtliche finanzielle Zuwendungen, die der Klub erhielt. Er war Kassenwart, erledigte die Buchführung und schrieb Förderanträge, und der Jazzklub bedeutete ihm viel, er ging zu jedem Konzert. Aber hatte Hilmar nicht auch gesagt, Karl sei eine Art Sozialist, da er Mitglied bei *Nein zu Atomwaffen* war? Und war sein Friedensengagement nicht etwas suspekt für jemanden, der in einer Waffenfabrik arbeitete? Auf der einen Seite die CIA und Geld, das vielleicht aus den USA kam, auf der anderen Seite Sozialismus und linke Sympathien. Es war unklar, wessen man Karl eigentlich verdächtigen konnte, aber irgendetwas stimmte nicht mit ihm, davon hatte Hilmar Runar überzeugt.

Einmal in der Woche ging Karl zur Post, um die Briefe für den Jazzklub abzuholen. Der Jazzklub mietete dort ein eigenes Postfach, und Karl ging normalerweise freitags hin. Das war der einzige Tag, an dem er seinen Schlüsselbund aus dem Schrank im Flur mitnahm. Das wussten alle in der Familie, weil er beim Hinausgehen immer die Hand in die Jackentasche steckte und mit den Schlüsseln klirrte. Sonst hatte Karl niemals Schlüssel bei sich, außer wenn er in seltenen Fällen mit dem Auto zur Arbeit fuhr. Er hielt es für unnötig, in einer Stadt wie Overberget die Türen abzuschließen. Er war prinzipiell gegen das Abschließen von Türen und wollte auch nachts nicht abschließen, immer war es Gladys, die durchs Haus ging und darauf achtete, dass Türen und Fenster geschlossen waren. Wenn er ausnahmsweise einmal vor uns nach Hause kam, ging er in die Garage und holte sich den Schlüssel, der dort hing. Es war also leicht für Runar, sich Karls Schlüssel zu schnappen und damit zum Postamt zu gehen. Er ging früher von der Schule nach Hause, um sichergehen zu können, dass er ungestört sein würde. Zuvor hatte er darüber gelesen, wie man mittels einer einfachen

Methode Briefe öffnete, ohne Spuren zu hinterlassen. Der Brief musste über kochendes Wasser gehalten werden, der Dampf sollte den Klebstoff lösen, worauf sich der Umschlag von allein öffnen sollte und leicht wieder zugeklebt werden konnte. Wer hat nicht schon einmal von dieser Methode gelesen oder sie in Filmen gesehen? Aber Runar schaffte es nicht. Das Papier wurde nur feucht und klebrig, sowohl der Umschlag als auch der darin enthaltene Brief kräuselten sich, und dennoch gelang es ihm nicht, die Umschläge zu öffnen, ohne sie dabei zu zerreißen. Er wiederholte die Operation, nahm die Schlüssel mit und leerte das Postfach des Jazzklubs, aber es lief genauso schlecht wie beim ersten Mal. Zudem erwies sich der Inhalt der Briefe als uninteressant, er fand nichts, worüber er Hilmar hätte berichten können. Und jetzt wusste er nicht, was er mit den Briefen anstellen sollte. Er versuchte sie, so gut es ging, wieder zuzukleben, aber es war allzu deutlich erkennbar, dass sie geöffnet worden waren. Er konnte sie weder zurück ins Postfach legen, noch traute er sich, sie wegzuwerfen. Schließlich versteckte er sie in der hintersten Ecke seines Kleiderschranks. Einige Monate zuvor hatte er dort seine alten Pausenbrote verstaut. Gladys hatte angefangen, Pausenbrote für ihn zu schmieren, weil er das selbst nicht mehr tat, sie legte sie in seinen Rucksack, aber er aß in der Schule nichts, brachte sie wieder nach Hause und versteckte sie in seinem Schrank, und dort hatte Gladys sie gefunden.

Und dann fing Karl an, über Briefe zu sprechen, die nicht angekommen waren und die offensichtlich aus dem Postfach des Jazzklubs verschwunden waren. Er ärgerte sich über die Postangestellten, er vermutete, sie hätten die Briefe falsch eingeordnet, worauf sie weggeworfen worden seien. Vielleicht war Runar an diesem Tag nicht zu Hause, ich erinnere mich nicht an sein Gesicht, das ich normalerweise nie aus den Augen ließ. Aber als sich herausstellte, dass auch Briefe fehlten, die zu Karl nach Hause geschickt worden waren, muss Gladys misstrauisch geworden sein. Karl ärgerte sich weiterhin nur über das Postwesen und meinte, auf öffentliche Dienste sei kein Verlass.

Gladys stand vom Tisch auf, ging schnurstracks in Runars Zimmer und öffnete den Kleiderschrank. Vielleicht ließ sie sich von ihrem Instinkt leiten, vielleicht war der Schrank für sie ein aufgeladener Ort geworden, ein Ort, an dem sich überprüfen ließ, wie es tatsächlich um Runar stand. Jetzt kam sie mit einem großen Stapel Umschläge, die an den Jazzklub und an Karl adressiert waren, zurück in die Küche. Alle waren geöffnet, bei einigen war versucht worden, sie wieder zuzukleben, von Letzteren waren mehrere zusammengeknüllt. Karl begriff nicht, was sie ihm zeigte, sie musste es ihm erklären. Es war Samstag, und Runar war beim Kiosk bei der Arbeit. Gladys ging zum Schlüsselschrank und nahm die Autoschlüssel, dann fuhr sie ins Stadtzentrum und parkte auf dem Marktplatz. Als sie die Tür zum Kiosk öffnete, saß Runar mit Hilmar hinter dem Tresen. Zu so früher Stunde war im Kiosk noch wenig los, die beiden tranken Kaffee und spielten Karten. Runar sah sie an, legte die Karten weg und stand auf.

– Möchtest du etwas?

Die Frage blieb ihm im Hals stecken, sobald er ihr Gesicht sah.

– Du kommst jetzt mit nach Hause.

– Ich bin doch bei der Arbeit.

– Hier arbeitest du nicht mehr.

Runar sah hinüber zu Hilmar. Der saß da und lächelte mit schmalen Augen, sein ach so entgegenkommendes und freundliches Lächeln, das die Leute dazu brachte, sich ihm zu öffnen und dem zu glauben, was er ihnen erzählte. Selbst wenn ihnen bewusst war, dass er übertrieb oder flunkerte, waren die Leute gern mit Hilmar zusammen. Viele beschlossen, ihm zu glauben, weil die Dinge, die er sagte, das Leben interessanter machten, als es sonst gewesen wäre. Aber Gladys nahm das Leben viel zu ernst, um sich täuschen zu lassen. Hilmar öffnete den Mund, um etwas zu ihr zu sagen, aber sie schnitt ihm das Wort ab.

– Du hältst dich da raus, sagte sie.

Er stand auf, er wollte auf sie zugehen, sie in ein Gespräch verwickeln, das war schließlich seine Spezialität. Aber Gladys hob die Hand und zeigte mit ihrem rot lackierten Zeigefingernagel auf ihn und sagte:

– Bleib gefälligst sitzen. Und du lässt die Finger von meinem Sohn.

Und meiner Familie, hätte sie gern hinzugefügt, sie dachte an Karl, aber sie hatte Angst, zu viel zu sagen. Oder sie war zu aufgeregt, ihre Stimme zitterte, sie war es nicht gewohnt, ihr Temperament außerhalb der Familie zur Schau zu stellen. Und vielleicht hatte sie auch Angst vor Hilmar. Sie öffnete die Tür und ließ Runar vorausgehen, dann fuhr sie ihn nach Hause und sagte ihm, er solle sich zu Karl in die Küche setzen. Karl legte alle von Runar geöffneten Briefe vor sich hin, er ging sie einen nach dem anderen durch und erklärte, worum es in jedem einzelnen ging. Er wollte das Übel an der Wurzel packen und Runar zeigen, dass er dazu verleitet worden war, nach Geheimnissen und Verschwörungen zu suchen, wo es nichts anderes gab als banale, alltägliche Zusammenhänge. Der erste Brief enthielt eine Zusage des Gemeindekulturamts für die finanzielle Unterstützung von Veranstaltungen im Jazzklub im Herbst 1974. Der nächste war eine Rechnung des Hotels, dem das Klublokal gehörte, Mietvorauszahlungen für sämtliche Herbstveranstaltungen. Dann eine Rechnung des Designers, der das Herbstplakat entworfen hatte, und ein Angebot der örtlichen Druckerei für den Druck des Programms. Außerdem ein Brief von einer Journalistin aus Oslo, die schrieb, sie arbeite gerade an der Planung von Chet Bakers Tournee durch Norwegen und Schweden für den kommenden Herbst und dass Baker gern im Jazzklub ein Konzert geben wolle. Karl fragte Runar, ob er wisse, wer Chet Baker sei, was Runar bejahte. Trotzdem erzählte Karl ihm von Chet Bakers Musik und erklärte, es sei für die Stadt eine Ehre, dass er nach Overberget kommen wolle. Später würde dieses Konzert abgesagt werden müssen, und es sollten noch einige Jahre vergehen, bis Chet Baker schließlich in die Stadt kam, aber das wusste damals noch niemand, und ich glaube, dass Karl Runar ein für alle Mal zeigen wollte, was Musik ihm selbst bedeutete und was Musik im Leben eines Menschen bedeuten konnte. Ich glaube, er hatte beschlossen, seine eigene Verletzlichkeit hervorzukehren, um Runar damit mögliche Wege zu zeigen, Trost zu finden. Trost und Emotionalität und die Überwindung all dessen, was in einem Menschenleben nicht singt. Eines Tages werde ich dir Chet Baker vorspielen, sagte er. Du wirst den Ton hören, den er aus dem Flügelhorn rausholt. (Dieser Ausdruck machte wahrscheinlich mehr kaputt, als er ahnte.) Er sagte auch etwas über Verzweiflung und eine Art gebrochene Kraft in Bakers Art zu spielen, und für einen Augenblick bekam er feuchte Augen. Er redete normalerweise nicht auf diese Weise mit uns, und für Runar muss es unverständlich und aufdringlich gewirkt haben. Er saß da und hörte Karl zu und ließ ihn nicht aus den Augen, und für Karl hat es vermutlich so ausgesehen, als ob das, was er sagte, tatsächlich Eindruck auf Runar machte und vielleicht sogar etwas war, das für seine Zukunft prägend sein konnte. Er konnte nicht wissen, dass Runar vor ihm saß und beschloss, sich niemals vor irgendjemandem so kleinzumachen, wie Karl es ihm gegenüber getan hatte. Wie schutzlos und naiv Karl ihm vorkam, mit seiner kindlichen Bewunderung für einen Trompete spielenden Mann, und mit diesen banalen Briefen, die ihm so wichtig waren. Ein Leben ohne Geheimnisse und ein Gesicht, das so leicht zu lesen war, genau das war doch alles, von dem Runar wegwollte.

ICH FRÜHSTÜCKE in einem der neuen Cafés, es ist nach seiner Hausnummer benannt, und bleibe so lange sitzen, wie es angemessen scheint.

Die Gesichter um mich herum kommen mir bekannt vor, trotzdem erkenne ich niemanden. Ich beobachte die hereinkommenden Leute, sie könnten die Kinder jener Kinder sein, die ich einmal gekannt habe, als ich selbst ein Kind war. Keiner von ihnen sieht mich an, ich bin für sie unsichtbar. Ich gehe zum Auto und fahre ins Krankenhaus, um Ivar abzulösen. Er wirkt zerschlagen, ist unrasiert und verschwollen, und das bin ich vermutlich auch, wie mir plötzlich bewusst wird. Er schaut mich an und fragt lachend, wie es mir gehe. Ich verliere kein Wort darüber, dass ich im Auto geschlafen habe. Ivars Stimme ist hell und leicht, als er mir erzählt, dass Gladys durchgeschlafen habe und ihre Temperatur stabil sei, was er als gutes Zeichen deutet. Die Hitze draußen hat nachgelassen, und das Licht im Zimmer ist milder, weicher geworden. Die Haut ihres Arms, der dem offenen Fenster am nächsten ist, fühlt sich kühl an. Es zieht ein wenig, unten auf der Wiese bewegt sich eine sanfte Brise durch die Büsche. Der Ruf einer Kohlmeise klingt wie ein Aufziehspielzeug oder eine fröhliche kleine Spielzeugsäge. Im Hintergrund hört man das gleichmäßige Dröhnen der Autos, vielleicht hat der Freitagsstau an der Stadtausfahrt bereits angefangen.

Ihr Atem ist kaum wahrzunehmen, ich muss mich nah zu ihrem Gesicht neigen, um hören zu können, ob sie lebt. Sie lebt. Sie schläft fest, aber tief unten, auf dem Grund ihres Schlafs, ist sie immer noch wach. Dort unten ist sie zu Hause in ihrer eigenen Küche, sie steht am Fenster, und wie immer denkt sie an Runar. Sie hat seinen Namen vergessen, aber er ist immer noch ihr Kind. Irgendwann einmal ist er der Kleinste gewesen. Für ganze sieben Jahre vor meiner Geburt war er der Jüngste und Verletzlichste, er, der nie essen wollte, er, der nur widerwillig akzeptierte, auf die Welt gekommen zu sein. Sie denkt an seine dünnen Arme und den schmächtigen Körper mit den deutlich erkennbaren Rippen, er hat nie Babyspeck angesetzt wie der Älteste. Er war als Kind dünn, und als Jugendlicher ist er noch dünner geworden, und dennoch hätte sie sich nie vorstellen können, wie mager er als Erwachsener sein würde. Aber der dürre und gebückte Mann, der er am Ende war, ist für sie längst verschwunden, hier unten hat sie sich ihm als Kind zugewandt.

Dort, in der Kindheit, offenbarte sich sein eigentliches Wesen, als er noch kaum zu sprechen begonnen hatte. Er sagte *Mama*, und *Määh* und *Kuh*, er saß auf ihrem Schoß, und sie zeigte ihm ein altes Bilderbuch, dasselbe Buch, das sie selbst als Kind gehabt hatte, und sie zeigte ihm die Tiere, das Schaf und die Kuh und das Pferd. Und auf einmal sagte er:

– Das Pferd kann nicht sitzen.
– Nein, sagte sie, – das kann es nicht.
– Ich bin kein Pferd, sagte er.
– Nein, lachte sie, – das bist du nicht.
– Aber du bist ein Pferd, Mama.
– Bin ich ein Pferd?
– Dein Gesicht ist soooo lang!

Sie sah ihn an und wusste nicht, was sie ihm antworten

sollte. War er nicht zu klein, um so zu reden, in vollständigen Sätzen? Er konnte doch gar nicht wissen, was er sagte, meinte sie.

– Mama ist ein Pferd. Arme Mama.

Er legte seine kleine Hand auf ihr Gesicht und strich ihr sanft über Stirn und Nase und Mund. Dann patschte er ihr auf die Wange, und dann lachte er, ein glückliches Lachen, das sie noch nie zuvor gehört hatte. Aber von diesem Tag an lachte er oft, und zumeist über das, was er sich selbst ausgedacht hatte.

Sie liegt im Bett und wimmert leise, ihr Mund zuckt, vielleicht versucht sie zu lächeln. Ich möchte ihr die Wange streicheln, aber ich habe Angst, sie zu wecken, Angst, sie zu stören. Ich bin ein erwachsener Mann mit behaarten Händen, selbst das mittlere Fingerglied, das ich benutze, wenn ich jemandem die Wange streichle, ist behaart; lange, borstige schwarze Männerhaare, die ihre weiche alte Haut kratzen würden.

Sie atmet tief und hörbar ein, ihr Kopf dreht sich zum Fenster, und dann fällt er zurück in die andere Richtung, und wieder wird ihr Atem fast lautlos.

Sie sieht nur Runar. Jetzt ist er etwas älter, vielleicht zehn. Ich bin zur Welt gekommen, und er ist nicht mehr der Jüngste, aber das hat sie vergessen, sie sieht nur ihn. Für sie ist er immer noch namenlos, nur ein rundes, sommersprossiges Gesicht und zwei blasse Hände. Er sitzt am Tisch und liest ein Buch. Plötzlich blickt er mit seinen empfindsamen Augen zu ihr auf, sie scheinen in seinem Gesicht zu wachsen, diese dunklen und merkwürdig sanften Augen, bevor sie ihre Sanftheit verloren. Er blickt sie an und lächelt und sagt:

– Es wird alles gut mit mir, Mama.

Er war dünn und munter und besaß eine bemerkenswerte Auffassungsgabe, ein unmittelbares Verständnis für alles. Er war der Einzige, mit dem sie reden konnte. Das stimmt nicht ganz, denn sie legte Wert darauf, sich mit uns allen dreien zu unterhalten. Sie gab nicht auf, ehe sie uns nicht zum Reden gebracht hatte, sogar bei mir schaffte sie es. Aber mit Runar konnte sie reden, ohne darüber nachdenken zu müssen, was sie sagte. Sie fühlte sich von ihm verstanden, und sie verstand sich selbst besser, nachdem sie mit ihm geredet hatte. Vielleicht mochte sie sich selbst lieber, wenn sie mit ihm zusammen war.

Selbst als er verbissen und verstockt geworden war, und besessen von all seinen neuen Ideen – von denen sie eigentlich nie glaubte, dass er sie wirklich ernst meinte –, selbst dann war er immer noch ihr Kind. Er kam in seiner Uniform vom Militärdienst nach Hause und hatte sich einen dünnen Hufeisenbart stehen lassen, der ihn unzufrieden aussehen ließ, und das war er auch, nichts stimmte in diesem Land, niemand fasste große Gedanken, er wollte diskutieren, ertrug jedoch keinen Widerspruch – aber immer noch war er ihr kleines Kind. Er kam nach Hause und erzählte, dass er das Land verlassen würde, er zeigte ihr das Bild des Mädchens, das er heiraten würde, und es war leicht zu sehen, dass dieses Mädchen nicht die Richtige für ihn war, meinte Gladys. Das sagte sie ihm auch, und später an diesem Abend lag er auf der schmalen Sitzbank am Küchentisch und weinte, da hatte er wohl getrunken. Schon am nächsten Morgen reiste er ab, und in den folgenden Jahren hörte sie wenig von ihm, aber er war immer noch ihr kleines Kind.

Er arbeitete in den Niederlanden und dann in Portugal, für einen norwegischen Reeder, den er bewunderte, weil er so unendlich reich geworden war. Er wurde krank und konnte nicht mehr arbeiten, konnte aber auch nicht nach Norwegen zurückkehren, dafür war er zu schwach. Er ließ seinen Bart wachsen, greisenhaft lang und ungepflegt, er kam nie wieder nach Hause, den Bart hat sie nur auf Fotos gesehen. Es war ein furchtbarer Bart, lang und weiß und gelb um den Mund, er rauchte wohl immer noch. Er konnte nicht mehr gehen, saß in seinem großen elektrischen Rollstuhl und war immer nur zu Hause oder in einer kleinen Bar am Ende der Straße. Aber selbst dann war er immer noch ihr Kind. Das kleine Kind, dem sie nicht helfen konnte und das sie nie wiedersehen würde. Und dann starb er und war immer noch ihr Kind, auch in all den Jahren nach seinem Tod ist er ihr kleines Kind geblieben. Aber hier unten, in diesem Schlaf, der kein gewöhnlicher Schlaf ist, sondern vielleicht eine Art Koma, hier ist er noch nicht tot. Hier, wo sie fast lautlos atmend im Bett liegt, ist er ihr kleines Kind, dem sie immer noch helfen kann. Er ist ihr kleiner Junge, mit dem alles gut werden sollte. Sie atmet fast lautlos, aber ihre Augenlider zittern ein wenig, als striche ein leichter Wind durch das Gras.

Die Tür geht auf, und Ivar kommt herein. Er war kurz bei der Arbeit und hat sich dann mit seiner Tochter Frida getroffen. Er sieht frischer aus als vorhin, und er bringt einen Duft von Mango mit herein, oder einer anderen Frucht, fremdartig und spritzig. Sie haben Tee getrunken, oder es ist ihre Gesichtscreme, deren Duft auf seiner Haut hängen geblieben ist, als sie ihn umarmt hat. Ich erinnere mich an Frida als kleines Kind, jetzt ist sie siebzehn, ich weiß, dass die beiden eine Zeitlang miteinander Schwierigkeiten gehabt haben, aber im Moment scheint es wieder gut zu laufen, Ivar möchte, dass ich sie bald treffe. Er kommt zum Bett und neigt sich über Gladys, streicht ihr mit dem Zeigefinger leicht über die Wange und fragt mich, ob sie die ganze Zeit geschlafen habe.

Ich bejahe wahrheitsgemäß. Ich erzähle ihm nicht, dass sie über Runar nachdenkt, dass sie in die Zeit seiner Kindheit zurückgekehrt ist. Und obwohl Ivar beim Hereinkommen munter ausgesehen hat, sinkt er plötzlich in sich zusammen. Nächtelang hat er nicht mehr richtig geschlafen, aber er will nicht nach Hause, muss hier sein, für den Fall, dass etwas passiert. Und jetzt, wo ich hier bin, fällt endlich die Spannung von ihm ab. Er lässt sich in den abgenutzten Sessel sinken, streckt die Beine auf die Fußstütze und schließt die Augen. Kurz darauf fängt er an zu schnarchen. Nur ich weiß, dass Gladys auf ihn aufmerksam wird, sie spürt, dass Ivar wieder im Zimmer ist, und etwas in ihr wendet sich ihm zu. Viele Jahre lang hat sie nur Ivar gehabt, jedes Mal, wenn sie etwas gebraucht hat, ist er zu ihr gekommen und hat ihr geholfen, seine Kinder sind bei ihr ein und aus gegangen, zumindest bis Gladys so alt und vergesslich wurde, dass sie allmählich wegblieben. Aber Ivar war da, oft mehrmals pro Woche. Ein milderer Zug geht über ihr Gesicht, und sie schließt den Mund, atmet etwas hörbarer.

Auch bei Ivar hat sie sich immer zurückgewünscht in die Zeit, als er klein war, das hat sie bei uns allen dreien getan, sie vermisste, dass wir Kinder waren und sie uns auf den Schoß nehmen konnte. Manchmal konnte sie plötzlich die Hand nach dem erwachsenen, schweren Mann ausstrecken, zu dem Ivar geworden war, ihm über die Wange streichen und sagen, dass sie die Zeit vermisse, als er klein gewesen war. *Kleiner kleiner meiner*, sagte sie. Sie vermisste die Jahre, in denen er auf sie angewiesen war, in denen er ihr überallhin gefolgt war und sie nicht einmal zum Wäscheaufhängen hatte hinausgehen können, ohne dass er weinte und nach ihr rief. Sie vermisste sein unendliches Vertrauen, und seinen kleinen Körper, und das blasse Gesicht, und die weichen, rundlichen Hände. Sie vermisst Ivar als Fünfjährigen, der mit einer Zeitung auf dem Schoß auf einem Hocker sitzt und lesen lernt. Diese Periode in ihrem Leben, als wir klein waren, ist für sie zu einem goldenen Zeitalter geworden, zu einer bereits vergangenen, verlorenen Utopie, die erst dann zur Utopie wurde, als sie vorüber war. Damals wusste sie nicht, wie kostbar diese Zeit einmal sein würde, deshalb sehnt sie sich danach zurück, um sie noch einmal erleben zu können, um das genießen zu können, was sie damals nur hinter sich lassen wollte.

Sie sinkt tiefer in den Schlaf, und bald hat sie Ivar vergessen. Weiter unten in der Tiefe gibt es nur noch Runar. Niemanden konnte sie so lange und unverwandt betrachten wie ihn. Der kleine Junge mit der guten Laune. Wann verschwand seine gute Laune, wann hat er aufgehört, der kleine Junge mit dem schelmischen Glanz in den Augen zu sein? Sie weiß es nicht, einzig die Augenblicke zählen, Runar, der bei seiner Konfirmation in der Kirche drei Tanzschritte macht, Runar, der ein Modellflugzeug zusammenklebt, Runar, der früher von der Schule nach Hause gekommen ist und für die ganze Familie kocht, ein Gericht, das niemand von uns kennt, er hat es aus einem Kochbuch aus der Bibliothek.

Solche Dinge. Ihr Gesicht lässt nicht mehr erahnen, was in ihr vorgeht, dafür schläft sie zu tief. Ivar schläft in dem Sessel seinen leichten, erschöpften Schlaf, aber der dauert nicht lange, bald wird er jäh aufwachen, sich aufsetzen und mich ansehen, während ich aus dem Fenster schaue.

ES KÖNNTE ENDE JUNI SEIN oder vielleicht Anfang Juli, der Regen prasselt auf die großen Baumkronen herab. Sie schwanken, sie geraten in Aufruhr. Die riesigen Laubbäume bilden eine Skala, die größer ist als Runars magerer Körper, sie wölben sich in seinen Gedanken über ihn und werden zu einer Welt, in die er eintreten kann. Morgens wacht er auf und denkt an sie: Ulme, Eiche, Espe. Sie stehen mitten in der Stadt, im Park am Fluss. Der schwarze Fluss, der unten in der Stadtmitte immer so schnell vorbeitreibt, ist vom Park aus zu sehen, von dem Platz unter den Bäumen.

Später wird dies irgendein Sommer von vor vielen Jahren sein, aber noch ist es der Sommer dieses Jahres, der gerade erst begonnen hat. Runar denkt an die Bäume, an den Fluss, und er lässt sich viel Zeit beim Aufstehen, viel Zeit beim Anziehen. Außer ihm ist niemand im Haus. Gladys und Karl sind bei der Arbeit, Ivar ist beim Militär, er schreibt einmal die Woche, mit seiner runden, gleichmäßigen Handschrift, adressiert an Gladys, Runar und mich, und Karl in Klammern. Ich bin zu unserer Tante geschickt worden, sie hat noch keine eigene Familie und kümmert sich gern um mich. Runar ist allein zu Hause, er ist sechzehn Jahre alt, wenn er später an diesen Sommer zurückdenkt, wird ihm das jung vorkommen, jetzt aber fühlt er sich erwachsen, er ist ungeduldig, kann es kaum erwarten, dass das Leben losgeht. Er sitzt am Bettrand, der magere Körper, die dünnen Handgelenke. Die Augen wirken groß in seinem Gesicht, das wird sich später verändern. Er zieht sich an, gelbe Cordhosen und ein besticktes Leinenhemd. Barfuß geht er nach unten ins Erdgeschoss.

Später möchte er in die Stadt radeln und unter den großen Bäumen im Park sitzen und zeichnen. Er hatte das Zeichnen aufgegeben, aber jetzt hat er wieder angefangen. Er möchte jemand sein, der mit Zeichensachen in der Schultertasche durch die Stadt radelt. Er möchte sich selbst dabei zusehen: Wer ist er, wer wird er einmal sein. Er weiß nicht, dass er sich selbst bald vergessen wird, und er weiß nicht, dass es eine Gnade ist, sich selbst vergessen zu können, dass dieser Tag deshalb von nun an wie ein großer, lebendiger Raum für ihn sein wird, in den er wieder und wieder eintreten kann, ein Raum aus Baumkronen und Regenwetter. Er liest ein wenig, hört die eine Seite einer Schallplatte, steht am Fenster. Er isst eine Scheibe Brot und schaut hinaus in den Garten. Regentropfen tropfen vom Fensterrahmen auf das Fensterbrett. Die Tropfen laufen die Scheibe herab, wie Regentropfen es für gewöhnlich tun. Sie tropfen von den Blättern der großen Bäume, von jedem einzelnen Blatt an jedem einzelnen Baum.

Er zieht seine Schuhe an, blaue Turnschuhe mit weißen Schnürsenkeln, und geht hinaus. Der Regen ist stärker als erwartet, er geht noch einmal zurück und zieht den gelben Regenmantel an. Er geht wieder hinaus und holt das Fahrrad aus der Garage, befestigt die Schultertasche auf dem Gepäckträger, stellt einen Fuß auf das Pedal und fährt mit Schwung aus der Einfahrt, schwingt seinen leichten Körper elegant über den Rahmen des Fahrrads, ehe er sich auf den Sattel setzt und den Hügel hinuntersaust, befreit, allein mit dem Wind in seinem Gesicht und dem Regen, hinunter ins Stadtzentrum. Dort unten fährt er langsamer durch die breiten alten Straßen bis zum Kino, dort beginnt der Park, und dort leben die großen Bäume. Baumkronen wölben sich über die Straße, schaffen um ihre Stämme herum trockene Räume, und außerhalb des Trockenen tropft es von den Blättern. Das Gras ist nass, der Asphalt ist nass, seine Schuhe sind nass, und sein Haar ist nass. Die Luft ist mild und riecht nach Regen. Er schiebt das Fahrrad durch den Park bis hinunter zum Fluss. Der Regen prasselt auf das Wasser herab, die Tropfen formen Löcher, oder Vertiefungen, in die dunkle Oberfläche, er bemerkt, dass sich das Wasser dort, wo der Tropfen die Oberfläche trifft, nach unten wölbt und zugleich in einem Kreis rings um die Vertiefung in die Höhe spritzt. Die auf die Wasseroberfläche treffenden Tropfen sind nicht zu sehen, das Einzige, was zu sehen ist, sind die Vertiefung und der kleine Kreis aus hochspritzendem Wasser, und genau das will er zeichnen.

Er stellt das Fahrrad auf dem Fußweg ab, setzt sich auf eine Bank unter einem der großen Bäume, dort ist er vor dem Regen geschützt. Die Zeichnung wird nicht so, wie er möchte, aber das ist er gewohnt, er zeichnet trotzdem weiter. Nach einer Weile gibt er auf und fängt an, Bäume zu zeichnen. Er wünscht sich, jedes einzelne Blatt an jedem einzelnen Zweig des großen Baumes zeichnen zu können, all die nassen Blätter und tropfenden Tropfen, und die Blätter im Inneren des Baumes, die noch trocken sind. Wie ist es möglich, alles mit derselben Deutlichkeit zu sehen, alles gleichzeitig zu sehen, und wie ist es möglich, alles so zu zeichnen, wie er es sich vorgestellt hat: Tausende von Blättern, nass und voller Regentropfen, oder trocken und staubig, und dazu die schwarz und grau verästelten Zweige, und die Rinde des Stamms, knorrig, verwachsen, mit einem Muster, das niemals gleich ist, obwohl sich ein ähnliches Muster in jeder Rinde wiederfindet, und in trockenem Sand, und an Felswänden, und in allen Vertiefungen der Landschaft, wenn man sie nur aus genügend Entfernung betrachtet, wie auf einem Luftbild, aber auch an Mauerwänden oder in rissigem Holz. Wie ist es möglich, den Klang des Regens zu zeichnen, der durch das Blattwerk rieselt und die Zweige bewegt? Ihm schwindelt beim Gedanken an die Zeichnung, die er sich vorstellt. Er geht durch den Park, setzt sich auf Mauerkanten und Bänke, zeichnet Bäume, große Baumkronen, das Gras unter den Bäumen, den Fluss im Hintergrund, und die Zeichnungen geraten nicht so, wie er will, ihm fehlt die Geduld, alles im Bild festzuhalten, ihm fehlen die technischen Fertigkeiten, die dafür nötig wären. Ebenso wenig hat er gelernt, wahrzunehmen, was auf dem Papier unter seinem Bleistift entsteht. Im Misslungenen das Gelungene zu sehen, das, was sein eigener Ausdruck hätte werden können, seine Art, Linien zu zeichnen, das, was aus diesen Linien hätte entstehen können, das Einzigartige darin. Er kann das Bild nicht loslassen, das er sich vorgestellt hat, er versucht es herbeizuzwingen, es mit Zwang zu erreichen. Er sieht eine Zeichnung vor sich, in der jedes Detail gleichermaßen deutlich ist, eine Zeichnung, die den überwältigenden Maßstab des großen Baumes in Miniatur nachbildet. Er wird diese Zeichnung, die zu zeichnen ihm nie gelungen ist, wieder vergessen, aber quälen wird sie ihn dennoch. Und manchmal wird sie ihm ein Zuspruch sein, weil er sie gesehen hat und weil sie in ihm existiert, auch wenn er nie geschafft hat, sie zu realisieren. Er geht wieder hinunter zum Fluss, wo das Fahrrad steht, und packt seine Zeichensachen zusammen.

Er schwingt sich aufs Fahrrad und fährt aus dem Park, weiter in Richtung Nybrua, überquert den Fluss, fährt den Klokkerbakken hinauf. Er muss aufstehen und stehend in die Pedale treten, um den Hügel ganz hochzukommen, und als er oben ankommt, hat er sich ans Stehen gewöhnt, und sein Körper genießt das Gefühl, stark zu sein, also wartet er, ehe er sich wieder auf den Sattel setzt. Er steht auf den Pedalen und lässt das Fahrrad die Straße hinunterrollen, vorbei an der alten Schule, die sein Großvater besucht hat, wo auch Gladys und Gunnar zur Schule gegangen sind, vorbei an der alten Bibliothek, die es nicht mehr gibt, ich vermisse sie, aber Gladys hat sie vergessen, vorbei an der Apotheke, die ist immer noch da, bis er sich schließlich auf den Sattel sinken lässt und in die Pedale tritt, um noch schneller auf dem Markplatz anzukommen. Er lehnt das Fahrrad gegen ein Verkehrsschild, nimmt seine Schultertasche, überquert den Platz und geht in die Bäckerei. Dort ist es warm, so warm, dass die Tür offen steht, damit die Fenster nicht beschlagen, es riecht nach Hefegebäck und Kaffee, er geht an den Tresen und begrüßt das Mädchen, das dort steht. Ellen Lande. Sie kennen einander, Ellen kommt ihm rasch entgegen, beugt sich über den Tresen und sagt etwas mit leiser Stimme, es ist nur ein Gruß, aber ein sichtbares Lächeln huscht über ihr Gesicht, wie der Wind, wenn er durch das Laub der großen Bäume streicht, ein naheliegendes Bild für Gladys, die eine Ewigkeit später im Krankenhaus liegt und draußen den Wind in den Bäumen rauschen hört und sich all dies vorstellt, und dann verschwindet sie wieder, die wild aufflackernde Freude in Ellens Gesicht, als sie Runar betrachtet, Ellen erstickt sie, sie kam zu plötzlich, sie setzt wieder eine neutrale Miene auf.

Aber sein Körper hat diese Freude bereits aufgefangen

und reagiert darauf, er lächelt sie an, die kleinen Sommersprossen drängen sich aneinander, als sich die Haut zusammenzieht, doch dann reißt er sich zusammen und wird ebenfalls wieder ernst. Sie kennen sich aus dem Malklub, aber Runar geht nicht mehr hin, er hat es nicht ertragen, Rückmeldungen zu jedem einzelnen Pinselstrich zu bekommen, er hält Bewertungen nicht aus. Ellen ist ein Jahr älter als Runar, aber seit sie im Malklub miteinander bekannt geworden sind, reden sie auch in der Schule miteinander. Vor den Ferien hat Ellen ihm von ihrem Sommerjob in der Bäckerei erzählt. Sie hätte nie gedacht, dass er sich daran erinnern würde, hat es nur so dahingesagt, ein paar Worte, um die Leere zwischen ihnen zu füllen, aber er hat zugehört, und jetzt ist er hier, um sie in ihrer Arbeit zu besuchen. Das hat sie nicht erwartet, und dass er gekommen ist, verändert in einem einzigen Augenblick alles. Er bestellt eine Tasse Tee, bezahlt mit Münzen, die er in seiner Handfläche abzählt und in ihre offene Hand gleiten lässt. Normalerweise lässt sie die Kunden das Geld auf die Theke legen, aber bei ihm ist es anders, die Münzen fallen von einer Hand in die andere, und sie erschaudert ein wenig, es fühlt sich wichtig an. Sie blickt auf seine Schultern, sie sind schmal, und auch sein Nacken ist schmal, wie schön er ist. Sie beobachtet ihn, während sie Geschirr abräumt, Kaffee kocht, Schalen auffüllt. Er setzt sich an einen Tisch am Fenster, seine Regenjacke hängt über der Rückenlehne des Stuhls.

Bevor er hereingekommen ist, hat er sich vorgestellt, dass er am Tisch sitzen und zeichnen würde, Gesichter, Körper, Passanten auf der Straße, aber das geht nicht, das versteht er jetzt. Er kann nicht zeichnen, während Ellen am Tresen steht und weiß, dass er da ist. Er kann sich Ellen nicht zeigen, immerhin zeichnet sie selbst, und zwar besser als er, und jetzt steht sie hier und serviert Kaffee und gefüllte Croissants. Er gibt drei Zuckerwürfel in seinen Tee und wartet, dass sie sich auflösen, er rührt lange um, er mag das Geräusch des Löffels, wann hat er damit aufgehört, vielleicht nie. Er hebt die Tasse zum Mund, aber sie ist zu heiß, er stellt sie wieder hin und bläst mit spitzem Mund auf den Tee, kleine Wellen gleiten über die Oberfläche, aber so zu pusten sieht kindisch aus, er beschließt zu warten. Er schaut hinaus auf den Marktplatz, wo der Regen aufgehört hat, jetzt fließt er nur noch aus einem Fallrohr in die schmale Rinne im Bürgersteig, die das Wasser weiter auf die Straße leitet, ehe es in einem Gully verschwindet.

Er schaut nicht zu Ellen, aber er weiß zu jeder Zeit, wo sie ist. Er registriert, wie sie sich bewegt, und er lauscht ihrer Stimme, wenn sie einen Kunden bedient. Ihre Stimme ist tief und voller Luft. Unmöglich, diese Stimme nicht auch als Ausdruck dessen wahrzunehmen, wer sie *ist*, so wie auch ihre Hände ein Ausdruck dessen sind, wer sie ist, und das strähnige Haar, das ihr ins Gesicht fällt, und die Art, wie sie sich das Haar aus dem Gesicht und hinters Ohr streicht. Und natürlich die Augen, die einen schwachen Schimmer von Grün in sich haben, angeboren natürlich, aber die Klarheit dieser Augen hat damit zu tun, wer sie *ist*, damit, wer sie sein möchte, und mit verschiedenen Entscheidungen, die sie für sich selbst getroffen hat. Denn Ellen Lande hat sich früh im Leben für bestimmte Dinge entschieden, sie möchte klar sein, sie möchte vertrauenswürdig sein. Das ist ihr wichtig, denn sie braucht die Sicherheit, die darin liegt, dass andere ihr vertrauen können und dass sie anderen vertrauen kann. So muss es auch mit ihrer Stimme sein, denkt er, denke ich, dass sie einer anatomischen Neigung zu tiefem Klang Raum gegeben hat, vielleicht aus Schüchternheit, weil sie ihre Stimme nicht erheben will, und zusätzlich dämpft sie den Klang, indem sie beim Sprechen mehr Luft durch den Kehlkopf lässt, wie ein Flüstern, das so tief ist, dass es wie normales Sprechen klingt. Je länger er darüber nachdenkt, desto größer wird seine Schwäche für ihre Stimme, sie setzt sich in ihm fest. Außerdem erzählt ihm die Stimme, dass Ellen sich seiner Anwesenheit bewusst ist, dass sie ihn beobachtet, so wie er sie beobachtet.

Mittags hat sie Pause, normalerweise sitzt sie im Hinterzimmer, isst ein Brötchen und blättert in der Zeitung, der dünnen Lokalzeitung, in der nie etwas steht, das sagen alle, und trotzdem lesen sie sie. Aber heute nimmt sie ihr Brötchen mit, sie packt zwei Brötchen in eine Papiertüte und dazu zwei Flaschen Limonade, vermutlich Solo, sie schreibt den Betrag auf, damit er von ihrem Lohn abgezogen wird, und dann geht sie zu Runar und fragt, ob er mitkommen möchte. Ein Sonnenschimmer bricht durch die Wolken, gefiltert und weich und immer noch ein wenig grau legt sich das Licht auf ihre Gesichter, wortlos gehen sie auf dem Bürgersteig nebeneinander her. Sie beschließen, sich unter einer schmalen Fichte vor der Kirche auf eine Bank zu setzen, beim alten Friedhof, auf dem seit hundert Jahren oder mehr niemand mehr begraben worden ist. Die Bank ist nass, Runar zieht sein Hemd aus, darunter trägt er ein T-Shirt, das zieht er ebenfalls aus, steht einen Moment lang mit nacktem Oberkörper da, wie mager er ist, sie blickt auf seine Haut, die ist seltsam blass, und dann zieht er das Hemd wieder an und benutzt das T-Shirt als Lappen. Er wischt die ganze Bank ab und wringt das T-Shirt mehrmals aus, bis er zufrieden ist. Er rollt das nasse T-Shirt zusammen und möchte es in seine Tasche stecken, aber dort sind die Zeichensachen, dort kann er es nicht hineinlegen.

Ellen sieht die Zeichensachen. Darf ich mal sehen, fragt sie. Er legt das nasse T-Shirt neben sich auf die Bank, eine kleine Rolle. Er wird es dort vergessen und später am Tag in die Stadt zurückfahren müssen, um es zu holen. Jetzt nimmt er den Zeichenblock heraus und reicht ihn Ellen, die ihn öffnet und vorsichtig durchblättert. Sie sagt nichts, blättert und studiert die Zeichnungen, eine nach der anderen bis zum Ende, dann blättert sie ein wenig zurück und zeigt mit dem Finger auf eine Zeichnung, die ein paar Tage alt ist. Ein angedeutetes Gesicht ohne erkennbare Gesichtszüge und ein Körper, der sich in einem schönen Bogen des Rückens nach vorne neigt, eine sichtbar gemachte Bewegung. Die Arme sind vorgestreckt, niedrig, wie um sich abzustützen, aber die Hände fehlen. Er hat sie schnell gezeichnet und nicht fertig gemacht, hat sie aufgegeben, oder ihm ist etwas anderes eingefallen, das er lieber zeichnen wollte, und vielleicht sieht sie deshalb lebendig aus, Ellen mag die Zeichnung, das spürt sie in ihrem Körper, und sie sagt *wie schön, die ist sehr schön*, und das sagt sie kaum zu ihm, sondern zu sich selbst, und er antwortet nicht, gibt nur einen Laut von sich, als wollte er fragen, ob es wirklich diese Zeichnung sei, die sie am schönsten findet. Er ist enttäuscht, weil sie nichts über die anderen Zeichnungen gesagt hat, und er versteht nicht, was sie in dieser sieht, die ist nicht mal fertig, die hat er gleich wieder aufgegeben, kaum dass er sie begonnen hatte. Aber dann sieht sie ihn an und sagt noch einmal, dass die Zeichnung wirklich schön sei, und er fragt, ob sie sie haben wolle, und sie sagt Nein, nicht jetzt, sie habe nichts dabei, worin sie sie aufbewahren könne, sie sagt, er solle sie selbst aufbewahren, damit er wisse, dass er sie habe. Sie sagt, er solle nicht vergessen, dass sie das gesagt habe, und gut auf sie aufpassen, damit er sie ihr später geben könne.

Ihr Gesicht, die Art, wie es sich ihm zuwendet, er ahnt nicht, dass er es in sich aufnimmt, dass es in ihm verweilen und für immer in ihm bleiben wird. Ihre klaren Augen, und ein paar kleine Pickelnarben auf den Wangen, sie sind fast unsichtbar, aber er sieht sie, und wieder wallt die Zärtlichkeit in ihm auf, für alles, aber besonders für die Narben, diese kleinen Kerben in der Haut, und außerdem die Nase, die vorne etwas flach und breit ist, sodass beide Nasenlöcher sichtbar sind, und die Lippen sind ziemlich blass, sie sehen trocken aus, außerdem sind sie schmal, und jetzt lehnt sie sich zu ihm, und er muss sich zu ihr gelehnt haben, und sie berühren einander mit Armen und Händen, und dann begegnen sich ihre Gesichter. Sie küssen sich, zuerst kurz, dann etwas länger. Aber das ist es nicht, woran er sich später erinnern wird, nicht das Küssen, nicht die unterdrückten Geräusche, die sie beide von sich geben, eine Art glückseliges Wimmern mit aneinandergepressten Mündern. Woran er sich später am deutlichsten erinnern wird, ist ihr Gesicht unmittelbar vor dem Kuss, kurz bevor sie die Grenze überschreiten. Ihr Gesicht in jener kurzen Sekunde, in der es aussieht, als würde ihr etwas einfallen, ein Problem, das gelöst werden muss. Eine kurze Sekunde lang vergisst sie, ihn anzusehen, und dieser Ausdruck brennt sich in ihm ein und entfacht seine Sehnsucht, auch noch viele Jahre später. So viele Augenblicke, die in ihm unendlich werden können, gleich riesenhaften Konstruktionen, die er später betreten wird wie kompakte Gebäude, geschaffen aus diesigem Wolkenmaterial. All diese Augenblicke, von denen er nicht weiß, dass sie ihn weiter begleiten werden, vielleicht, weil er in diesen Augenblicken ganz leer ist, vielleicht, weil er in diesen Augenblicken nicht mehr weiß, wer er ist, vielleicht weil er genau dann einfach nur ein Organismus unter anderen

Organismen ist. So etwas in der Art denkt er, nicht damals, aber viel später, wenn all das, was ihm verloren gegangen ist, allmählich zu ihm zurückkehrt.

Aber jetzt sitzen sie auf der Bank und umarmen einander, und er starrt in ihre Augen, in das klare Licht, das aus ihren Augen zu kommen scheint, und sie starrt zurück, auf ihn, in seine Augen, mit einem kleinen Lächeln, merkt er, und er weiß nicht, was dieses Lächeln bedeutet, er will es nicht in sich aufnehmen, er will nicht lächeln oder lachen, er will etwas anderes. Er will sich ihr hingeben, er will, dass sie sich ihm hingibt und dass es zwischen ihnen keinen Unterschied mehr gibt. Das ist etwas Neues, etwas, von dem er bis jetzt nichts gewusst hat, aber er erkennt es wieder, es kommt aus der Tiefe seines Körpers, aus dem genetischen Wirrwarr, das seines ist, nur sein eigenes, und das er doch mit fast allen anderen teilt. Das Bedürfnis nach Verschmelzung, die Evolution muss es mit sich gebracht haben, denn es gibt Situationen, in denen unsere Körper das Gefühl brauchen, dass sie zusammengehören. Und mehr noch, dass es zwischen dem einen und dem anderen keinen Unterschied gibt, ein Bedürfnis, das für uns nützlich ist, das mit Sex zu tun hat und mit Partnerschaft, aber für ihn ist es etwas anderes, und Größeres, findet er. Er will der Mensch werden, der sie ist. Und dass sie er wird, damit er aufhören kann, er selbst zu sein. Und das erfordert die größtmögliche Stille und außerdem einen sehr großen Ernst, denkt er sich, vielleicht nicht mit diesen Worten, aber dennoch.

Und dann lächelt Ellen ihn an und macht ein Geräusch, sie will, dass er etwas sagt, und das fühlt sich für ihn falsch an, er ärgert sich, er kann nicht verstehen, dass sie nicht dasselbe fühlt wie er, wo er sich doch so sehr wünscht, dass sie in ihn, in seine Gedanken eingeht. Er glaubt, dass das möglich ist, weil er glauben will, dass es möglich ist. Und wahrscheinlich ist es ihm wichtiger, dass sie sich Zugang zu allem verschafft, was in ihm ist, als dass er Zugang zu allem findet, was in ihr ist. Denn er will nicht haben, was sie ihm jetzt anbietet, nämlich ein schüchternes und mitwisserisches Lachen. Sie hat längst bemerkt, dass er nicht mehr bei der Sache ist, und das verwirrt sie, wo sie einander doch gerade eben noch so nah gewesen sind. Aber nicht nah genug, nicht für ihn, er versucht, sie in sich hineinzuziehen, und das versteht sie nicht. Und sie hätte auch nicht daran geglaubt, nicht auf dieselbe Weise, wie er daran glaubt. Voller Ernst und mit großen Augen starrt er sie an, und sie versteht nicht mehr, was er möchte, und sagt etwas, das sich für ihn völlig falsch anfühlt.

– Du siehst wütend aus, sagt sie, – fast krieg ich Angst, sagt sie.

Sie lächelt immer noch, sie ist sich seiner nicht mehr ganz sicher, fühlt sich aber immer noch sicher genug, um ihm zu sagen, dass sie unsicher ist. Sie sind doch gerade erst zueinander durchgebrochen, haben eine Intimität erreicht, die Bestand hätte haben können. Zu einer wirklichen Nähe hätte werden können. Und was er braucht, ist Nähe, genau wie sie, besonders jetzt, da sie beide drauf und dran sind, ins Leben aufzubrechen. Aber vielleicht trägt sie eine Last mit sich herum, vielleicht gibt es einen strengen Vater oder eine aufbrausende Mutter, oder vielleicht gibt es andere Gründe, weshalb sie dieses Wort wählt, sie muss es sagen, damit er es wegnimmt, damit er ein bisschen weniger verbissen wird, sie will, dass er sich zurücklehnt und lacht und ihr versichert, dass er alles andere als wütend ist. Und das sagt er auch, aber nicht so, wie sie es gebraucht hätte – er sagt *wütend*, und er sagt *ich bin nicht wütend*, und er fragt, *warum glaubst du, dass ich wütend bin.* Er ist von ihr enttäuscht, und jetzt sieht er erst recht wütend aus.

Sie sitzen ein wenig voneinander entfernt, aber ihre Hände halten einander noch immer, alle vier Hände, wie ein Bündel kleiner Tiere liegen sie in Ellens Schoß, und Runar erkennt plötzlich, dass Ellen Lande einfach ein gewöhnliches Mädchen ist, das ihr eigenes Leben hat, ihre eigenen Ängste und Wünsche, und dass sie weder seine Gedanken lesen noch er werden kann. Die Idealisierung ist nicht aufzuhalten, das Bedürfnis, Ellen müsse etwas Erhabenes sein, ein Wesen, in das er einziehen und in dem er sich selbst verlieren könnte. Aber das geht nicht, das versteht er jetzt, und trotzdem gibt er ihr die Schuld dafür. Es dauert nur einen Augenblick, aber für ihn ist es unwiederbringlich, sie sind gescheitert, der Augenblick ist verloren, das war das Ende von etwas Neuem.

Rasch versuchen sie zu überspielen, was passiert ist, jeder für sich und füreinander, er legt seinen Arm um ihren Rücken, und sie sinkt ihm entgegen, so sitzen Verliebte, und es funktioniert. Sie sitzen da und sprechen leise miteinander, lachen und albern herum. Sie sind jetzt ein Paar. Und somit kann sie das, was soeben passiert ist, vergessen, aber er kann es nicht. Warum kann er sich nicht einfach weiter in dieses Neue hineintreiben lassen, sie kennenlernen, sehen lernen, wer Ellen für sich allein ist und wer sie mit ihm zusammen ist? Eine dünne Schicht Kälte um ihn herum. Er begleitet sie zurück zur Bäckerei, er geht zu seinem Fahrrad und fährt nach Hause, sie telefonieren noch am selben Abend, treffen sich am nächsten Tag wieder, und in den darauffolgenden Wochen. Für den Rest dieses Sommers sind sie ein Paar, aber für ihn spielt sich das Ganze nur an der Oberfläche ab, ihm geht es darum, eine Freundin zu haben, nicht darum, mit Ellen zusammen zu sein. Allzu groß sind seine Erwartungen daran, was eine Liebesbeziehung sein soll, und er fühlt sich betrogen. Ellen ist keine, der er sich hingeben und in der er sich verlieren kann, und mit weniger will er sich nicht zufriedengeben. Zu einem Zeitpunkt, der ihm passend erscheint, kurz bevor die Schule wieder losgeht, macht er mit ihr Schluss.

Ellen versteht es nicht, es kommt so plötzlich. Ihre Augen wallen auf, sie wischt die Tränen weg, aber sie ist tieftraurig, denn sie hat an ihn geglaubt, an sich und ihn, und doch hat er diese Trennung heimlich geplant, ohne dass sie es gemerkt hat, während sie dachte, sie wären aufrichtig zueinander, die ganze Zeit, jeden Augenblick. Ihre Traurigkeit rührt ihn, und auch er weint ein wenig. Sie stehen auf der Straße und warten auf ihren Bus. Den ersten lässt sie vorbeifahren, aber als der nächste kommt, steigt sie ein und setzt sich, ohne zurückzublicken. Er schaut dem Bus nach, er hatte sich gewünscht, dass sie einander zuwinken würden, aber dazu kommt es nicht. Er setzt sich auf sein Fahrrad und fährt langsam nach Hause, strengt sich an, die langen Steigungen zu bewältigen, ohne abzusteigen.

RUNAR SASS AN SEINEM SCHREIBTISCH, vielleicht machte er Hausaufgaben, und er konnte sich nicht konzentrieren, weil ich unten in der Küche war und sang.

Am schlimmsten war für ihn, dass ich so laut sang und von meiner eigenen Stimme so begeistert war, sie war überall zu hören, selbst draußen auf der Straße, wie ihm aufgefallen war. Ich sang nicht einmal sauber, aber das merkte ich nicht. Jeden Morgen, bevor wir zur Schule gingen, lief ich laut singend durchs Haus, oft auch nachmittags, wenn nur er und ich zu Hause waren. Doch irgendetwas an diesem Gesang hatte angefangen, ihn zu stören – wie ich von einer Melodie zur nächsten sprang, wie ich mitten in einer Zeile die Tonart wechselte. Manche Lieder hatte er schon satt, bevor ich sie überhaupt aufgeschnappt und zu meinen gemacht hatte. Er stand auf und kam zu mir herunter. Ich stand an der Küchenzeile und spielte mit ein paar Figuren, Überbleibseln des alten Kriegsspiels mit den Soldaten, dessen ich nun endlich überdrüssig geworden war. Und selbst diese Figuren schienen mir nicht mehr besonders wichtig zu sein, sie dienten lediglich der Beschäftigung meiner Hände während des Singens. Er dachte, ich hätte bemerkt, dass er heruntergekommen war, aber dann schloss ich die Augen und schmiegte mich an die Wand, scheinbar wie in Ekstase – Ekstase über meine eigene Stimme oder über den

Gesang, und ich hörte nicht auf, bis er mich schließlich ansprach.

– Was machst du da?

Ich konnte ihn nicht kommen gehört haben, denn er sah, wie ich zusammenzuckte und verlegen wurde. Also musste ich angenommen haben, dass er mein Singen nicht gehört hatte, und das machte die Sache in seinen Augen ein wenig besser.

– Singst du?

– Ein bisschen.

Ich stand mit dem Rücken zu ihm und bewegte geschäftig meine Figuren, ich musste weiter damit herumspielen, auch während ich mit ihm redete.

– Du weißt, dass dieses Lied einen anderen Text hat?

– Ja, ich weiß, aber als ich mir das Lied ausgedacht habe, war es mit diesen Worten.

– Du meinst Quatsch-Englisch.

– Das ist kein Quatsch, das habe ich erfunden.

– Das Lied hat jemand anderer erfunden. Es heißt »Rain Drops Keep Fallin' on my Head«. Du hast es im Radio gehört.

Ich schaute ihn mit einem aufrichtigen Gesichtsausdruck an, der ihn an das kleine Kind erinnerte, das ich bis vor nicht allzu langer Zeit gewesen war und das er vermisste. Was er von dem Jugendlichen halten sollte, zu dem ich mich gerade entwickelte, darüber war er unsicher.

– Das ist ja das Seltsame, ich habe es selbst erfunden, und dann habe ich es auf einmal im Radio gehört.

– Aber du hast das Lied nicht erfunden, Titti.

– Doch, habe ich! Das ist die Wahrheit, mir ist das schon öfter passiert. Ich mache ein Lied, und wenig später wird es im Radio gespielt.

– Du hast es zuerst im Radio gehört und dann vergessen, dass du es gehört hast, und wenn du dann Lieder machst, wie du es nennst, erinnerst du dich an Melodien, die du schon mal gehört hast.

– Nein, genau das ist ja das Komische, ich hatte es vorher nirgends gehört. Ich habe es erfunden, und dann war es im Radio.

– Das kann nicht sein, das weißt du doch wohl selbst.

– Ja, es ist sehr merkwürdig, ich verstehe es auch nicht. Ich glaube, in unserer Küche muss irgendwo ein Mikrofon versteckt sein.

– Ein Mikrofon? In unserer Küche?

– Ja, weil ich hier immer morgens singe. Wenn die Schule später anfängt und nur ich zu Hause bin, dann mache ich Lieder, zuerst beim Frühstücken und dann beim Aufräumen danach. Und nach ein paar Tagen kommen diese Lieder im Radio, und dann sind Instrumente dabei, und es singen irgendwelche anderen Leute. Es kann doch sein, dass es hier ein Mikrofon gibt.

Ich zeigte auf das Fenster bei der Küchenanrichte, auf die dünne geblümte Gardinenleiste über dem Fenster, als ob dort oben etwas wäre.

– Wer in aller Welt sollte in unserer Küche ein Mikrofon verstecken?

– Das habe ich mich auch gefragt. Es könnte der Geheimdienst oder so was sein.

– Willst du mich verarschen, Titti? Was redest du da eigentlich?

Später sollten wir uns beide daran erinnern, dass wir einander gegenüberstanden und dass er sich auf die Bank am Küchentisch setzte und mich zu sich rief. Ich hörte auf ihn, das tat ich immer, fast immer. Ich setzte mich auf seinen Schoß, weil er das wollte, und er zog mich an sich und strich mir übers Haar und sagte:

– Wie kommst du auf diese Idee?

– Ich habe gerade einfach so daran gedacht.

– Und woran hast du sonst noch so gedacht?

– Manchmal denke ich, dass ich hierhergebracht worden bin. Dass ich auf die Welt gekommen bin, und hierher, um Lieder zu machen. Und die sind so schön, diese Lieder, dass sie aufgenommen und eingespielt werden, und dann kommen sie ins Radio, und niemand weiß, dass ich sie gemacht habe.

– Du hast vielleicht Ideen.

– Ja, aber irgendwie muss es doch wahr sein. Ich glaube, es muss jemanden geben, der mich und alles, was ich tue, beobachtet. Manchmal denke ich auch, ihr alle seid hier, damit ihr mich bei dem, was ich tue, beobachten könnt. Dass ich vielleicht von einem anderen Planeten komme und dass es Forscher gibt, die sehen wollen, wie ich Dinge tue. Zum Beispiel, wie ich Lieder mache. Und dass ihr auch hier seid, um mich zu beobachten. Und alle anderen auch, die Nachbarn und die Kinder in der Schule und die Lehrer und sogar die Frau im Lebensmittelgeschäft. Manchmal denke ich, dass alles, also die ganze Welt, geschaffen worden ist, damit ihr mich beobachten könnt. Und dass wir deshalb damals zu Karl gezogen sind, weil Gunnar nicht so gut darin war, oder wegen was anderem, das ich noch nicht weiß.

– Dir ist schon klar, dass das alles Unsinn ist, oder?

– Wenn es so ist, wie ich denke, dann kannst du es sowieso nicht zugeben. Ich verstehe, dass das nicht geht. Aber allmählich komme ich von selbst dahinter. Vielleicht bist du nicht mein Bruder, jedenfalls nicht wirklich, und Gladys ist nicht meine Mutter, und Karl und du und Ivar und alle

anderen, ihr seid hier, um zu beobachten, was ich tue. Weil ich Dinge vielleicht auf eine andere Weise tue.
– Titti.
– Ja?
– Du musst das lassen, okay? Du musst aufhören, so zu denken.
– Ja.
– Du verstehst, dass das alles bloß Unsinn ist, nicht wahr?
– Ja doch.
– Verstehst du, dass es nicht wahr ist, was du gerade gesagt hast?
– Ich glaube schon. Aber wissen kann ich es nicht.
– Ich versprechs dir, es ist nicht wahr, du hast es dir bloß ausgedacht. Verstehst du? Ich verspreche dir, dass es nicht wahr ist. Du musst damit aufhören, du darfst nicht so denken. Nie mehr. Kannst du mir das versprechen?
– Na gut.

Die Augen eines Kindes können überzeugend aussehen, groß und klar und mit einer fast unbegreiflichen Tiefe. Und er mag geglaubt haben, dass es ihm gelungen war, mich zu überzeugen. Jedenfalls schob er mich sanft von seinem Schoß und ging zum Herd, um Teewasser aufzusetzen. Er hatte klare Vorstellungen vom Leben, davon, wie das Leben sein sollte. Er hatte auch klare Vorstellungen davon, wer ich sein sollte. Warum war ich nicht schlauer. Warum zeigte ich so wenig Interesse an dem, was um mich herum passierte. Warum hatte ich so lange gebraucht, um lesen zu lernen. Warum flüsterte ich immerzu vor mich hin, warum lief ich mit so steifen und unerklärlichen Bewegungen im Haus herum. Warum stand ich in der Küche und sang mit einer Stimme, die wie eine dünne Mädchenstimme klang. Er beschloss, mit Gladys zu sprechen, die beiden hatten schon lange nicht mehr über mich gesprochen. Früher war es immer Gladys gewesen, die sich Sorgen darum gemacht hatte, was aus mir werden sollte, und er hatte sie beruhigt oder sich über sie geärgert. Er hatte ihr nie gern zugehört, wenn sie ihre Sorge teilte, dass mit mir etwas nicht stimmte. Aber jetzt schien es, als hätte sie mich abgehakt, als hätte sie aufgegeben und alles ihm überlassen. Ich war zu seiner Verantwortung geworden, Gladys war im Begriff, mich aufzugeben. Er musste mit ihr reden und sie dazu bringen, etwas zu tun.

Er wachte über mich. Er war der Einzige, der ein Auge auf mich hatte und mich am Arm packte und sagte: Hör mir jetzt zu, denn das hier ist wichtig. Sein Gesicht, mager und sommersprossig, und sein Blick, der schärfer geworden war, zurückhaltender als früher. Aber für mich war es gut, dass er da war, dass er mich nicht aufgab. Ich wünschte, ich hätte ihm einmal gesagt, wie wichtig es für mich war, dass er auf mich achtete. Das war alles, was ich damals brauchte, und später, nach seinem Tod, sollte es sich als entscheidend herausstellen. Dass er auf mich geachtet hatte, bis zu dem Tag, an dem er es nicht mehr tat.

Er machte sich eine Tasse Tee und fragte, ob ich auch welchen wolle. Ich bejahte. Er stellte die große blaue Tasse, die immer meine war, vor mir auf den Tisch, und ich durfte mir selbst Zucker nehmen, wie immer nahm ich viel zu viel. Er sah mich an, und ich wusste, dass er etwas sagen würde. Hör mir jetzt zu, denn das hier ist wichtig. Er wollte sagen: Es gibt keine große Mission, die auf dich wartet. Niemand hat sich gewünscht, dass ausgerechnet du oder ausgerechnet ich auf die Welt kommen. Es gibt hier keinen freien Platz für dich. Hier ist alles voll. Du musst dich um dich selbst kümmern, niemand anderer wird dir helfen.

Aber das konnte er nicht sagen, nicht zu mir, noch nicht. Er dachte, vielleicht später, falls ich es nicht von selbst begreifen würde. Und dann dachte er, er müsse bald von hier weg, müsse sein eigenes Leben beginnen. Es gab mehr als genug, worüber er sich Gedanken machen musste.

IN DIESEM HERBST fing Runar auf dem Handelsgymnasium an.

Er musste mit dem Zug von Overberget nach Bragernesfjord fahren, wo die nächste Handelsschule lag. In Bragernesfjord gab es mehrere Kreisverkehre, jeder Fahrschüler aus Overberget musste dorthin, um zu lernen, was ein Kreisverkehr ist. Auch um eine Pizzeria oder ein Café zu besuchen, musste man nach Bragernesfjord. Später füllte sich auch das Zentrum von Overberget mit Kreisverkehren und Pizzerien und Cafés, und an der Oberschule wurde ein Handelszweig eingeführt, aber all das lag noch in ferner Zukunft. Mit dem Regionalzug brauchte man eine Stunde von Overberget nach Bragernesfjord, und genau das war es, was Runar sich wünschte, er wollte raus aus der kleinen Stadt und rein in eine größere, er wollte auf Reisen sein, und die kurze Fahrt zum Handelsgymnasium war ein Anfang. Er wollte Geschäftsmann werden, er wollte lernen, mit Aktien zu spekulieren oder ein Unternehmen zu gründen, wollte in materiellen Gütern dauerhaften Schutz finden. Später ist ihm das Ganze nur wie eine kindische Idee vorgekommen, und vielleicht stimmt es, dass wir kindisch waren, auch wir anderen, denn wir glaubten an ihn, wir nahmen an, dass diese Laufbahn etwas war, das für ihn in Reichweite lag und zu ihm passte. Zumindest Gladys und ich, sie war wie immer stolz auf Runar. Er wird es schaffen, sagte sie leise, wurde aber misstrauisch, als er eines Tages Geld für einen Aktenkoffer haben wollte.

– Aber wer geht denn schon mit einem Aktenkoffer in die Schule?

– Es ist keine Schule, es ist das Handelsgymnasium. Ich kann dort nicht mit einer Umhängetasche auftauchen.

– Und am Handelsgymnasium benutzt man etwa keine Ranzen?

– Ich bin kein Kind mehr, ich nehme keinen Ranzen.

– Ich meine einen Rucksack für Jugendliche. Viele in deinem Alter haben Lederrucksäcke, in schönem hellem Leder. Die sind teuer, das weiß ich, aber so einen können wir dir schenken.

– Ich hätte lieber einen Aktenkoffer.

– Aber glaubst du nicht, dass das sehr seltsam aussehen wird?

– Nein.

– Nein?

– Nein, es wird genau richtig aussehen.

Die Sache endete damit, dass Gladys Gunnar anrief, der in dieser Sache übernehmen sollte, und Runar bekam also einen von Gunnars Aktenkoffern, Gunnar protzte gern mit seinen Aktenkoffern, er hatte mehrere, und niemand wusste, was er darin versteckte. Gar so viele Papiere konnte er ja wohl nicht aus der Personalabteilung mit nach Hause nehmen müssen, meinte Gladys, aber dann fand sie kleine Tabakbrösel auf dem Kofferboden, also hatte er vermutlich seine ewigen Zigarettenpäckchen darin aufbewahrt. Sie wusch den Aktenkoffer innen und außen, typisch Gunnar, alles, was er besaß, musste er verdrecken, und sie gab nicht auf, bis der Koffer glänzte. Und so ging Runar mit dem Aktenkoffer in der Hand den Hügel hinunter und hoffte, dass alle ihn bemerken würden. Das taten sie auch, befürchtete Gladys. Er stand auf dem Bahnsteig und wartete auf den Regionalzug nach Bragernesfjord, und als der Zug in den Bahnhof einrollte, stieg er als einer der Ersten ein und sicherte sich einen Platz am Fenster. Dort saß er und hatte den Aktenkoffer auf dem Schoß liegen. Er hatte sich die Haare schneiden lassen. Er saß aufrecht, ein wenig steif, er lehnte sich nicht ans Fenster, wie er es früher getan hätte. Er hatte die Umhängetasche ausgemistet, die übernahm ich, außerdem hatte er mir seinen niedrigen weißen Tisch samt Sitzkissen vererbt. Er hatte aufgehört, gelbe Cordhosen zu tragen, auch das dünne bestickte indische Hemd zog er nicht mehr an. Er trug keine Peace-Zeichen mehr, das T-Rex-Poster, auf dem Marc Bolan mit dem vergoldeten Modell eines Panzers zwischen den Beinen hockt, hatte er von der Wand genommen. Das Tolkien-Poster, auf dem Gandalf abgebildet war, durfte ich übernehmen, er verschenkte seine Led Zeppelin-Platten und alles von Uriah Heep und Joe Cocker und Ten Years After, er hörte fast nie mehr Musik. Er zeichnete nicht und spielte nicht Gitarre. Er hatte sich einen braunen Schreibtisch mit tiefen Schubladen zugelegt, und einen drehbaren Bürostuhl, aber er drehte sich darauf nie, er saß einfach nur da und las in einem großen Buch über Betriebswirtschaft. Er kaufte sich einen großen Casio-Taschenrechner, den außer ihm niemand benutzen durfte; er musste ihn überall dabeihaben, er symbolisierte, wer er war und wer er zu werden vorhatte. Er hatte sich ein gebrauchtes schwarzes Jackett gekauft, dazu ein neues blaues Hemd, Cowboystiefel und eine dunkle Terylenhose.

Er saß im Zug und blickte auf die Landschaft, ohne sie zu sehen. Wonach er Ausschau hielt, war er selbst, sein Leben und wie es sich entwickeln würde, in einer völlig neuen Zukunft. Es kann nicht einfach gewesen sein, in der Ackerlandschaft und den bewaldeten Hügeln bei Underbergsåsen und Hedrum Spuren einer strahlenden Zukunft zu finden, aber er muss es geschafft haben. Der Zug hielt an jedem noch so kleinen Bahnhof und kam schließlich in Bragernesfjord an, wo Runar den Weg zum Handelsgymnasium fand und durch das Tor schritt, bestimmt mit klopfendem Herzen, auch wenn ihm das niemand ansehen konnte. Sein Gesicht hatte begonnen, sich zu verschließen, sein Mund war schmal, und die Augen ebenso, und er lächelte abwartend in alle Richtungen.

Der Anblick der anderen Schüler überraschte ihn, viele Jungen hatten lange Haare, viele trugen Umhängetaschen und Schlaghosen, wie er es bis vor Kurzem selbst getan hatte, aber all das hatte er hinter sich gelassen, es passte nicht hierher. Er stand unter den anderen Jugendlichen auf dem Schulhof und wünschte sich, dass sie erwachsen wären, dass er selbst erwachsen wäre. Und dann klingelte es, ein schrilles und autoritäres Klingeln, auch das kam für ihn unerwartet. Er ging aus freiem Willen in diese Schule und brauchte keine Schulglocke, die ihn an den Unterrichtsbeginn erinnerte, er trug eine Armbanduhr und konnte selbst auf die Zeit achten, er war bereits auf dem Weg die Treppe hinauf, als es klingelte. Er schüttelte verärgert den Kopf und ging durch den Korridor zu seinem Klassenzimmer, aber auch dort war ihm zu viel Lärm, Rufen und Pfeifen und kindische Kommentare. Er hielt Ausschau nach jemandem, der ihm ähnlich war, der jenem Menschen ähnlich war, der er werden wollte, aber er fand niemanden. Er hatte so große Hoffnungen gehabt, und nun sah er seine Zukunft vor sich zusammensinken, noch ehe die erste Unterrichtsstunde begonnen hatte. Er setzte sich nach vorn in die erste Reihe, nahm Kugelschreiber, Papier und Taschenrechner heraus. Er war bereit. Ein paar Mädchen hinter ihm kicherten, und es fühlte sich an, als kicherten sie über ihn, aber das konnte ihm egal sein. Der Lehrer kam herein und war fast genauso angezogen wie er, mit hellblauem Hemd und dunkler Terylenhose. Außerdem trug der Lehrer eine Brille mit dünnem Stahlrahmen, und Runar wünschte sich, selbst eine Brille zu brauchen. Er freute sich auf den Tag, an dem er eine Brille würde tragen können, eine Brille mit dünnem Stahlrahmen, was er ein paar Jahre später auch tat, aber da war es bereits viel zu spät, da nützte ihm die Brille nichts mehr, nicht so, wie er es sich vorgestellt hatte.

Dann wurden die Namen aufgerufen, und als sein Name an die Reihe kam, antwortete er mit einem lauten Ja. Ein anderer Schüler hieß ebenfalls Runar, wie sich herausstellte, und der Lehrer fragte, ob einer der beiden Runars einen zweiten Vornamen habe, um sie voneinander unterscheiden zu können. Das hatte keiner von beiden, aber unser Runar antwortete, es wäre ihm ohnehin lieber, mit Nachnamen angesprochen zu werden. Das ist bei uns nicht üblich, antwortete der Lehrer. Warum nicht?, sagte Runar, er war erwachsen, er wollte selbst bestimmen. Er fühlte sich klein und wollte dieses Gefühl loswerden, das er von zu Hause her mit sich herumschleppte. Die Unterlegenheit war seit Ewigkeiten ein Teil unserer Familie, länger als sich irgendjemand erinnern konnte, sie saß so tief in uns drinnen, dass wir nicht mehr darüber nachdachten. Aber Runar dachte über sie nach, er hatte sie gefunden und mit festem Griff umfasst, wollte sie ein für alle Mal loswerden. Die Unterwürfigkeit von Generationen hatte sich in uns angesammelt, und es war ebendieses Gefühl von Unterwürfigkeit und Kleinheit und ständiger Demütigung, von dem er wegwollte, er hatte sich am Handelsgymnasium beworben, um sich davon lösen zu können, woher er gekommen war. Er hatte sich darauf gefreut, statt einem Runar ein Evensen zu werden, er wollte ein Evensen neben einem Knutsen und einer Grosvold und einer Spiten und einem Øverli sein, er wollte kein Runar neben Elin und Harald und Ingrid und Per sein. Aber nun blieb es nicht einmal bei Runar, denn der Lehrer sagte:

– In Ordnung, dann nennen wir dich Runar E, das ist ein Kompromiss. So kannst du den ersten Buchstaben deines Nachnamens behalten, einverstanden?

– Nein, sagte Runar,

und es wurde still um ihn.

– Ich möchte mit meinem Nachnamen angesprochen werden, sagte Runar, und dies war das erste Mal, dass es auf diese Art und Weise still um ihn wurde, es war still in ihm und um ihn, auch wenn er mitten im Rauschen des Atems der anderen saß, ihrem leisen Gemurmel und missmutigen Seufzen. Er war falsch abgebogen und fand nicht zurück, ihm wurde gesagt, er müsse sich anpassen, sich einfinden, aber dafür war er nicht an diese Schule gewechselt, er war mit dem Regionalzug nach Bragernesfjord gekommen, um ein anderer zu werden, um jemand zu werden, der von den anderen mit Würde behandelt wurde und der den anderen mit derselben Würde begegnen konnte, mit der Würde des Familiennamens, der Würde der Geschäftswelt, mit Aktenkoffer und Taschenrechner und dem verhaltenen Tonfall von Erwachsenengesprächen. Nichts davon hatte er bekommen, stattdessen wurde von ihm erwartet, sich einzuordnen, als wäre er immer noch ein Schuljunge. Er wurde zu Runar E, einem Jungen unter anderen Jungs, Sohn unter Söhnen, einem, der sich wieder einmal nach dem Willen anderer richten musste, und er hätte vor Enttäuschung heulen können. Er hätte die Augen davor verschließen müssen, was aus ihm geworden war und was zu ihm gesagt wurde, nur so ließ es sich aushalten, wenn man am falschen Ort gelandet war, aber das schaffte er nicht, er verschloss niemals die Augen, meinte Gladys, die sich allmählich Sorgen um ihn machte, und diese Sorge sollte in ihr weiterwachsen.

Runar wollte Vorlesungen, in denen er mitschreiben konnte, er wollte keine Gruppenarbeiten und Klassengespräche, und er wollte keine Hausaufgaben, es war entwürdigend, dass kontrolliert wurde, ob er seine Arbeit zu Hause erledigt hatte, er wollte kein Klassenbuch und keine Tests, er wollte, dass man ihm Ratschläge erteilte, was er lesen sollte und was im Unterricht durchgenommen werden würde, sodass er aus eigener Verantwortung lernen konnte, was er für das Examen brauchen würde. Man sagte ihm, er sei noch kein Student, dies sei das Gymnasium, er sei noch nicht bereit, für seine Ausbildung selbst die Verantwortung zu übernehmen. Und er ertrug es nicht, jemanden sagen zu hören, was er könne und was nicht, er fühlte sich betrogen. Mit Cowboystiefeln und hellblauem Hemd stand er auf dem Schulhof unter all den anderen schreienden und lachenden Gymnasiasten. Jeden Morgen saß er mit dem Aktenkoffer auf dem Schoß im Zug, er legte ihn vor sich auf das Pult und öffnete ihn feierlich, und die anderen lachten ihn aus, es war ein seltsamer Anblick, genau wie Gladys befürchtet hatte. Aber für Runar war es kein seltsamer Anblick, er wusste, dass er im Recht war und die anderen im Unrecht, die anderen waren kindisch, unseriös, niveaulos, oder jedenfalls nicht auf dem Niveau, auf dem er sein wollte. Er saß in der ersten Reihe und schrieb mit, was gesagt wurde, er ergriff das Wort, um gegen Behauptungen oder Unterrichtsmethoden zu protestieren, mit denen er nicht einverstanden war. Es gefiel ihm nicht, dass der Lehrer an die Tafel schrieb, auch das war erniedrigend, er wollte Kopien ausgeteilt bekommen, die er in eine Ringmappe einheften und mit nach Hause nehmen konnte. Er machte sich unmöglich, auch für sich selbst, er fand, sie bekamen nicht genug praktische Schulung in Betriebsführung, und er fing an, die Hausaufgaben zu vernachlässigen, sie waren irrelevant, er zog die praktische Erfahrung der Lehrer sowie der Lehrbuchautoren in Bezug auf das Wirtschaftsleben in Zweifel.

Er war immer ein guter Schüler gewesen, bisher war ihm alles leichtgefallen, und außerdem war er immer derjenige gewesen, der die anderen zum Lachen brachte, aber nun wurde er streng mit sich selbst und mit den anderen. Etwas in ihm verschloss sich. Es verschloss sich oder straffte sich wie Muskeln, die sich zusammenziehen, wie eine Art seelische Muskeln, um jeden Eindruck von außerhalb am Eindringen zu hindern. Er konnte immer noch hören, was die anderen sagten, er hörte ihr Geseufze und ihr Gemurmel, aber was gesagt wurde, hatte keinen Einfluss mehr auf ihn. Er spürte ihren Widerwillen und ihre Blicke, aber sie machten ihn nicht traurig oder betrübt oder niedergeschlagen, wie es früher der Fall gewesen wäre. Er reagierte lediglich gereizt, er querulierte und stritt mit den anderen Schülern und den Lehrern, und seine Verschlossenheit war die Verschlossenheit eines Wütenden. Er wappnete sich mit Raserei und Stolz, er wehrte sich. Sein Gesicht verschloss sich, seine Lippen spannten sich, er kniff die Augen zusammen, selbst im Augeninneren strammten sich die Muskeln, und sein Blick wurde spitz wie ein dünner Lichtstrahl, und seine Stimme wurde hart, selbst sein Lachen klang hart, wenn er überhaupt einmal lachte, denn eigentlich lachte er nie, jedenfalls nicht mit dem kichernden und dünnen und albernen Lachen, das er zuvor gehabt hatte. Wenn er lachte, dann mit einem unterdrückten Klang, der nur andeutungsweise an ein Lachen erinnerte, ein vager Verweis auf Lachen als Phänomen, er wollte sich nicht die Mühe machen, laut zu lachen oder das Lachen in seinen Körper strömen zu lassen. Jetzt konnten die Wahrnehmungen nur noch durch einen schmalen Spalt zu ihm hereindringen. Ein enger Tunnel, der in eine winzig kleine Kammer führte, in der sich alles sammeln ließ. Nichts durfte in den Körper hinaussickern, keine Gefühle durften sich ausbreiten. Nun konnte er alles annehmen, und alles ertragen. Das war die Methode, die er entwickelt hatte, das war das Einzige, was ihm half, also veränderte er sich, das musste er, er verwandelte sich bis zur Unkenntlichkeit, niemand erkannte ihn wieder, nicht einmal ich, nur Gladys, die ihn durchschaute oder zumindest zu durchschauen glaubte.

Ich saß beim Essen am Tisch und sah ihn an und hoffte, dass er mich ebenfalls ansehen würde, dass er etwas Lustiges sagen und wieder alle zum Lachen bringen würde wie früher, aber er aß wortlos, räumte seinen Teller ab und verschwand auf sein Zimmer. Manchmal predigte er über den freien Wettbewerb, und Karl ließ die Bemerkung fallen, dass sich dieser Wettbewerb aus Runars Mund nicht sonderlich frei anhörte. Runar diskutierte oft mit Karl, das hatte er auch früher getan, aber nicht so gereizt und heftig wie jetzt. Karl sagte, alle Menschen seien verschieden, und nicht alle hätten dieselben Voraussetzungen. Er fragte, was wir wohl ohne Kindergeld und Sozialhilfe und Arbeitslosengeld machen würden. Alle müssen selber zurechtkommen, sagte Runar, wie im Dschungel. Du warst noch nie im Dschungel, sagte Karl. Doch, sagte Runar, das hier ist der Dschungel, sagte er und zeigte aus dem Fenster, von dem wir auf den Garten mit dem kleinen Apfelbaum sehen konnten und hinunter aufs Zentrum von Overberget mit dem Hotel und dem Bahnhof und dem Kino. Diese Stadt und dieses Land und der ganze Rest der Welt sind ein Dschungel, in dem jeder allein zurechtkommen muss, sagte Runar. Er war noch dünner als früher, der Adamsapfel ragte aus seinem Hals hervor, er hob einen dünnen Zeigefinger in die Luft.

– Aber was ist mit Titti, sagte Karl.
– Was ist mit ihm?
– Glaubst du, er würde allein zurechtkommen?
– Der ist noch klein.
– Aber später.
– Er wird schon zurechtkommen, wenn er mal groß ist.
– Er ist anders als du.
– Auch er muss lernen zurechtzukommen.
– Das wird er auch, aber glaubst du nicht, dass er Hilfe braucht?
– Ich hoffe nicht.
– Sogar du brauchst manchmal Hilfe.
– Nicht mehr. Ich komme überall zurecht.

So redeten sie, und keiner von ihnen schaute mich dabei an, und ich blickte vom einen zum anderen und hatte keine Ahnung, wovon die Rede war, hörte nur den Klang in Runars Stimme, das gespannte Zittern darin. Er ging auf sein Zimmer und stellte Berechnungen auf seinem Taschenrechner an. An manchen Tagen brachte er Zeitungen mit nach Hause, die Lokalzeitung, die Gladys las, wollte er nicht lesen, und auch nicht die Zeitungen, die Karl las und die Runar Sozialistenblätter nannte. Runar las ausländische Zeitungen auf extra dünnem gelbem Papier, er saß da und blätterte in ihnen, als wäre es seine Aufgabe zu verstehen, wie die Welt verbessert werden konnte, und das war es vielleicht auch, so muss er es jedenfalls empfunden haben.

Wenn ich in sein Zimmer kam, hatte er keine Zeit. Er sah mich mit schmalen Augen an und sagte, er könne gerade nicht. Ich vermisste ihn und habe nie aufgehört, ihn zu vermissen, diese Sehnsucht lebt immer noch und wächst in mir und ist mittlerweile größer als ich, groß wie ein prähistorisches Reich, enorm und unbegreiflich wie eine vergessene Zivilisation. An manchen Tagen lebe ich immer noch dort, in diesem archaischen Sehnen nach Runar, und das tut auch Gladys, das weiß ich, das fühle ich, es sickert aus ihr heraus, während sie leise wimmernd in ihrem Bett liegt. Aber damals tat sie, als wäre nichts. Vielleicht sah sie weiterhin nur den Sohn, den sie immer gesehen hatte, vielleicht wandte sie sogar willentlich den Blick von jenem Menschen ab, zu dem er geworden war. Für sie war er nicht unkenntlich geworden, wie für mich. Und auch er schien sich selbst immer noch wiederzuerkennen, er wusste noch, wie weh es tat, wenn er seinen Gefühlen erlaubte, sich im Körper auszubreiten, er erinnerte sich an die Scham und die Angst und die Trauer, die den Körper ertauben und erlahmen lassen, sodass man nichts anderes tun kann, als im Bett zu liegen und an die Wand zu starren. Er erkannte seine alten Gefühle wieder, aber er hielt sie unter Verschluss in jener kleinen schwarzen Kammer, die kaum größer war als eine seiner kleinen schwarzen Pupillen, in denen der Verdruss glühte. Aber es nutzte nichts, ganz im Gegenteil wurde der Zustand für ihn immer unerträglicher, und eines Tages, mitten in einer Diskussion mit dem Lehrer, sagte er, dass er nicht mehr wolle. Er packte seine Sachen in den Aktenkoffer, stand auf und ging hinaus.

– Wo willst du hin?, fragte der Lehrer.

– Nach Hause, sagte Runar.

– Du kannst nicht einfach so aus dem Unterricht gehen, sagte der Lehrer. Du hast hier keine Sonderstellung, Runar E, du bist ein Schüler wie alle anderen. Auch du musst dich an die Regeln halten.

– Dann lasse ichs eben, sagte Runar.

Er schloss leise hinter sich die Tür, ging durch den halbdunklen, leeren Korridor, hinaus ins grelle Licht und durch die verlassenen Straßen von Bragernesfjord, dessen Bewohner sich in ihre Häuser zurückgezogen hatten, um Runar ungestört vorbeigehen zu lassen, keiner machte es ihm schwerer, als es ohnehin bereits war, und dann stieg er in den ebenfalls menschenleeren Zug. Außer ihm waren keine anderen Passagiere im Waggon, so sah sein Leben nun aus, er setzte sich, lehnte die Stirn gegen die Fensterscheibe und ließ die Landschaft vorbeiziehen, ohne sie anzusehen, er ging nach Hause und schob den Aktenkoffer in die hinterste Ecke seines Schranks, legte sich mit dem Gesicht zur Wand aufs Bett, und dort lag er, als Gladys nach Hause kam.

Sie fragte ihn, ob er krank sei, und er verneinte. Er setzte sich auf und erzählte, er habe die Schule abgebrochen, und da schrie Gladys laut, es war ein so durchdringender Schrei, wie ich noch nie jemanden schreien gehört hatte, weder sie noch jemand anderen. Das erlaube sie nicht, sagte sie, aber das nutzte nichts, und das wusste sie vermutlich. Trotzdem gab sie nicht auf. Sie lief zwischen Küche und seinem Zimmer hin und her, sie schimpfte ihn aus, und dann weinte sie, sie schimpfte ihn wieder aus und weinte noch mehr, aber es half nichts, Runar hatte sich entschieden. Später kam Karl nach Hause und setzte sich mit Runar in die Küche. Gladys schloss die Schiebetür, und die beiden redeten lange und leise miteinander, aber auch das brachte nichts. Das Einzige, was wir dabei erfuhren, war, dass Runar seinen Platz aufgegeben hatte und dass das Handelsgymnasium am Ende doch nichts für ihn war. Er hatte Karl erzählt, dass er darum gebeten habe, mit Familiennamen angesprochen zu werden, und dass die Lehrer nicht darauf eingegangen seien. Er sei erwachsen und habe sich selbst dafür entschieden, auf diese Schule zu gehen, also wolle er auch wie ein Erwachsener angesprochen werden, sagte er.

– Das verstehe ich nicht, sagte Karl. – Sogar in meiner Arbeit werde ich Karl genannt. Am Anfang, als ich noch neu war, haben sie Hegg zu mir gesagt, aber diese Zeiten sind doch längst vorbei, bei uns benutzt fast niemand mehr den Familiennamen.

– Das hättet ihr nicht zulassen sollen, sagte Runar.

Er ging zurück auf sein Zimmer, und dort blieb er während der nächsten Wochen. Er holte sich Essen aus der Küche, aber er redete nicht mehr und duschte nicht mehr, er ging nicht mehr aus dem Haus und wollte nicht mehr an der Familie teilhaben, oder am Leben. Er weinte nicht und wirkte nicht traurig, er saß einfach nur in seinem Zimmer. Wenn jemand zu ihm hereinkam, saß er am Schreibtisch und blickte ins Leere oder lag auf dem Bett und starrte an die Decke. Er wandte sich ab und sagte, er wolle seine Ruhe haben. Wenn er im Haus an uns vorbeiging, spielte ein herablassendes Lächeln um seine Lippen. Ich wollte zu ihm laufen und ihn umarmen, ich wollte seinen Kopf festhalten und ihn auf die Stirn küssen, die Stirn mit der dünnen Haut und den kleinen Sommersprossen, ich kann mich immer noch an den Geruch seiner Stirn erinnern, vielleicht bin ich der Einzige, der sich genau daran erinnert, Gladys interessierte sich nicht für solche Dinge, sie erinnert sich an sein

Wesen und dass es schön war, mit ihm zusammen zu sein, jedenfalls, wenn seine Laune ihn nicht im Stich ließ, wie sie es jetzt getan hatte. Man durfte nicht mit ihm sprechen, und man durfte ihn nicht berühren. Er trug sein Gesicht wie einen zersprungenen Teller, als wäre der Schaden so gering, dass er niemandem auffallen würde, und doch so tief, dass er sich äußerst behutsam durchs Haus bewegen musste, wenn er verhindern wollte, dass die Teile auseinanderfielen.

Irgendwann im Laufe dieser Monate waren Runars Gedanken in eine falsche Richtung geraten. Aber wie hätte er selbst wissen sollen, dass er in die falsche Richtung dachte? Und wer hätte es ihm sagen können? Wer bringt uns bei, richtig zu denken, und was bedeutet es, richtig zu denken? Ich stelle mir richtiges Denken als wahrhaftiges Denken vor, aber wahrhaftig auf eine Weise, dass man nicht daran zerbricht. Wahrhaftig denken auf eine Weise, die einem den Zugang zum Leben ermöglicht, den Zugang zu einem selbst und zu anderen? Dem hätte er nicht zugestimmt, glaube ich. Er war zu der Überzeugung gelangt, dass niemand ihm helfen konnte, dass er sich um sich selbst kümmern, sich selbst beschützen musste. Vermutlich eine Art natürlicher Instinkt. Aber ist es nicht auch ein natürlicher Instinkt, sich anderen zu öffnen, um Hilfe zu bitten und sich dem Leben gegenüber empfänglich zu machen? Das hätte ich ihm gesagt, hätte ich es gekonnt. Dass das eine das andere ausschließt, nicht immer, aber oft. Aber wann gelingt es uns schon umzudenken, wie können wir uns von dem Modus, den wir einmal gewählt haben, wieder freimachen?

Runar hatte eine Lösung gefunden, eine Art und Weise, auf sich selbst aufzupassen, die für ihn ausgesehen haben muss wie ein Tor hinaus in die Welt, hinaus ins wirkliche

Leben, die sich aber dann als nicht mehr herausstellte als eine Tür, die in ein winziges Kämmerchen führte. Da drinnen saß er und wartete, dass sich etwas veränderte, so muss es gewesen sein.

Ein paar Wochen vergingen, dann bekam er einen Job an einer Tankstelle. Den hatte er sich selbst besorgt, er hatte Glück gehabt, er war einfach vorbeigegangen und hatte gefragt, ob eine Aushilfe gebraucht werde und hatte ein Ja zur Antwort bekommen. Ein Mitarbeiter hatte gerade gekündigt, oder war krankgeschrieben worden. Gladys war einfach nur erleichtert, dass er etwas zu tun hatte und nicht mehr isoliert in seinem Zimmer saß. Es war die von unserem Haus aus am nächsten gelegene Tankstelle, wo Karl immer seinen Peugeot tankte, den neuen Peugeot, der nicht mehr weiß war, sondern silbergrau. Sie lag am Fuß des Hügels, dort, wo das Stadtzentrum beginnt, also bei der Stadteinfahrt, nicht weit vom Krankenhaus entfernt. Dort liegt sie immer noch, ich stehe von meinem Stuhl neben dem Krankenhausbett auf, in dem Gladys schläft und nichts weiß, oder vielleicht weiß sie alles, auch wenn sie nichts sagt, ich stehe auf und trete ans Fenster. Durch die Bäume und Sträucher auf dem Krankenhausgelände kann ich die Tankstelle erkennen. Jetzt wirkt sie klein und verfallen und gleichsam vergessen, aber damals war sie ein Umschlagplatz für Informationen und Austausch der sonderlichsten Art. Alle möglichen Autos fuhren hier den ganzen Tag lang aus und ein, und abends standen Trauben von Jugendlichen davor. Das Tankstellenschild leuchtete im Dunkeln, in der ganzen Umgebung roch es nach Öl und Diesel.

Bald roch auch Runar nach Öl und Diesel, manchmal wachte er nachts auf und roch an seinen eigenen Händen, und der Geruch war für ihn beruhigend. Egal wie oft er sich wusch, der Geruch ging nicht weg. An der Tankstelle trug er einen Arbeitsoverall, der nach vielen Jahren Gebrauchs voller Flecken war, er war von Tankstellenaushilfe an Tankstellenaushilfe weitervererbt worden, und keinem war jemals eingefallen, ihn zu waschen. Jedes Mal, wenn ein Auto kam, ging Runar hinaus und füllte den Tank mit Benzin. Danach ging er wieder hinein, um die Bezahlung entgegenzunehmen. Manchmal stand jemand anderer an der Kasse, ein älterer Mann, der Kari genannt wurde, oder Schwarzer Kari, oder Kari-Kari. Er war klein und krumm, er konnte sich weder strecken noch ganz aufrichten, er ging mit gebeugtem Rücken, das Gesicht zum Boden geneigt. Sein Gesicht hatte so viele Falten, dass es aussah, als wäre ihm jemand auf den Kopf gesprungen, und er lächelte ununterbrochen, ein verschrecktes Grinsen. Runar erzählte, dass er als Jugendlicher bei einem Unfall verletzt worden sei und sich dabei bleibende Schäden der Gesichtsmuskeln zugezogen habe und deshalb nicht aufhören könne zu lächeln. Runar war gut darin, Kari-Kari nachzuahmen, und er tat es oft, er imitierte seine Stimme und seine Bewegungen glaubwürdig und mit einer solchen Präzision, dass sich Gladys und Karl vor Lachen bogen, und auch ich lachte, einmal lachte ich so sehr, dass ich mir in die Hose machte wie damals, als ich klein war. Heute weiß ich, dass Runar uns vorgaukeln wollte, er wäre derselbe wie früher und alles wäre wieder in Ordnung. Er tat es, um seine Ruhe zu haben. Er hatte sich längst zurückgezogen, hatte einen Weg aus sich selbst heraus gefunden und sich für uns unzugänglich gemacht, aber das habe ich erst viel später verstanden. Damals war ich einfach nur froh, lachen und in seiner Nähe sein zu dürfen, wie früher. Er vermittelte uns den Eindruck, Kari-Kari sei eine komische Figur, was auch der allgemeinen Auffassung entsprach. Kari-Kari hatte auf der Tankstelle gearbeitet, seit Gladys ein Kind gewesen war, Kinder fanden Kari-Kari unheimlich, und Gladys erging es ebenso. Aber wenn Runar und Kari-Kari hinter dem Tresen saßen, führten sie ein unendliches und stilles Gespräch über das Leben und die Existenz und all das, worüber sonst niemand sprach.

Das Wichtigste ist, sich nicht zu verschenken, konnte Kari-Kari sagen, und Runar antwortete, das habe er auch schon herausgefunden. Aber es ist auch wichtig, den Menschen anzunehmen, der sich an dich verschenken will, konterte Kari-Kari, der niemals allzu viel Konsens im Gespräch haben wollte. Runar wippte mit dem Stuhl und sagte, wenn eine mit langen Haaren und kurzem Rock daherkäme, hätte er nichts dagegen, sie anzunehmen. Ach so ja, sagte Kari-Kari, aber an Mädels habe ich dabei nicht gedacht. Es kann passieren, dass ein Kunde hier am Tresen steht und dir sein Gesicht schenken möchte. Und dann musst du bereitstehen, denn wenn du es in diesem Moment nicht annimmst, ist Gefahr im Verzug. Kari-Kari redete etwas undeutlich, aber Runar verstand ihn besser als andere. Und das sagte Kari-Kari zweimal: Dann musst du bereitstehen, sagte er und drehte seinen Oberkörper so, dass sie einander in die Augen sehen konnten. Ach so meinst du das, sagte Runar und begegnete seinem Blick. Kari-Kari zwinkerte mit dem einen Auge, das war ein Zeichen und bedeutete, dass er etwas Wichtiges gesagt hatte. Dann beugte er sich wieder vor, blickte zu Boden und summte leise vor sich hin.

Runar hatte zu rauchen angefangen, er drehte sich eine dünne Zigarette und zündete sie mit zusammengekniffenen Augen an. Aber ich weiß nicht, ob ich wirklich verstehe, was du meinst, sagte er nach einer Weile und klopfte die Asche auf den Boden, er war derjenige, der nach Ladenschluss den Boden wischte, also machte er hier drinnen, was er wollte. Aber ja, antwortete Kari-Kari, du verstehst. An dem Tag, wo einer dasteht, verstehst du es.

An der Tankstelle gab es einen Spielautomaten, und dort verspielte Runar alles, was er verdiente. Heute mag es einem schwerfallen, sich vorzustellen, wie man alles, was man besitzt, an einen Automaten verlieren kann, in den einzelne Münzen eingeworfen werden, aber Runar konnte stundenlang davorstehen. Manche der Münzen hatten in der Mitte ein Loch, und er experimentierte damit, an der Münze eine Schnur zu befestigen, sodass er die Münze langsam zu sich ziehen und sie in die Öffnung fallen lassen konnte, die den meisten Gewinn erzielte, das funktionierte oft, auch wenn die Schnur manchmal im Automaten hängen blieb, aber auf lange Sicht war das keine große Hilfe, das Geld verschwand trotzdem. Was er nicht verspielte, gab er für Bier aus, denn wenn er nicht arbeitete, ging er in die Kneipe und trank, meinte Gladys, sie machte sich Sorgen und versuchte, mit Runar zu reden, aber er antwortete, er sei erwachsen und verdiene sein eigenes Geld, und wenn sie wolle, könne er sich eine andere Bleibe suchen. Sie antwortete, er könne gern bei uns wohnen, müsse jedoch einen Beitrag leisten, das Essen sei nicht gratis, sagte sie, und damit war er einverstanden. Was Runar nicht wusste, war, dass Gladys das Geld aufhob, das er ihr bezahlte, sie steckte es in einen Umschlag, den sie ihm später schenkte, an dem Tag, an dem er von zu Hause auszog.

Eines Abends klingelte es an der Tür, und draußen standen ein paar erwachsene Männer, die Runar zwischen sich hielten, er konnte weder stehen noch sprechen, es sah aus, als schliefe er mit halb geöffneten Augen.

– Mein Gott, Runar, was ist passiert?, rief Gladys, und einer der Männer schüttelte den Kopf und sagte:

– Ist nicht weiter schlimm, er hat nur einen über den Durst getrunken,

und dann trugen sie ihn durch den Flur hinein, und Gladys folgte ihnen und dirigierte sie hinauf in den ersten Stock und in Runars Zimmer, wo sie ihn auf das Bett fallen ließen wie einen Sack Kartoffeln. Mit leerem Gesichtsausdruck lag er auf dem Rücken und fing an zu schnarchen. Gladys zog ihm die Schuhe aus und deckte ihn zu, und dann holte sie einen Eimer, für den Fall, dass er sich übergeben musste. Die ganze Nacht saß sie bei ihm, und am nächsten Tag versuchte sie, mit ihm zu reden, aber es ging nicht, er wollte nicht auf sie hören.

Er war ihr lieber kaputter Junge. Wahrscheinlich dachte sie das selbst nicht. Aber das war er nun, es war leicht an ihrer Stimme und auch an Karls Stimme zu hören, etwas Aufgeriebenes und Fahriges kam über die beiden, sobald von Runar die Rede war, als hätten sie Angst, dass jemand sie hören könnte. Sie hatten Angst, dass ich sie hören könnte. Ivar war zum Militär gegangen, nur noch Runar und ich wohnten zu Hause, und jetzt war etwas in Runar kaputtgegangen, und wie sollte das je wieder in Ordnung kommen.

Oder war es schon früher passiert. Natürlich war es früher passiert, vielleicht schon als er klein war, vielleicht sogar, bevor ich geboren wurde. Aber jetzt war ich da, und doch half ich ihm nicht. Ich wünschte, ich könnte sagen, dass ich ihm nicht hätte helfen können, immerhin war ich doch so viel jünger, aber das macht die Sache nicht besser, ich war in meiner eigenen Welt, und es kam mir nicht in den Sinn, dass er Hilfe brauchte, dass ich es hätte versuchen können, und dass von allen Leuten vielleicht ausgerechnet ich ihm hätte helfen können. Ich registrierte jede Veränderung in seinem

Gesicht, ich hätte ihm alles über sich selbst sagen können, ich hätte ihm zeigen können, was mit ihm los war, manchmal braucht man nicht mehr, aber getan habe ich es nicht.

Die Tankstelle hatte auch eine kleine Werkstatt, das war Kari-Karis eigentlicher Arbeitsplatz, er war kein Mechaniker, sondern eine Art Helfer, der Autos innen und außen reinigte, Reifen wusch, den Luftdruck überprüfte und die Schlüssel der Autos verwaltete, die zur Reparatur abgegeben wurden. Die Schlüssel waren leicht zugänglich, sie hingen an einer Tafel im Hinterzimmer, und eines Abends, nachdem er die Tankstelle geschlossen hatte, schnappte sich Runar die Schlüssel eines weißen Mercedes, der fertig repariert war und am nächsten Tag abgeholt werden sollte. Das Auto war hinter der Tankstelle geparkt, das Armaturenbrett und die Innenseiten der Türen waren mit Holz verkleidet, und die Sitze waren mit Leder bezogen, hellbraunem Leder, das einen teuren Geruch hatte und einladend knarrte, als er sich auf den Fahrersitz setzte. Dort saß er eine Weile, ehe er den Motor anließ, er dachte über sein Leben nach und darüber, wo er leben und wer er sein wollte. Sein Leben, so kostbar für ihn selbst und doch so unmöglich zu fassen. Er startete den Wagen, der Motor lief geschmeidig, aber mit einem leisen Rasseln tief unten, als hätte er das Asthma seines Besitzers geerbt, das Auto gehörte einem pensionierten Kinoinhaber. Runar saß wieder eine Weile still und wartete, für den Fall, dass ihn jemand gesehen hatte, für den Fall, dass jemand kommen und ihn aufhalten würde. Vielleicht hoffte er, dass jemand kommen und ihn fragen würde, was er da tue, aber alles war still, und so fuhr er los, bog souverän auf die Straße und beschleunigte. Er wusste nicht, wohin er wollte, er fuhr durch das Stadtzentrum und über die Nybrua, weiter das Tal entlang, aus der Stadt, hinauf in Richtung Wald und Gebirge. Die alte Gebirgsstraße war schmal und kurvig, und er fuhr schnell, er war ein guter Fahrer und mochte den Nervenkitzel, es gefiel ihm, den Gefährlichkeitsgrad selbst bestimmen zu können. Die Straße schlängelte sich über Underbergsåsen und Afterhaugsåsen und Kveldemoberget nach oben, und die ganze Zeit über konnte er den Fluss sehen, schwarz und reißend und weiß schäumend. Die Straße folgte dem Flusslauf bis zur Baumgrenze, das wusste er. Schäbige Fichten und rohes schwarzes Gestein, und er fühlte sich im Auto zu Hause und war sich seiner selbst sicher. In einer scharfen Kurve musste er abbremsen, als ihm ein Lastwagen entgegenkam, die Bremsen kreischten, und er drehte heftig am Lenkrad. Einen kurzen Moment hatte er direkt in die Front des Lastwagens gestarrt, dann waren sie bereits wieder aneinander vorbei. Tief und durchdringend hörte er das aufgeregte Gellen der Lastwagenhupe durch das Tal klingen, während er weiterfuhr. Beide hatten einen Schrecken bekommen, und jetzt schrie er laut vor Erleichterung und fuhr noch schneller. Hier konnte er in jeder Kurve jemandem begegnen, und er begann, daran Gefallen zu finden, am Gefühl der Gefahr, am Gefühl, sterben zu können, es tat ihm wohl, irgendwo tief in seinem Inneren fühlte er, wie sich eine Art Ruhe ausbreitete. Er musste an unseren Cousin denken, der auf der Straße hinauf nach Dagali einen Frontalzusammenstoß verursacht hatte, Cato Evensen war berüchtigt dafür, zu schnell zu fahren, er hatte sich beide Knöchel gebrochen und ein Jahr lang nicht gehen können, und er prahlte vor jedem, der ihm zuhören wollte, in genau dieser Kurve sei ihm noch nie jemand entgegengekommen. Beim Gedanken an unseren Cousin fuhr er zunächst noch schneller, die Reifen quietschten in den scharfen Kurven, aber dann kamen die Gedanken an gebrochene Knochen und dauerhafte Invalidität, und das war nichts, was er wollte. Zu sterben hätte ihm nichts ausgemacht, aber körperlichen Ruin und Krankenhausaufenthalte wollte er vermeiden, er, der so große Angst vor dem Gefühl hatte, eingesperrt zu sein. Als er das Hochgebirge erblickte, nahm er die erste Abzweigung nach Pålsbu und zum Overbergshengslet. Bald befand er sich auf einer schmalen Schotterstraße, auf der sonst niemand fuhr, achtgeben musste er nur auf Schafe und andere Tiere, auch Rentiere gab es hier oben, er näherte sich der Baumgrenze, aufwärts, aufwärts, und die Steigung fühlte sich an wie die Verheißung von etwas Gutem. An einer Schranke musste er anhalten, aber sie war leicht zu öffnen. Eigentlich hätte er den Straßenzoll in eine Kasse stecken müssen, die dort stand, aber er hatte kein Geld dabei. Wenig später kam er zu einer Schranke, die mit einem Vorhängeschloss abgeschlossen war, er zog an der Kette und versuchte, sie vorsichtig zu lösen, aber sie ließ sich nicht öffnen. Für eine Weile blieb er in der kühlen Luft und der Dunkelheit stehen, dann fiel ihm auf, dass er die Schranke umfahren konnte, indem er über den Straßengraben auswich, der relativ flach war, und außerdem hatte jemand lange Bretter darüber gelegt, hier waren schon andere vor ihm gefahren, dachte er. Er ging ein Stück zu Fuß, trat mit seinen weichen Schuhen auf den Boden und kam zu dem Schluss, dass das Heidekraut den Untergrund stabil genug machte. Er setzte sich ins Auto und trat auf die Kupplung, bog von der Straße ab und gab Gas, das Auto fuhr durch die Heide bergauf, es funktionierte, er konnte ruhig und elegant an der Schranke vorbeifahren, es war unglaublich, alles, was er sich vornahm, gelang ihm. Er fuhr weiter ins Gebirge hinein, doch dann wurde er übermütig und verließ die Straße ein weiteres Mal, er wollte mit dem Mercedes übers Fjell fahren, das hatte vor ihm noch niemand getan, das war etwas, von dem er später würde erzählen können, in einem Leben, das auf ihn wartete, sobald die Zeit jetzt vorüber war. An einer Schräge gruben sich die Reifen durch das Heidekraut und bis tief in den sandigen Untergrund, er blieb stecken. Er gab Vollgas und hörte den Motor heulen, es ging nichts mehr, er versuchte rückwärtszufahren, auch das ging nicht, das Auto grub sich nur noch tiefer ins Erdreich. Der Mercedes konnte nur mit Hilfe eines Traktors oder Kranwagens befreit werden, und Runar beschloss, weiter ins Gebirge zu gehen und in eine Hütte einzubrechen, dort konnte er für ein paar Tage bleiben und dann von Hütte zu Hütte weitergehen, und vielleicht fing hier sein Leben an. Aber er hatte nur dünne Sommerschuhe an und kam nicht weit, in seinem Hemd fing er schon bald an zu frieren, und außerdem hatte er Angst im Dunkeln. Die hatte er schon immer gehabt, auch wenn niemand davon wusste. Er stellte sich Wölfe und Luchse vor, selbst der Gedanke an wilde Rentiere machte ihm Angst. Er ging zurück zum Auto und setzte sich auf den Fahrersitz. Nun saß ihm die Angst in den Gliedern, und er drehte den Zündschlüssel, um die Frontscheinwerfer einzuschalten, eine lange, blasse Schlucht aufgegebener Wirklichkeit leuchtete vor ihm auf. Er schaltete das Radio ein, es wurde nur klassische Musik gespielt, er wollte einen anderen Sender finden, Klassik war uns zu hoch, glaubten wir, Klassik ging zu weit, aber nun war Runar ja selber zu weit gegangen, also hörte er doch zu, der Klang eines einsamen Cellos füllte das Auto und bald auch jeden einzelnen Hohlraum seines Körpers. Er sank in seinem Sitz zusammen und saß dort, bis er einschlief, und als er wieder aufwachte, war es Morgen und die Autobatterie war leer, das Radio funktionierte nicht mehr.

An der Tankstelle hatte man große Stücke auf Runar gehalten, alle mochten ihn, sogar der sonst so schweigsame deutsche Mechaniker hatte sich gern mit Runar unterhalten. Keiner verstand, wie er so etwas getan haben konnte, irgendjemand musste ihn reingelegt haben, meinten sie, aber Runar schwor hoch und heilig, dass außer ihm niemand in die Sache verwickelt sei. Er wisse nicht, warum er es getan habe, sagte er, er wollte sich entschuldigen, war sich aber zu gut, die Entschuldigung auszusprechen, es verstand sich von selbst, fand er. Und er konnte nicht weiter an der Tankstelle arbeiten, das hätte nicht gut ausgesehen, meinte der Besitzer. Er war darüber so traurig, dass Runar ihn trösten und ihm versichern musste, dass es in Ordnung sei, dass er die Entscheidung nachvollziehen könne. Der alte Inhaber des Kinos, dem der Mercedes gehörte, war aufgebracht und konnte nur mit Mühe besänftigt und davon abgehalten werden, zur Polizei zu gehen. Und Kari-Kari hielt sich abseits, er stapfte nervös in der Werkstatthalle aus und ein und wartete darauf, dass der Mercedes zurückgebracht wurde, die Autos waren seine Verantwortung, weil er die Schlüssel verwaltete, und er fühlte sich verraten. Er war derjenige, dessen Gesicht nicht angenommen worden war, er war durch den Vorfall mit Runar zutiefst erschüttert und sollte es viele Jahre lang bleiben.

Lange Zeit lebte ich in der Erwartung, dass Runar sterben würde. Spätabends würde das Telefon klingeln und ihm würde etwas zugestoßen sein. Junge Männer starben damals häufig. Das tun sie noch immer, aber ich höre nicht mehr davon, Todesfälle junger Männer schaffen es selten in die Nachrichten. Aber damals, als ich noch ein Kind war und in Overberget lebte, hörte ich von dem jungen Skifahrer, der absichtlich die Piste verlassen hatte und in einen Bergwerkschacht gestürzt war. Die Mine hieß Louise, und ich dachte lange, er hätte ein Mädchen überfahren und beide wären bei dem Zusammenstoß gestorben. Die Louisenmine war über einen Kilometer tief, und der Schacht war mit scharfen hervorstehenden Steinen gespickt, sodass der Junge bereits während des Falls umgekommen war. Er hieß Henning Løver, und wir kannten ihn nicht, aber Runar kannte jemanden, der ihn gekannt hatte. Ivar erzählte von einem, der sich im Keller erhängt hatte, weil ihm sein Vater im Schlaf die Haare abgeschnitten hatte, er hieß Asbjørn Reinemo und war ein guter Gitarrist. Er war sechzehn und hatte sich die Haare lang wachsen lassen, er hatte sich geweigert, sie schneiden zu lassen, aber sein Vater war Lehrer an der Mittelschule und wollte nicht akzeptieren, dass sein eigener Sohn einer von diesen langhaarigen Hippies wurde. Und dann gab es noch einen, der einfach im Schlaf gestorben war, er hieß Harald Vestre und hatte etwas am Herzen gehabt. Er hatte eine Schwester, an deren Gesicht ich mich erinnere, sie hatte blasse Sommersprossen und ein freundliches Lächeln, sie hat mir immer leidgetan, aber sie wich meinem Blick aus, sie mochte es wohl nicht, bemitleidet zu werden. Einer, an dessen Name sich niemand mehr erinnert, fuhr sich auf einem Moped zu Tode, er fuhr mit geschlossenen Augen bei Vollgas über die alte Brücke und kollidierte mit einem Bus. Wir hatten auch von drei Jungen gehört, die im Fluss ertrunken waren, einer von ihnen war von der Brücke gesprungen, weil seine Freundin mit ihm Schluss gemacht hatte. Er hieß Bent Grinde, und alle nannten ihn *Bent out of Shape*. Die Freundin, die mit ihm Schluss gemacht hatte, zog aus der Stadt weg und wurde später Friseurin in Oslo. Und dann war da noch einer, der das Gewehr seines Vaters mit in den Wald nahm, sich den Lauf in den Mund steckte und abdrückte. Er wurde von seiner Großmutter gefunden, als sie Pfifferlinge sammelte. Sein Name dürfe in unserem Haus niemals erwähnt werden, erklärte Gladys feierlich, und heute erinnert sich ohnehin niemand mehr an ihn.

Aber Runar überlebte seine Jugend, er fand einen Weg aus ihr heraus. Eines Abends brach er bei den Nachbarn ein, in deren Haus es mehrere Tage lang dunkel gewesen war, sodass er dachte, sie wären im Urlaub. Er kletterte auf ihre Terrasse und brach mit einem Schraubenzieher die Tür auf, dann schlich er sich ins Haus und fing an, Schränke und Schubladen zu durchwühlen. Vielleicht hatte er die Idee von Hilmar, vielleicht war er einfach neugierig, vielleicht wollte er wissen, wie das Leben bei anderen Familien aussah. Es war das Haus der Martinsens, der Vater war Ingenieur und die Mutter Lehrerin, sie hatten zwei Söhne, die ein paar Jahre älter waren als ich, Terje und Even. Bei einem der wenigen Male, als ich mit ihnen spielte, bauten wir in einem Waldstück eine Hütte, und ich riss von den umliegenden Steinblöcken große Moosstücke herunter, um es uns rund um die Hütte schön zu machen, aber Terje rief: Halt, halt, wir dürfen die Natur nicht zerstören. Daran hatte ich nicht gedacht, und damals begriff ich, dass Terje und Even über mir standen, sie wussten mehr über die Natur und die Gesellschaft als ich. Ich schämte mich, ich tue es immer noch. Es war der Vater der beiden, Hans-Erik Martinen, der davon aufwachte, dass die Tür aufgebrochen wurde. Er kam im Pyjama ins Wohnzimmer und fand Runar über das Familienalbum gebeugt. Er sah davon ab, ihn bei der Polizei anzuzeigen, da er Karl aus der Fabrik kannte, sie hatten zusammengearbeitet, seit sie als junge Ingenieure in die Stadt gekommen waren.

Und so blieb Runar nur noch ein Ausweg, und zwar in Ivars Fußstapfen zu treten. Er ließ sich von der Luftwaffe anwerben, wo er kostenfrei eine Ausbildung zum Flugzeugmechaniker erhielt, es war ein guter Beruf und ein sicherer Weg in die Zukunft, meinte Gladys, sie war erleichtert und voller Erwartung in Bezug auf Runar, endlich würde alles in Ordnung kommen. Runar ließ sich einen dünnen Oberlippenbart stehen und kam in Uniform zu Besuch, sein Lächeln war steif und fremd, und ich habe ihn nie wieder lachen hören.

GLADYS PARKTE DAS AUTO SO ROUTINIERT, als hätte sie ihr Leben lang nichts anderes getan.

Sie durfte an einer Weiterbildung teilnehmen und in einem feinen Hotel wohnen, das war für sie ein Schritt nach oben, man habe ihr ein Vertrauen entgegengebracht, sagte sie und war stolz oder feierlich auf eine Art und Weise, die mich ärgerte, das merkte sie, solche Gefühle wollte ich bei ihr nicht gelten lassen. Aber dann war entschieden worden, dass ich mitkommen sollte, dass auch ich im Hotel schlafen sollte, das hatte von uns noch keiner getan. Was hinter dieser Entscheidung steckte und was sie mir nicht sagen konnte, war, dass Karl nicht mit mir allein sein wollte, er wollte für ihren Jüngsten nicht die Verantwortung übernehmen. Ivar war beim Militär, und an diesem Wochenende sollte außerdem Runar von zu Hause ausziehen, er hatte sich auf dieselbe Weise anwerben lassen wie Ivar, das wurde Runars Weg hinaus, oder hinein, in die Welt, das Militär sollte seine Rettung sein, und er wollte in Ruhe packen, er konnte nicht auf mich aufpassen, nicht jetzt. In Wahrheit wollten vermutlich beide verhindern, dass Gladys wegfuhr, sie wollten sie zu Hause behalten, also musste sie mich mitnehmen, weil sie sich nicht aufhalten lassen wollte, diese Chance war wichtig für sie. Ich war elf und durfte im Auto vorn sitzen, Gladys war nervös, weil sie in eine Stadt fuhr, in der sie noch nie gewesen war. Sie bat mich, ihr beim Lesen der Schilder zu helfen, und es funktionierte, sie nahm jedes Mal die richtige Abzweigung, und dann waren wir in der fremden Stadt angekommen, einer Küstenstadt, die sogar mitten im Zentrum voller weißer Häuser und großer Gärten war, sie fand den Weg zum Hotel, und als sie auf den Parkplatz abbog, war sie stolz.

– Das haben wir gut hinbekommen, sagte sie zu mir, und dann gingen wir hinein.

Unser Zimmer war größer als sie sich erhofft hatte, mit Teppichboden und Aussicht auf einen Park. Hinter dem Park konnte sie das Meer sehen, es schimmerte blau, und sie kam sich vor, als wäre sie im Urlaub. In Strümpfen ging sie durch das Zimmer, inspizierte das Bad und geriet außer sich über die Fliesen, über die Fußbodenheizung, die Badewanne und den ausziehbaren Schminkspiegel, sie kam zurück ins Zimmer und spazierte über den Teppichboden, sie öffnete jeden einzelnen Schrank und wunderte sich über den kleinen Kühlschrank, der Minibar genannt wurde, erschrak jedoch, als sie die Preise sah, wir durften auf keinen Fall etwas davon anrühren, auch nicht die Schokolade, wies sie mich an, die sei nämlich doppelt so teuer wie normal. Am Fenster stand ein Schreibtisch und daneben ein schöner weißer Drehstuhl, an der einen Wand stand ein Doppelbett mit Tagesdecke und großen Zierkissen, und an der gegenüberliegenden Wand ein Einzelbett aus Metall. Das war zusammenklappbar und so hoch wie ein Krankenhausbett. Es musste ein Missverständnis sein, sie hatte sich vorgestellt, dass wir gemeinsam im Doppelbett schlafen würden, sie würde morgens aufwachen und sich im Bett mit mir unterhalten, ehe wir zum Frühstück hinuntergingen. Aber sie sagte nichts, allzu groß war ihr Respekt vor dem Hotelpersonal, das sich um unseretwillen eine Extramühe gemacht hatte und ein großes Extrabett hereingerollt hatte, sie hatten Extrabettzeug mitgebracht und für mich das Bett bezogen, sie konnte nicht darum bitten, all das wieder wegzuräumen. Außerdem, dachte sie nun, war es vielleicht angenehm, ganz allein in dem großen Doppelbett zu liegen. Wir machten uns fertig. Das bedeutet, sie stand im Bad und schminkte sich, und ich wartete auf sie. Wir mussten hinunter zur Kurseröffnung, sie kam aus dem Bad und roch nach Parfüm, sie fragte mich, ob sie schön sei, und das war sie. Ich sagte es ihr, und sie konnte sehen, dass ich es ernst meinte, wie ein kleines Tier schmiegte ich mich an sie und wollte die weiche Haut an ihrem Bauch streicheln, das gefiel ihr weniger. Im Aufzug ließ sie mich auf den Knopf drücken, wir beide betrachteten sie im Spiegel, sie sah fremd und fantastisch aus mit der Schminke und dem neuen Kleid. Sie hatte mit den Seminarleitern vereinbart, dass ich neben ihr im Saal sitzen durfte. Ich musste still sein, aber darin sei ich doch gut, sagte sie. Aber als wir aus dem Fahrstuhl traten, spürte sie den Widerstand in mir, ich ging langsam, ich wollte nicht mit all den anderen Seminarteilnehmern in den großen Saal. Allmählich hatte sie es eilig, und sie sagte, ich solle bei der Tür auf sie warten, während sie mit der Dame am Empfang redete, und schließlich durfte ich im Empfangsbereich auf einem kleinen Sofa an einem kleinen Tisch in einer Ecke sitzen. Damit war ich zufrieden, und das war auch Gladys recht, es war ihr lieber, in der Menge aufzugehen als die eine Person zu sein, die ein Kind auf ein Seminar mitbringen musste. Ich hatte Donald Duck-Hefte mit, und meine kleinen Soldaten, mit denen ich seit Neuestem wieder spielte. Sie machte sich keine Sorgen um mich, sie wusste, dass ich allein spielen würde, dass ich nirgends hingehen würde, weil ich dafür viel zu vorsichtig war. Die Empfangsdame war jung und sah freundlich aus, sie brachte mir Limonade und fragte, ob es mir gut gehe. Das war ich in meinem Leben noch nie gefragt worden, und ich wusste nicht, was ich antworten sollte. Ich wünschte, sie wäre meine Schwester, aber ich stellte mir auch vor, dass sie die Person war, die ich werden würde, wenn ich meine Kindheit einmal hinter mir gelassen hatte. Sie war groß und schlank und hatte langes blondes Haar, all das stand damals hoch im Kurs, aber für mich war am wichtigsten, dass sie freundlich aussah, eine milde und sanfte Stimme hatte und selbstständig war. Sie stand am Empfang und konnte jedem helfen, der sie etwas fragte. Als es Zeit fürs Mittagessen war, kam Gladys mich abholen, ich ging mit ihr in den Speisesaal und holte mir Essen vom Büfett, aber ich wollte nicht bei Gladys und den anderen sitzen, ich wollte an meinem kleinen runden Tisch neben dem Empfang essen. Wieder kam mein Wunsch Gladys gelegen, denn so konnte sie sich mit den anderen unterhalten. Mich an diesem Wochenende dabeizuhaben war leichter, als sie sich erhofft hatte, aber sie empörte sich ein wenig darüber, dass ich lediglich zwei Scheiben Brot mit Salami und ein Glas Saft haben wollte, wo es doch Rührei gab, und Lachs, und wollte ich denn keine gekochten Eier, kein Roastbeef und keinen Schinken, weder Garnelen-, Waldorf- noch Heringssalat, und wie wäre es mit Kuchen oder Waffeln oder Plundergebäck, fragte sie, sie lachte mich aus und schüttelte den Kopf, und ich war beleidigt, das ging bei mir schnell, ich ertrug es nicht, auch nur im Entferntesten kritisiert zu werden, niemand durfte etwas über mich sagen, jeder erdenkliche Kommentar wurde von mir als Kritik aufgefasst. Ich war nicht auf die Idee gekommen, mir vom Büfett etwas anderes zu nehmen als Dinge, von denen ich wusste, dass ich sie mochte, aber für Gladys war der Hotelaufenthalt eine seltene Gelegenheit, das Leben zu genießen, sich ein wenig Luxus zu gönnen, wo doch alles bereits bezahlt war. Das war mir nicht in den Sinn gekommen, aber ich war zufrieden damit, an meinem kleinen Tisch zu sitzen und zu spielen. Später am Nachmittag bekam ich von der Empfangsdame noch eine Limonade und eine Schale Kekse, sie lobte mich und sagte, wie brav ich doch sei, das Kompliment konnte ich nur schwer annehmen, aber irgendwie gefiel es mir auch, und als sie wieder zurück zum Empfangsschalter ging, nahm ich das, was sie gesagt hatte, in mich auf und ließ die Situation in meinem Kopf erneut abspielen, wie sie sich zu mir herabgeneigt hatte, sodass ihr Haar nach vor gefallen war, und sie es mit geübter Hand gebündelt und ordentlich zurück auf den Rücken gelegt hatte. Sie duftete, vielleicht nach Kaugummi, vielleicht nach Lipgloss. Als Gladys mich abholen kam, sagte ich, dass ich jeden Tag im Hotel wohnen könnte, und da lachte sie, aber ihr Lachen klang nicht wie ihr gewöhnliches Lachen, es galt anderen als mir, für den Fall, dass uns jemand zugehört hatte, und somit war ich wieder gekränkt, aber davon merkte Gladys glücklicherweise nichts. Sie war allzu sehr damit beschäftigt, den Tag zu genießen und die Tatsache, dass alles so gut lief, sie bat mich, auf den Knopf zu drücken, mit dem man den Aufzug rief, und dann drückte ich auch noch auf den Knopf der dritten Etage.

Wir gingen gemeinsam in unser Zimmer, ich setzte mich auf den Stuhl am Fenster, und Gladys ruhte sich ein wenig auf dem Bett aus, sie hatte ihr Kleid über die Rückenlehne des Stuhls gehängt und räkelte sich in ihrer Nylonstrumpfhose. Sie hatte die Arme geöffnet und rief, das hier sei das Leben, unglaublich, dass wir in einem Hotel seien, nur wir zwei, und wie brav ich doch sei, dass ich so gut allein zurechtkäme. Sie setzte sich auf und wollte mit mir reden, das kannte ich schon, und manchmal tat ich ihr den Gefallen, sie wollte mir dann etwas erzählen oder mich dazu bringen, ihr etwas zu erzählen. Aber heute wollte ich nicht gestört werden, mein Spiel war seit Vormittag im Gange, und ich war zu sehr darin vertieft, um es jetzt zu unterbrechen. Ich hatte Rommels deutsche Wüstensoldaten mitgebracht und die englischen Soldaten, darunter auch ein paar bandagierte Soldaten auf Tragbahren. Gladys lag da und hörte mir eine Zeitlang zu, mein Mund ahmte Gewehrlaute und Todesröcheln nach, sie mochte dieses Spiel nicht – all dieses Töten! –, hatte es aber aufgegeben, mich davon abbringen zu wollen. Sie nickte ein, nur ganz leicht, sie konnte mich im Hintergrund noch hören, ließ sich aber für einen Augenblick in die Tiefe sinken, dort verschwand sie, und die Leere war dunkel und mild. Kurz darauf wachte sie wieder auf und musste sich fürs Abendessen fertig machen. Sie entschied, dass ich auf dem Zimmer essen würde, das war mein eigener Vorschlag gewesen, ich wollte fernsehen und hatte keine Angst davor, allein zu sein, es war mir sogar lieber, das wusste sie. Sie schminkte sich und zog das helle Kleid mit dem dünnen Bindegürtel an, den ich so sehr mochte, mit den weichen Quasten an den Enden, diese Quasten befühlte ich jedes Mal, wenn ich vor ihrem Schrank stand und ihre Kleider durchsah, und dazu die hellen hochhackigen Schuhe, über die ich sie hatte klagen hören, weil sie drückten, aber es waren die schönsten Schuhe, die sie besaß. Sie gab mir einen Kuss und hinterließ absichtlich einen großen Lippenstiftabdruck auf meiner Wange. Sie sagte, ich müsse ins Badezimmer mitkommen und in den Spiegel schauen, aber ich wollte nicht, ich wusste, wie ein solcher Abdruck aussah, immerhin war es nicht das erste Mal, dass sie mir einen Kussmund auf die Wange gemacht hatte, und dann fragte sie, ob sie ihn abwaschen solle, aber auch das wollte ich nicht. Ich wusch mich nicht gern, ich versuchte, es stets zu vermeiden. Sie war erleichtert und aufgeregt und erzählte mir, später am Abend würde es ein Tanzprogramm geben, mit einem richtigen Tanzorchester, sie nannte den Namen der Gruppe, aber ich hatte nie davon gehört, ich hörte nur Suzi Quatro, sie spielte Bassgitarre und trug einen Lederanzug. Gladys war sich nicht sicher, ob sie ein schlechtes Gewissen haben sollte oder nicht, alles ging wie von selbst, mich dabeizuhaben war so einfach, und sie beteuerte, sie würde mehrmals am Abend nach oben kommen und nachsehen, ob alles in Ordnung sei. Kannst du dich allein amüsieren?, fragte sie, und ich antwortete etwas säuerlich, ich wollte in Ruhe gelassen werden, aber Gladys schien den Ton nicht zu bemerken, vielleicht dachte sie gar nicht darüber nach, wie ich mit ihr redete, eine Frau, die drei Jungs großgezogen hatte, konnte sich nicht erlauben, empfindlich zu sein. Sie vergewisserte sich, dass die Tür abgeschlossen war und niemand hereinkommen konnte, und dann stieg sie zum ersten Mal an diesem Tag allein in den Aufzug und fuhr hinunter. Im Fahrstuhlspiegel studierte sie ihr Gesicht und ihre Figur auf das Genaueste, es gab vieles, was sie an sich nicht mochte, vor allem die Haare waren problematisch, aber sie war darauf eingestellt, mit sich zufrieden zu sein, und diesmal gelang es ihr. Im Grunde genommen, sah sie gar nicht so übel aus, fand sie. Dann trat sie hinaus in den Abend und kam nur einmal zu mir ins Zimmer zurück, wo ich im Drehsessel saß und eine Detektivserie schaute, ich hatte Hähnchen und Reis gegessen und Limonade getrunken, meine dritte an diesem Tag, ich freute mich darauf, es zu

Hause Runar zu erzählen. Sie hatte beim Essen ein paar Gläser Wein getrunken und vermied es, mich zu küssen, damit ich den Geruch nicht bemerkte, sie hatte Angst, sie könnte fremd auf mich wirken und mich dadurch verunsichern. Wir einigten uns darauf, dass ich ins Bett gehen würde, sobald die Detektivserie zu Ende war, und dann kam sie nicht mehr ins Zimmer zurück, sie hatte Angst, mich zu wecken, falls ich eingeschlafen sein sollte, und außerdem amüsierte sie sich unten zu sehr, sie hatte sich mit zwei Frauen aus Heringsund angefreundet, sie waren ebenfalls Sekretärinnen und hießen Jorunn Evju und Sally Skalstad, mit beiden sollte sie nach diesem Abend noch viele Jahre in Kontakt bleiben, besonders mit Jorunn Evju. Sie mochten sich, diese drei, sie lachten laut und gaben einander ein Gefühl der Freiheit. Zwischendurch kamen Männer an ihren Tisch und forderten sie zum Tanzen auf, die meisten Einladungen nahmen sie an, aber nicht alle, ein dünner Kerl mit lila Hemd und straßenköterfarbenem Haar über den Ohren kam und forderte sie eine nach der anderen auf, und sie lachten ihn aus, gar nicht boshaft, wie sie selbst fanden, aber sein Übereifer brachte sie nun mal zum Lachen. Gladys ging auf die Toilette, hauptsächlich, um Luft zu schnappen und ein wenig allein zu sein. Auf dem Weg dorthin warf sie einen Blick in einen Saal, in dem das Abendprogramm eines anderen Seminars stattfand, ganz ohne Tanz, allem Anschein nach wurden nur Reden gehalten. Sie erkannte mehrere Gesichter aus der Fabrik, sie kamen alle aus Overberget, stellte sie fest. Sie war unsicher, ob sie hineingehen und sie begrüßen oder ihnen aus dem Weg gehen sollte, sie entschied sich für Letzteres, eine untypische Wahl für sie, aber immerhin befand sie sich gerade mitten in einem Abenteuer, sie fühlte sich wie neugeboren, und dieses Gefühl wollte sie sich bewahren. Sie wusch sich die Hände und sah in den Spiegel, achtete aber darauf, sich nicht allzu gründlich zu mustern, sie war immer noch zufrieden mit dem, was sie sah, und als sie die Treppe wieder hinaufging, erblickte sie Gunnar, der auf dem oberen Treppenabsatz auf sie wartete. Er trug einen Anzug und eine breite Krawatte, seine Schuhe waren neu, wie ihr auffiel, aber er hätte einen Haarschnitt vertragen können, seine Haare waren im Nacken zu lang und auch nicht gerade frisch gewaschen. Vermutlich hatte er sie beim Hinuntergehen gesehen und dann an der Treppe gewartet, bis sie wieder hochkam. Jetzt gab er sich überrascht, aber sie kannte ihn gut, er konnte ihr nichts vormachen. Er wollte sie umarmen, und das war in Ordnung, eine Umarmung sollte er ruhig haben, und sie unterhielten sich ein wenig, unbeschwert, wie früher. Über nichts reden, das war etwas, das sie beide zu schätzen wussten, sie redeten darüber, wie schön das Hotel war, über jemanden aus Gunnars Seminar, den sie ebenfalls kannte, Gunnars ehemaligen Nachbarn und Kollegen, der zu viel getrunken hatte und vor dem Abendessen hatte ins Bett gehen müssen. Dann wurde Gunnar von jemandem gerufen, und er entschuldigte sich, das hätte er früher nie getan, er setzte einen gekünstelten Gesichtsausdruck auf und sagte, er müsse leider gehen. Er wollte ihr wahrscheinlich zeigen, wie weit er es gebracht hatte, und das gönnte sie ihm gern, abgesehen davon war es ihr recht, ihn loszuwerden, denn sie wollte wieder zurück zu Jorunn und Sally. Es wurde allmählich spät, sie war von den vielen Eindrücken müde und sehnte sich nach Schlaf, aber ihre Freundinnen wollten in Jorunns Zimmer weiterfeiern, an der Bar kauften sie eine Flasche Rotwein, das fühlte sich großartig und verantwortungslos an. Im Aufzug zu Jorunns Zimmer lachten sie laut, es lag im achten Stock, fast ganz oben, was Jorunn eine gewisse Würde verlieh, die sie gern einkassierte, sie prahlte mit der Aussicht und sagte, jetzt sollten sie sich auf etwas gefasst machen. Ein Mann mit Brille und blank polierter Glatze stand mit ihnen im Aufzug, er lächelte gutmütig und machte einen netten und etwas unbeholfenen Eindruck, aber als sie ausstiegen, fragte er, ob er mit ihnen aufs Zimmer kommen dürfe. Völlig ausgeschlossen, antwortete Jorunn, auf dieser Party seien nur Frauen zugelassen. Und darüber lachten sie im Nachhinein, es war einer von diesen Abenden, an denen man über alles Mögliche lachen konnte, und mit ihrem lauten, freien Lachen schufen sie um sich herum einen Raum der Sicherheit. Gladys wurde müde vom vielen Wein, die anderen ebenso, sie zügelten sich ein wenig und redeten eine Zeitlang über ernste Dinge, über Männer und Kinder und Ehen und Schwierigkeiten in der Arbeit, über manches lachten sie, und bei manchem anderen war ihnen nicht zum Lachen zumute, und irgendwann saß Sally da und weinte lautlos und mit geschlossenen Augen, große Tränen kullerten über ihre Wangen, und sie wischte sich nicht einmal das Gesicht ab, die Tränen rannen von ihrem Kinn auf die Bluse herunter, und das gefiel Gladys nicht, das ging ihr zu weit. Aber dann sagte Jorunn etwas Lustiges, und bald waren sie wieder in Fahrt, sie lachten und glätteten, so gut es ging, die Wogen, alle drei, und dann wünschten sie einander eine gute Nacht und gingen auf ihre Zimmer. Gladys fuhr mit dem Aufzug in die dritte Etage, und als sich die Fahrstuhltür öffnete, stand Gunnar wieder da und wartete. Diesmal hielt sie es für einen Zufall, aber daran glaube ich nicht, Gunnar erzählte, er sei auf dem Weg in sein eigenes Zimmer gewesen und im falschen Stock ausgestiegen. Er selbst wohne im vierten Stock, nur einen Fußboden über dir, sagte er, und Gladys antwortete Ja, oder eher eine Decke, denn dein Fußboden ist wohl meine Decke, sagte sie, und dann lachten sie beide, vor allem er lachte, und dabei kam er ihr etwas zu nahe. Er legte seine Hand auf ihre Schulter, die gewöhnliche haarige Hand, die sie gut kannte, er wollte wissen, in welchem Zimmer sie wohnte. Sie erkannte den Geruch von Alkohol und Zigaretten, und auch in seinen großen blauen Augen war etwas, das sie wiedererkannte, ein egoistisches Glühen. Sie bereute, was sie über Fußboden und Decke gesagt hatte, noch während sie es gesagt hatte, war ihr bewusst geworden, dass das ein falsches Signal sendete, denn das hier war nichts, was sie wollte, aber warum sagte sie es dann? Ich bin es, der diese Frage stellt, nicht Gladys, sie selbst schob es einfach weg und sagte, sie sei müde und müsse ins Bett, aber auch das war ein Fehler, denn jetzt hatte sie ihm das Bild des Bettes vor Augen gebracht, das Bild von ihr in diesem Bett. Er sagte, er wolle sie zu ihrem Zimmer begleiten, und sie antwortete, das sei nicht nötig, aber das nutzte nichts, sie war losgegangen (warum wartete sie nicht, bis er weg war?), und er mit ihr. Er legte die eine Hand auf ihren Unterarm, als würde er sie führen, es war spürbar, dass er die Hand am liebsten hätte weiterwandern lassen und seinen Arm um ihre Hüfte gelegt hätte, aber das traute er sich nicht, denn dann hätte sie sich losreißen und ihm sagen können, er solle das lassen. Aber was diese Hand am Unterarm anging, war jetzt nichts mehr zu machen, sie hätte sofort reagieren müssen, aber er hatte ihren Arm ergriffen, ohne dass sie es bemerkt hatte, das war typisch Gunnar, er war immer schon etwas hinterhältig gewesen. Er begleitete sie bis zur Tür, und sie versuchte zu sagen, hier ist es, jetzt muss ich mich reinschleichen, um Titti nicht zu wecken, falls er denn überhaupt schläft. Sie schloss die Tür auf, wollte schnell hineingehen, aber Gunnar schlüpfte mit ihr ins Zimmer, wie war ihm das gelungen, sie wusste es selbst nicht, aber als sich die Tür hinter ihnen schloss, stand er mit ihr gemeinsam im Zimmer, sie standen dort in dem kleinen Flur, wo ihr Mantel hing, sie stolperten über die Schuhe, die dort standen, es war ziemlich dunkel, und sie hörten, dass ich schlief, ein schwerer und regelmäßiger Atem, sie hatte gehofft, dass ich wach sein würde. Und es war finster, aber sie gewöhnten sich an die Dunkelheit, bald konnten sie einander ziemlich deutlich sehen. Völlig ratlos hatte sie sich auf das Fußende des Bettes gesetzt, und Gunnar beeilte sich, es ihr gleich zu tun. Sie flüsterte, er müsse jetzt gehen, jetzt wolle sie schlafen, und er sagte, das würde er tun, bald würde er gehen, aber könnten sie nicht zuerst noch ein wenig nebeneinanderliegen. Psst, sagte sie, das war ihr nächster Fehler, sie hätte ihm sofort sagen müssen, er solle gehen, ich will dich nicht hierhaben, hätte sie sagen müssen, aber sie sagte nur Psst, und er folgte ihr, er fing an zu flüstern, ein lautes und eindringliches Flüstern in dem halbdunklen Zimmer, aber er tat, was sie von ihm wollte, und somit hatte sie ihn noch näher an sich herangelassen, und es wurde noch schwieriger, ihn loszuwerden.

Von diesem Flüstern muss ich aufgewacht sein, wenn man es denn ein Flüstern nennen kann, denn nach einer Weile vergaß sich Gunnar und sprach leise, aber eindringlich mit heiserer und gekünstelter Flüsterstimme, er wollte etwas, ich verstand nicht, was, aber ich begriff, dass er es war, Gunnar, also mein Vater, er war hier, zusammen mit Gladys in unserem Zimmer. Und er wollte etwas von ihr. Ich verstand, dass sie versuchte, es ihm auszureden, ich hörte, dass sie versuchte, ihn zum Gehen zu bewegen, sie wollte ihn nicht dort haben, und dann hörte ich ihr Nachgeben, und als sie nachgab, war es, als hätte sie schon vor langer Zeit nachgegeben, als wiederholte sie etwas, das bereits viele Male zuvor passiert war. Ich lag ganz still in dem hohen Bett, ich versuchte, wieder einzuschlafen, aber es ging nicht, ich hörte sie sagen, na gut, aber nur kurz, und dann hörte ich, dass drüben in dem großen Bett etwas passierte. Ich hörte sie fragen, was machst du da, hörte sie sagen, er solle das lassen, hörte sie Nein sagen, ich will das nicht, und ich hörte sie andere Dinge zu ihm sagen, Dinge, die ich niemals irgendjemanden hatte sagen hören, eine Art zu reden, die ich mir niemals hätte vorstellen können, und ich hörte Gunnar winseln und betteln und Gladys, die sagte, das komme nicht in Frage, und Gunnar, der sagte, nur ein letztes Mal um der alten Zeiten willen, und Gladys, die sagte, damit sind wir fertig, wir zwei, das fand er erregend, das hätte sie wissen müssen, und in ihrem Tonfall lag etwas Fremdes, es war, als scherzte sie mit ihm, und das gefiel ihm, und er sagte ihr, wie schön sie sei, und Gladys antwortete, wenn er das fände, dann hätte er es ihr früher zeigen können, und darauf sagte er ja, ja, ja, aber ich kann es dir jetzt zeigen, und so weiter, ich versuchte, mir die Decke über den Kopf zu ziehen, und ich versuchte wirklich, nicht zuzuhören, aber alles, was sie zueinander sagten, brannte sich in mir ein, jedes einzelne Wort, und auch die Art und Weise, wie sie es sagten, und niemals hätte ich mir vorgestellt, dass so etwas passieren konnte, sein Winseln und ihr Nachgeben, und die Art und Weise, wie sie nachgab, und die Dinge, die sie zu ihm sagte, damit er schnell machte, die Dinge, die sie sagte, die ihn nur dazu brachten, noch mehr zu jammern und ihren Namen zu sagen, wieder und wieder, und wie er dann plötzlich einen lauten und dummen Schrei ausstieß, ehe sie ihm die Hand über den Mund gelegt und ihn dazu gebracht haben muss, still zu sein. Und ich wollte nicht, aber ich konnte es riechen, es war der widerlichste Geruch, den ich jemals gerochen hatte, er erinnerte an Schweiß und Pisse und feuchtes Moos und verbrannte Nüsse, er erinnerte auch noch an etwas anderes, und ich habe diesen Geruch im Übrigen seither nur ein einziges Mal gerochen, da war ich bereits erwachsen, und damals wurde mir klar, das hier kann ich nicht, das ist nichts für mich. Ich hatte immer schon geahnt, dass es ekelhaft sein würde, aber das Allerschlimmste war die Erinnerung an den Geruch im Hotelzimmer, wo ich mit dem Kopf unter der Decke lag, um nicht hören zu müssen, und ich hörte trotzdem, und es war, als hörte ich meine eigene Zeugung, denn so war ich gemacht worden, von diesen beiden, und sein jämmerliches Winseln hätte ich mir niemals vorstellen können, aus diesem Winseln war ich gekommen, aus dieser erbärmlichen Stimme, die ah, ah, ah, ah sagte, und dann wieder ihren Namen, und mit mir passierte etwas, von dem ich absolut nicht wollte, dass es passierte, und ich weiß nicht, ob es aufgrund dessen geschah, was drüben im Doppelbett gesagt wurde oder aufgrund des ekelhaften Geruchs, den ich wahrnahm, obwohl ich das Gesicht in mein Kopfkissen drückte, oder ob es ein biologischer Reflex war, weil es menschlich ist, Dinge anderen Menschen gleichzutun, auch wenn man es gar nicht möchte, aber dort im Dunkeln unter der Decke passierte etwas mit mir, etwas, von dem ich bislang nichts gewusst hatte, und dann muss ich eingeschlafen sein. Als ich aufwachte, war es Morgen, und Gladys war im Bad und duschte, und mein Laken war nass, und die Decke war nass, und die Unterhose war ebenfalls nass, ich hatte ins Bett gemacht. Ich war zu groß, um ins Bett zu machen, und so stand ich auf und breitete die Decke über alles, was nass war, ich wollte nicht, dass Gladys es sah. Ich wechselte die Unterhose und zog mich an, und dann kam Gladys aus dem Bad, und sie merkte nichts, sie war wie immer, und sie packte ihren Koffer, und ich packte meinen Rucksack, und wir gingen hinunter und frühstückten, und diesmal half sie mir bei der Auswahl, ich bekam warme Brötchen und dicke Scheiben Käse und gekochte Eier und Joghurt und heißen Tee mit Milch, und als wir hinaus zum Auto gingen, konnte ich die Schachtel mit meinen Soldaten nicht finden, ich hatte meinen Rucksack zu schnell gepackt, also redete Gladys mit der netten Frau am Empfang, und sie gab mir den Schlüssel, und ich fuhr allein mit dem Lift in den dritten Stock, ich fand unser Zimmer, die Tür stand offen, und es war jemand drinnen, eine erwachsene Frau mit dunklen Haaren und Lippenstift, und sie lächelte mich an, sie hatte das große Krankenhausbett abgezogen, und jetzt lag das Bettzeug in einem großen Korb, und es war leicht zu sehen, dass es nass war und dass die Matratze, auf der ich gelegen hatte, ebenfalls nass war, was würde sie jetzt damit machen, und sie lächelte mich an, und ich murmelte an ihr vorbei, dass ich nur etwas holen wolle, die kleine Schachtel mit den Soldaten, die auf dem Tisch stand, und ich nahm sie zwischen beide Hände und verließ das Zimmer, und die ganze Zeit über lächelte die Frau mich an, sie wusste alles, glaubte ich, nicht nur, dass ich ins Bett gemacht hatte, sondern das andere auch, sie wusste, was mir unter der Decke passiert war, und sie wusste auch, was in dem Doppelbett passiert war, das kann sie nicht gewusst haben, aber ihr Lächeln hat mich jahrelang verfolgt, nein, das stimmt nicht ganz, denn was mich eigentlich verfolgte, war Gunnars dümmliches Wimmern, das wollte ich nie wieder hören, von niemand anderem und schon gar nicht von mir selbst, und das ist mir tatsächlich gelungen.

Auf der Heimfahrt saß Gladys im Auto und sang, sie konnte nicht besonders gut singen, aber sie tat es trotzdem, sie wollte sich selbst und mir zeigen, dass es uns gut ging, wir hatten in dem feinen Hotel übernachtet, und ich war allein klargekommen. Und sie war ebenfalls zurechtgekommen, sie hatte ihren Kurs erfolgreich absolviert, es war nicht schwierig gewesen, sie hatte sich nicht blamiert, und obendrein hatte sie zwei neue Freundinnen gefunden. Sie hatte ein schlechtes Gewissen, weil sie nicht zu Hause geblieben war und Runar beim Packen geholfen hatte, wo er doch jetzt zum Militär gehen sollte, aber viel würde er ohnehin nicht mitnehmen, sagte sie zu sich selbst, oder zu mir, und jetzt würde sie wenigstens früh genug zurückkommen, um für ihn kochen zu können, bevor er am Abend zum Zug musste. Ivar war längst erwachsen, und nun war Runars Jugendzeit vorüber, und bald würde wohl auch ich kein Kind mehr sein, dachte sie. Ich saß tief in meinem Sitz und beobachtete die Landschaft draußen, Gladys blickte zu mir und dann auf ihr Spiegelbild, ihr Leben war dabei, sich zu verändern, das gefiel ihr. Sie fand, dass ich still war, und versuchte, mich aufzumuntern. An das, was in der Nacht im Hotel passiert war, dachte sie nicht, und das tat auch ich nicht, wir ließen es hinter uns, und während der darauffolgenden Monate und Jahre hielt sie Gunnar auf Distanz. Das passierte ganz von allein, er hatte vermutlich von selbst begriffen, dass es für ihn nicht mehr zu hoffen gab, und wahrscheinlich war er zufrieden, ich glaube, er hatte das Gefühl, es Karl endlich heimgezahlt zu haben. Für Gladys war das, was in jener Nacht geschehen war, eine Art Missgeschick ohne größere Bedeutung, sie hatte nachgegeben, weil sie Gunnar gegenüber ein schlechtes Gewissen gehabt hatte, und vielleicht auch, weil sie es gewohnt war, ihm nachzugeben. Oder vielleicht hatte sie beschlossen, dieses eine Mal mit ihm zu schlafen oder sich von ihm beschlafen zu lassen, wie auch immer man es nennen will, weil es eine Möglichkeit war, die Geschichte von Gunnar und Gladys abzuschließen, für sich, und auch für ihn, so ähnlich mag sie gedacht haben. Aber sie hat Gunnar niemals richtig gehen lassen, sie fühlte sich für ihn verantwortlich und lud ihn weiterhin zu uns nach Hause ein, zum Beispiel am 23. Dezember, dem Tag, an dem Karl jedes Jahr zu seiner Familie fuhr, oder zu seiner alten Familie, zu Monika und den Mädchen, wie er sagte. Dann kam Gunnar zu uns und klingelte an der Tür und saß für ein paar Stunden am Kopfende des Tisches und bekam Weihnachtsessen vorgesetzt, und eine Flasche Bier und ein Glas Aquavit und ein wenig Kaffee, und dann ging er wieder zu sich nach Hause. Er brachte Geschenke mit, die wir am nächsten Tag öffneten, und es waren immer schöne Geschenke, unpersönlich, aber teuer. Das Auffallende war, dass er bei diesen Anlässen nie mit uns redete, sondern sich immer nur an Gladys wandte. Ivar war davon überzeugt, dass sich Gunnar vor uns schämte und schlicht und einfach nicht wusste, wie er mit uns reden sollte. Es ist typisch für Ivar, Gunnar in Schutz zu nehmen. Zu Gladys redete Gunnar immer wie ein Wasserfall über Dinge, die zwar primär nur ihn interessierten, zugleich aber auch sie ein kleines bisschen interessiert haben könnten. Sie redeten darüber, was sie im Fernsehen gesehen hatten und über alte Bekannte und darüber, was ihnen am Stadtbild missfiel, etwa der neue Zubau am Bahnhofsgebäude, dessen Farbe viel zu grell war und nicht zum Rest passte, und über das Wetter, niemals aber über Politik und nie über Dinge, die sich persönlich anfühlten. Sie saßen gemeinsam mit uns am Tisch und aßen und prosteten einander zu, und Gunnar lobte das Essen, und Gladys bedankte sich, und sie sahen beide zufrieden und normal aus, so, wie man es sich von Eltern eben erwartet.

Ich stelle mir Gunnar vor, Gunnars Tage, die Monate und Jahre im Leben eines Mannes, der seine Kinder nicht sieht, der fast nie mit ihnen redet, ich versuche, mir vorzustellen, wie sein Leben während all dieser Jahre ausgesehen hat, und das Einzige, was ich sehe, ist ein nackter Mann, der mitten in der Nacht allein in einer kleinen Küche steht, und er brät etwas an, er steht mit Bratpfanne und Pfannenwender am Herd, und die Pfanne ist viel zu heiß, genau wie damals, als wir noch bei ihm wohnten, jedes Mal, wenn er Koteletts briet, verbrannte er sie, sie wurden schwarz an den Rändern, in meiner Vorstellung steht er völlig unbeirrt in der Küche und wendet ein verkohltes Fleischstück in der Pfanne, und ich weiß, es ist sein eigenes Herz, das er da in der Pfanne brät, und er wird es essen, er wird sich an den Tisch setzen und mit Messer und Gabel Stücke davon abschneiden und mit offenem Mund sein eigenes Fleisch kauen und alles aufessen, bis der Teller endlich leer ist.

GUNNAR TRUG EIN HELL GESTREIFTES HEMD und eine helle Terylenhose und an den Füßen helle Mokassins von der Art, wie sie bei Männern seines Alters und seines Auftretens besonders beliebt waren, Schuhe ohne Schnürsenkel, in die er einfach hineinschlüpfen konnte, aus weichem Leder oder Kunstleder und mit einem Zierstreifen aus Fransen auf dem Spann.

In den letzten Tagen hatte es geregnet, aber dieser Vormittag versprach warm zu werden. Es war Frühsommer, und die Schulferien hatten gerade begonnen. Er fuhr mit seinem neuen Auto ins Stadtzentrum und parkte, unter normalen Umständen wäre er seit knapp einer Stunde bei der Arbeit gewesen, aber nun galten keine normalen Umstände mehr. Er ging in eines der neuen Cafés und bestellte einen schwarzen Kaffee mit zwei Zuckerwürfeln, damit setzte er sich an einen Tisch am Fenster und blieb dort sitzen, solange er konnte. Seine Aufgabe war jetzt, den Tag rumzubringen. Sein ganzes Leben lang hatte er gearbeitet, er konnte sich nicht erinnern, jemals an einem Vormittag in der Woche in einem Café gesessen zu haben. Hatte er das Gefühl, von allen angestarrt zu werden, weil er dort saß? Es war nicht seine Art, so zu denken, er war in seiner eigenen Welt, in der es vor allem darum ging, lästige Gedanken fernzuhalten. Nach einer Stunde erschien es ihm angebracht zu gehen, also spazierte er die Straße hinunter in Richtung der großen Blumenrabatten und der Grünflächen mit Zwergkiefern, die am Kreisverkehr zur Bundesstraße angelegt worden waren. Dort hatte er ein paar Jugendliche beim Jäten der Beete gesehen, sie jobbten über den Sommer in den Grünanlagen, und er nahm an, dass ich einer von ihnen war.

Er ging über das frisch gemähte Gras, das nach dem Regen noch feucht war, er bemerkte die losen Grashalme nicht, die an seinen Schuhen haften blieben und grüne Flecken auf dem weißen Leder hinterließen. Diese Grasflecken würden schwer zu entfernen sein, und er entdeckte sie erst viel später, als er abends seine Schuhe auszog. Es würde ein langer Tag werden, von nun an würde jeder Tag lang werden, so schien es. Er ging auf den Wall mit den kleinen Kiefern zu, dort standen drei Jugendliche mit einer Art Spaten über die Erde gebeugt, zwei von ihnen waren Mädchen mit Pferdeschwänzen und der dritte ein Junge mit wildem, ungepflegtem Haar, das war ich, er hatte richtig gesehen, als er vorhin vorbeigefahren war. Irgendwann im Frühjahr hatte Gladys ihn angerufen und ihm erzählt, sie habe mir einen Sommerjob verschafft, sie hielt ihn weiterhin über alles, was geschah, auf dem Laufenden. Und jetzt wollte er mich besuchen, er wusste nicht warum, es war eine Eingebung, vielleicht hatte er die vage Intention, mir zu erzählen, was passiert war, oder vielleicht musste er einfach mit irgendjemandem reden, wer auch immer es sein mochte. Und ich war immerhin sein Sohn. Von seiner Familie war nicht mehr viel übrig. Sein Vater war tot, seine Mutter so alt, dass er nicht mehr auf sie zählen konnte, auch wenn sie auf ihn zählte, und sein Bruder war vor einigen Jahren an einer mysteriösen Krankheit gestorben, die möglicherweise erblich war. Gunnar hatte nach seiner Scheidung von

Gladys nicht mehr geheiratet. Einmal hatte Ivar ihn danach gefragt – Hast du nicht dran gedacht, wieder zu heiraten, es sieht nicht so aus, als ob das Alleinsein das Richtige für dich wäre? –, und Gunnar hatte geantwortet: Ich *war* schon mal verheiratet. Das war eine gute Antwort, fand er, da sie jedem weiteren Gespräch zu diesem Thema einen Riegel vorschob. Er hielt an Gladys fest, oder er hielt daran fest, wer er bis zu dem Zeitpunkt gewesen war, als Gladys ihn verlassen hatte, er wollte sich nicht Bedingungen unterwerfen, die er nicht selbst gewählt hatte.

Ich sah ihn näher kommen und hoffte, er würde umkehren, aber er ging zielstrebig und merkwürdig langsam über den flachen Rasen. Er war es nicht gewohnt, auf derart weichem Untergrund zu gehen, normalerweise ging er immer nur auf Asphalt. Hier war er für jedermann sichtbar, er schaute in meine Richtung und hoffte, dass ich ihn erkennen würde. Die beiden Mädchen entdeckten ihn zuerst und betrachteten ihn kurz, sie wirkten nett, fand er, aber da sie ihn nicht kannten, beugten sie sich wieder über ihre Jätarbeit. Und ich sah ihn nicht an. Als er endlich bei mir angekommen war und am Fuß des Walls stand, blickte ich noch immer nicht auf, mit umständlichen Bewegungen harkte ich Löwenzahn aus der Erde und schaute in eine andere Richtung, ehe eines der Mädchen mich anstupste. Da musste ich mich schließlich aufrichten und zu ihm schauen, und er merkte, dass ich mich am liebsten gleich wieder hinuntergebeugt hätte, aber das konnte ich nicht, trotz allem. Ich legte die Unkrautharke weg und zog die Handschuhe aus und ging zu ihm hinunter, jeder Schritt war für mich eine Niederlage. Wir sagten beide hallo, er stand mit halb offenem Mund und zusammengekniffenen Augen da, zog ein Zigarettenpäckchen aus seiner Hosentasche und klopfte eine verbogene Zigarette heraus, die er mit einem roten Einwegfeuerzeug anzündete, und mit dieser Handlung zeigte er mir, dass er vorhatte, für eine Weile zu bleiben und zu reden. Hierauf reagierte ich, indem ich etwas weiter auf die Wiese hinaustrat, weg von den beiden Mädchen, ich wollte nicht, dass sie uns hören konnten. Das erschien ihm unnötig, aber er kam mir hinterher, stapfte mit seinen weichen Mokassins durch das feuchte Gras, und dann stand er da und rauchte und fragte mich nach meiner Arbeit. Ich antwortete auf seine Fragen, hielt mich jedoch kurz, ich sah ihn aufgebracht an, als wollte ich sagen *sag, was du zu sagen hast, bringen wirs hinter uns, und dann geh*. Ich wollte nicht dort stehen und mit ihm reden, aber das war ihm egal, er ließ sich nichts anmerken, er konnte es sich nicht leisten, darauf Rücksicht zu nehmen.

– Ist was passiert?
– Passiert? Aber nein.
– Warum bist du nicht in der Arbeit?
– Ich bin krankgeschrieben.

Das stimmte in gewisser Weise, auch wenn es von der ganzen Wahrheit weit entfernt war, und als er mich mit seinen hellen wässrigen blauen fragenden Augen ansah, wirkte es wie eine Bitte um Widerspruch.

– Bist du krank? Ist es was Ernstes?
– Rückenschmerzen.
– Rückenschmerzen?
– Ja.
– Warum?
– Hexenschuss.
– Hexenschuss?
– Hexenschuss, weißt du nicht, was das ist?
– Aber es sieht nicht gerade so aus, als hättest du Schmerzen, du gehst doch ganz normal.

Die Zigarette rettete ihn, er inhalierte und ließ den Rauch wieder heraus, eine graue Wolke wuchs aus seinem halb offenen Mund empor und blieb in der Luft zwischen uns hängen, und obwohl er die Augen nicht von mir wandte, sah er mich nicht an, er blickte in sich hinein, in die Wolken, die sich dort befanden, oder er konzentrierte sich auf die Zigarette und wartete, dass der Augenblick vorüberging.

– Ich habe Schmerzmittel bekommen.

Es war offensichtlich, dass er log. Das war auch ihm klar, aber er war es gewohnt, sich die Wahrheit zurechtzubiegen, es spielte kaum eine Rolle, worum es gerade ging. Sein unaufhaltsames Lügen war Gunnars Methode des Selbstschutzes. Er musste sich bedecken, er wollte nicht gesehen werden, weder von mir noch von jemand anderem. Aber er war hergekommen, um mit mir zu reden, weil ihm vorschwebte, dass wir uns irgendwo hinsetzen würden und er mir sein Herz ausschütten könnte. Er würde mir erzählen, was passiert war, und ich würde ihn verstehen und ihm auf eine Art und Weise helfen, die er sich noch nicht so recht vorstellen konnte. Aber so würde es nicht laufen, ich war unfreundlich und abweisend. Ich hatte einen dünnen Silberring im Ohr und einen kleinen Rattenschwanz im Nacken und viel zu viele Haare, vor allem am oberen Teil des Kopfes, eine Mähne, die, wie es aussah, noch nie einen Kamm gesehen hatte, und so war es auch. Ich machte etwas mit meinem Mund, das ihm ebenfalls missfiel, ich schürzte die Lippen und sah arrogant aus, das war meine Art des Selbstschutzes, aber das wussten wir nicht, weder er noch ich.

Er hätte mir sagen wollen, dass er seinen Job verloren hatte, dass man ihn fristlos entlassen hatte. Aber er war sich nicht sicher, ob ich überhaupt wusste, was sein Job gewesen war.

Wir hatten uns schon lange nicht gesehen, die Weihnachtsbesuche hatten aufgehört, und wenn wir einander auf der Straße begegneten, wechselten wir nie mehr als ein paar Worte. Es kam ihm vermutlich nicht in den Sinn, dass Gladys ein Auge auf ihn hatte und uns berichtete, was in seinem Leben vor sich ging. Vor ein paar Jahren war die Waffenfabrik aufgespalten und privatisiert worden, der Staat hatte sich als Eigentümer zurückgezogen, und die einzelnen Abteilungen waren zu selbstständigen Betrieben geworden. Diese Lösung erwies sich als durchaus geglückt, und viele konnten ihre Positionen behalten und weiterarbeiten, als wäre nichts geschehen, abgesehen davon, dass es aus ökonomischer Sicht beträchtlich besser lief als zuvor. Die große Personalabteilung allerdings wurde aufgelöst, und Gunnar bekam eine Stelle in einem der neuen, kleineren Betriebe, wo Autoteile produziert wurden. Dort kündigte er schon nach einem halben Jahr, er sei mit dem Direktor nicht zurechtgekommen, hatte er behauptet. Wahrscheinlich hatte man Ansprüche an ihn gestellt und das hatte ihm nicht gepasst, vermutete Gladys. Und dann bekam er eine Stelle in einem neu gegründeten Unternehmen, das dieselben Dienstleistungen anbot, die früher im Zuständigkeitsbereich der Personalabteilung gelegen hatten, etwa die Abwicklung von Krankmeldungen und alles, was mit dem Arbeitsschutz zu tun hatte. Gunnar hatte ein glückliches Händchen bei der Implementierung von Hilfsmaßnahmen für Angestellte mit Alkoholproblemen, er identifizierte sich mit ihnen, meinte Gladys, und es gelang ihm, mehrere Angestellte, die sonst vermutlich ihren Arbeitsplatz verloren hätten, zurück ins Arbeitsleben zu bringen. Über diese Fälle redete er in feierlichem Ton, er war indiskret und erwähnte Gladys gegenüber die Namen der Betroffenen, er war von seiner eigenen Arbeit gerührt und schien seine Berufung im Leben gefunden zu haben. Man übertrug ihm mehr Verantwortung und die Zuständigkeit für die Gehaltszahlungen im Unternehmen und andere administrative Aufgaben. Und obwohl er mehr verdiente als zuvor, war es dennoch nie genug, das Geld zerrann zwischen seinen Fingern, Gladys mutmaßte, dass er es verspielte. Und dann ging sein Auto kaputt, er brauchte ein neues, aber er lag mit allen Rechnungen im Rückstand und die Bank wollte ihm keinen Kredit geben. Trotzdem kaufte er sich einen brandneuen Polonez, ein polnisches Auto, von dem niemand in seinem Bekanntenkreis jemals gehört hatte, aber er war stolz darauf und erzählte jedem davon, der gewillt war, ihm zuzuhören. In Gunnars Version der Geschichte hatte er von der Firma ein Privatdarlehen erhalten, um das Auto zu kaufen, in der Darstellung der Direktorin hatte er eine große Geldsumme auf sein eigenes Konto überwiesen. Also verlor er seinen Job und musste sofort gehen. Er tat so, als sei er krankgeschrieben, lief in der Stadt herum und vertrieb sich die Tage, aber er tat nichts, um eine neue Arbeit zu finden oder wieder auf die Beine zu kommen. Wir erfuhren durch einen Anruf der Direktorin von dem Vorfall, die Direktorin war eine Frau in Gladys' Alter, eine Zugezogene, aber sie und Gladys kannten einander aus der Fabrik, und sie wollte, dass jemand wusste, was mit Gunnar passiert war. Sie machte sich um ihn Sorgen, und es gab sonst niemanden, den sie kontaktieren konnte. Gladys war immer noch für ihn verantwortlich, so muss es für alle ausgesehen haben, und Gladys akzeptierte das. Sie war diejenige, die den Bescheid erhielt, dass er das Geld zurückzahlen und den Betrag, den er zurückgezahlt hatte, nachdem er das Auto unwillig wieder verkauft hatte, dennoch versteuern müsse. Sie hörte sich seine Ausführungen darüber an, wie ungerecht er behandelt worden sei, dass der Vorsitzende das Darlehen genehmigt habe, ihn aber später, als es zu Problemen gekommen sei, im Stich gelassen habe, und dass er sich verfolgt fühle. In Wahrheit waren es wohl nur seine eigenen schlechten Entscheidungen, die ihn verfolgten, lamentierte sie, diese letzte Wendung in Gunnars Leben belastete sie, sie schämte sich und ärgerte sich über ihn, als wären sie immer noch verheiratet. Für ein halbes Jahr war Gunnar arbeitslos, dann bekam er eine Vertretungsstelle auf dem Friedhof. Wieder hatte ihm Gladys geholfen, ihr Schwager war zeit seines Lebens Friedhofsgärtner gewesen. Gunnar lernte, den kleinen Bagger zu bedienen, mit dem Gräber ausgehoben wurden, er durfte Unkraut jäten und aufräumen und kleinere Reparaturen durchführen, er machte lange Raucherpausen mit den anderen Friedhofsarbeitern, so erfuhr er, wie die Dinge früher gemacht worden waren und auf welche Dinge er besonders achten musste, und als die Vertretung endete, gab man ihm eine Festanstellung. Der Galgenhumor, der unter den Friedhofsarbeitern üblich war, kam ihm gelegen, und er genoss die kleinen Pannen, die sich bei der Arbeit ergaben, etwa ein geschmückter Trauerzug, der genau in dem Augenblick durch das Tor kam, als die langhaarigen Überreste einer alten Frauenleiche gerade auf das Makaberste von seiner Baggerschaufel herunterhingen, neue Gräber, die plötzlich zusammenstürzten, oder die Knochen, immer wieder kleine gelbliche Knochenteile, die sich durch die Erdschichten nach oben arbeiteten und plötzlich im Gras lagen und ihnen entgegenleuchteten, wenn sie morgens zur Arbeit kamen, sie kamen aus der Erde, sahen aber aus, als wären sie vom Himmel gefallen. Im einen Moment konnte er fantasievoll obszöne Flüche über Motorenprobleme ausstoßen und im nächsten mit mildem und erstaunten Gesichtsausdruck Anfragen von Hinterbliebenen entgegennehmen. Seine blauen Augen schienen jeden zu überzeugen. Menschen, die ihn nicht kannten, vermochten diese Augen einen Eindruck von Sicherheit zu vermitteln. Und irgendeine fragile Form von Sicherheit muss er auch Gladys eingeflößt haben, auch wenn sie jede einzelne seiner Schwächen kannte, jede seiner Lügen und Halbwahrheiten, und seine Selbstgerechtigkeit. Ihm war nicht über den Weg zu trauen, in keinem Bereich, außer vielleicht in seinem unbesiegbaren Optimismus, dass sich alles zum Guten wenden würde. Mir ist niemals so recht klar geworden, ob Gladys nach all diesen Jahren noch immer eine Schwäche für ihn hegte oder ob sie sich einfach für ihn verantwortlich fühlte wie für einen Sohn. Sie hielt an ihm fest, sie rief ihn regelmäßig an, und wenn sie sich trafen, ließ sie ihn wissen, dass er sich die Haare schneiden lassen und seine Klamotten waschen müsse.

Gunnar wohnte weiterhin allein in dem alten Haus, das neu gewesen war, als wir ihn verließen. Zu Gladys' großer Verzweiflung hatte er das Haus nie fertig gebaut. Einmal war dieses Haus ihre Zukunft gewesen, hier hatte sie ihrer Familie ein schönes Heim schaffen wollen, hier hatten ihr Erfolg und ihr Aufstieg ihren Ausdruck finden sollen. Die Teppiche lagen noch auf dem Boden, ohne jedoch jemals gesaugt zu werden, die schöne Anrichte und der Esstisch waren mit allem möglichen Kram vollgestellt, Flaschen und Kartons und Werkzeug. Jede offene Fläche war eingestaubt, die Küche quoll über von schmutzigem Geschirr und Müll. Ihr schönes Heim verfiel. Der Keller war noch immer nicht eingerichtet, hier hätte eine Wohnung zum Vermieten entstehen sollen, nur für die ersten Jahre, das war ihr Plan gewesen, bis sie sich finanziell von dem Hausbau erholt hatten, und dann hätten wir, ihre Söhne, dort für eine Übergangszeit wohnen können, falls wir das wollten, bevor wir von zu Hause auszogen. Gunnar ließ den Keller, wie er war, ein Nichts, nur nackte Wände aus Betonblöcken, die mattgrau im Dunkeln schimmerten, und anstatt eines Fußbodens lag dort nur rohes Geröll, große kantige Steinblöcke aus der Zeit, als das Grundstück aus dem Fels gesprengt worden war. Die Tür in diesen Keller zu öffnen war wie einen Blick in eine unterirdische Welt zu werfen, wusste sie, eine eingestürzte Höhle, die sich unter den Zimmern darüber versteckte. Oben wiederum hatte ich stets das Gefühl gehabt, als schwankte der Boden ein wenig, wenn ich zwischen Wohnzimmer und Flur hin- und herlief, daran erinnere ich mich, und Gladys hatte immerzu Angst, ich würde direkt in die Glastür laufen, eine Tür, die eigentlich auf eine große Terrasse hätte führen sollen, die jedoch nicht geöffnet werden durfte, weil noch keine Terrasse da war, und diese Tür führte immer noch ins Nichts, ein steiler Fall von drei bis vier Metern. Darunter lagen grobe Steinblöcke, und auch vor dem Haus häuften sich Steine. Dieser Teil des Gartens hätte mit Erde aufgefüllt werden sollen, hier hätte planiert, Rasen gesät und Bäume und Blumen gepflanzt werden sollen, aber Gunnar hatte alles liegen gelassen, das gesamte Grundstück war voller Steinblöcke, der Keller war voller Steinblöcke, und allmählich hatte die Natur begonnen, an den Wänden zu nagen, die niemals gestrichen worden waren.

Ivar hatte seine Ausbildung abgeschlossen und war in die Stadt zurückgekehrt, um in der Fabrik zu arbeiten, er ging durchs obere Tor, darauf war Gunnar stolz, obgleich die Unterscheidung zwischen oberem und unterem Tor längst aufgehoben war, jeder konnte hineingehen, wo er wollte, alle sollten gleichgestellt sein, zumindest in der Theorie; nach außen hin existierten keine Unterschiede mehr. Nachdem er geheiratet hatte, ging Ivar immer öfter durch das untere Tor, das war für ihn bequemer, da er mit dem Fahrrad zur Arbeit fuhr, so konnte er die Abkürzung über die Alte Brücke nehmen und beim unteren Tor auf das Fabriksgelände rollen. Als Gunnar davon erfuhr, geriet er in Rage. Dass Ivar Ingenieur geworden war, hatte für ihn eine Menge bedeutet, so etwas hätte er sich nie träumen lassen, war es doch früher immer Runar gewesen, der sich mit schulischen Leistungen hervorgetan hatte. Runar war mit dem Militärdienst fertig und hatte einen Job in den Niederlanden angenommen, er wollte hinaus in die Welt, und das schien ihm auch zu gelingen. Ich war der Einzige, der noch übrig war, aber bald würde auch ich weggehen, und dann würde Gunnar seine Söhne nicht mehr unter dem Dach eines anderen wohnen haben. Darauf freute er sich, es fühlte sich an, als würde er dann wieder eine Familie haben, drei erwachsene Söhne, die sich um sich selbst kümmerten und die er ab und zu anrufen konnte. Er tat es nie, oder fast nie, aber eines Abends erhielt er einen Anruf von Runar. Es war der neue Runar, der verschlossene Runar, Runar mit der harten Stimme, Runar, der auf eine Art und Weise erwachsen geworden war, wie es sich bei ihm niemand vorgestellt hätte. Gespanntes Gesicht und wachsamer Blick. Aber Gunnar fiel es nach dieser Verwandlung leichter, sich mit Runar zu unterhalten, Runars Strenge rief in jedem Menschen, mit dem er sich unterhielt, eine ebensolche Strenge und Zurückhaltung hervor, so auch in Gunnar. Nüchtern antwortete er auf Runars Frage, wie es denn zu Hause so laufe, gut, sagte er, er schaute sich im Zimmer um und wusste, dass das nicht stimmte, aber es fühlte sich dennoch gut an, es zu sagen, vor allem jetzt, wo er mit seinem Sohn telefonierte. Und wie es da unten in den Niederlanden gehe, ja, auch gut. Vor ein paar Jahren hatte Runar ein Mädchen aus Trondheim geheiratet, aber es hatte keine Hochzeitsfeier gegeben, und so hatte Gunnar seine Schwiegertochter nie kennengelernt. Sie hieß Inga, das war alles, was er wusste, Runar kannte sie aus der Arbeit. Aber jetzt würden sie sich scheiden lassen, sagte Runar, das war eine einfache Information, nichts, worauf man näher hätte eingehen müssen. Und dann sei noch etwas passiert, Runar habe seinen Job gekündigt, er sei mit seinem Chef aneinandergeraten. Er sei nicht dafür gemacht, Vorgesetzte zu haben, er wolle lieber sein eigenes Unternehmen gründen. Gunnar reagierte besorgt, denn wo wollte Runar das Geld dafür hernehmen, aber er konnte nicht zeigen, dass er an seinem Sohn zweifelte, er, der er es gewohnt war, über alles in seinem eigenen Leben zu lügen, befand sich zum ersten Mal auf der anderen Seite, es war für ihn ungewohnt und beängstigend. Er verstand, dass das, was Runar ihm erzählte, eine grob vereinfachte Version dessen war, was vorgefallen war, aber dazu konnte er nichts sagen. Er ging im Zimmer umher, dessen einzige Lichtquelle der Fernsehapparat war, er hatte den Ton heruntergedreht, als das Telefon geklingelt hatte, auf dem Bildschirm war eine Hochzeit im Gange, irgendwelche Adeligen, so schien es, und Runar erzählte, er wohne in einem Hotel. Ob das denn nicht viel zu teuer sei für jemanden, der gerade seinen Job gekündigt habe, fragte Gunnar, aber das sei kein Problem, sagte Runar, er habe genug Geld, zumindest für eine Weile. Also war es nicht Geld, was er von seinem Vater brauchte, und das war eine Erleichterung. Gunnar erdreistete sich zu fragen, ob Runar nicht nach Hause kommen wolle, immerhin sei Ivar nun auch wieder hier, und Runar könnte sicher ebenfalls einen Job in der Fabrik bekommen, meinte er, aber da wurde es still am anderen Ende.

– Du verstehst doch wohl, dass ich das nicht will, sagte Runar, und es lag etwas in seiner Stimme, das Gunnar aus der Fassung brachte, er konnte sich lebhaft vorstellen, was vorgefallen war, Runar hatte im Zorn gekündigt, war vermutlich unter Druck geraten und hatte sich unterlegen gefühlt, und dann hatte er reagiert, indem er alle zum Teufel gewünscht hatte. Er war aufgestanden und gegangen, hatte ein paar Kleinigkeiten eingepackt und mit den Türen geknallt, hatte sich selbst von allem ausgeschlossen, was er einmal gehabt hatte. Und das kannte Gunnar wohl von sich selbst, diesen starrsinnigen Stolz, der in Situationen das Ruder übernahm, in denen es besser gewesen wäre, sich zu beugen, besser, nachzugeben und Geschick zu beweisen, besser, in Deckung zu gehen und auf bessere Zeiten zu warten. Früher einmal war Runar der Geschickteste von allen gewesen, früher einmal hätte er sich aus jeder Situation herausreden können, hätte sich durch jeden Gegensatz charmant hindurchmanövriert und wäre unversehrt davongekommen. Aber so war er nicht mehr, das hatte sogar Gunnar bemerkt, und er hatte es als eine positive Entwicklung angesehen, er hatte es als Reife empfunden, hatte gedacht, Runar sei zu einem Mann herangewachsen, der sich von niemandem herumkommandieren oder herablassend behandeln ließ. Er hatte Runar für diese Wandlung bewundert, aber jetzt war er zu weit gegangen, begriff er, jetzt war Runar über das Ziel hinausgeschossen, und wie sollte es nun bloß mit ihm weitergehen.

Als Gunnar das nächste Mal von Runar hörte, hatte er einen neuen Job in derselben Firma angenommen, und diesmal sollte er in Portugal arbeiten. Der neue Job war besser als der vorherige, mehr Verantwortung, höheres Gehalt, bessere Bedingungen, sogar ein Firmenwagen. Er sagte nichts mehr über sein Vorhaben, ein eigenes Unternehmen zu gründen, aber er hatte wieder geheiratet, wieder eine Frau, die er bei der Arbeit kennengelernt hatte, sie hieß Alana. Also war für Runar wieder alles in Ordnung gekommen. Doch nur ein paar Monate später bekam Gunnar einen Anruf von Gladys, die ihm erzählte, Runar sei krank geworden, so krank, dass es ihm unmöglich war weiterzuarbeiten. Es hatte sich herausgestellt, dass diese Krankheit erblich war, zuerst wussten sie nicht, woher sie gekommen sein konnte, aber dann fiel ihnen ein, dass Gunnars Bruder ähnliche Symptome gehabt hatte, er war noch vor seinem vierzigsten Lebensjahr gestorben. Auf dem letzten Bild, das Gunnar und Gladys von Runar bekamen, saß er im Rollstuhl, er sah aus, als wäre er neunzig Jahre alt, abgemagert und fremd mit dem langen grauen Bart, wie eine Art alternder Hamsun (der einzige norwegische Schriftsteller, den er für lesenswert hielt). Dieses Bild hatte ihnen Alana, die Witwe ihres Sohnes, geschickt. Er starb im Krankenhaus, ohne dass sie mit ihm sprechen konnten, und wurde nur wenige Tage später beerdigt, das schien in diesem Teil der Welt üblich zu sein, und somit war Runar von der Erdoberfläche verschwunden.

Wie wenig kann von einem Leben übrig bleiben, fragte sich Gladys. Nach Runars Tod ließ sie sich krankschreiben, sie blieb knapp eine Woche zu Hause, und an einem dieser Tage zog sie Mantel, Schal, Mütze, Stiefel und Handschuhe an und ging den zugefrorenen Hang hinunter in Richtung Stadtzentrum, es war derselbe Weg, den sie immer nahm, wenn sie zu Fuß in die Stadt ging, aber an diesem Tag bog sie vor der großen Straße links ab und ging die lange sanfte Steigung hinauf zu dem alten Haus, um das sie sonst immer einen Bogen machte. Sie hielt sich von diesem Haus fern, sie ertrug es nicht, dessen Verfall zu beobachten, denn obwohl sie seit bald dreißig Jahren nicht mehr dort wohnte, erinnerte sie das Haus an einen Teil ihrer selbst, auf den sie nicht stolz war, einen Teil ihres Lebens, an dem sie gescheitert war. Sie klingelte an der Tür, es vergingen ein paar Minuten, sie klingelte mehrere Male, ehe sie schließlich von drinnen Geräusche hörte und Gunnar an die Tür kam und ihr öffnete. Sein Gesicht sah aus, wie sie es sich vorgestellt hatte, verschwollen und blass und auf erschütternde Weise offen, er hatte in seiner Kleidung geschlafen, aber das tat er vielleicht immer.

– Gunnar, sagte sie.

– Gladys, antwortete er.

– Ich dachte mir schon, dass du zu Hause sein würdest.

– Ja, sagte er und wollte sie nicht hereinlassen, aber sie sagte, es sei kalt und er könne sie doch wohl nicht allen Ernstes auf der Treppe des Hauses stehen lassen, das sie selbst mit gebaut hatte.

Sie wollte ihren Mantel im Flur ausziehen, überlegte es sich aber anders, nicht nur weil es drinnen kalt war, sondern auch, weil sie keinen Platz fand, wo sie ihn hätte aufhängen können. Im ganzen Flur stapelten sich Pappkartons unbekannten Inhalts, und als sie weiter ins Innere des Hauses vordrang, war es dort so dreckig, dass ihr beim Gedanken, sich mehr auszuziehen als die Handschuhe, übel wurde. Gunnar räumte eine Ecke des alten Küchentischs ab, wo ein schmieriges Album mit alten Münzen neben einem Karton voller Armbanduhren gelegen hatte. Auf dem Karton stand ein Name, mit Permanentmarker geschrieben, große rote Buchstaben, sie erkannte den Vornamen.

Hilmar.

– Kennst du den?, sagte sie und zeigte darauf, und Gunnar schien verlegen oder gereizt, er habe für kurze Zeit zusammen mit Hilmar in der Personalabteilung gearbeitet, sagte er, und dass sie gemeinsame Interessen hätten. Alte Uhren, antike Münzen, diese Art Krempel, das wusste sie bereits. Und sie wusste auch, dass Hilmar und Gunnar Kollegen gewesen waren, aber das war ihr damals, als Hilmar Runar nachgestellt war und ihm den Job im Kiosk verschafft hatte, nicht in den Sinn gekommen. Damals, als Runar Karls Post gestohlen hatte. Sie wollte Gunnar fragen, ob er davon wusste, ob er etwas mit der Sache zu tun gehabt habe. So musste es sein, dachte sie plötzlich. Er hatte sich an Karl rächen wollen und es durch Hilmar getan, und durch seinen eigenen Sohn. Sie blickte Gunnar an, sein Gesicht mit den tiefen Falten, den Mund, der immer halb offen stand, wann hatte er damit angefangen? Und sie wusste, dass er über alles in der Welt lügen konnte, dass es ihm, wenn er unter Druck geriet, fast unmöglich war, die Wahrheit zu sagen. Und dass sie es nicht ertragen würde, wenn er sie jetzt anlog. Wäre er zu so etwas wirklich imstande gewesen? Ja, da war sie sich sicher: Es war ihm zuzutrauen. Aber das bedeutete nicht, dass er es tatsächlich getan hatte. Und jetzt war all das schon so lange her, und um Runar zu retten, war es ohnehin zu spät. Sie merkte, dass Gunnar ihrem Blick auswich, er wollte nicht über Hilmar reden, und sie ersparte es ihm. Oder sie ersparte es sich selbst, es war nicht mehr wichtig. Gunnar fuhr fort, den Tisch abzuräumen, schmutziges Geschirr und verklebte Fertiggerichtpackungen, ein unvollständiges Set Schraubenzieher und ein riesiger Rollgabelschlüssel, ein voller Aschenbecher und mehrere halb leere Kaffeetassen, ein Stapel Zeitungen und Kreuzworträtsel, und unter alledem lag ein kleines Tischtuch, es war steif von Jahren, oder Staub, oder Trauer. Das Tuch hatte auf diesem Tisch gelegen, seit Gladys Gunnar verlassen hatte. Gladys hatte es als Vierzehnjährige selbst bestickt, es war weiß mit einer roten Sonne in jeder Ecke, rote Sonnen, wo hatte sie das nur her, sie hatte hin und wieder an dieses Tuch gedacht und bereut, es nicht mitgenommen zu haben. Erst jetzt begriff sie, dass es hierhergehörte, dass Gunnar es haben sollte, oder das Haus, das alte Haus, in dem sie eigentlich hätte leben sollen, hier gehörte es her, in dieses Leben, das Gladys verlassen hatte. Auch über die Unordnung sagte sie nichts, sie konnte Gunnar ansehen, dass er sie selbst bemerkt hatte. Vielleicht war sie ihm bisher nicht aufgefallen. Aber jetzt, da sie hier war, nahm er das Chaos in seiner ganzen eingewachsenen Schwere wahr und entsetzte sich über sich selbst, und über all das, was ihm nicht gelungen war, glaubte sie. Auch er sagte nichts darüber, er würde niemals über Dinge reden, die für ihn schwierig waren. Mit einer völlig verdreckten Kaffeemaschine kochte er Kaffee, er war ihr zu bitter, aber sie hielt die Tasse in der Hand und tat so, als würde sie trinken, und sie saßen einander am Tisch gegenüber und blickten einander an und redeten über den Jungen, den sie einmal gehabt hatten und der ihnen abhandengekommen war.

Gunnar starb an einem Donnerstagmorgen im Bus auf dem Weg ins Stadtzentrum an einem Herzinfarkt. Er trug eine hellblaue Windjacke, die um die Taschen herum schmutzig war, ein helles Hemd mit mehreren winzigen Brandlöchern von Zigarettenglut auf der Brust, eine graue Hose und dunkelblaue Wildledermokassins, die neu aussahen. Er saß da, als wäre er auf seinem Sitz eingeschlafen, er hatte den Kopf gegen die Fensterscheibe gelehnt, eine für einen älteren Mann etwas ungewöhnliche Haltung, aber nicht ungewöhnlich genug, als dass jemand reagiert hätte. Sein Haar war wie immer glatt zurückgekämmt, sein Gesicht blasser als sonst. Als der Bus in die Haltestelle am Bahnhof einbog, kippte er zunächst auf den Nachbarsitz, und als der Bus zum Stehen kam, rollte sein Körper vornüber auf den Boden des Mittelgangs. Ein ungeschützter Fall für einen Körper, der sich nicht mehr schützen musste, ein drastischer Anblick, und jeglicher Würde befreit. Aber auch an Würde hatte Gunnar keinen Bedarf mehr, noch weniger als vorher, sein Körper war leblos und plumpste wie ein nasser Sandsack zu Boden. Der leblose Körper verursachte verhaltenes Aufsehen im Bus und einen halbherzigen Erste-Hilfe-Versuch durch einen hinzukommenden Taxifahrer. Nach ein paar Minuten hielt ein Krankenwagen mit eingeschalteten Sirenen neben dem Bus. Passanten blieben stehen, um zuzusehen, zerstreuten sich jedoch schnell wieder. Der Krankenwagen fuhr mit Gunnar davon, ohne Sirenen, es eilte nicht mehr. Auf Rettung bestand keine Hoffnung, und der Krankenwagen fuhr ziemlich langsam und mit diskretem Blaulicht auf dem Dach, gleichsam der Ordnung halber, eine letzte Ehre. Hätte Gunnar sich selbst in dem gelben Wagen mit dem flackernden blauen Licht auf dem Dach davonfahren gesehen, er wäre gerührt gewesen, glaube ich, einen besseren Abschied hätte er sich nicht wünschen können.

Ich kam zur Beerdigung nicht nach Hause, und Ivar musste das alte Haus allein räumen. Er rief mich an und fragte, ob ich etwas von dort haben wollte, ich verneinte und brachte eine halbherzige Entschuldigung dafür vor, dass ich die ganze Arbeit ihm überließ. Das sei völlig in Ordnung, sagte Ivar, er bekomme Hilfe von Hanne und den Kindern, und das meiste lasse er von einer Firma abholen und entsorgen. Aber einmal war er allein im Haus, und an diesem Tag ging er in den Keller. Hinein in die Steinlandschaft, deren einzige Lichtquelle die offene Tür war. Abgesehen von all den kantigen Steinblöcken und ein paar Kartons mit rostigen Nägeln war der Keller leer, wie Ivar angenommen hatte. Neben einem zertrümmerten Stein, dessen Bruchstellen heller waren als bei den anderen, lag ein Vorschlaghammer. Auf dem Griff des Hammers waren ein paar längliche Flecken zu sehen, die wie getrocknetes Blut aussahen. Gunnar hatte den Versuch gestartet, aufzuräumen, und sich vermutlich dabei verletzt, sich den Daumen blutig geschlagen und vor Schmerz laut geschrien, hatte den Vorschlaghammer von sich geschleudert und war nach oben gegangen, und seitdem war alles liegen geblieben. Ivar ließ den Hammer an Ort und Stelle, er dachte, wer auch immer das Haus kaufte, würde Gebrauch dafür haben, und beschloss zu gehen, seine Arbeit war getan. Er wollte gerade die Tür abschließen, doch dann überlegte er es sich anders und ging noch einmal zurück in den Keller. Er benutzte sein Handy als Taschenlampe und warf auch einen Blick in den hintersten Gang, wo er noch nicht gewesen war. Dort war eine Treppe montiert, die bis an die Decke führte, ohne dass jemals eine Öffnung gemacht worden war. Unterhalb der blinden Treppe fand er eine schwarze Tasche voller alter Rechnungen, Hunderte von Umschlägen, allesamt ungeöffnet. Er fand auch einen schweren Gegenstand, in eine Plane gewickelt und sorgfältig mit Klebeband verschlossen. Er schleppte ihn hinaus ans Licht, um ihn sich genau ansehen zu können, riss das Klebeband herunter und schlug die Plane zur Seite. Es war ein kleiner Grabstein mit Gunnars Namen und Geburtsdatum, ein Feld war für das Todesdatum freigelassen worden, und darunter stand in einer Schriftart, die an altmodische Schönschrift erinnerte: *Ich hasse euch.*

Ivar zuckte zusammen, als er das las, er stand auf und musste eine Runde ums Haus gehen. Dann ging er zurück und schaute noch einmal nach, schüttelte den Kopf, musste lachen, machte ein Foto vom Grabstein und schickte es mir. *Ich hasse euch* in feinen, geschwungenen Goldbuchstaben. Ich rief sofort zurück, ich lachte laut, ein schneidendes, schrilles Lachen, und Ivar fand, dass ich die Sache zu leicht nahm. Aber im Verlauf des Gesprächs machte ich eine Kehrtwendung, und er auch, wir tauschten die Rollen, vielleicht, um einander zu helfen.

– Ist das nicht typisch für ihn, sagte ich,
und Ivar antwortete:
– Eigentlich nicht,
– Wie verbittert er gewesen sein muss,
– Ja, dazu hatte er auch allen Grund,
– Aber warum musste er es an uns auslassen?
– Meinst du uns zwei? Er meint doch wohl alle,
– Alle, die er gekannt hat,
– Ja, alle, die noch leben, alle, die übrig geblieben sind,
– Er hasst alle, die noch am Leben sind, meinst du,
– Ja, aber den Stein hat er doch machen lassen, als er noch am Leben war,
– Genau, es war kein existenzieller Hass, es war keine Missgunst, weil *er* gestorben ist und alle anderen weiterleben, ich glaube, er hat uns zwei gemeint, seine überlebenden Söhne, er hat uns gehasst, da bin ich mir sicher, stell dir vor, er hat uns wirklich gehasst, Ivar, – Vielleicht hatte er einen Grund dafür, Titti,
– Das sagt trotzdem alles über ihn, darüber, wer er war,
– Da bin ich mir nicht so sicher,
– Doch, das ist typisch für ihn, ihm war doch immer alles egal,

– Irgendwas muss ihm doch was bedeutet haben,
– Ja, sein Hass vielleicht,
– Aber es könnte auch ein Scherz gewesen sein,
– Er hatte keinen Humor,
– Doch, hatte er,
– Keinen solchen Humor,
– Es kann ein Witz gewesen sein, den sie sich auf dem Friedhof erzählt haben, es kann irgendeinen Zusammenhang geben, den wir nicht kennen,
– Aber warum sollte er den Stein dann für uns liegen lassen?
– Er hatte ihn doch versteckt, genauso wie er all die alten Rechnungen versteckt hat, er hat nichts weggeworfen, hat alles in Schubladen und Schränken versteckt, und anscheinend eben auch im Keller,
– Ich verstehe es nicht,
– Ich auch nicht,
– Ich hätte mit ihm reden sollen, aber ich habs nicht geschafft, man konnte nicht mit ihm reden,
– Es ging ganz gut, wenn man sich an seine Regeln hielt, Titti,
– Also wenn man über das Wetter geredet hat,
– Ja, über das Wetter oder über das Fernsehprogramm oder irgendwas anderes, solange es keine Bedeutung hatte, er hat gern geredet, er wollte nur nicht bloßgestellt werden,
– Aber was bedeutet das, Ivar?
– Er hat wohl Angst gehabt,
– Aber wovor? Vor uns?
– Vor allen, denke ich, außer vielleicht vor Gladys, Angst vor allem, Angst vor dem Leben,
– Und ebenso viel Angst vor dem Tod,
– Das wissen wir nicht,

– Wir wissen nichts über ihn,

– Nein, nicht viel, sagte Ivar, und nach einer kurzen Pause fügte er hinzu:

– Ich habe immer die Leute beneidet, die Väter haben, zu denen sie aufblicken, aber auch die Leute mit Vätern, vor denen sie Angst haben. Lieber das als ein Vater, der gleichgültig ist. Väter, nach denen man sich strecken muss und deren Erwartungen man gerecht werden möchte. So stellen wir uns Väter doch vor, oder? Aber vermutlich ist es genauso normal, einen Vater zu haben, der es eben nicht schafft und der hinter den Erwartungen seiner eigenen Kinder zurückbleibt.

– Ja, mag sein, davon verstehe ich nichts.

– Ich auch nicht, sagte Ivar. – Ich weiß nicht, wovon ich rede, obwohl ich selber Sohn und Vater bin, ich versuche nur, mich irgendwie an die Sache heranzutasten. Ich versuche herauszufinden, warum ich Gunnar nicht vermisse. Und es fühlt sich an, als ob mir dieser Grabstein etwas sagen wollte, aber ich verstehe nicht, was.

Ivar lud den Grabstein ins Auto und fuhr damit zum Friedhof. Dort zeigte er ihn den Leuten, mit denen Gunnar zusammengearbeitet hatte, seinen alten Kollegen. Sie lachten und sagten, das sei typisch Gunnar, sie hielten es für einen Scherz, und einen guten noch dazu. Vor allem einer namens Søren Saga, ein langer, magerer Mann mit graublonden Stirnfransen und großen roten Ohren, lachte so lange, dass ihm die Tränen in die Augen traten und er aus Atemnot zu hicksen begann, man musste ihm auf den Rücken klopfen, damit er wieder zu Atem kam, und dann sagte er:

– Na siehst du, dein Vater hat das letzte Wort behalten.

Ivar fuhr weiter zum Steinmetzbetrieb, wo üblicherweise die Grabsteine für den Friedhof hergestellt wurden. Der

Inhaber erkannte den Stein wieder, an die Inschrift selbst konnte er sich zwar nicht erinnern, aber er war überzeugt, dass der Stein in seinem Betrieb hergestellt worden sei. Gunnar war ihm in guter Erinnerung, er sei auf dem Friedhof ein bekanntes Gesicht gewesen, wie er sagte. Er hatte seine Vermutungen, wer von den Mitarbeitern die Inschrift gemacht haben könnte, aber das musste lange her sein, und jener Mitarbeiter war ebenfalls nicht mehr am Leben. Er bot Ivar an, die Inschrift zu entfernen und sie durch die Worte *Tief vermisst* in derselben Schriftart zu ersetzen, und Ivar nahm das Angebot an. Diese Inschrift stand schließlich in einer Art Einbuchtung im Stein, wie unter einem Dach. Das passte gut zu Gunnar, der sich immer versteckt hatte. Auch dass er für seinen eigenen Grabstein bezahlt hatte, passte gut, sein Haus war so hoch belastet, dass kein Geld übrig blieb, um die Beerdigung zu bezahlen, die Kosten dafür übernahm Gladys.

AM ENDE SEINES LEBENS saß Runar im Rollstuhl, abgemagert und fast vollständig gelähmt von der Krankheit, mit der er gut hätte leben können, wenn er sich von Alkohol und Zigaretten ferngehalten hätte.

Gladys kann nicht glauben, dass er auf diese Weise gestorben ist, an einer Krankheit, von der keiner von uns je gehört hat. Es ist ihr nicht möglich, das zu akzeptieren: dass er zuerst die Stadt, dann das Land verlässt, heiratet, ohne dass sie bei der Hochzeit dabei sein kann, zuerst einmal und dann ein zweites Mal, und dann einfach stirbt, wie aus einem sinnlosen Einfall heraus. Das ist ungerecht, oder wie soll sie es nennen, zu willkürlich, denn Gladys hat immer fest daran geglaubt, dass man aus den Umständen das Beste machen muss, dass man sich nach oben strecken muss, nicht nachgeben darf, und dieser Untergang in einer geheimnisvollen Krankheit ist zu passiv, er passt nicht zu Runar, sie kann nicht daran glauben. Er muss es geschehen lassen haben, er muss sich dazu entschlossen haben, davor hat sie bei ihm immer Angst gehabt, und während seiner Jugend ist das für eine gewisse Zeit ihr schlimmster Albtraum gewesen. Und so sucht sie ihn auf, den Ort, an dem dieses Allerschlimmste wahr geworden ist, und an diesem Ort ist Runar schon Jahre zuvor gestorben, lange bevor er krank wurde, oder besser gesagt, bevor die Krankheit in ihm sichtbar wurde. Die Krankheit war ja erblich, also hat er sie schon immer in sich getragen, auch wenn keiner von uns etwas davon geahnt hat, aber nicht sie hat sein Leben beendet. Für Gladys stirbt er spät in einer Februarnacht, nicht als abgekämpfter Körper in einem Krankenhausbett, sondern aus eigenem Willen. Und sie will ihn davon abhalten, ihn zurückhalten, ihn an sich drücken, aber das geht nicht, das sieht sie klar vor sich, auch wenn sie nicht sehen will, wie er in den Atlantik hinauswatet und losschwimmt.

Ein paar Stunden zuvor hat er in einer Bar in der Nachbarschaft gesessen, dort hat er einen Stammplatz, an dem er jeden Abend sitzt, manchmal allein und manchmal in Gesellschaft. Sie weiß nicht, was für Freunde er hat, ob er überhaupt welche hat, aber in dieser Bar ist er von anderen erwachsenen Männern umgeben, ausländischen Männern mit dunklen Haaren und Schnurrbärten, denen er mit seinem Schnurrbart vielleicht nachzueifern versucht (mittlerweile hat sie vergessen, dass er am Ende diesen schrecklichen Vollbart hatte), und vielleicht redet er mit ihnen in einer Sprache, die nicht seine eigene ist. Sie ist beeindruckt, dass er diese Sprache gelernt hat, am Telefon hat sie ihn dazu gebracht, ein paar Sätze zu sagen, er tut es nicht gern, er will sich nicht zeigen, und eigentlich will er Gladys nicht sehen lassen, wer er in diesem fremden Land ist. Aber sie weiß, dass er jeden Abend in derselben Bar sitzt und dass er jeden Abend, nachdem die Bar geschlossen hat, langsam nach Hause geht. Die Bar gehört zu seinem Zuhause. Die Frau, die jetzt mit ihm verheiratet ist, geht lieber hinunter in die Bar, wenn sie mit ihm reden möchte, als darauf zu warten, dass er nach Hause kommt, aber an diesem Abend sitzt er die meiste Zeit für sich allein. Er denkt an etwas, worüber er nicht sprechen kann. Er kommt nicht weiter. Einmal, ziemlich früh in seinem Leben, hat er sich für eine Richtung entschieden, er hat entschieden, wer er sein möchte, und diese Entscheidungen können nicht wieder rückgängig gemacht werden. Er findet aus dem Menschen, zu dem er geworden ist, nicht mehr heraus, so muss es sein, so stellt sie es sich vor. Und darüber kann er mit niemandem reden, den ganzen Abend lang sitzt er da und findet nicht aus sich selbst heraus. Auch an diesem Abend hat er vor, nach der Sperrstunde direkt nach Hause zu gehen, aber als er schließlich auf der Straße steht, wendet er sich um und geht hinunter zum Strand. Er braucht frische Luft, sagt er sich, er braucht den Wind, der vom Meer kommt. Da unten liegen die kleinsten Fischerboote im Sand, man hat sie an Land gezogen. Die größeren liegen im Hafen, aber Runar geht auf den Rand zu, wo die Wildnis beginnt, die Sträucher und das hohe Gras, Steintrümmer und die Reste eines zerstörten Mauerfundaments. Hier, in den Schatten verborgen, kann ihn niemand sehen. Auf einem flachen Stein legt er sein Portemonnaie ab, es ist braun und zerschlissen und ebenso dünn wie er selbst, daneben die Zigarettenpackung und das Feuerzeug und ein altes Nokia. Die Schuhe behält er an. Die Fersenkappen sind niedergedrückt, er schlüpft immer in die Schuhe, ohne seine Hände zu Hilfe zu nehmen, und läuft mit offenen Fersen herum, als trüge er Sandalen. Wahrscheinlich schafft er es nicht mehr, sich hinunterzubeugen, um sie ordentlich anzuziehen, vermutlich macht sich die Krankheit bereits in seinem Körper bemerkbar. Er watet hinaus, etwas umständlich auf dem steinigen Grund, bis ihm das Wasser bis zur Hüfte reicht, dann schwimmt er los. Es ist befreiend, im schwarzen Wasser zu schwimmen, das kann auch Gladys fühlen, glaube ich. Nach nur wenigen Metern verschwindet er in der Dunkelheit. Er verschwindet vor sich selbst, er sieht das Land nicht mehr, er sieht nicht das Wasser, in dem er schwimmt, sieht nicht seine eigenen Hände. Mit gleichmäßigen Zwischenräumen schlagen die Wellen über seinem Kopf zusammen und lassen ihn nach Luft schnappen. Das Schwimmen erschöpft ihn, und vielleicht überlegt er es sich anders, vielleicht versucht er, wieder zurück an Land zu schwimmen, aber er hat die Orientierung verloren, er weiß nicht, ob er Richtung Land schwimmt oder weiter hinaus aufs Meer. Ein einziges Mal ruft er, aber der Klang erschreckt ihn, nein, er schämt sich, es ist ihm unangenehm, seine eigene Stimme derart hilflos im Dunkeln zu hören. Er will kein Mann sein, der mitten auf dem Meer im Wasser liegt und um Hilfe schreit, das ist ihm zu peinlich, und das Peinliche hat er immer vermieden, das weiß sie, es ist eine Tatsache, dass Runar lieber ertrinkt, als sich lächerlich zu machen. Die Schuhe ziehen ihn nach unten, und er versucht, sich freizustrampeln. Obwohl sie nur lose an den Füßen sitzen, ist es so gut wie unmöglich, die Schuhe herunterzubekommen. Es gelingt ihm, den einen loszuwerden, beim anderen muss er aufgeben, der hat sich festgesaugt. Runar schwimmt, um sich an der Oberfläche zu halten, dann wird er von einer Strömung erfasst, die ihn so weit hinauszieht, dass es ihm niemals gelingen würde, zurück an Land zu schwimmen. Er beschließt, auszuführen, was zuerst nur eine flüchtige Eingebung gewesen sein mag, ein Impuls, den er vor sich selbst verborgen gehalten hat, bis jetzt.

Es ist unmöglich, sich den Moment des Ertrinkens vorzustellen. Hat er keine Kraft mehr, um den Kopf über Wasser zu halten, oder lässt er sich einfach sinken? Wahrscheinlich hört er auf zu schwimmen, wahrscheinlich atmet er aus, heftig und willentlich, lässt die Luft aus seinem Körper entweichen, streckt die Beine unter sich aus und lässt sich hinabgleiten. Sein Kopf verschwindet unter der Wasseroberfläche, die Arme strecken sich nach oben, und die Hände verschwinden als Letztes, wie in einem ulkigen Comic, aber niemand lacht. Als er ein Kind war, hat er jeden zum Lachen bringen können, erinnert sie sich auf einmal, nur nicht sich selbst. Und jetzt sinkt ihr kleiner Junge hinab ins dunkle Wasser und hält den Atem an, solange es geht, bis er nicht länger warten kann und den Mund öffnen und das Wasser in sich hineinziehen muss, so viel wie möglich, als könnte er endlich und zum ersten Mal nach langer Zeit Atem holen. Es soll wehtun, habe ich gelesen, daran denkt auch Gladys, es fühlt sich an, als würde es ihn zerreißen, er hustet und erbricht das Wasser, das die Lunge nicht haben will, und plötzlich bekommt er Angst vor dem Sterben, er bereut, er will doch lieber weiterleben, mehr als alles andere, das hat er sich immer gewünscht, das weiß er jetzt endlich und sicher, aber er ist bereits weit unterhalb der Wasseroberfläche und verliert das Bewusstsein. Sein Körper sinkt weiter, er dreht sich langsam im Wasser, als versuchte er, sich in der Dunkelheit umzusehen. Er sinkt auf den Grund, aber er findet keine Ruhe, bewegt sich widerwillig mit der Strömung, genauso, wie er es als Lebender getan hat.

Das hat er sich wohl niemals vorgestellt, denkt sie. So zu sterben, im Meer, in einem fremden Land, im Februar und um zwei Uhr nachts, während alle, die er kennt, zu Hause in ihren Betten liegen und schlafen. Vier Tage später wird er gefunden, als er an einem nahe gelegenen Strand an Land treibt, immer noch in ein weißes Hemd und dunkelblaue Chinos gekleidet. Seine Hose ist an den Knien etwas heller, als wäre der Stoff gerade dort zerschlissen, dabei ist er niemals auf die Knie gegangen, vor niemandem, soweit sie weiß. Am frühen Vormittag wird er von einem Jungen gefunden, der die Schule schwänzt und am Strand Fotos macht (der bleigraue Himmel, der eins mit dem Meer wird), der leblose Körper treibt nur wenige Meter vom Ufer im seichten Wasser. Seine steifen Füße haben sich im Sand festgehakt, der eine in einer weißen Tennissocke, der andere in einem braunen und zerdrückten Schuh, der sich merkwürdigerweise nicht vom Fuß gelöst hat. Sein Gesicht wirkt verschlossen, gleichsam leer, ohne den Ausdruck, der es einmal zu einem Gesicht gemacht hat, aber der Mund ist aufgerissen, als wollte er etwas sagen.

KARL STIRBT TIEF IM GEBIRGE, im Skrimfjell, allein mit Miles.

Miles ist Karls zweiter Hund, der erste hieß Sheila und musste eingeschläfert werden, als wir bei ihm einzogen, da ich gegen Hunde allergisch war. Monika wollte Sheila nicht haben, sie erinnerte sie zu sehr an das Leben, das ihr genommen worden war. Als ich aus der Stadt wegziehe, bekommt Karl endlich eine neue Sheila, aber der neue Hund hat keinerlei Ähnlichkeit mit dem ersten, obwohl auch der neue ein rauhaariger Vorstehhund ist. Er beschließt, den Hund Miles zu nennen, vergisst sich aber oft und ruft nach Sheila. Für den Hund ist es einfach, sie gewöhnt sich daran, auf zwei Namen zu hören, aber für Gladys ist dieser Name eine Qual, sie hat immer noch ein schlechtes Gewissen wegen der ersten Sheila, die Karl wegen uns weggeben musste, zusätzlich zu allem anderen, was er verloren hat, also den Töchtern, der Gedanke daran ist nicht auszuhalten, und außerdem macht sie sich Sorgen um seine Geisteskräfte, er wird sich doch wohl den Namen seines eigenen Hundes merken können. *Mai-els!*, ruft sie laut durch das Haus, aus der einen Etage in die andere, jedes Mal, wenn sie hört, dass Karl den Hund beim alten Namen ruft. Sooft er kann, geht Karl allein mit Miles oder Sheila spazieren, diese Ausflüge in die Berge und in den Wald sind jetzt sein Leben, manchmal ist er mehrere Tage lang weg. Seit sie allein im Haus sind, ist zwischen ihm und Gladys ein tiefes Vertrauen erwachsen, aber am allerwohlsten fühlt er sich unter freiem Himmel, allein mit dem Hund, und er hat sich wohl vorgestellt, dass der Hund ihn retten wird, sollte etwas passieren. Auf dem Abstieg von einem der steilen Gipfel im Skrimfjell erleidet er einen Schlaganfall, er fällt auf den Rücken und bleibt mit offenen Augen liegen, ohne sich rühren zu können. Der Hund ist eineinhalb Jahre alt, sie leckt ihm das Gesicht, winselt und läuft im Kreis um ihn herum. Schließlich bleibt sie zitternd und leise jaulend neben ihm sitzen. Er hört, dass sie da ist, dass sie Angst hat, und er sagt, *geh Hilfe holen, geh Hilfe holen, Sheila*, aber seine Stimme ist nicht zu hören, sie klingt nur in seinem Inneren. Er winkt mit der Hand, versucht, ihr den Weg zu deuten, aber auch die Hand bewegt sich nicht, nur in seinem Inneren ist er imstande zu winken. Also kann er nichts tun, um Miles oder Sheila zum Hilfeholen zu bewegen. Er hatte gedacht, sie würde von selbst darauf kommen, aber nein, die zweite Sheila ist weniger intelligent als die erste, die erste hätte ihm ganz bestimmt helfen können. Zwei Tage lang liegt Karl unbeweglich da, er kann sich weder im Gesicht kratzen noch in seinen Hosentaschen nach seinem Telefon suchen. Manchmal legt sich der Hund auf ihn drauf, vor allem nachts, merkt er, sie hat Angst im Dunkeln. Sie wiegt zwanzig Kilo, ungefähr so viel wie ein vierjähriges Kind, ihr Körper wärmt ihn ein wenig, aber nicht genug. Tagsüber liegt er da und schaut in den bewölkten Himmel, und für Karl ist es, als wäre es schon immer bewölkt gewesen, er kann sich nicht erinnern, jemals einen klaren Himmel gesehen zu haben. Die ersten Menschen, die über die Wolken hinweggeflogen sind, müssen erstaunt gewesen sein, denkt er. Von der Erde aus hat man den Eindruck, die Wolkendecke reichte unendlich weit nach oben, vermutlich weiß man erst seit dem Zeitalter der Flugzeuge, wie dünn die Wolkendecke eigentlich ist und wie weit sich der Luftraum oberhalb der Wolken erstreckt. Karl denkt an diesen Luftraum, er stellt sich vor, dort zu sein, in der großen Leere, die niemandem gehört. Ist es wahr, dass der Luftraum über den Wolken niemandem gehört? Da ist er sich nicht sicher, aber es würde sich richtig anfühlen, wenn es so wäre. Diese Gedanken sind es, in denen er ein und aus gleitet, und dann ist da noch etwas anderes, Erinnerungen vielleicht, oder Träume. Am Morgen des dritten Tages stirbt er, ohne es selbst zu wissen, und erst als sein Körper kalt geworden ist, fängt Sheila oder Miles an, durch die Landschaft zu streifen. Sie erschrickt vor sich selbst, kläfft und winselt und rennt ziellos durch die Hochebene, schließlich gelangt sie in ein Tal, sie sucht nach anderen Menschen, die ihr Sicherheit bieten können, und wird von einer kleinen Familie mit kleinen Kindern gefunden. An ihrem Halsband hängt eine Marke mit Karls Namen und Telefonnummer, auf seinem Telefon hebt niemand ab, es befindet sich ohnehin jenseits des Empfangsbereichs, und so schlagen sie die Adresse nach und finden Gladys' Telefonnummer.

IM FOYER DES KRANKENHAUSES laufe ich an Hanne vorbei, ohne sie zu erkennen, sie sagt meinen Namen, aber auch das dringt nicht zu mir durch, erst als sie mir nachläuft und meinen Arm berührt, bleibe ich stehen und drehe mich zu ihr um, als sähen wir uns zum ersten Mal.

– Hast du mich nicht gehört?, sagt sie. – Ivar meinte, du hättest im Hotel übernachtet. Willst du nicht lieber bei uns wohnen?

– Doch, das wäre schön, sage ich.

– Aber?

Sie lächelt, um es mir leichter zu machen. Sie ist erwachsen und unangestrengt, leichtfüßig und größer, als ich sie in Erinnerung habe. Außerdem ist sie zielstrebig und ungeduldig und einen Hauch schroff, merke ich.

– Aber ich bin es gewohnt, in meiner eigenen Gesellschaft zu sein.

– Ich verstehe. Na dann, falls dir plötzlich nach der Gesellschaft von anderen ist, sag doch einfach Bescheid!

Wir lachen, und es macht mir nichts aus, dass der Witz auf meine Kosten geht. Sie sagt, sie habe gerade für sich und Ivar Kaffee holen wollen und fragt, ob ich auch welchen möchte. Ich nicke. Ich warte auf sie, während sie drei Tassen Kaffee und einen Joghurt kauft, sie hat noch nicht gefrühstückt, sie reicht mir zuerst die eine Tasse, dann auch eine der beiden anderen, während sie mit der freien Hand die Tasche manövriert, die ihr über die Schulter hängt. Sie fragt mich, ob es für mich in Ordnung sei, die Treppe zu nehmen, dann gehen wir nach oben, sie nimmt zwei Stufen auf einmal, ich gehe hinter ihr, der Widerhall unserer Stimmen im Treppenhaus. Es sei schön, dass ich hier sei, sagt sie, Ivar mache gerade eine schwierige Zeit durch. Er schlafe zu wenig und sei nicht bereit für das, was passieren werde. Zum ersten Mal erwähnt jemand von uns, dass etwas passieren wird. Nämlich: dass Gladys sterben wird, aber das sagen wir nicht, nicht so direkt. Im Zimmer steht Ivar am Fenster, er scheint geweint zu haben, seine Wange fühlt sich feucht oder auch einfach nur kühl an, als wir uns umarmen, kurz, einander auf den Rücken klopfen und uns dann wieder voneinander entfernen.

– Wie ist das Hotel?, fragt er.

– Schön, ich habe Aussicht auf den Fluss und den Wasserfall.

– Das klingt gut. Und hier ist alles beim Alten, wie du siehst.

Gladys liegt im Bett und schläft mit blassen Augenlidern.

– Willst du es ihm nicht erzählen?, fragt Hanne.

– Was denn?

– Das, was dich belastet.

– Wenn es nur eine Sache wäre.

Übers Bett hinweg blicken sie zueinander, an mir vorüber, Ivar räuspert sich und sieht mich an.

– Sie möchte kein Grab haben, sagt er.

– Wer, Gladys?

– Es ist nicht lange her, dass sie das gesagt hat, es war erst vor ein paar Wochen. Ich habe nicht verstanden, warum sie darüber reden wollte. Ich war bei ihr und hatte den Rasen gemäht, und wir saßen auf der Terrasse, und dann kam es einfach so aus ihr raus, aus heiterem Himmel.

Er schüttelt den Kopf und sieht mich mitfühlend an.

– Sie hat gesagt, sie möchte in einem Gemeinschaftsgrab begraben werden, ohne Grabstein oder sonst irgendwas, das an sie erinnert. Ich habe es nicht ernst genommen, ich dachte, darüber könnten wir später reden. Aber das geht ja nun nicht mehr. Müssen wir ihrem Wunsch nachkommen?

Er sieht zuerst Hanne an und dann mich, ohne jedoch auf eine Antwort zu warten.

– Ich finde es nicht richtig, dass sie in einem Gemeinschaftsgrab liegen soll, sagt er. – Als wäre sie im Krieg umgekommen. Sogar Kriegstote bekommen doch irgendwann ein Grab. Ich verstehe nicht, warum sie einfach verschwinden möchte.

Er blickt auf Gladys, und vermutlich fühlt sich das unangebracht an. Er schüttelt den Kopf und schaut wieder zu mir.

– Was denkst du?, fragt Hanne in meine Richtung, und auch ich schüttle den Kopf. Am liebsten würde ich sagen, dass es für mich keinen großen Unterschied macht, ob es nun ein Grab gibt oder nicht. Aber das kann ich nicht sagen, nicht zu Ivar. Das würde er nicht akzeptieren, und das weiß auch Hanne, und sie sagt:

– Ich glaube nicht, dass sie das wirklich gemeint hat, Ivar. Wahrscheinlich hat sie es gesagt, weil sie Angst hat, dass du ihr Grab nicht pflegen würdest. Für Frauen ihrer Generation ist ein ungepflegtes Grab eine Schande. Gladys geht normalerweise mindestens einmal im Monat auf den Friedhof, sie jätet und sorgt dafür, dass auf Karls Grab Blumen stehen, und auf den Gräbern ihrer Eltern, und auf Gunnars Grab. Übrigens pflegt sie auch das Grab von Gunnars Eltern.

– Woher weißt du das?, fragt Ivar.

– Sie hat es mir erzählt. Ich war einmal mit ihr dort, sie hatte einen riesigen Rosenstrauch gekauft und brauchte Hilfe beim Transport und beim Einpflanzen. Nachdem wir den Rosenstrauch auf Karls Grab gepflanzt hatten, ist sie von einem Grab zum anderen gegangen und hat gejätet und aufgeräumt. Sie will kein ungepflegtes Grab, da lässt sie sich lieber anonym begraben. Ich glaube, sie hat das Gemeinschaftsgrab ins Spiel gebracht, damit du etwas sagst.

– Damit ich was sage?

– Dass du dich um ihr Grab kümmern wirst.

– Dann hätte ich das tun sollen. Warum habe ich das nicht begriffen?

– Aber so ist es, glaube ich.

– Sie hätte mir wohl nicht geglaubt, wenn ich es gesagt hätte.

– Glaubst du nicht?

– Sie weiß, dass ich nicht gern jäte, mit meinen Knien.

– Du hättest sagen können, dass ich es machen werde. Das hätte sie geglaubt.

– Ja, vielleicht.

– Auf diesen Friedhof gehen fast nur Frauen, weißt du. Aber jedenfalls denke ich nicht, dass ihr das ernst zu nehmen braucht. Ihr braucht ein Grab, an das ihr gehen könnt. Und solche Entscheidungen müssen von den Hinterbliebenen getroffen werden.

– Den Hinterbliebenen?

– Ja.

– Sie ist doch noch nicht mal tot, sagt Ivar auf einmal und geht ans Fenster. Hanne folgt ihm und legt ihre Hand auf seine Wange, das hat sie schon oft getan, vermutlich auf genau dieselbe Weise, und es scheint zu wirken.

– Aber wirst du es denn wirklich tun, Hanne?
– Was denn?
– Wirst du ihr Grab pflegen?
– Wenn du willst, dass ich es tue, Ivar. Dann tue ich es gern.

Plötzlich lachen beide, befreit und viel zu laut für den kleinen Raum, und es ist ein Lachen, das jeden anderen ausschließt, es gehört zu ihrer Beziehung, ist ein geheimer Teil ihres Zusammenlebens. Es ist, als wäre ich nicht hier, und auch Gladys nicht. Aber sie liegt unberührt und ruhig da, mit geschlossenem Mund und glatten Wangen und glatter Stirn und dem flachen Haar, dessen Farbe allmählich verblasst, sie kümmert sich um nichts von dem, was hier passiert, also brauche ich es auch nicht zu tun.

Nachdem Hanne gegangen ist, sitzen Ivar und ich uns an Gladys' Bett gegenüber. Ich frage, ob er nicht nach Hause gehen und sich ausruhen möchte, aber er verneint.

– Müssen wir nicht irgendwas tun?, sagt er.
– Was meinst du?
– Ich rede die ganze Zeit über sie, als wäre sie nicht da. Was, wenn sie alles hört, was wir sagen?
– Nichts deutet darauf hin.
– Aber wir können es nicht wissen.
– Nein, das stimmt.

Wir blicken einander an, dann blicken wir zu Gladys.

– Mama, sagt Ivar. – Ich weiß nicht, ob du uns hören kannst.

Er nimmt ihre Hand, sie ist schwer und schlaff, als wäre sie mit Sand gefüllt.

– Ich weiß nicht, was du von dem, was wir gesagt haben, gehört hast. Aber ich habe darüber nachgedacht, was du damals über dein Grab gesagt hast. Ich weiß nicht, ob du dich daran erinnerst, aber du hast gesagt, du möchtest kein eigenes Grab. Aber ich wünsche mir, dass du eines hast. Wir wünschen uns das, nicht wahr, Titti?

Er sieht mich an, und seine Augen werden feucht, aber er wartet nicht auf meine Antwort.

– Wir hoffen, dass du wieder gesund wirst und zurück in dein Haus kannst. Das hoffen wir sehr. Aber eines Tages wird das passieren, wovor wir Angst haben. An dem Tag, an dem du nicht mehr hier bist, wollen wir ein Grab haben, an das wir gehen können. Ich hoffe, das ist für dich in Ordnung. Ich musste es dir einfach sagen, Mama.

– Ich musste es dir einfach sagen, sagt er noch einmal.

Er hält ihre Hand zwischen seinen Händen, er ist ein erwachsener Mann, der seine Mutter nicht verlieren möchte, und dann legt er ihre Hand behutsam ab, steht auf und geht wieder ans Fenster.

– Ist es okay, wenn ich ein wenig lüfte?

– Klar.

Er öffnet das Fenster, dreht sich zu mir und lehnt sich an den Fensterrahmen.

– Ich sollte nicht so mit ihr reden. Das ist falsch, ob sie uns nun hört oder nicht. Ich kann sie nicht dazu zwingen, irgendwas zu akzeptieren, oder?

Ich schüttle den Kopf, hauptsächlich um ihm weiterzuhelfen.

– Aber ich weiß noch, wie traurig sie darüber war, dass Runar kein Grab hatte, an das sie gehen konnte. Deshalb glaube ich, sie würde es verstehen. Für sie wäre es gut gewesen, sein Grab besuchen und sich auf diese Art um ihn kümmern zu können. Sie wäre oft hingegangen, hätte gepflanzt und gejätet und es ihm schön gemacht.

– Bestimmt.

Wir schauen einander an, unsere Blicke stoßen aufeinander und gleiten zur Seite wie gleichgepolte Magnete. Es vergehen nur ein zwei Sekunden, aber die Zeit reicht aus, um eine voreilige Entscheidung zu treffen und sie wieder zurückzunehmen. Ich wollte ihm etwas über Runar sagen. Wir haben fast nicht über ihn gesprochen, jedenfalls nicht, seit er gestorben ist. Zuerst wollte ich sagen, dass ich in letzter Zeit viel an Runar gedacht habe. Ein überflüssiger Satz, in Anbetracht der Umstände. Und dann wollte ich sagen, dass es sich für mich so anfühlt, als hätte sich Runar das Leben genommen. Ich wollte sagen: Irgendwie hat er doch Selbstmord begangen, glaubst du nicht auch. Ich wollte es mit einem Fragezeichen am Ende sagen. Aber ich kann nicht, es ist mir physisch unmöglich, als würde die Luft im Zimmer nicht ausreichen, um einen solchen Satz auszusprechen. Ivar würde sich zusammenkrümmen, sich umdrehen, das Zimmer verlassen, oder was weiß ich. Das kannst du nicht glauben, würde er vielleicht sagen. Runar hat keineswegs Selbstmord begangen, er ist krank geworden und ist im Krankenhaus gestorben, würde er sagen. Und dann würde ich antworten, dass ich die Art und Weise meine, in der Runar gelebt hat. Hätte er nicht jeden Tag geraucht und getrunken, wäre er im Allgemeinen besser mit sich selbst umgegangen, hätte er mit dieser Krankheit wahrscheinlich lange leben können. Das tun die meisten, würde ich sagen. Das kannst du nicht wissen, würde Ivar antworten. Und dann würde er sagen, dass ich so etwas schon gar nicht vor Gladys erwähnen dürfe. Wir wissen nicht, ob sie uns hört oder nicht, hätte er mich erinnert. Und dann könnte ich nicht antworten, dass es Gladys war, die mich auf den Gedanken gebracht hat. Ich könnte ihm nicht erzählen, dass ich mittlerweile alles, oder fast alles, durch ihren Blick sehe, so, wie ich mir einbilde, dass es ihre Sicht auf die Dinge ist. Das könnte ich ihm selbstverständlich nicht sagen. Nichts von alledem kann ich ihm sagen, und ich beschließe, es sein zu lassen. Ivars freundliches Wesen ist eine allzu starke Kraft, er benutzt sie, um rund um sich Ordnung zu schaffen, um Harmonie und Ruhe zu bewahren, wo auch immer er sich befindet. Das macht es unmöglich, etwas Unpassendes zu sagen, oder etwas, das er vielleicht als unpassend erleben könnte.

Und dann sagt er plötzlich:

– Ich habe in den letzten Tagen ziemlich viel an Runar gedacht.

– Ja, sage ich. – Ich auch.

Er sieht mich an, wir sehen einander an, und dann sehen wir beide weg.

2

AN EINEM SAMSTAGMORGEN, als Frida noch klein war, stand sie vor ihrem Vater und starrte mit sorgenvoller Miene zu ihm herauf.

Was ist mit dir los?, fragte Ivar, und sie antwortete: Ich mache ein Gesicht wie du, Papa. Ihr Gesicht sah entstellt, gequält, verhärmt aus. *So* nahm ihn seine Tochter wahr?

Als Frida zur Welt kam, muss es für Ivar gewesen sein, als ginge ein Riss durch ihn hindurch. Die Freude über das kleine Kind erfüllte ihn, ihr Anblick trieb ihm die Tränen in die Augen, es war, als wäre er verliebt. Und er *war* verliebt, er vergötterte sie bedingungslos. Auf einmal hatte er das Gefühl, sein eigenes Leben wäre vollbracht und er selbst hätte keine Bedeutung mehr. Das einzig Relevante, das er auf dieser Welt getan hatte, war sein Beitrag dazu, dass Frida existierte. Oft fühlte er eine Art allumfassende Zärtlichkeit für die Menschheit, die ein solches Wesen hervorgebracht hatte.

Was also hatte ihm dieses sorgenvolle Gesicht verliehen, das sie an jenem Samstagmorgen imitierte? Er konnte sich nicht erinnern, höchstwahrscheinlich irgendetwas Profanes, ein Problem mit dem Auto, die Fußbodenheizung im Bad, eine Herausforderung in der Arbeit. Die kleinsten Probleme konnten seine Tage ausfüllen, eine beiläufige Bemerkung von einem seiner Kollegen reichte aus, um ihn nächtelang wachzuhalten. Voll Entsetzen konnte er aus dem Schlaf hochschrecken und seine Tage wie in einer Art Verdunkelung durchleben – auf Grund von Nichtigkeiten, Bagatellen, Dingen ohne jede Bedeutung. Wenig später waren die Probleme vergessen, und er hatte keine Ahnung mehr, was ihm solche Sorgen bereitet hatte. Aber Frida fing jede Stimmung im Haus auf, und seine ganz besonders. Wenn Ivar schlechter Laune war, färbte es auf sie ab. Er musste auf seinen eigenen Gemütszustand achten, wenn er vermeiden wollte, dass Frida darunter zu leiden hatte. Sie war ein Kind, er war erwachsen, es war seine Verantwortung, im Haus eine Atmosphäre zu schaffen, die gut für sie war. Aber bald vergaß er das wieder, es gab selten Grund, sich um Frida zu sorgen, sie nahm alles so leicht, sie bewegte sich unbeschwert durch die Welt, trotz allem.

Und dann wurde Herman geboren, und er war keine Sekunde lang unbeschwert. Er weinte ununterbrochen, eine dünne, wimmernde Klage, die Tag und Nacht zu hören war. Herman brauchte immer etwas anderes, oder mehr, als Hanne und Ivar ihm geben konnten. Im Nachhinein erschien es ihm, als wäre Frida für ihn während der Jahre von Hermans früher Kindheit in den Hintergrund gerückt. Sie war ihren Eltern Aufmunterung und Trost, und sie hatten weder Zeit noch Kraft, sich um sie Sorgen zu machen. Zur Sorge gab es auch keinen Grund, nachdem sie sich selber mit allem zurechtfand. Dann kam Herman in die Schule, und es lief besser, als Ivar befürchtet hatte. Obwohl Herman die Schule nicht mochte, wurde er zu Hause friedlicher, weil dieses Zuhause für ihn zu einem Ort der Freiheit wurde, wo er tun konnte, wonach ihm der Kopf stand. Wieder und wieder dieselben Computerspiele. Es fiel ihm schwer, Freunde zu finden, aber er schien nicht darunter zu leiden. Allmählich zog er sich auch von seinen Eltern zurück, besonders von Ivar. Solange er vor dem Computer sitzen oder Elvis hören konnte, ging es ihm gut.

– Er hört gern Elvis?, frage ich, ohne den ungläubigen Ton in meiner Stimme verbergen zu können.

– Ja, sagt Ivar und schüttelt den Kopf. – Für ihn gibt es nur Elvis, Elvis, Elvis.

Etwas schleicht über sein Gesicht, eine diffuse Ergriffenheit, Zärtlichkeit und Scham in wechselnden Schattierungen. *Elvis Is King* – diese Worte schrieb Herman mit gespreizten, kaum zusammenhängenden Filzstiftbuchstaben auf alles, was er besaß, er brauchte beide Seiten des Federmäppchens, um für die drei kurzen Worte Platz zu finden, die sich vor ihm bereits Hunderttausende von Menschen zu eigen gemacht hatten. Aber das war lange her, und wer hörte denn jetzt schon noch Elvis, und noch dazu so obsessiv? Herman hatte sich auf mysteriöse Art und Weise an den alten Elvis-Kult herangegraben und war darin aufgegangen: Elvis war der König, Elvis war der Größte, Elvis war der Sinn des Lebens. Jeden Tag, wenn Herman von der Schule nach Hause kam, setzte er sich hin und hörte Elvis, und wenn er etwas las, dann handelte es von Elvis. Oder er saß auf dem Bett und studierte die Fotos, die ihn umgaben, die Wände seines Zimmers waren mit Elvis-Postern bedeckt. Der junge Elvis mit dem süßlich-weichen Gesicht, der erwachsene Elvis mit seinem Blick erfüllt von dämmerndem Zynismus – Selbstschutz? Oder ein Versuch, sich alles zunutze zu machen, was ihm angeboten wurde, wer hätte das in seiner Situation nicht getan, und wer tut das nicht, ganz generell, und sei es in einem stinknormalen Leben? – und dann Elvis am Ende seines Lebens, kaum vierzig Jahre alt, aber bereits aufgeschwemmt und vom Kummer betäubt.

Wenn es kein Kummer war, dann war es etwas anderes Unerträgliches: eine unermessliche Enttäuschung darüber, was aus dem Leben geworden war. Ivar stand in Hermans Zimmer und versuchte zu sehen, was sein Sohn aus all diesen Elvis-Gesichtern herauslas, wieder und immer wieder dasselbe erstarrte Lächeln, und er verstand es nicht, es erschien ihm beunruhigend und exzentrisch, dass ein Kind von einem verstaubten Unterhaltungskünstler derart besessen sein konnte.

Und es ging auch nicht vorbei, sondern wurde in den kommenden Jahren nur schlimmer, an manchen Tagen wollte Herman über nichts anderes sprechen als über Elvis. Er hatte eine lange Phase gehabt, in der er nur Xylophon spielen wollte, voller Eifer und ohne nennenswerte Musikalität, dafür aber stundenlang, und einen Herbst lang hatte er jeden Samstag darauf bestanden, zu einem Stall außerhalb der Stadt gefahren zu werden, um Pferde zu beobachten. Vor den Pferden hatte er panische Angst, er wollte weder auf ihnen reiten noch sie berühren, aber er liebte es, sie aus der Ferne zu beobachten. Er liebte und fürchtete ihre schweren Körper und konnte von ihnen nicht genug bekommen; sein eigener, ziemlich schmächtiger Körper zitterte beim Anblick der großen, dunklen Tiere, die schnaubten und ihre Mähnen schüttelten. Und dann hatte er angefangen, Schirmmützen und Caps zu sammeln, das hielt einen Frühling und einen Sommer an, sein Zimmer war voll damit, prall gefüllte Plastiktüten, er ging bei seiner Sammlung ohne System vor, war aber unersättlich, ehe er unversehens die Lust wieder verlor und die gesamte Sammlung verstauben ließ, bis sich die Eltern mit vereinten Kräften daran machten, sein Zimmer aufzuräumen und sie wegzupacken. Ständig neue Fimmel und Manien, und alles ging nach kurzer Zeit wieder vorbei, nur nicht Elvis, Elvis war gekommen, um zu bleiben, und er sollte niemals verschwinden. Jetzt, da Herman ein Teenager war, waren es besonders die späteren Aufnahmen, die düstereren Songs, die es ihm angetan hatten. Hinter der geschlossenen Tür seines Zimmers waren die Klänge von Streichern und Steel-Gitarren zu hören und die schwermütige, halb erstickte Stimme, die sang: *Moody Blue, tell me am I getting through*. Ivar, für den Musik in seiner Jugend das wichtigste Identitätsmerkmal gewesen war, muss das seltsam vorgekommen und peinlich gewesen sein. Ivar hörte Pink Floyd, Tangerine Dream, Genesis und Yes, und er hat sich nie weiter aus dem Progrock herausgewagt als bis Led Zeppelin. Aber was weiß ich, er hört bestimmt auch vieles anderes, von dem er nicht möchte, dass irgendjemand, also ich, davon weiß, aber jetzt hatte er einen Sohn, der auf seinem Zimmer saß und Elvis hörte, und das muss für ihn beängstigend gewesen sein, es muss ihm vorgekommen sein, als wäre Gunnar in der Gestalt seines eigenen Sohnes unter die Lebenden zurückgekehrt.

Es gibt einen Elvis-Song, der den Titel »A Whistling Tune« trägt, und dieser Song war der Grund, weshalb Herman im Alter von zwölf Jahren das Pfeifen erlernte. Was er zuvor nie zustande gebracht hatte, entwickelte er jetzt zur Kunst, genau wie Gunnar und andere Männer aus Gunnars Generation es vor ihm getan hatten, sie hatten gepfiffen wie Elvis. Ivar erinnerte sich daran, wie stolz Gunnar auf sein Pfeifen gewesen war, ein tiefes, melodiöses Pfeifen mit sentimentalem Vibrato. Und nun war dieselbe Art des Pfeifens, diese alte, maskuline Großtuerei, die heute keiner mehr pflegt, jedenfalls nicht in unserem Teil der Welt, dieses anatomische Nebenprodukt, dieses Überschussphänomen, nutzlos und eitel, mit dem einzigen Zweck, damit angeben zu können, täglich aus dem Zimmer seines Sohnes zu hören, oder draußen im Garten, wo sich Herman über den Rasenmäher beugte. Herman wollte zu Hause gern zur Hand gehen, aber es konnte einen ganzen Nachmittag dauern, bis er den Rasen fertig gemäht hatte. Er mähte für eine Weile, ging rein, um Elvis zu hören, dann mähte er weiter. Er spielte jetzt nur noch LPs, wollte sich nicht dazu herablassen, digitalisierte Aufnahmen zu hören, sie waren so flach, so unauthentisch, und außerdem, und das war für ihn am allerwichtigsten, hatte Elvis seine Lieder selbst niemals in digitalisierten Versionen gehört. Er hörte Elvis, um Elvis nahezukommen, Elvis als Person, seine Präsenz und sein Geist waren für Herman wichtiger als die Lieder selbst. Ivar hatte den Eindruck, dass das Hören der Lieder für Herman nur eine von mehreren Möglichkeiten war, mit Elvis in Kontakt zu kommen. Am Ende des Tages war der Rasen gespickt mit ungemähten Stellen, Herman hatte den Mäher unter einem Strauch festgefahren und ihn dort stehen gelassen. Und dann konnte man sein Pfeifen aus dem Bad hören, wo er stundenlang in der Badewanne lag, Selbstgespräche führte, pfiff und – aller Vermutung nach – an Elvis dachte.

Ivar gab sich seinen Kindern und ihrem Heranwachsen hin, um sich selbst zu entfliehen. Das glaube ich, der ich nichts darüber weiß, was es bedeutet, eine Familie zu haben, und es hörte nicht auf, als Frida und Herman Teenager wurden. Ich glaube, ich weiß jetzt fast alles über ihn, nach mehreren gemeinsamen Tagen und Nächten bei Gladys im Krankenhaus. Ivar hat angefangen, mir von sich und seiner Familie, von seinem Leben zu erzählen, das hat er früher nie getan, oder vielleicht hat es mich früher einfach nicht interessiert. Mit einem schweren, von Gefühlen überquellenden Gesicht beugt er sich über das Bett, und ich bilde mir ein, alles sehen zu können, was in ihm vorgeht und was er mitgemacht hat. Ivars Sorgen um Herman waren ebenso überwältigend wie seine Bewunderung für Frida. Er bewunderte alles an ihr, auch Dinge, die er eigentlich nicht mochte, zum Beispiel ihre Angewohnheit, völlig ungeniert bei lautgestelltem Handy zu telefonieren. Sie hielt das Telefon stets mit der Unterseite zum Mund, wie alle in ihrem Alter, und sie lachte über ihren Vater, der sich das Telefon ans Ohr hielt. Jeder ihrer Gesichtsausdrücke kam ihm inszeniert vor, als spielte sie in einem Film. Und sie spielte so überzeugend, dass es in ihm nach und nach ein leises Unbehagen hervorrief. Wer ist sie?, dachte er manchmal.

Nicht die Ausdrücke oder Gesten selbst waren neu, sondern die Art, wie sie sie benutzte, die selbstbewusste Art, sie zu variieren und auszuspielen, die ihrer Generation eigen war. Ihre Überraschung, Empörung oder Nachdenklichkeit, die Art, wie sie zur Decke hinauflachte und dabei schön und tiefsinnig aussah, während sie sich die Haare hinters Ohr strich, wie sie resigniert den Kopf neigte und dann etwas mit ihren Augen machte, das sie plötzlich entschlossen wirken ließ. Und Ivar bewunderte jeden einzelnen ihrer Gesichtsausdrücke und begriff nicht, wie sie das hinbekam. Hanne und er waren in ihrer Jugend weitaus ausdrucksloser gewesen, fand er, und im Vergleich zu ihrer Tochter waren sie das immer noch. Frida konnte man nie überrumpeln, nie erwischte man sie *off guard,* wie sie sich selbst ausdrückte. Und wenn sie doch einmal überrumpelt wurde, wusste sie genau, wie sie es nach außen hin zeigen wollte, sie fixierte die Person, mit der sie sprach, mit den Augen, sie war *stunned* oder *shocked,* sie drückte all ihre Gefühle auf Englisch aus. Er sah sie nie mit unkontrolliertem Gesicht, so wie er früher dagesessen hatte, das wusste er von Fotos, ein verdutzt glotzender Teenager. Bedeutete das, dass ihr nichts wirklich naheging? Schützte sie sich besser, als er es getan hatte, oder sah es nur so aus? In Wahrheit konnte ihr alles nahegehen, alles Mögliche konnte ihre Welt zum Einsturz bringen, er wusste nicht, wann es angefangen hatte, aber es war lange her, und er hatte es zum ersten Mal an dem Tag gesehen, an dem Runar gestorben war.

Frida war damals zehn Jahre alt. Ivar kam von der Arbeit nach Hause und erzählte ihr, dass einer seiner Brüder gestorben sei.

– Onkel Runar, erinnerst du dich an ihn?, fragte er.

Das tat sie nicht, also suchte er ein Foto vom jungen Runar hervor, und vielleicht war das der Fehler, dass ihr der tote Onkel als Jugendlicher vorgestellt wurde, Runar war auf dem Bild fünfzehn oder sechzehn, mit dunklem Haar, das ihm seitlich ins Gesicht hing und die eine Augenbraue verdeckte, und Schlaghosen, die so weit waren, dass sie wie schwarze Fahnen aussahen. Frida saß vor dem Foto und studierte es für eine Weile, jetzt würde er für sie für immer ein toter Teenager sein, mager und ernst, und auf einmal blickte sie mit schockiertem Gesicht zu Ivar auf, sie konnte es nicht glauben, sie war entsetzt, anklagend, war zuerst voller Abscheu und schließlich voller Trauer, und dann fing sie auf einmal an zu weinen, unerwartet heftig, wie Ivar fand, und er sagte:

– Aber du hast ihn doch nicht mal gekannt.

– Nein, genau das ist es ja, sagte sie. – Er war mein Onkel. Warum habe ich ihn nie kennenlernen dürfen?

Sie schluchzte und heulte, sie ließ ihren Tränen freien Lauf, sie wollte nicht umarmt werden, und als er die Tränen auf ihrer Wange trocknen wollte, stieß sie seine Hand von sich.

– Und jetzt ist er tot und hat mich nie gesehen, und ich habe nicht mal gewusst, dass es ihn gegeben hat, rief sie.

– Das hast du schon gewusst, sagte Ivar.

– Habe ich?

– Ich habe dir von ihm erzählt, und zu Weihnachten hat er dir Grüße geschickt.

– Daran kann ich mich nicht erinnern. Und ich habe noch nie ein Foto von ihm gesehen.

Ihre Untröstlichkeit war für Ivar schwierig genug, aber dass sie imstande war, ihn wegzustoßen, hätte er sich nie vorstellen können. Er war an diesem Tag früher nach Hause gekommen als sonst, und als er Frida in der Küche über ihren Hausaufgaben hatte sitzen sehen, hatte er sich darauf gefreut, mit ihr zu reden. Er wollte mit seiner Tochter zusammensitzen und ihr von seinem Bruder erzählen, ihr erzählen, wie sehr er ihn vermisste und dass ihm vielleicht erst jetzt bewusst geworden war, dass er Runar schon seit vielen Jahren und beinahe unentwegt vermisst hatte. Normalerweise konnten Ivar und Frida gut miteinander reden, aber jetzt begriff er nicht, was mit ihr los war, sie stand vom Tisch auf und ging auf ihn los und rief:

– Was für eine Familie ist das eigentlich?

– Jetzt sag doch nicht so was. Wir hatten einfach den Kontakt verloren.

– Aber warum?

– Ich weiß nicht. Wir haben einfach aufgehört, miteinander zu reden.

Sie stand vor ihm, schlug die Hände vors Gesicht und schüttelte den Kopf.

– Frida, sagte er. – Solche Dinge passieren.

– Was ist das für eine Familie?, sagte sie noch einmal, und er begriff, dass sie unsere Familie meinte, seine Familie, nicht die Familie, die er selbst gegründet hatte und in der sie aufgewachsen war. Frida war an den Umgang mit ihren Onkeln und Tanten und Cousins und Cousinen mütterlicherseits gewöhnt, sie besuchten einander oft, und was sie jetzt sagte, brachte Ivar zur Verzweiflung, denn er hatte Frida genau die Art Familie gegeben, die er sich selbst immer gewünscht hatte, eine vertraute und stabile kleine Familie, und jetzt war es, als würde ihn Frida zurückstoßen in jene Familie, aus der er selbst gekommen war.

Glücklicherweise kam Hanne wenig später nach Hause, sie ging direkt auf Ivar zu und umarmte ihn, sie fragte ihn, ob er traurig sei, was er bejahte, und er sah, dass Frida dasaß und die beiden beobachtete. Ihre Tränen waren getrocknet, und als sie später am selben Abend an ihm vorbeiging, strich sie ihm übers Haar und sagte *Armer Papa*. Ihre eigene Reaktion erwähnte sie nicht mehr, und Ivar fragte sie auch nicht mehr danach, er war nur froh, dass Frida wieder die Alte war.

Was für ein Leben war das? Genau das Leben, das sich Ivar gewünscht hatte: Familie, Sicherheit, Vorhersehbarkeit, Herausforderungen, die zu bewältigen waren. Es war keine Selbstverständlichkeit, dass sich sein Leben so entwickelt hatte, das weiß ich sehr wohl. Er war zum Militär gegangen und hatte dort seine Ausbildung gemacht, und sieben Jahre später war er als Ingenieur nach Overberget zurückgekehrt. Er kam zurück, weil er einen Job in der Waffenfabrik bekommen hatte, aber auch, weil er sich seiner Heimatstadt verbunden fühlte und es als den natürlichen Lauf der Dinge ansah, hier zu wohnen.

Als Ivar in der Fabrik anfing, muss es sich für Gunnar angefühlt haben, als würde sich Ivar ihm annähern. Gunnar hatte sich in der Fabrik wohlgefühlt, weil man dort so viele Freiheiten genoss, stolz hatte er davon erzählt, wie er es sich als Neuling hatte erlauben können, auf dem Klo zu sitzen und Cowboybücher zu lesen. Als wäre das etwas, das man an seinen Sohn weitergeben müsste. Es war ein entsetzliches Bild, unmöglich zu vergessen, jedenfalls für Ivar, der nicht wusste, ob Gunnar beim Lesen mit den Füßen gegen die Tür auf dem Toilettendeckel gesessen hatte oder mit heruntergelassener Hose auf dem Toilettensitz, und das eine Bild war genauso unsäglich wie das andere. Das Schlimmste daran war, dass Gunnar keine andere Vorstellung von Freiheit zu kennen schien, als auf dem Klo zu sitzen, dass dies für ihn etwas war, mit dem er meinte, prahlen zu können. Ivar schämte sich für Gunnar und erzählte niemals irgendjemandem über ihn. Er wusste, dass es Leute gab, die Gunnar verteidigt und gesagt hätten, die unterste Arbeiterschicht müsse sich schützen und jede sich bietende Freiheit nutzen, um dem enormen Arbeitsdruck standhalten zu können. Ja, aber dann kannten diese Leute Gunnar nicht, hätte Ivar geantwortet. Denn das war der Sumpf, aus dem er sich erheben wollte: Gunnar, der niemals für jemand anderen Verantwortung übernommen hatte als sich selbst, wenn überhaupt. Ivar musste sich selbst von Grund auf neu erschaffen, seine eigenen Voraussetzungen in etwas Neues verwandeln. An dem Tag, an dem er Ingenieur geworden war, rief er mich am Abend an und hatte Wein getrunken, das kam nicht oft vor. Endlich hatte er sich von Gunnars Schatten befreit, endlich würde er ganz bestimmt niemals werden wie Gunnar.

Ivar kaufte eine kleine Wohnung, die er selbst renovierte. Ich habe keine Ahnung, wo er das Zimmern und Malern und Fliesenlegen gelernt hatte, aber er war plötzlich einer von denen, die diese Dinge konnten, er machte alles allein, teils weil er sparsam war und sich keine Handwerker leisten wollte, aber ich glaube, ebenso ausschlaggebend war etwas anderes, nämlich der Wunsch, die Kontrolle über sein Dasein zu übernehmen. Er ließ sich einen Bart wachsen, und der stand ihm gut, er passte zu dem Selbstbewusstsein und der Ernsthaftigkeit, die er in sich selbst suchte. Aber er fühlte sich nicht recht wohl damit, ständig hatte er Essensreste um den Mund oder das Gefühl, mit den Fingern den Bart durchkämmen zu müssen, um sich zu vergewissern, dass nichts darin festhing. Und so rasierte er sich den größten Teil ab und behielt nur den Schnurrbart, den er an den Enden mit Wachs einzwirbelte. Zu dieser Zeit legte er sich Hobbys zu, die zu seinem neuen Schnurrbart passten, Fliegenfischen, Aquarienfische, Sternegucken, aber auch der Schnurrbart wurde ihm zu anstrengend, denn trotz allem war Ivar immer noch ein Mensch, der am liebsten unbemerkt in der Menge untergehen wollte. Und so wurde aus Ivar wieder ein glatt rasierter Mann, mit kurzen Koteletten und etwas längerem Haar im Nacken. (Das war in den Neunzigern, und seitdem hat er es so belassen.) Jeden Morgen stand er mit dem Rasierapparat in der Hand vor dem Spiegel und vermied es, sich selbst in die Augen zu schauen. Trug einfarbige T-Shirts und helle Levi's-Jeans, fuhr mit dem Fahrrad zur Arbeit, hielt freundlichen Abstand zu allen in seiner Umgebung, sich selbst eingeschlossen. Er legte sich einen Hund zu, einen schreckhaften Schäferhund, der, wie sich herausstellte, ein angeborenes Nierenleiden hatte und nach nur einem halben Jahr eingeschläfert werden musste, und seitdem hatte er nie wieder einen Hund haben wollen. Auch die Aquarienfische wurden ihm zu anspruchsvoll, es belastete ihn jedes Mal, wenn er tote Fische im Wasser fand, das passierte manchmal mehrmals im Monat, und immer gab er sich selbst die Schuld und meinte, er hätte etwas falsch gemacht. Er verkaufte das Aquarium an einen Kollegen und erklärte, es sei ihm zu viel Aufwand, es zu reinigen. Das Fliegenfischen nahm ein Ende, ebenso wie das Sternegucken, er machte sich das Leben einfacher. Eines kalten Winters hörte er auf, mit dem Fahrrad zur Arbeit zu fahren und nahm stattdessen das Auto. Als der Frühling kam, fuhr er weiterhin mit dem Auto. Wenn er am Nachmittag auf dem Heimweg einen Regenbogen sah, hielt er an und kurbelte das Fenster herunter, um den Anblick zu genießen. Schau mal, ein Regenbogen, sagte er zu sich selbst, er ließ sich vom Universum beeindrucken, von der Natur, aber er nahm nicht den einzelnen Regenbogen wahr, beachtete nicht die Nuancen der Farben oder deren Reihenfolge, er ließ das Wort die Erfahrung überschatten. Ebenso verhielt er sich zum Vollmond, zum Neuschnee, zur ersten Tasse Kaffee am Morgen und zu einem freundlichen Gesicht – das ist das Leben, sagte er zu sich selbst, wie nett sie aussieht, er versuchte, jedes Gefühl, das sich in seinem Körper meldete, zusammenzufassen, und suchte dabei nie nach etwas anderem, als dem, was ihm bereits bekannt war.

Was bedeutet das? Nur, dass er versuchte, sein Leben so zu gestalten, dass es für ihn nicht zu überwältigend wurde. Und natürlich benutzt er selbst nicht diese Worte, ich sehe sie unter dem von ihm Gesagten aufsteigen, unter dem Klang seiner Stimme, wie schwarzes Wasser, das im Moor in einen frischen Fußabdruck sickert. Auch so etwas würde er selbst nie sagen, obwohl er gern wandern geht, ins Gebirge und über Hochebenen und durch gefrorene Moorlandschaften, überall, wo er sie finden kann, sucht er nach Harmonie, und jetzt benutzt er meinen Namen, meinen Taufnamen, früher habe ich den Klang dieses Namens nicht ertragen, aber jetzt ist es okay. Steinar, sagt er. Es ist so schön, dass du gekommen bist, Steinar, sagt er. Es ist gut, dass wir endlich miteinander reden, Steinar, sagt er. Und es gelingt uns tatsächlich, wir sitzen einander an Gladys' Bett gegenüber und reden mit leisen Stimmen im gedämpften Licht, nur die eine Lampe am Bett ist an, und Gladys atmet ruhig, als hörte sie zu, wollte aber nicht stören, und Ivar erzählt mir von sich. Oft scheint er zu vergessen, dass ich da bin, oder er schaut zu Gladys, aber dann dreht er sich wieder zu mir und sagt: Verstehst du, was ich meine, Steinar? Und ich verstehe, und es fällt mir nicht schwer, und ich weiß nicht, warum es mir früher immer so unmöglich war. Ivar ist der Einzige, der mir geblieben ist, meine einzige Verbindung zu allem, von dem ich wegwollte. Und ich frage mich, ob er gewusst hat, dass dies eines Tages passieren würde. Dass alles, wovon ich so unbedingt wegwollte, irgendwie dazu bestimmt war, zu etwas zu werden, das ich früher oder später vermissen würde.

Nach ein paar Jahren als Ingenieur in der Waffenfabrik bekam Ivar einen mittleren Managerposten, das lag ihm, wie er sagt, noch mehr als die Arbeit als Ingenieur. Er übernahm gern für andere Verantwortung, er versuchte, positiv und fürsorglich zu sein, während er außerdem darauf bedacht war, selbst nicht zu sehr aufzufallen. Er lebte allein, auch das passte gut zu ihm. Er sei nicht für Beziehungen gemacht, sagte er immer. Und: allein fühle er sich am wohlsten. Seine Versuche langfristiger Beziehungen hatten sich nie richtig angefühlt, weder mit Irene Bjørnholt, die er aus der Mittelschule kannte, noch mit Marit Bakken, einer Kollegin, oder mit Elin Zachrissen, an sie kann ich mich erinnern, sie war die Schwester eines Klassenkameraden, eine Zeitlang wollte ich werden wie sie, mit Dauerwelle und Schmollmund. Aber im Verborgenen war in Ivar etwas herangereift, und dann war da diese Frau, nach der er sich in der Kantine immer öfter umsah. Hanne war fast zehn Jahre jünger als er und frisch ausgebildete Elektroingenieurin, er hatte sich ein paarmal mit ihr unterhalten, Small Talk, bei dem es um nichts ging, aber sie war seinem Blick mit Aufrichtigkeit und Ernsthaftigkeit begegnet, und danach hatte er jedes Mal ein Lächeln auf den Lippen gehabt, das nicht verschwinden wollte. Eines Morgens besuchte er sie in der Abteilung, in der sie arbeitete. Es ist, als würde sein Gesicht wachsen, wenn er von ihr spricht, selbst nach all den Jahren, seine Stimme wird belegt, wenn er ihren Namen sagt. Er wusste genau, wo sie saß, und sie sah ihn durch das Großraumbüro kommen und begriff, was er wollte. Er hatte eine Ausrede, ein offizielles Anliegen. Hanne war für ihre Fähigkeiten bekannt, und obwohl sie in einer anderen Abteilung arbeitete, ging er zu ihr, um eine fachliche Frage zu besprechen. Von einem der Nachbartische lieh er sich einen Stuhl und setzte sich neben sie. Sie beugten sich über eine Zeichnung, die er mitgebracht hatte, eine einfache Bleistiftzeichnung auf Papier, das Problem, bei dem sie ihm helfen sollte, war nicht kompliziert, ganz im Gegenteil, es war viel zu einfach, aber sie tat so, als hätte sie keine Ahnung, was seine Absichten betraf. Sie saßen zusammen an einem kleinen Tisch und blieben viel länger sitzen, als nötig gewesen wäre. Ihre Kollegen fingen allmählich an, sich zu wundern, aber davon bemerkte er nichts. Er sah nur ihr Gesicht und ihren Mund und ihre Hände, während sie mit ihm redete, und diese Aufmerksamkeit, mit der er sie beobachtete (ich weiß, wie es ist, wenn man das Maß verliert und allzu eifrig wird), gab ihr ein Gefühl der Freiheit, das sie seit ihrer Jugend nicht mehr auf diese Weise empfunden hatte. Das sagte sie zu sich selbst und später zu ihm, und bereits zwei Tage nach diesem Gespräch beendete sie eine Beziehung, an der sie ohnehin zu zweifeln begonnen hatte. Ein deutlicheres Zeichen brauchte Ivar nicht, er lud sie zu sich nach Hause zum Abendessen ein, und nach zwei Monaten überredete er sie, zu ihm in seine frisch renovierte Wohnung zu ziehen. Wenige Wochen nach ihrem Einzug erklärte er, wenn sie Kinder haben wollten, dann sollten sie nicht damit warten. Eigentlich hielt er sich für zu alt, um noch Vater zu werden, und er wusste nicht, ob das überhaupt etwas für ihn war, er hatte Angst, ein Vater wie Gunnar zu werden. Aber jetzt wollte er plötzlich alles, wovor er früher Angst gehabt hatte. Er wollte Kinder mit Hanne, und für sie eile es doch auch, rein biologisch gesehen, meinte er, und sie nahm ihm nicht übel, dass er das sagte. Auch sie hatte nie vorgehabt, Kinder zu bekommen, darin war sie sich immer sicher gewesen, sie fürchtete die Mutterrolle, konnte sich nicht damit identifizieren, konnte sich nicht vorstellen, einen Säugling auf dem Schoß sitzen zu haben. Aber jetzt wollte sie es auf einmal doch, sie wollten es beide, sie wollten alles, und sie hatten Glück, sie wurde nach kurzer Zeit schwanger. Das musste bedeuten, dass sie auch genetisch zusammenpassten, darüber waren sie sich einig, das war eine Liebeserklärung nach Hannes Geschmack. Aus Ivar und Hanne war eine glückliche Geschichte geworden, ein Triumph des konventionellen Glücks, hätte ich sagen können, aber das tat ich nicht, und das tue ich auch jetzt nicht. Innerhalb von drei Jahren hatten sie zwei Kinder bekommen, sie waren zu einer kleinen Familie geworden, einer klassischen norwegischen Kernfamilie, die in ein mittelgroßes Auto passte, und Ivar war endlich zu dem Menschen geworden, der er vielleicht immer hatte sein wollen.

Aber wer ist er eigentlich. Schwer atmend blickt er ins Leere, ein freundlicher Mann, darüber scheinen sich alle einig zu sein, groß und leicht gebeugt, er macht sich oft kleiner, als er ist, weil er nicht zu viel Platz einnehmen möchte. Auch Hanne ist groß, bei ihrem gemeinsamen Abendspaziergang durch die Nachbarschaft legt sie ihm immer den Arm über die Schulter. Sie haben sich ein Haus gebaut, eine kleine Villa in einem Wohngebiet am Nyryddingsåsen, dem neuesten Wohngebiet der Stadt. Ein Leben mit kleinen Kindern, die nach und nach größer geworden sind und gelernt haben, Fahrrad zu fahren und auf ihren eigenen Handys zu scrollen, und die sich schmerzlich und dramatisch in ganz gewöhnliche, reizbare und empfindliche Teenager verwandeln. Eine Zeitlang haben Frida und Herman sein ganzes Leben ausgefüllt, ihre Stimmen klangen durch das Haus, und *Elvis, Elvis, you were always on my mind*. Immer sitzt jemand am Ende des Küchentisches und arbeitet an irgendetwas, das fertig werden muss, Hausaufgaben oder Projekte. Aufräumen und Fitnessstudio und abends Fernsehen, das Auto in der Garage, die Rosensträucher, die glänzenden Fahrräder, die dichte und immergrüne Hecke, das Namensschild aus blau bemalter Keramik an der Eingangstür und das Chaos aus Schuhen im Flur, jedes Paar tief geprägt von den Füßen seines Besitzers. Früh am Morgen geht Ivar in Morgenmantel und Pantoffeln hinunter zum Briefkasten, auf dem Weg zurück blättert er die dünne Lokalzeitung durch, damit Hanne sie beim Frühstück lesen kann. Die Tage in der Arbeit, Besprechungen und Problemlösungen, versöhnliches Lachen (manchmal falsch, manchmal echt) über die Kantinentische hinweg, und dann ist es vier Uhr, und er kann endlich mit dem Fahrrad nach Hause fahren. Zu diesem Zeitpunkt hat er wieder angefangen, mit dem Rad zu fahren, er will sich fit halten. Klamotten auf der Wäscheleine, das Elsternnest in der Kiefer, das Abendlicht auf dem Stabparkett. Und die plötzliche Freude über ein Reh im Garten, mit langen, schönen Ohren und flauschigem Geweih steht es da, dreht sich zu ihm um und schaut ihn mit überraschend ausdruckslosen schwarzen Augen an.

Und jetzt sind wir bei der Sache angelangt, die ihm auf dem Herzen liegt, die ihn lange gequält hat und von der er mir erzählen möchte. Ein warmer Frühlingstag vor etwa einem Jahr, Samstagnachmittag, Ivar und Hanne saßen in ihren Liegestühlen auf der Terrasse, von der anderen Seite des Hauses hörten sie Schritte im Kies, jemand war auf dem Heimweg, und sie wussten, es war Frida. Herman war wie üblich zu Hause, in seinem Zimmer sang Elvis in Dauerschleife »Blue Eyes Crying in the Rain«. Sie hörten die Haustür aufgehen und drehten sich in Richtung der Wohnzimmerfenster um. Drinnen sah es dunkel aus, aber im Licht der offenen Haustür sahen sie Frida. Sie winkte ihnen quer durchs Haus zu. Sie trug einen Pulli, den sie noch nie gesehen hatten, blau gestreift und etwas zu groß. Sie war nicht allein. Sie hörten die tiefere Stimme eines großen und schlanken jungen Mannes, der sich hinunterbeugte, um sich die Schuhe auszuziehen, und sie hörten Frida sagen, er könne sie ruhig anbehalten. Sie führte ihn durch das Wohnzimmer zu ihnen auf die Terrasse. Hier sagte sie noch einmal Hallo, mit einer leisen Abwehr in der Stimme, sie wappnete sich bereits gegen die Reaktion ihrer Eltern, spürte Ivar, der sie unmittelbar beschützen wollte, auch vor sich selbst, sollte es notwendig werden.

– Ich habe jemanden mitgebracht, sagte sie mit ihrer neuen Stimme. – Das ist Benjamin.

Ivar und Hanne standen auf und begrüßten ihn, er war genauso groß wie Ivar. Viele und scheinbar nicht zu bändigende Haare, ein dünner und schütterer Bart, eine schmale Nase und ein gekränkter Zug um den Mund. Er war klein, dieser Mund, mit geschürzten Lippen, die sich wichtigmachten. Benjamin streckte ihnen eine schmale und lange Hand entgegen, sie fühlte sich auf Ivars breiter Handfläche kühl an. Sie stellten sich vor, und Benjamin wiederholte seinen Namen mit einer merkwürdig sanften Stimme. Sanft und leicht abweisend, und das wunderte Ivar, der den Jungen eigentlich am liebsten sympathisch finden wollte. Wenn Frida ihn mochte, wollte Ivar das auch tun, obwohl er schon jetzt Widerstand spürte. Er wusste nicht, ob dieser Widerstand von ihm selbst kam oder von Benjamin. Oder von Frida? Fridas Aufmerksamkeit war ganz auf Benjamin gerichtet, sie blickte nur auf ihn, während sie Ivars Blick auswich. Benjamin trug ein Tanktop, seine nackten Schultern hatten etwas Demonstratives, und um die Hüfte hatte er ein kariertes Hemd gewickelt. Das war Fridas neues Hemd, sie hatte es angehabt, als sie aus dem Haus gegangen war, und den gestreiften Pulli hatte sie sich vermutlich von ihm geliehen. Sie hatten Kleider getauscht, das war wie eine Verlobung, und Ivar hatte kein gutes Gefühl dabei. Sie blieben nur ein paar Minuten, Frida ging mit Benjamin hinauf in ihr Zimmer, vielleicht nur, um es ihm zu zeigen, denn auch dort blieben sie nicht lang, dann kamen sie wieder die Treppe herunter und verabschiedeten sich.

– Wann kommst du nach Hause?, fragte Hanne.

– Ich weiß nicht, antwortete Frida etwas kurz angebunden.

War sie nur nach Hause gekommen, um den neuen Freund herzuzeigen, oder war irgendetwas schiefgelaufen, während sie da gewesen waren? Ivar war nach dem Besuch beunruhigt, das ist typisch für ihn, der immer in allen Menschen das Beste sehen möchte. Das wollte er auch jetzt, mehr als je zuvor, und dass Frida mit einem Freund nach Hause gekommen war, kam ihm wichtig vor, dennoch blieb ein Unbehagen in ihm zurück, ein Gefühl, zurückgewiesen worden zu sein. Er verstand es nicht, er hatte Frida zu zeigen versucht, dass er Benjamin mochte. Er kannte sie, dachte er, er wusste, dass sie von ihren Eltern verstanden und verteidigt werden wollte, egal was passierte, und das hatte er ihr zeigen wollen, auch wenn er keine Gelegenheit gehabt hatte, sich mit Benjamin richtig zu unterhalten.

Ivar erinnerte sich noch gut an den Tag, an dem er Hannes Eltern zum ersten Mal getroffen hatte, er war nervös gewesen, und die Eltern auch. Es hatte viel Geklirre mit Besteck und Geschirr gegeben, und dann war eine riesige Sahnetorte serviert worden. Er hatte sich genötigt gefühlt, sich wieder und wieder zu bedienen, und am Ende hatte er fast die ganze Torte allein aufgegessen, nur weil er seinen guten Willen hatte zeigen wollen. Er erinnerte sich an die Erleichterung, die alle Beteiligten hinterher empfunden hatten, weil es gut gelaufen war. Bei der ersten Begegnung geht es darum, einander Sicherheit zu vermitteln, sie ist ein Ritual, das in jeder menschlichen Kultur weit zurückreicht, oder etwa nicht, sagt Ivar. Man zeigt einander Vertrauen, baut Missverständnissen und Feindseligkeiten vor. Hannes Eltern waren Zugezogene in der Stadt und hatten glücklicherweise noch nie von Gunnar gehört, oder von Gladys und Karl, und das gab Ivar die Möglichkeit, ihnen seine Geschichte nach und nach selbst zu erzählen, was er erst viel später tat, erst viele

Jahre nachdem er und Hanne geheiratet und Kinder bekommen hatten.

Aber Frida und Benjamin schienen kein Interesse daran zu haben, Hanne und Ivar ein Gefühl der Sicherheit zu vermitteln. Im Gegenteil, sie gaben sich abwartend, fast feindselig. Was war es, das Ivar an diesem jungen Mann mit seinem schmalen Blick so sehr beunruhigte? Frida hatte noch nie einen Freund mit nach Hause gebracht, und Ivar war nicht darauf vorbereitet gewesen, dass es so laufen würde. Es fühlte sich an, als wären Hanne und er diejenigen, die vom Freund ihrer Tochter akzeptiert werden müssten, und nicht umgekehrt. Und auch in den folgenden Tagen wurde es nicht besser. Frida ging Ivar aus dem Weg. Er war es gewohnt, dass sie miteinander reden konnten, immer hatte sie ihm erzählt, was los war, sobald er merkte, dass sie etwas bedrückte. Eines Nachmittags legte er seine Hand auf ihre Schulter und sagte ihren Namen. Als er fragte, ob etwas nicht stimme, zog sie die Schulter zurück und schüttelte den Kopf. Jeder, der in einer Familie gelebt hat, versteht, was das bedeutet, erklärt Ivar, und damit hat er sicher recht: Etwas war nicht, wie es sein sollte, es hatte mit ihm zu tun, und Frida hatte nicht vor, ihm Gelegenheit zur Versöhnung zu bieten. Sie wollte sich ihm nicht öffnen, und das war für ihn ungewohnt. Aber er gelangte zu dem Schluss, dass sie Zeit brauchte, dass er versuchen musste, sie in Ruhe zu lassen.

Und dann kam es auf einmal mit überraschender Wucht ans Licht. Es war ein typischer Frühsommermorgen, Donnerstag, bevor alle zur Schule und zur Arbeit gingen, und Ivar schmierte seinen Kindern immer noch Pausenbrote. Frida kam in die Küche und sagte, sie wolle kein Essen in die Schule mitnehmen. Er erfuhr nicht warum, sie sagte nur, sie brauche kein Essen. Er stellte das Frühstück für Herman auf den Tisch, jeden Tag dasselbe: ein Glas Milch und ein Knäckebrot mit Braunkäse und dann einen Joghurt, wobei der Joghurt auf keinen Fall auf den Tisch gestellt werden durfte, ehe das Knäckebrot nicht aufgegessen war. Die Milch musste in einer bestimmten Menge in immer dasselbe Glas gegossen werden, ein dünnes blaues Glas, das Herman zu seinem gemacht hatte. Frida aß wie üblich nichts, sie trank nur einen Proteindrink mit Schokoladengeschmack. Ivar schenkte Hanne und sich Kaffee ein. Die Kaffeemaschine verstummte, es wurde still in der Küche. Er stand am Fenster und konnte plötzlich die kleinen Singvögel draußen hören. Wie heißen sie, Rotkehlchen Grünfink Kohlmeise, für solche Dinge interessiert sich Ivar mittlerweile, Vögel, Bäume und Tiere im Wald, alles, was lebt und dem Dasein Tiefe verleiht. Er öffnete das Fenster und sagte:

– Hört doch nur, die Vögel!

Keiner antwortete. Hanne war noch im Bad und konnte ihm nicht helfen, also antwortete er sich selbst:

– Ich liebe den Vogelgesang im Frühling. Das ist der Klang des Lebens, das zurückkehrt.

– Witzig, dass gerade du so vom Leben fasziniert bist, sagte Frida plötzlich, – und dabei arbeitest du für Moloch.

– Moloch?

– Moloch, Mordor, was weiß ich. Den Tod, den Todesgott. Ist das nicht deine Arbeit, ist es nicht das, wovon du lebst? Du verkaufst doch den Tod.

– Wovon redest du, Frida?

– Von der Wahrheit. Ich rede von der Wahrheit, über die hier nie gesprochen wird. Du arbeitest für eine Firma, die Waffen herstellt, Waffen verkauft. Du kommst nach Hause und erzählst uns, dass ihr einen großen Auftrag bekommen habt, dass die britische Marine Raketen kaufen wird, und wie toll das doch ist. Du redest, als würdet ihr irgendeine Art Spielzeug herstellen, du interessierst dich nur für die Elektronik und die technischen Lösungen. Aber es sind immer noch Waffen, Papa! Raketen, die explodieren und Gebäude zerstören und Menschen umbringen. Jedes Mal, wenn ich in den Nachrichten Bilder aus irgendeinem Krieg sehe, weiß ich, die Waffen hat mein Vater gemacht, oder irgendjemand anderer in seinem Auftrag.

– Wir verkaufen unsere Waffen doch nicht an irgendwen. Und es ist auch nicht so, als ob alle Waffen, die irgendwo auf der Welt benutzt werden, hier hergestellt würden, das weißt du genau.

– Aber du bist daran beteiligt, Waffen zu verkaufen und daran Geld zu verdienen, und darüber redet ihr nie. Was glaubst du denn, wie sich das für mich anfühlt? Alles, was ich habe, meine Klamotten, mein Fahrrad und mein Schmuck, sogar mein Schulranzen, alles in meinem Zimmer, ist mit Waffengeld bezahlt. Blutgeld, sagt Benjamin. Und er hat recht. Benjamin ist Wehrdienstverweigerer, er hat sich viel mit der Sache beschäftigt, und er sagt, dass meine ganze Existenz auf Waffenhandel basiert. Dass ich mich damit auseinandersetzen muss. Und so ist es schon mein ganzes Leben lang, das ist mir plötzlich klar geworden. Meine Spielsachen, als ich klein war, der Puppenwagen, auf den ich so stolz war, die süßen Kuscheltiere, die ich immer noch in meinem Zimmer habe, das Essen, das ich gegessen habe und das Haus, in dem ich aufgewachsen bin, alles ist mit Geld aus Waffenhandel bezahlt worden. Und das gilt nicht nur für mich, das gilt für die halbe Stadt. Wie viel von dem, was ich an dieser Stadt mag, ist nicht mit Geld aus deinem Job finanziert? Und Mamas Job genauso, ihr seid ja im selben System, aber sie arbeitet wenigstens nicht direkt mit Waffen.

Ivar wollte ihr sagen, dass die Elektronik, an deren Entwicklung Hanne beteiligt war, auch für Waffen verwendet wurde und in vielen Fällen zuerst für Waffen entwickelt wurde, bevor sie für die zivilen Produkte, an denen Hanne arbeitete, angepasst wurde. Manchmal war es auch umgekehrt, und technologische Lösungen, die Hanne mitentwickelt hatte, wurden später für Waffen verwendet. Aber das konnte er nicht sagen, er musste Hannes Unschuld, die Frida als gegeben annahm, bewahren. Stattdessen versuchte er zu erklären, dass der primäre Zweck von Waffen Abschreckung sei, es gehe um Verteidigung, Waffen würden produziert, um Kriege zu verhindern. Etwas anderes zu glauben, sei purer Idealismus, sagte er, es sei naiv zu behaupten, dass die Welt ohne Waffen auskommen könne. Ich nehme an, dass er dabei an mich dachte, denn einen solchen Standpunkt einzunehmen, wäre für mich typisch gewesen. Auch ich hatte keinen Wehrdienst geleistet, ich war Wehrdienstverweigerer, wie Benjamin es werden wollte, wobei allerdings jeder wusste, dass ich den Militärdienst niemals geschafft hätte und deshalb drum herumgekommen war. Doch egal was er sagte, es half nichts. Frida wollte ihm nicht zuhören, er hätte sagen können, was er wollte, sie hatte sich entschieden, ihm keinen Glauben zu schenken. Sie war Benjamin gegenüber loyal, und alles, was er über die Welt dachte, dachte sie auch. Aber warum sie plötzlich auf ihren Vater losgehen musste, konnte Ivar nicht begreifen. Er vermutete andere Gründe dahinter, ein Bedürfnis, sich zu lösen. Es würden vermutlich immer Phasen kommen, in denen sie ihren Eltern etwas vorwerfen würde, in denen sie erkennen würde, dass ihre Eltern weniger perfekt waren, als sie gedacht hatte. Vielleicht war es also nur natürlich, dass sie ihn angriff, mehr ihn als Hanne, hatte doch zwischen ihm und ihr immer eine besondere Verbindung bestanden. Das glaubte er, das glaubt er noch immer, er ist hoffnungslos an seine Tochter gebunden, das sieht man sofort. Er kann nicht über sie sprechen, ohne dass seine Stimme ins Zittern gerät, ein fast unmerkliches Beben, das von tief unten kommt, er selbst hat sich daran gewöhnt, er glaubt, dass ihr Name und alles, was mit ihr zu tun hat, mit diesem leichten Zittern ausgesprochen werden müsse, einem überwältigten Ausdruck von Rührung, dessen er sich selbst nicht bewusst ist und der vielleicht auch sonst niemandem in seiner Familie auffällt.

Sie fuhr fort, ihm von der plötzlichen Einsicht zu erzählen, die über sie gekommen war, sie benutzte Formulierungen wie, ihr Leben sei auf einer Lüge aufgebaut, die vermeintliche stille Idylle, in der sie aufgewachsen war, sei nur eine Fassade, und wo hatte sie nur diese Ausdrücke her, er konnte es sich nicht erklären. Tränen der Wut stiegen ihr in die Augen, während sie mit ihm redete. All das hatte sie also mit sich herumgetragen, all das hatte sie bestimmt schon oft aufgesagt, sowohl vor sich selbst als auch vor Benjamin, ohne ihrem Vater gegenüber etwas zu erwähnen. Sie hatte geübt, sich in aller Heimlichkeit hineingesteigert, bevor sie es herausgelassen hatte. Aber es kam nicht von ihr selbst, und es traf ihn wie ein ungeheurer Schlag, dass all dies von Benjamin kam, von dem mageren Jungen, der ihm eine kühle und ironische Hand entgegengestreckt hatte. Schon damals, schon an jenem Händedruck hatte er gespürt, dass Benjamin etwas gegen ihn hatte. Benjamin mit der sanften, skeptischen Stimme, er hatte in einem kleinen, ungelüfteten Zimmer am anderen Ende der Stadt gesessen, den Arm um Frida gelegt und ihre Eltern kritisiert, sie gegen ihren Vater aufgehetzt.

Ivar versuchte, Gegenargumente zu finden, aber er redete

zusammenhanglos, gestikulierte mit den Händen, wurde rot im Gesicht, er schwitzte, er war aufgebracht. Er wollte ihr erklären, dass Pazifisten es sich leicht machten, er versuchte zu sagen, dass alle den Frieden wollten, auch er, und all jene, mit denen er arbeitete, er wollte sagen, dass seine Kollegen nette Menschen waren, kluge, vernünftige und sensible Menschen und dass sich keiner von ihnen etwas anderes wünschte als eine friedliche Welt. Aber es gelang ihm nicht, sie hörte ihm nicht zu. Er versuchte, ihr zu erklären, dass jedes Land ein militärisches Verteidigungssystem brauche und dass die Waffenproduktion tatsächlich notwendig sei, um in einer Welt wie unserer Frieden sicherzustellen, aber er konnte sich nicht so ruhig und überzeugend ausdrücken, wie er es gewollt hätte.

Sie sah ihn mit einem mitleidigen Lächeln an und sagte, er verstehe nicht, worum es hier gehe, er sei in dieser Stadt aufgewachsen, die ohne die Waffenfabrik niemals existiert hätte, und dass er wohl als Kind einer Gehirnwäsche unterzogen worden sei. Aber sie sei doch genauso hier aufgewachsen, entgegnete er, taktisch ungeschickt und gereizt, und sie lächelte überlegen und sagte Ja, das sei wohl wahr, und sie sei dazu erzogen worden, dasselbe zu glauben wie er, sie sei hineingewachsen in diese kriecherische Freundlichkeit, die alles einhüllte, was mit der Waffenfabrik zu tun hatte, das Schweigen, das Kaschieren, das Leugnen der Ungeheuerlichkeit dieser Waffen, von denen die ganze Stadt lebte. Niemand sei bereit, über dieses Thema zu reden, niemand halte es aus, wenn es problematisiert werde. Er sah sie an und wusste: Was sie sagte, konnte nicht auf ihrem eigenen Mist gewachsen sein. Zu verschwörerisch klang es, zu feindselig und übertrieben. Auch der hämische Tonfall ihrer Stimme war ihm neu. Oder nein, neu war er nicht, denn er kannte ihn von Benjamin. Das sagte er ihr ebenfalls, und auch das war ein Fehler. Sie sah ihn an und schüttelte den Kopf. Warte kurz, sagte sie und ging ihren Laptop holen. Sie öffnete eine Seite, die ihm wohlbekannt war, er hatte sie unzählige Male gesehen, es war eine Präsentation des neuen Marschflugkörpers der Fabrik, er hatte an seiner Entwicklung mitgearbeitet, eine Aufgabe, der er große Teile seines Berufslebens gewidmet hatte.

Und nun saß Frida vor ihrem Laptop, den sie von Hanne und ihm als Konfirmationsgeschenk bekommen hatte, und wollte es ihm zeigen. Sie drehte den Bildschirm in seine Richtung, damit er besser sehen konnte, er erkannte die Bilder sofort wieder, sie waren in vielen unterschiedlichen Zusammenhängen benutzt worden, und die Version, die Frida gefunden hatte, war anlässlich eines großen Verkaufsdeals erstellt worden. Ein englischsprachiges Voiceover kommentierte das Gezeigte mit britischem Akzent, eine angenehm nüchterne Stimme erzählte, die Rakete wiege 400 Kilogramm, sie sei imstande, Ziele in bis zu 185 Kilometer Entfernung zu treffen, zum Schutz vor anderen Raketen und zur Zielfindung diene ein Radarsystem. Wieder und wieder wurde die Animation des über die Wasseroberfläche fliegenden Marschflugkörpers gezeigt; schlank und weiß und einsam glitt er auf seiner programmierten Bahn dahin, kein Laut war zu hören, bis auf den Luftwiderstand, geschmeidig steuerte er an jedem Hindernis vorbei und fand eigenständig sein Ziel. Er war darauf programmiert, das Ziel zu erkennen, mittels Infrarotsensoren konnte er Militärschiffe von zivilen Schiffen unterscheiden, er traf das Ziel mit einer Explosionskraft, die automatisch je nach Beschaffenheit des Ziels an die Situation angepasst wurde. Das Ziel konnte ein Schiff sein, ein Fahrzeug oder ein Gebäude, und während es unschädlich gemacht wurde, sah man Flammen in die Höhe schlagen. Der Film zeigte, wie der Marschflugkörper von der Seite in den Rumpf einer Fregatte eindrang, die Stärke der Explosion war überschaubar, sie sah weniger beängstigend aus, als sie hätte sein können, das wusste er, aber mit einem seltsam metallischen Klang in der Stimme stellte ihm Frida die rhetorische Frage, was seiner Vorstellung nach mit den Menschen passieren würde, die sich auf dem Schiff befänden, wenn dies die Realität wäre und nicht nur eine Animation. Ihm fiel nichts ein, was er hätte antworten können, er wäre sich dumm vorgekommen, die Sache lag auf der Hand. Also antwortete sie selbst, sie sagte, wenn sich auf dem Schiff lebende Menschen befänden, dann würden sie durch die Explosion in Stücke gerissen und verbrannt. Sie erklärte ihm das Offensichtliche, nämlich dass Menschen, die sich in der Nähe eines explodierenden Marschflugkörpers aufhielten, getötet wurden. Und sei es etwa nicht so, fuhr sie fort, dass moderne Waffentechnologie darauf abziele, aus großer Entfernung zu zerstören, sodass diejenigen, die für die Zerstörung verantwortlich seien, selbst keiner nennenswerten Gefahr ausgesetzt seien? Und sei es weiters nicht auch so, wiederholte sie, sie war bühnenerfahren, sie war eine gerissene Rhetorikerin, sie konnte eine Sache wirkungsvoll darlegen und eine Debatte ganz allein führen, das hatte sie in der Schule gelernt, sie hatte in ihrer Klasse unzählige Vorträge über alle möglichen Themen gehalten, und er hatte ihr bei den ewigen PowerPoints geholfen und ihr beim Üben zugehört, all das hatte sie gelernt, und jetzt benutzte sie es gegen ihn, sei es nicht etwa auch so, dass das Risiko in früherer Zeit in höherem Maße beim Militär gelegen hatte, während es durch die moderne Kriegsführung auf die Zivilbevölkerung abgewälzt und den Krieg für diese noch schlimmer gemacht habe?, sagte sie. Und wieder wusste er keine Antwort, und wieder verfing er sich in einem taktischen Fehler, er fing an zu erklären, dass moderne Kriegsführung in der Theorie ermögliche, dass nicht Hunderttausende von Soldaten in Schützengräben lägen und abgeschlachtet würden, wie es in den beiden Weltkriegen der Fall gewesen sei, aber das war eine Sackgasse, das wurde ihm schnell klar, es half nichts, und er schweifte ab, er sprach von Dingen, an die er nicht einmal selber glaubte, er skizzierte eine Zukunftsvision der Kriegsführung ohne menschliche Opfer, eine Art Kriegsführung im Weltraum, fast wie ein Videospiel. Es war lächerlich und unrealistisch, das war ihm bewusst, und er machte alles nur noch schlimmer. Und Frida wiederholte ihre Frage, ob er wisse, welchen Schaden diese Waffen bei lebenden Menschen anrichteten? Und schließlich musste er zugeben, dass er selbstverständlich genau wisse, dass ein Marschflugkörper gefährlich sei, er wisse genau, welche Sprengkraft er habe und welchen Schaden er anrichten könne. Das sei nun mal der Zweck von Waffen, sagte er, großen Schaden anzurichten, am besten so zielgerichtet und effektiv wie möglich. Das weiß doch jeder, wollte er sagen, aber er beherrschte sich, auch wenn ihm das nichts nützte.

Frida schien das erst jetzt klar geworden zu sein. Sie saß aufrecht auf dem Stuhl und sah ihn mit Tränen in den Augen an, als könnte sie nicht glauben, was er da sagte. Großen Schaden anzurichten?, wiederholte sie. Er wollte seine Hand auf ihren Arm legen, aber sie zog ihn zurück. Er machte einen weiteren Versuch, ihr zu erklären, was Verteidigung sei, was Verteidigungswaffen seien, dass ihr Zweck gerade darin bestehe, Kriege zu verhindern. Aber es war zu spät, sie wollte nichts hören, sie legte die Hand über ihr Gesicht, sie schüttelte den Kopf. Hier war ihr kindlicher Glaube an das

Gute in sich zusammengestürzt. Hier hatte sie sich von ihm losgerissen. Und das Schlimmste sei, sagte sie, dass gerade er all dieses Gute um sie herum ermöglicht hatte, den Glauben an das Gute. Immer war er es gewesen, sagte sie, der sie davon überzeugt hatte, dass alles in Ordnung sei, dass alles sicher sei, dass nichts Schlimmes passieren könne. Wenn sie als Kind Angst gehabt hatte, habe er sie glauben machen, sie und er selbst und ihre Familie stünden auf der Seite der Guten.

– Wir waren die Guten,

sagte sie und sah ihn mit großen Augen an, herzzerreißend klaren und aufrichtigen Augen, deren Anblick ihm selbst jetzt noch, im Moment ihres Angriffs gegen ihn, ein Genuss war.

– Aber das war eine Lüge, sagte sie.

Sie glaube ihm nicht mehr, glaube nicht an seine guten Absichten, sie sehe ihn endlich als den Zyniker, der er sein musste, um einen Job wie seinen ausüben zu können. Endlich könne sie klar sehen, sagte sie, noch einer von diesen Ausdrücken, und wo hatte sie das nur her, dachte er, sie musste es im Fernsehen gehört haben.

Auf ihrem Laptop war das erste Video in ein anderes übergegangen, und erneut sahen sie das lange weiße Geschoß über die Meeresoberfläche schnellen. Sie betrachteten es beide, und wie jedes Mal war Ivar fasziniert von seiner stummen Kraft, und jetzt meinte er dieselbe Faszination bei Frida zu bemerken. Schön ist er trotz allem, wollte er sagen, und tat es nicht, aber er bildete sich ein, auch bei ihr eine Art Ergriffenheit zu spüren, die diese Bilder in ihr auslösten, dass auch sie gebannt und beeindruckt war von diesem weißen Flugkörper, der einen halben Meter über der Wasseroberfläche dahinschoss, wie ein Seevogel, nur unendlich schneller, mit einer Geschwindigkeit, die der Schallgeschwindigkeit entsprach, unfassbar, dass jemand so etwas hatte konstruieren können. Dass er plötzlich seine Richtung ändern konnte, war schön, dass er unerwartet und elegant Hindernissen ausweichen konnte, war schön, und dass er gegen Ende seines schnellen Fluges, kurz vor Erreichen des Ziels, in zufällige Richtungen ausschwenkte, um es Flugabwehrsystemen auf diese Weise unmöglich zu machen, ihn zu treffen, auch das war schön, und es war beeindruckend, und Ivar wusste, wie viel Einsatz und Erfindergeist dazugehört hatten, all das zu realisieren. Frida betrachtete den Marschflugkörper auf dem Bildschirm, dann sah sie Ivar an, versuchte, ihm ein Gesicht zu zeigen, das Verachtung oder Abscheu ausdrücken sollte, aber er glaubte, in ihrem Gesicht noch etwas anderes zu sehen, auch sie war tatsächlich beeindruckt oder bewegt, sie empfand eine Art Ehrfurcht, glaubte er, auch sie staunte über die Kraft und die Schönheit des Geschosses, und ihre eigene Faszination für die Rakete, wie sie es nannte, sie mochte das Wort Marschflugkörper nicht, es war vermutlich zu intern, zu *corporate* für sie, schreckte sie noch mehr ab.

– Findest du sie schön?, fragte sie.

Er antwortete nicht, aber er sah ihr in die Augen.

– Findest du, die Rakete sieht schön aus, wenn sie so durch die Luft gleitet?

Er konnte nicht antworten, er hatte Angst vor dem, worauf sie hinauswollte, und sie fuhr fort:

– Du siehst doch wohl auch, dass sie aussieht wie ein symbolischer Penis. Und dass die Explosion am Ende eine Ejakulation ist, ein Orgasmus. Das siehst du doch auch, oder?

Er zuckte zusammen, am liebsten hätte er geweint, sie war damals sechzehn, und obwohl sie über viele Dinge gesprochen hatten, hatte sie diese Wörter noch nie in den Mund genommen, nicht in seiner Gegenwart.

– Aber sie bringt nichts als Tod, nicht wahr? Also ist es, als würde man einer Vergewaltigung zusehen, oder? Es ist, als würde man sich eine Vergewaltigung ansehen und sie schön finden, oder etwa nicht?

Sie starrte ihn an wie eine von ungelösten inneren Spannungen angetriebene Fanatikerin. Sie wollte, dass er spürte, wie schwierig, wie kaputt ihr Leben nun war. Er verstand nicht warum, es musste mit etwas anderem zu tun haben als mit seiner Arbeit und ihrer Abscheu vor Waffentechnologie, es musste etwas sein, das sie in sich trug und das er nie zuvor bemerkt hatte, dachte er, und es war für sie wichtig, es an ihn weiterzugeben. Und das sollte und konnte sie gern tun, sagte er sich, er hätte alles von ihr annehmen können, denn sie war sein Kind und ihre Existenz glich seine eigene aus. Aber das hielt nur ein paar Sekunden an, dann konnte er nicht mehr, alles, was sie sagte, ging ihm nahe, und er nahm es persönlich, genau wie sie es auch beabsichtigt hatte. Er wollte ihr sagen, dies sei eine Sackgasse und die Sprache, die sie benutzte, würde ihr nicht dabei helfen, zu verstehen, worum es in der Waffenindustrie ging, wenn es denn die Waffenindustrie sei, über die sie sprechen wolle. Er versuchte ihr klarzumachen, dass zumindest an der Produktion nichts rein Männliches sei, an der Entwicklung und Herstellung dieses Marschflugkörpers und aller anderen Waffen und Munition arbeiteten sowohl Frauen als auch Männer. Noch einmal versuchte er, ihr zu erklären, dass die Raketen produziert würden, um Sicherheit zu schaffen. Aber es gelang ihm nicht, sich auf eine Weise auszudrücken, die glaubwürdig klang, jedenfalls nicht für Frida.

Sie packte ihren Laptop zusammen. Sie steckte ihn in ihre Umhängetasche, nahm ihr Handy und die teuren AirPods mit, ein deutliches Zeichen, dass sie gehen wollte. Und das musste er um jeden Preis verhindern, er wollte, dass sie die Sache gemeinsam ausdiskutierten. Er fragte, ob sie eine Tasse Tee wolle, und sie lehnte ab, und dann beugte sie sich über den Tisch und sagte:
– Aber du, Papa.
– Ja?, sagte er.
– Du verstehst doch, dass es lebende Menschen sind, die damit getötet werden? Du verstehst das? Dass es die Kinder von jemandem sind, die getötet werden, oder die Väter?
– Ja, oder Mütter, sagte er.
Er wollte nicht ausweichen, er wollte sich ihr stellen, ihr ermöglichen, eine Verbindung zu ihm herzustellen. Er hätte ihr so gern erklärt, dass dies Technologie auf hohem Niveau sei und dass Teile dieser Technologie auch für friedliche Zwecke verwendet würden, und er wollte wiederholen, was er bereits gesagt hatte, nämlich dass der beste Weg, sich vor Krieg zu schützen, tatsächlich in einer abschreckenden Verteidigung bestehe, aber er wusste, sie würde es nicht akzeptieren, was auch immer er sagte. Es blieb ihm nichts anderes übrig, als aufzugeben, sie würde ihm nicht zuhören. Sie stand auf, und er überlegte, ob er sie anflehen sollte zu bleiben. Kannst du nicht einfach zu Hause bleiben, wollte er sagen. Lass uns zuerst wieder zueinanderfinden, wollte er sagen, aber das ging nicht.
– Ich habe immer gewusst, dass du stolz auf deinen Job bist. Und das hat auch mich stolz gemacht. Auf dich, und auf Mama, und auf unser Leben, irgendwie. Aber ich war so naiv. Ich habe geglaubt, wir leben ein gutes Leben, wir tun etwas Gutes in der Welt, nur weil du und Mama angesehene

Jobs habt, in denen ihr gut seid. Dabei verkaufst du einfach nur den Tod, in einer Stahlverpackung.

– Komposit, sagte er. – Es ist kein Stahl, es ist Komposit, sagte er, aber sie hörte ihm nicht zu, wusste vielleicht nicht, was Komposit war, und es bedeutete ihr ohnehin nichts, er machte alles nur schlimmer, für sich selbst, oder auch für sie. Sie sah ihn an und schüttelte den Kopf, irgendwie mild, oder doch verständnislos, oder gar resigniert. Sie stand auf und ging, und die Haustür knallte hinter ihr zu. Und jetzt stand auch Herman auf und rief:

– Du redest zu laut, Ivar! Du redest zu laut!

Und das war keineswegs lustig gemeint, das war seine Art, für seine Schwester Partei zu ergreifen. Er reagierte auf die schlechte Stimmung, seine Stimme zitterte, und er lief auf sein Zimmer und knallte ebenfalls die Tür zu. Ivar folgte ihm, Herman saß auf dem Bett und hörte wie immer Elvis, und Ivar bat ihn, die Lautstärke herunterzudrehen, er redete laut mit seinem Sohn, steigerte sich in seine eigene Erregung hinein, und am Ende schimpfte er ihn aus und warf ihm vor, sich nicht für die Welt zu interessieren. Von nichts hast du eine Ahnung, sagte er, nichts außer deinen bescheuerten Computerspielen und Elvis Fucking Presley. Herman antwortete mit feierlicher Sachlichkeit, der Name laute Elvis Aaron Presley jr., und diese Sachlichkeit brach Ivar das Herz, er kannte sie, sie war Hermans Schutz gegen die Welt. Er wusste, dass Herman alles, was geschah, ungefilterter aufnahm als die meisten Menschen, und dass er seine eigenen, hart erkämpften Methoden hatte, im Leben Sinn zu finden. Ivar entschuldigte sich und wollte ihn umarmen, aber Herman schob ihn freundlich weg. Er hatte bereits das Interesse an der Diskussion verloren, sich davon distanziert und auf dem PC etwas gefunden, das seine ganze Aufmerksamkeit in Anspruch nahm.

Ivar ging wieder hinunter, und dort stand Hanne, die alles gehört, sich jedoch rausgehalten hatte, und warum hatte sie das getan? Er begriff, dass sie Frida ebenfalls in Schutz nahm.

– Sie muss doch ihre eigenen Meinungen haben dürfen, sagte sie.

– Ja, wenn es wenigstens ihre eigenen Meinungen wären. Und was sie sagt, ist so naiv.

– Sie ist erst sechzehn, Ivar. Sie muss die Standpunkte einnehmen dürfen, die sie möchte.

Das konnte er nicht verstehen. Er hielt es für seine Aufgabe, Frida zu beschützen und ihr, wenn sie falschlag, zu helfen. Zum ersten Mal seit er ein Familienmann geworden war (so nannte er sich), fühlte er sich allein. Das Schlimmste war, die Nähe zu Frida verloren zu haben. Sie hielt Abstand zu ihm, und er ließ es zu, in der Hoffnung, dass es vorübergehen würde. Aber es ging nicht vorüber, nicht am nächsten Tag und auch nicht am übernächsten, und als ihr Schweigen und ihre Distanz fast eine Woche angedauert hatten, konnte er es nicht mehr ertragen. Eines Nachmittags ging er hinauf zu ihrem Zimmer, öffnete die Tür, wo sie mit Laptop auf dem Bett lag, und sagte:

– Können wir nicht einfach sagen, dass alles wieder gut ist?

– Was denn?

– Können wir nicht einfach sagen, dass wir uns wieder vertragen? Dass wir wieder Freunde sind?

Sie sah ihn mit einem unergründlichen Blick an, sie hatte den Laptop weggedreht, damit er den Bildschirm nicht sehen konnte. Wahrscheinlich hatte sie gerade eine ihrer Serien geschaut, er hatte sie gestört, er wollte wieder gehen, aber zuerst ging er zu ihr, legte die Hand auf ihre Schulter und sagte:

– Können wir nicht wieder Freunde sein, Frida? Sie entzog sich seiner Hand und sagte:
– Ich verstehe nicht, was du meinst.
– Tust du nicht?
Er sah sie an, suchte ihren Blick, sie schaute weg und antwortete, sie habe zu tun. In den darauffolgenden Tagen tauchte er in einen trauerähnlichen Zustand ein. Hanne versicherte ihm, alles würde wieder in Ordnung kommen, er solle Frida erstmal einfach in Ruhe lassen. Er versuchte es, so gut er konnte, aber es gelang ihm nicht. Oft endete es damit, dass er ihr flehende Blicke zuwarf, was freilich wenig hilfreich war, sie schnaubte verächtlich und verschwand aus dem Zimmer. Andere Male riss ihm der Geduldsfaden, und er fuhr sie an, sie könne ihm doch wenigstens antworten. Dann schaute sie fragend oder drehte sich demonstrativ weg, und oft marschierte er selbst aus dem Haus.

Der Sommer ging, und der Herbst kam, und Frida veränderte sich nicht. Ivar konnte es nicht begreifen, sie musste doch wieder die Alte werden, er konnte nichts tun, als zu warten, er musste versuchen durchzuhalten. Hanne war ihm eine Stütze, sie tröstete ihn und lachte ihn aus, auf eine Art und Weise, die er schon immer gemocht hatte. Sie sagte, etwas in der Art sei früher oder später ohnehin zu erwarten gewesen, sie waren einander so nah gewesen, seine Tochter und er, alle waren sich darüber einig, dass sie ihm am ähnlichsten war, und das stimmte, das war das Narrativ, nach dem sie gelebt hatten, Frida war ihrem Vater ähnlich und hatte immer seine Nähe gesucht. Daher würde die Sache wieder in Ordnung kommen, daran glaubten sie beide. Aber dann rief Frida eines Tages Hanne an und sagte ihr, sie wolle ausziehen. Sie habe bereits eine kleine Wohnung gefunden, und sie wollte an diesem Nachmittag nicht einmal nach

Hause kommen. Sie fragte, ob Hanne mit ihren Kultursachen und etwas Kleidung zu ihr kommen könne.

– Das kann sie nicht, sagte Ivar, du musst sie dazu bringen, nach Hause zu kommen.

– Ich glaube, das geht nicht, Ivar, nicht jetzt.

– Aber sie kann nicht von zu Hause ausziehen, sie ist erst sechzehn.

– Ja, es ist früh. Aber wir können sie nicht aufhalten.

– Wir müssen aber, das geht doch nicht. Was soll denn aus ihr werden?

– Wenn du sie das fragst, dann wird es nur noch schwieriger zwischen euch.

– Das ist doch nur wegen diesem Jungen, glaubt sie etwa, sie kann bei ihm wohnen?

– Nein, sie hat schon eine Wohnung gefunden, eine kleine Mietwohnung in einem Dachgeschoss. Die will sie sich mit einer Freundin teilen.

– Welche Freundin?

– Eine gewisse Katja.

– Von der habe ich noch nie was gehört.

– Doch, hast du, sie geht in Fridas Parallelklasse.

– Aber wer soll die Miete bezahlen?

– Ein bisschen verdient sie ja mit ihrem Wochenendjob. Aber gut, das wird nicht reichen, wir müssen ihr helfen. Ich dachte, für den Anfang könnten wir ihr das Kindergeld überweisen. Das wird etwas zu wenig sein, aber so merkt sie immerhin, was es kostet, allein zu leben.

Sie würde merken, dass es nicht reichte, und Ivar würde den Gedanken nicht ertragen, dass Frida nicht genug Geld hatte, um ordentlich zu essen oder sich in der Stadt etwas zu kaufen, das wusste Hanne, das wusste auch Ivar, und im Lauf von ein paar Wochen kamen sie mit Frida überein, wie hoch der Betrag der Eltern sein musste, um »allein zurechtzukommen«, wie sie es nannten. Hanne hatte eine Bedingung für Fridas Auszug gestellt, und zwar, dass sie eine Ortungs-App installierte; solange ihr Telefon eingeschaltet war, konnten sie ihren Bewegungen auf einer Karte folgen.

– Das ist ziemlich übergriffig, klagte Frida, aber Hanne wollte nichts hören, sie sagte:

– Du wirst dich schon dran gewöhnen.

Doch Hanne vergaß die App schon bald, sie vertraute Frida, und außerdem waren sie jeden Tag via Textnachrichten in Kontakt. Ivar bekam auf seine Nachrichten keine Antwort. Es war zum Verzweifeln, er war außer sich, konnte aber nichts dagegen tun, und so saß er stattdessen mit dem Telefon da und verfolgte seine Tochter über die App. Dort, auf der Karte der App, war sie eine Blase mit einem Profilbild, er konnte jederzeit sehen, wo sie sich befand. Er wusste genau, wann sie zur Schule ging, mehrmals pro Tag schaute er nach, ob sie dort war. Das fühlte sich an wie Fürsorge, wie eine Bestätigung, dass sie immer noch seine Tochter war. Er wusste, wohin sie an den Nachmittagen ging, oft war sie zu Hause in ihrer Wohnung, oft aber auch bei Benjamin. Sie nannte ihn Benjy, das klang ekelhaft, fand Ivar, wie ein Haustier. Er hatte Benjys Adresse gegoogelt und nicht lange gebraucht, um herauszufinden, dass Benjy allein bei seiner Mutter wohnte. Offenbar war er vaterlos aufgewachsen, wieder mal typisch, dachte Ivar, er war voller Vorurteile und erlaubte sich, das auch zu bleiben.

Er saß vor dem Telefon und beobachtete Frida auf der Karte in seiner Hand. Er sah, dass sie drei Kilometer pro Stunde ging, er sah, dass ihr Telefon zu 68 Prozent geladen war. An einer Ecke blieb sie stehen, dann ging sie weiter, zwei Kilometer pro Stunde, und dann blieb sie wieder stehen, der Bewegungsmesser zeigte null Kilometer pro Stunde, dabei blieb es eine Zeitlang, denn jetzt wartete sie auf den Bus, er wusste, wo die Bushaltestelle war, und dann schien der Bus gekommen zu sein, denn plötzlich schoss sie davon, sie wurde mit zwanzig Stundenkilometern durch die Straßen kutschiert, dreißig Stundenkilometer, vierzig, und dann wieder runter auf zwanzig, und dann null. Der Bus hielt an und fuhr weiter, bewegte sich auf einer Steigung von 12 Grad, also leicht bergauf. Er liebte seine Tochter auf Distanz und mit zurückgehaltener Intensität. Wenn er sie anrief, ging sie nicht ran, und wenn er ihr Nachrichten schrieb, blieben sie ungelesen. Auf der Karte in seiner Hand bewegte sie sich durch eine gleichsam künstliche Welt, zugleich befand sie sich da draußen in der Realität, und jetzt konnte er sehen, dass sie beim Dedalusbakken angelangt war, wo, wie er wusste, der sogenannte Benjy wohnte. Frida bewegte sich mit einer Geschwindigkeit von drei Kilometern in der Stunde, dann zwei, dann nur noch einem, und dann wieder etwas schneller. Warum ging sie so unregelmäßig, war sie sich etwa doch unsicher, ob sie wirklich zu Benjy wollte? Oder war er bei ihr, hatten sie den Bus zusammen genommen, blieben sie stehen, um rumzumachen, Zungenküsse, der Gedanke war ihm unerträglich. Oder blieben sie stehen, um zu streiten? Quälte Benjy sie immer noch mit ihren Eltern und ihrem familiären Hintergrund? Oder, dachte er plötzlich und spürte, wie ihm die Röte ins Gesicht schoss, als wäre er hier der Teenager, war Frida stehen geblieben, um ihr Telefon zu checken, um auf der App zu sehen, wo ihr Vater war? Er war in der Arbeit oder zu Hause, er ging nie mehr anderswo hin, er hatte keine Lust auf etwas anderes, er saß mit dem Telefon in der Hand da und verfolgte Fridas Bewegungen, und manchmal bildete er sich ein, sie könnte es spüren, es wäre ihr ein Trost, dass er ein Auge auf sie hatte.

Aber sie brauchte keinen Trost, und sie wollte nichts mit ihm zu tun haben. Er war ein *estranged father* geworden. Diesen Ausdruck hatte er sie einmal sagen hören, als sie von dem Vater einer Schulfreundin erzählt hatte. Er erinnerte sich, wie sehr er damals darüber entsetzt gewesen war, was jenem anderen Vater zugestoßen war, selbst hatte er sich damals noch in Sicherheit gewähnt, so etwas würde ihm niemals passieren, er hatte sich gefragt, wie man etwas Derartiges nur zulassen konnte. Wie konnte ein Vater den Kontakt zu seinem Kind verlieren, wie konnte er es ertragen, mit seiner Tochter wochen- und monatelang nicht zu reden? Wie hielt er das aus, wie konnte er sich damit abfinden? Es war ihm unverständlich. Er hörte auf, Frida anzurufen, hörte auf, ihr zu schreiben. Manchmal, wenn Hanne ihm erzählte, dass Frida auf eine Prüfung eine gute Note bekommen habe, schickte er ihr eine Textnachricht – er schrieb *Gratuliere, mein Mädchen!* –, und dahinter setzte er ein Herz, wie er es immer getan hatte. Aber auch das blieb unbeantwortet. Manchmal scrollte er durch alte Chatnachrichten aus der Zeit, als sie noch wirklich seine Tochter gewesen war, und er weinte vor Sehnsucht und Selbstmitleid, und bestimmt auch vor Wut. Ein Außenstehender hatte sich in ihre Beziehung eingemischt und sie durcheinandergebracht, wie hatte das nur passieren können? Er schluchzte laut vor sich hin, aber nur wenn er allein war und niemand ihn hören konnte, im Auto oder auf dem Heimweg zum Supermarkt. Er war ein erwachsener Vater, lächerlich in seiner einsamen, traurigen Liebe, er nagte an ihr wie an einem Knochen. Es kam auch vor, oftmals spätabends, dass er Frida ein Herz schickte, sonst nichts. Aber niemals kam eine Reaktion, abgesehen von einem einzigen Mal, als er sehen konnte, dass seine Nachricht geöffnet worden war. Gelesen: 22:11, stand da. Aber das war vermutlich ein Versehen, denn es kam keine Nachricht, und leider fühlte sich auch das wie eine Antwort an.

Hanne war immer noch unsentimental, sie sagte *Das geht vorbei*, und sie sagte *Du musst einfach durchhalten*. Aber nach und nach musste sie zugeben, dass auch sie die Situation schwierig fand. Trotzdem konnte sie ihm nicht helfen, konnte nichts für ihn tun. Frida wollte kein Wort über ihren Vater hören, sie drohte damit, zu gehen, wenn Hanne das Thema ansprach. Aber sie wird zu dir zurückkommen, da bin ich mir sicher, sagte Hanne. Sie braucht ihren Papa, sagte sie, und strich ihm über die Wange, wenn ihm die Tränen in die Augen stiegen. Sie braucht nur noch ein bisschen Zeit, sagte Hanne. Und dasselbe sagte einer seiner Kollegen, John Berge, er war einer der jüngeren Softwareentwickler und hatte selbst keine Kinder, trotzdem gab er sich als Spezialist für Vater-Tochter-Konflikte, er redete erfahren und überzeugend darüber, dass Ivar sich ruhig verhalten solle, die Tochter würde zu ihm zurückkommen, alles andere sei unwahrscheinlich. Ivar bereute, John Berge von der Sache mit Frida erzählt zu haben, er war überzeugt, dass John Berge es den anderen in der Arbeit weitererzählen würde. Ziemlich bald merkte er, dass seine Kollegen ihm gegenüber eine andere Haltung annahmen. Sie betrachteten ihn verwundert, sie dachten sich ihren Teil, und er konnte es verstehen, er hätte dasselbe getan. Da geht der, der den Kontakt zu seiner Tochter verloren hat, wie kann er das zulassen, warum kann er die Sache nicht einfach in Ordnung bringen? Er ging auf keine Elternabende mehr, bisher war er derjenige gewesen, der sich um diese Angelegenheiten gekümmert hatte. Hanne ärgerte sich, dass in der Oberstufe überhaupt Elternabende abgehalten wurden, es nutze den Jugendlichen nichts, dass ihre Eltern abends im Klassenzimmer sitzen und sich irgendein Gerede über den Unterricht anhören müssten, meinte sie, aber so war die neue Zeit nun mal, und Ivar hatte es geliebt, er war jedes Mal hingegangen, ohne jede Scham hatte er in der Versammlung das Wort ergriffen, er hatte die Lehrer gelobt und mit anderen Eltern über seine Tochter gesprochen, ohne seinen Stolz zu verhehlen, aber jetzt wäre es für ihn undenkbar gewesen, sich in der Schule zu zeigen. Er hielt den Gedanken nicht aus, mit den anderen Eltern zusammenzusitzen, die von ihren Kindern erzählten, ob sie sich nun über sie lustig machten oder einfach nur auf naive Weise stolz waren. Er schämte sich, einer von jenen Vätern geworden zu sein, die keine richtigen Väter waren. Und außerdem hätte Frida nicht gewollt, dass er hinging, davon war er überzeugt.

Was für ein Scheißleben war das nur, in was für einer Welt lebte er, wo ein erwachsener Mann nicht mehr mit seiner Tochter reden konnte, weil sie ihn auf einmal zum Feindbild erkoren hatte? Was für eine Geschichte blieb den beiden nun, da sie sich einbildete, mit ihrem Vater brechen zu müssen, um ein selbstständiger Mensch werden zu können? Überall sah er Väter, Väter mit Kindern auf dem Spielplatz, Väter mit kleinen Kindern auf Fahrrädern, die ihm in ihren Kindersitzen entgegenschwankten, ein älterer Vater mit einer fast erwachsenen Tochter, sie saßen nebeneinander in einem Auto und sangen laut gemeinsam, The Beatles, vielleicht, so wie er und Frida es einmal gemacht hatten, vor so langer Zeit, dass er den Gedanken daran nicht ertrug. Aus dem Nachbargarten hörte er freundliche Stimmen und Lachen, dort spielte ein Vater mit seinen Kindern, und Ivar schämte sich für die Situation, in der er gelandet war, er verachtete sich selbst dafür.

Aber Selbstverachtung ist billig, sie kommt von allein, eine Notlösung, wo echte Selbsteinsicht nicht zugänglich ist. Und besonders leicht kommt Selbstverachtung zu erwachsenen Männern wie Ivar, die Konflikten stets aus dem Weg gegangen sind. Das sagt er selbst, er schaut mich mit großen aufrichtigen Augen an und sagt, vermutlich habe sich seine eigene konfliktscheue Freundlichkeit über die Jahre hinweg frei entfalten können, da niemand jemals versucht habe, ihm den Platz und seine Rolle im Leben streitig zu machen – bis jetzt. Und nun stand die Selbstverachtung bereit und wartete auf ihn, und er griff mit beiden Händen danach und machte sie sich zu eigen; die Schande flammte in seinem Körper auf wie ein unsterbliches Feuer, loderte und brannte im Kern seines Lebens, eine starke Kraft war in ihm freigesetzt worden, aber was sollte er damit anfangen?

Er führte lange innere Gespräche mit Frida, in denen er Argumente vorbrachte und sie anflehte oder sie beschimpfte. Und für Letzteres schämte er sich und ging stattdessen dazu über, Benjy zu beschimpfen, er sah ihn vor sich, das magere Gesicht mit dem schütteren Bartwuchs, der spitze Mund und der selbstverliebte Blick, und darin sollte sich Frida verliebt haben? Das listige Arschloch, das all dies zu verantworten hatte, Benjy, der Frida dazu verleitet hatte, sich von ihrer Familie zu distanzieren, von ihrem Vater. Ivar hasste ihn und träumte davon, ihm aufzulauern und ihn niederzuschlagen, fest, mit der Faust oder am besten mit einem Baseballschläger, das selbstgerechte Gesicht zu zertrümmern, Ivar, der sich noch nie mit jemandem geprügelt hatte, nicht einmal als Kind.

Hier hatte er es mit etwas zu tun, von dem ihm bewusst

war, dass er es nicht verstand, aus dem er nicht schlau wurde, und das er aus verschiedenen Blickwinkeln zu begreifen versuchte. Eine Zeitlang glaubte er, es hätte etwas mit Klasse zu tun, mit sozialer Hierarchie, mit Unterlegenheit und Souveränität. Frida musste Benjamin von ihren Eltern erzählt haben, sie war stolz auf sie gewesen, das wusste er, die brillante Mutter, und der Vater, der zwar nicht ebenso brillant, aber trotz allem Chef war. Und lieb, das hatte sie immer gesagt, fast immer. *Du bist lieb, Papa.* Aber dann bringt sie Benjy mit nach Hause zu ihren Eltern, und an ihrem Zuhause ist nichts sonderlich Extravagantes, es ist ein ganz normales Zuhause, sie sind normale Leute, hat Ivar immer gedacht, und das mit Stolz. Viele Bewohner kleiner oder mittelgroßer norwegischer Städte leben in Häusern oder Reihenhäusern, so war es lange auch in Overberget, im Gegensatz zu größeren Städten, wo Mehrfamilienhäuser üblicher waren. Im Laufe von Ivars Lebenszeit waren auch in Overberget Mietshäuser gebaut worden, Wohnblocks mit schönen Terrassenwohnungen, die besonders bei Pensionisten beliebt waren, die sich nicht mehr um ein großes Haus kümmern wollten, aber auch niedrige Backsteinblocks, die in den zwielichtigsten Ecken der Stadt errichtet worden waren, man hätte den Eindruck gewinnen können, sie wären lediglich zu dem Zweck gebaut worden, manche Leute schlechter wohnen zu lassen als andere, um deutliche Unterschiede zu machen. Benjy war in einem dieser niedrigen und bereits etwas verfallenen Blocks am Dedalusbakken aufgewachsen, und auf ihn musste Fridas Elternhaus luxuriös gewirkt haben, allzu prächtig, als ob ihre Familie der Oberschicht angehörte. Vielleicht lag hier der Grund, weshalb er beschlossen hatte, Fridas Eltern und vor allem ihren Vater zu hassen. Schon bevor er sie kennengelernt hatte, mussten

Fridas Eltern ihm bedrohlich erschienen sein, und so hatte er angefangen, sie zu kritisieren.

Wie ungerecht, dachte Ivar, sie waren doch normale Leute, sie waren doch nett! Aber was Ivar nicht begriffen hatte, war, dass seine eigene Herkunft für andere unsichtbar geworden war. Er lebte mit dem Gefühl, seine Ahnen wie eine schwere Last in seinem Körper mitzuschleppen, eine Last, von der er meinte, dass sie für alle sichtbar sein müsse, weil sie sich in der Haltung ausdrückte, die sein Körper der Welt gegenüber einnahm. Er hatte sich nie mit der Scham über Gunnar versöhnt. Dass Gunnar aus unserem Leben verschwunden war und wir bei Karl aufgewachsen waren, hatte nicht geholfen, in Ivars Fall hatte es die Scham nur verschlimmert. Er suchte nach Antworten in der Ahnenforschung und in alten Geschichten aus Overberget, und dort, unter unseren Vorfahren und Ahnen, fand er eine Person nach der anderen, die sich am Rande der Armut oder tief in sich versunken durchs Dasein geschleppt hatte und sich mit dem hatte zufriedengeben müssen, was an Arbeit zu bekommen war, solange es irgendeine Form von Einkommen einbrachte. In Volkszählungen waren unsere Vorfahren als Holzflößer, Waldarbeiter, Gelegenheitsarbeiter, Tagelöhner, Landarbeiter, Bauarbeiter, Näherinnen, Fabrikarbeiterinnen, Hobeljunge, Nähmädchen und Sägearbeiter aufgeführt, es gab den einen oder anderen Kleinbauern, einen einzelnen Schneider, einen Maurer, und ansonsten Maschinenarbeiter, Dienstmädchen, Sozialfälle oder Anstaltsinsassen, und nicht zuletzt: Grubenarbeiter, Waffenarbeiter. Außerdem fand er einen Kleinkriminellen nach dem anderen, etwa einen, der ein Pferd verkauft hatte, das ihm nicht gehörte und dafür polizeilich gesucht wurde, oder einen anderen, der keinen Kindesunterhalt gezahlt hatte und nach dem ebenfalls gefahndet wurde. All dies war Teil unserer Familiengeschichte, und er hatte versucht, Frida und Herman davon zu erzählen, es waren lustige Geschichten, rührende, erschütternde, interessante Geschichten, sie brachten Wissen über eine Zeit mit sich, die nicht allzu weit zurücklag, und sie boten einen Einblick in ihre Herkunft, ihre sozialen Gene sozusagen, das, was immer noch prägte, wer sie waren und wie sie sich selbst wahrnahmen, aber auf Frida und Herman machte nichts davon Eindruck, für sie lag alles andere als ihre eigene Existenz viel zu weit zurück. Und vielleicht waren die beiden wirklich frei von jener Scham und Unterwürfigkeit, die immer noch in Ivars Körper steckte. Die soziale Scham, sie saß zu tief in ihm, nie hatte er mit seinen Kindern darüber gesprochen, und vielleicht hatte er sie auch nicht an seine Kinder weitergegeben, hatte sie für sich behalten und als etwas Selbstverständliches betrachtet, etwas, das nicht berührt werden durfte. Aber er hatte sich seinen Kindern immer so nahe gefühlt, dass er davon ausgegangen war, dass sie dasselbe erlebten wie er. Er hatte nicht gesehen, dass sie von einer völlig anderen Kindheit geprägt waren, vom Haus am sonnigen Kiefernhang, von finanzieller Sicherheit und einer freundlichen Nachbarschaft. Sie hatten nie von Gunnar gehört, der auf seinen Job gepfiffen hatte, der stolz darauf war, den halben Tag Cowboybücher lesend auf dem Klo zu verbringen, während andere arbeiteten und versuchten, um ihn herum eine Gesellschaft aufzubauen. Das Ende von Gunnars Leben hatte er ihnen ebenfalls erspart, die Veruntreuung und den gottverdammten Grabstein, darüber könne er nicht einmal mit sich selbst sprechen, sagte er.

Wir stammen von einfachen Leuten ab, hatte er ihnen immer erklärt. Darauf war er stolz, wie so viele Norweger, aber ein Wort wie *Klasse* benutzte er nie. Er mochte die

Leute nicht, die von einer Arbeiterklasse sprachen, er vermutete bei ihnen immer irgendwelche Hintergedanken, dass sie entweder sich selbst überhöhen oder andere niedermachen wollten. Außerdem war es unklar, was solche Begriffe wirklich bedeuteten, fand er, er hatte nie das Gefühl gehabt, aus der Arbeiterklasse zu stammen, dabei war das rein objektiv gesehen der Fall, auch wenn er mit unserem Einzug bei Karl in die Mittelklasse versetzt worden war. Dort hatte er sich noch weniger zu Hause gefühlt, obwohl er in Hinblick auf Ausbildung, Gehalt und Selbstbestimmung im Job jedes Kriterium erfüllte, um dazuzugehören. Aber in seinem Inneren war er weiterhin unfrei und unterwürfig, und er wusste besser als die meisten, dass die Macht eines mittleren Managers eine symbolische war, dass es klare Grenzen gab, welche Entscheidungen er selbst treffen konnte, ohne seinen Job zu verlieren. Das, was ihn dazu brachte, seinen langen Körper in jene Rahmen und unter das Joch, wie er es nannte (nicht ohne Freude, wie mir vorkam), zu zwängen, war die Scham über Gunnar und die Angst, zu werden wie Gunnar. Und was ihm ein Gefühl der Freiheit verlieh, war die allumfassende Zärtlichkeit für seine Kinder, besonders für Frida. Alles andere hatte er für sich behalten. Und deshalb hatte auch Benjy bei ihnen nichts anderes zu sehen bekommen als das Haus und das Auto und die Sicherheit und Idylle. Und dass all das mit Geld aus der Waffenfabrik bezahlt worden war, damit hatte Frida ja recht.

Aber etwas fehlt hier, und zwar Ivars innere Geschichte. Denn schon bevor all dies passiert war, hatte sich in ihm eine Veränderung vollzogen. Abends, wenn Hanne und die Kinder ins Bett gingen, blieb er allein im Wohnzimmer sitzen. Er hatte das Gefühl, nicht genug aus dem Abend herausgeholt zu haben, es war, als wartete er darauf, dass in seinem Leben, in seinem inneren Leben, etwas Neues passierte. Er saß da und sah fern, Dokumentationen über argentinischen Tango, über den Regenwald am Amazonas, über die Sahara und Sibirien, über japanische Architektur, über den Ersten Weltkrieg, über Aretha Franklin und über den Kennedy-Clan, über Mammutfriedhöfe, das Leben der Schmetterlinge und alte Progrock-Bands. Er sah sich auch Filme an, Spielfilme, meistens solche, die er schon kannte, oder englische Krimiserien, manchmal eine halbe Staffel auf einmal, bevor er leise die Treppe hinaufschlich, um ins Bett zu gehen. Es war spät geworden, hin und wieder dämmerte es draußen bereits, und oft konnte er auch dann nicht schlafen. Manchmal schlief er nur für ein paar Stunden, ehe er mit den anderen aufstand, den Kindern Frühstück und Pausenbrote machte und dann mit dem Fahrrad zur Arbeit fuhr, halb blind vor Müdigkeit und mit dem tauben Gefühl, etwas miterlebt zu haben, das seinen Verstand überstieg. Am nächsten Abend wiederholte sich das Ganze, und als Hanne hinaufging, wollte er noch nicht ins Bett gehen, er blieb allein sitzen und sah fern. Er war müde vom vorigen Abend, aber das änderte nichts, er konnte den Gedanken nicht ertragen, sich im Dunkeln auf die Seite zu drehen, dazuliegen, die Augen zu schließen und sich selbst zu verlieren.

Er musste etwas aus seinem Leben machen. Er erinnerte sich ans Tischtennisspielen in seiner Jugend, Pingpong hatte es damals geheißen, heute verstand er nicht, wie er daran hatte Freude finden können, mit einem Schläger, der gerade mal so groß wie seine eigene Hand war, auf einen kleinen Plastikball zu schlagen. Er hatte versucht, Herman für Tischtennis zu begeistern, aber ohne Erfolg, Herman war dafür viel zu tollpatschig. (Seinem Kind dabei zuzusehen, wie es mit etwas kämpft, das man selbst gut beherrscht, kommt einem eigenen Scheitern gleich, oder wie der Entdeckung einer verhängnisvollen Schwäche in allem Menschlichen.) Er dachte daran, in die Berge zu gehen, allein mit Zelt und Schlafsack, wie er es früher getan hatte, als er noch allein lebte. Genau wie Karl, dachte er, aber dann bekam er plötzlich Angst vor dem Tod, er durfte nicht sterben, ohne die Sache mit Frida geklärt zu haben. In jenem langen Herbst saß er jeden Abend allein auf der Couch und sah fern. Er ging zum Kühlschrank und holte sich etwas zu essen, Reste vom Abendessen, Brötchen mit Garnelensalat, Erdnussbutter. Er trank Limonade, eine große Flasche nach der anderen, und dann holte er sich noch mehr zu essen, oder er knabberte an Erdnüssen und Schokolade. Allmählich nahm er zu. Er war immer sportlich gewesen, er war Ski gelaufen und gejoggt und hatte im neuen Fitnessraum in der Arbeit Gewichte gehoben, aber jetzt, seit er sich angewöhnt hatte, abends aufzubleiben, hörte er mit all dem auf. Er bekam einen Bauch, für den er sich anfangs genierte, doch als er immer größer wurde, musste er sich wohl oder übel damit abfinden, und so wurde er zu einem Teil seiner Identität. Wenn er sich morgens nach dem Duschen im Spiegel betrachtete, hing der haarige Bauch über seine Boxershorts, als wäre er mit Leben gefüllt wie der Bauch einer schwangeren Frau. Und merkwürdigerweise verlieh ihm dieser Bauch eine gewisse Sicherheit, er diente ihm in der Arbeit als eine Art Schutzschild. Er bewegte sich umständlicher durch das Büro und etwas langsamer über die Treppen als zuvor, aber auch das schien eine neue Art von Würde mit sich zu bringen. Er geriet nicht mehr so leicht aus dem inneren Gleichgewicht. Sein Stuhl knarrte, wenn er sich setzte, und manchmal, wenn er sich in Besprechungen zurücklehnte, diente ihm sein Bauch als zusätzliches Argument, das seinen Ansichten eine unwiderlegbare Schwere verlieh. Er war kompakt und unangreifbar, und seine Stimme wurde dunkler und weicher, als wären seine Stimmbänder mit Fett geschmiert.

Spätabends und nachts saß er da und badete in den Bildern auf dem großen Bildschirm. Menschenähnliche Gestalten auf der Flucht durch verschneite Ruinen, sprechende Bäume, ein beleuchteter Korridor, an dessen Ende sich eine schmale Tür öffnet und Dunkelheit hereinbricht, ein durchsichtiger Mond hinter dünnen Wolken, riesige unterirdische, von Fackeln beleuchtete Hallen, ein kleines Kind, das mit beiden Händen ein großes Schwert in die Höhe hebt, Pferde im Tiefschnee, eine Gruppe von Flüchtlingen mit Kleidung und Habseligkeiten in abgenutzten Plastiktüten, eine Überwachungskamera, die langsam über einen leeren Bahnsteig schwenkt. Er ließ die Bilder auf sich herabregnen, sie waren stark und erregend und erinnerten an das Leben. Nicht an sein äußeres Leben, hier, spätnachts auf dem Sofa, während seine Familie schlief, all dieses Gewöhnliche ließ er hinter sich, und was stattdessen auftauchte, war das innere Leben, die geheime und unverständliche tiefere Existenz. Dort unten war er allein, dort war er heimatlos, dort hatte er sich auf eine lange und gefährliche Reise begeben.

Aber wohin war er unterwegs? Er wusste es nicht. Im äußeren Leben war er genau dort, wo er sein wollte, von der unerträglichen Distanz zu Frida einmal abgesehen, er erledigte gewissenhaft seine Arbeit und versuchte, Herman ins Leben zu helfen, und auch Frida, durch Hanne. Und er war Hannes Ehemann, und sie verstanden sich gut. Aber in seinem Inneren war er sich selbst überlassen, war er allein.

Ganz plötzlich hörte er wieder auf fernzusehen. Im Fernsehen starben zu viele Menschen, sie wurden erschossen oder erwürgt, vergiftet oder mit Eisenstangen niedergeschlagen, mit Messern erstochen oder mit Speeren aufgespießt, von hohen Gebäuden gestoßen, von Autos und Lastwagen überfahren, in schwarzem Wasser oder einer flachen Badewanne ertränkt. Es gab Menschen, die sich erhängten oder von anderen erhängt wurden, Menschen, denen man eine Handgranate in den Schoß geworfen hatte oder die sich in Gebäuden versteckten, die von der Erdoberfläche weggesprengt wurden. Menschliche Körperteile und unidentifizierbares Fleisch, das in einem Umkreis von mehreren hundert Metern durch die Luft flog. Angstschreie, Verzweiflung, panische Menschen, die durch ausgebombte Straßen rannten, verzweifelte und leidende Gesichter. Einige wurden langsam gepeinigt, bevor sie starben, oder sie taumelten brennend durch den Schnee. Zwar waren all diese hilflosen Opfer zumeist fiktive Gestalten, sie existierten nicht, sie wurden von Schauspielern dargestellt, die weiterlebten, nachdem sie scheinbar wiederholt massakriert oder verstümmelt worden waren, aber was half das schon, sein gesamtes hermeneutisches System war darauf eingestellt, fiktive Personen als lebendig zu erleben, darin lag doch der ganze Sinn all dieser Serien und Filme, die er sich ansah, die Charaktere als lebendig zu erleben, als relevante Beispiele von Menschen, die er verstehen und mit denen er sich identifizieren konnte. Der Tod von Fantasiemenschen trieb ihm Tränen in die Augen, und um ehrlich zu sein, war er vielleicht trauriger über den Tod dieser fiktiven Personen als über Gunnars oder Karls Tod, oder den Tod unseres mageren, sanften Großvaters, oder sogar den Tod unserer Cousine, die einen Hirntumor diagnostiziert bekam und sich entschied, eine tödliche Dosis Schlaftabletten gemischt mit Antidepressiva zu schlucken. Ivar war traurig gewesen, aber auch damals hatte er nicht geweint, nicht einmal bei ihrer Beerdigung (feuchte Augen, aber keine Tränen). Er trauerte über den Tod nahestehender Menschen, aber nicht mit derselben durchdringenden und enthemmten Kraft, mit der er über Not oder Tod fiktiver Gestalten trauern konnte. Ist das normal?, fragte er sich. Geht es allen so?, überlegte er. Es ging ihm besser, nachdem er starke Emotionen empfunden hatte, Wehmut und Schrecken und Mitgefühl mit Fiktionen, aber auf lange Sicht half es nicht, es war, als hätte man zu viel Zucker gegessen, und wenn er schließlich ins Bett ging, hatte er wieder das Gefühl, den Abend und das Leben verschwendet zu haben. Er hatte gedacht, die Geschichten der Welt in sich aufzunehmen sei eine Art Übung, eine Übung in Mitgefühl, in Empathie. Aber konnte es sich überhaupt um echte Empathie handeln, wenn sie sich nicht auf reale Menschen bezog? Vielleicht hatte seine ganze Einfühlung in fiktive Gestalten ihm nur noch mehr erschwert, zu begreifen, wovon Frida redete, nämlich sich die lebendigen Körper vorzustellen, die aus der Ferne gesteuert getötet wurden? Ivar hatte sich immer für Gunnar geschämt, weil Gunnar sich nicht um andere zu kümmern schien, weil er nur an sich selbst dachte und kein Interesse an der Gesellschaft um ihn herum zeigte. Nicht an der fernen Gesellschaft, nicht an dem Bild der Gesellschaft, über das er in den Zeitungen las, sondern an der wirklichen Gesellschaft, der nahen Gesellschaft, die von lebenden Menschen mit eigenen und unverständlichen Bedürfnissen bevölkert war: ein Nachbar, der um Hilfe bat, sein Auto anzuschieben, eine lästige Tante, das Ehrenamt im Sportverein, all diese Dinge waren Gunnar immer auf die Nerven gegangen. Aber war Ivar nicht mittlerweile genauso? War er nicht jemand geworden, der es sich bequem machte und nur für seine kleine Familie lebte, ohne sich bewusst zu machen, in was für einer Welt er lebte und welchen Beitrag er leisten konnte? Er hatte immer gedacht, seine Arbeit wäre genug, und hatte sie als seinen Beitrag betrachtet, aber was Frida gesagt hatte, berührte etwas in ihm, es lebte in ihm weiter und verband sich mit den unklaren Bildern, die durch sein Inneres wirbelten und flatterten und in ihm ein Sehnen nach etwas Größerem erweckten. Er wünschte sich selbst eine größere Aufgabe, er sah die Konturen von etwas Wichtigerem, eine Verpflichtung, eine Forderung, das zu sehen, was er immer vermieden hatte, die Konflikte, das Unklare, das, was unter den Teppich gekehrt wurde, damit er leichter durch die Tage gleiten konnte. Er war zu sehr damit beschäftigt gewesen, sich selbst und anderen das Leben leicht zu machen, jetzt musste er das ändern. Er war etwas anderem auf die Spur gekommen, einem Idealismus, der das Dasein verschönern und gleichzeitig schwieriger machen konnte, und bald fing er an, in seiner Arbeit kleine Bemerkungen fallen zu lassen. Das war ungewöhnlich für ihn, und er probierte es aus, wie eine neue Rolle.

– Schrecklich, sich vorzustellen, welchen Schaden das anrichten kann, sagte er zu einer der neu eingestellten Programmiererinnen, sie hatten über ein Thema diskutiert, das mit der Sprengkraft des Marschflugkörpers zu tun hatte, und sie verstand nicht, was er meinte, und antwortete, das Ding tue doch wohl genau das, was es solle. Er hörte ein kleines Fragezeichen am Ende des Satzes, aber das lag wohl daran, dass sein Kommentar gar so weit hergeholt wirkte, und das war ihm natürlich selbst klar, er nickte und lächelte zuruck. Vielleicht hatte sie das Ganze für eine Art Test gehalten, also musste er ihr den Eindruck vermitteln, dass sie richtig geantwortet hatte, was blieb ihm denn anderes übrig? Aber als er darüber nachdachte, wurde ihm bewusst, dass er einmal mehr dazu beigetragen hatte, unangenehme Wahrheiten unter den Teppich zu kehren, es war allzu leicht, einfach mit dem Strom zu schwimmen und gemeinsam mit allen anderen die Wahrheit schönzureden, das war doch wieder mal typisch für ihn, dachte er, und schon am nächsten Tag hörte er sich etwas über Moloch sagen. Eine seiner nahen Kolleginnen verkaufte für ihr Kind Lose, um eine Klassenfahrt zu finanzieren, und Ivar kaufte wie immer einen großen Stapel, aber dieses Mal fügte er hinzu, wer Moloch diene, müsse wenigstens auch für gute Zwecke spenden. Als Antwort erntete er einen fragenden Blick, sie war sich vermutlich nicht sicher, ob sie richtig gehört hatte.

– Moloch?, wiederholte sie, interessiert, fragend, sie meinte vielleicht, das sei der Name eines neuen Betriebsvorhabens, eines Projekts, von dem sie noch nichts mitbekommen hatte, und als Ivar antwortete:

– Moloch, ja, der Todesgott, weißt du, dem wir hier in der Waffenfabrik dienen,

zuckte sie zusammen, als hätte er etwas Unpassendes gesagt, was ja gewissermaßen auch der Fall war. Aber genau darum ging es doch, sagte er sich später am selben Tag, als er auf der Toilette vor dem Spiegel stand und sich die Hände wusch. Er hatte ein unruhiges Gefühl im Bauch, eine Unruhe im ganzen Körper, er war es nicht gewohnt, Dinge zu sagen, die andere zusammenzucken ließen, aber jetzt konnte er nicht mehr damit aufhören. In einem Gespräch auf dem Weg aus einem Besprechungsraum hörte er sich sagen: Wir müssen zumindest sagen, dass wir an den Frieden glauben, wenn wir schon den Tod verkaufen, und da lachte einer der anderen laut, ein hässliches Lachen, fand Ivar, es war einer der älteren Direktoren, er mochte es für einen Scherz gehalten haben, aber später am Nachmittag kam er zu Ivar und fragte, was er damit gemeint habe, er verstehe den Kommentar nicht, dass man hier den Tod verkaufe, und das sei wohl auch nicht die richtige Art und Weise, ihre Arbeit hier zu betrachten. Ivar und er kannten einander seit vielen Jahren, sie beide hatten große Freude an ihrem Beruf und besprachen oft fachliche, aber auch menschliche Probleme und persönliche Sorgen und Kuriositäten, sie waren es gewohnt, leicht und unbeschwert miteinander zu reden.

– Nein, sagte Ivar, aber wir müssen uns eingestehen, dass das auch die Wahrheit ist, denn letztendlich stimmt es doch, dass wir hier den Tod verkaufen.

Da schüttelte der andere den Kopf und lächelte ihn an, oder er lächelte über ihn, das wusste Ivar nicht recht. Es war unangenehm. Und bald geriet er in mehrere Situationen, in denen seine Kollegen über seine Bemerkungen den Kopf schüttelten, und einige widersprachen ihm, hielten ihn auf und sagten: Was redest du da, Ivar, was ist mit dir los? Aber das half nichts, er machte weiter mit seinen Bemerkungen über Moloch und Tod, und einmal bezeichnete er die Teilnehmer eines Abteilungsmeetings als Kaufmänner des Todes und erntete lautstarken Protest von allen, die mit ihm am Tisch saßen, und es fühlte sich an, als wäre der Boden unter seinen Füßen in Bewegung geraten. Er war der Chef, es war per se unerhört, dass er seine Mitarbeiter in eine derart peinliche Situation brachte und selbst Quelle von Irritation wurde. Es war, als hätte er sich unter sein eigenes Niveau begeben, als redete er wider besseres Wissen, und er tat es absichtlich, denn er musste sich blind machen für Meinungen und Überzeugungen der anderen. Es ging so weit, dass er mit einigen Kollegen in Diskussionen verwickelt wurde, in denen auch sie gezwungen waren, Dinge zu sagen, die ihnen unangenehm waren. Eine von ihnen sagte: Ja, Ivar, aber von irgendwas müssen wir ja wohl leben, und während sie das sagte, durchlief sie ein Schauder, das sah er, es gefiel ihr nicht, so zu reden, so etwas hatte sie noch nie gesagt, und von diesem Tag an ging sie ihm aus dem Weg. Eines Morgens, Ivar war gerade auf dem Weg in sein Büro, kam in der Eingangshalle ein anderer Kollege auf ihn zu und sagte, dass in einer perfekten Welt niemand Waffen brauchen würde,

– aber schau dich um, Ivar, eine solche Welt existiert nicht und hat nie existiert, was willst du mit deinen Kommentaren erreichen?

Es war peinlich und brachte Ärger, nicht zuletzt für ihn selbst, aber er konnte nicht damit aufhören, es war, als wäre in seinem Inneren ein Säckchen voller Unreife aufgerissen, das über all diese Jahre im Futter von Ivars Geselligkeit und Anpassungsfähigkeit eingenäht gewesen und jetzt zu lecken begonnen hatte, und es war ihm ein Bedürfnis zu fühlen, dass es da war, dass es weiterhin leckte, es war, als ob er sich selbst deutlicher wahrnehmen könnte, wenn er nicht mehr an der kollektiven Verschleierung teilnahm.

– Aber was ist denn die Alternative, fragte einer, es war einer der jüngeren Ingenieure, Kasper Gutterud, er hätte Ivars Sohn sein können, wenn Ivar früher in seinem Leben Vater geworden wäre. Die beiden führten oft lange Gespräche über Musik, und anfangs, als Kasper noch ganz neu gewesen war, hatte es so ausgesehen, als hätten sie denselben Geschmack, aber mit der Zeit erkannte Ivar, dass sie auf völlig unterschiedliche Weise Musik hörten. Was Ivar als traumartig, visionär und fließend erlebte, war für Kasper eine Akkumulation abgeklärter auditiver Informationsbits, und wo Ivar emotionale Stimmungen wahrnahm, dort erkannte Kasper schlaue Zitate und numerische Experimente. Und das bedeutete nicht, dass es Kasper etwa an Emotionen gemangelt hätte oder dass er sich nicht von seinen Gefühlen leiten ließ, sondern einfach, dass er auf eine aus kultureller Sicht kompetentere Weise über Musik reden konnte, als Ivar sich je die Mühe gemacht hatte. Kasper deutete, und wahrscheinlich zu Recht, Ivars mangelndes musikalisches Vokabular als generationsspezifische und bewusste Schlampigkeit, akzeptierte diese aber zugleich auch als charmanten Charakterzug (glaubte Ivar). Für Kasper waren Ivars alte Progrock-Helden eine Art Abgötter, besonders Tangerine Dream und Kraftwerk, und als jemand, der diese Musik bereits gehört hatte, lange bevor Kasper zur Welt gekommen war, würde Ivar für ihn gewissermaßen immer auf einer erhöhten Position bleiben. Auf dieser Grundlage hatten sie eine Freundschaft aufgebaut, und während Ivar in ihren Gesprächen von Klanglandschaften und Stimmungen sprach, redete Kasper über *ambient*, *trance*, *techno* und *electronica* und hielt darüberhinaus nerdige Insidermonologe über alte analoge Synthesizer. Sie waren unterschiedlich, aber sie mochten einander.

Und deshalb war es Kasper, der sich in der Kantine zu Ivar setzte, wo dieser sich allmählich zunehmend isolierte, es gab mehrere Tische, an denen er sich nicht mehr so willkommen fühlte wie früher, weshalb er nun häufig allein saß, das war für ihn neu, doch eines Tages setzte sich Kasper zu ihm und stellte ihm folgende Frage: Aber was ist denn die Alternative, Ivar, wenn du gegen Gewalt bist, wie können wir uns gegen eine feindliche Macht schützen? Und Ivar fiel nichts anderes ein als ziviler Widerstand, ziviler Ungehorsam, und Sitzstreiks. Es klang armselig. Und eigentlich hatte er auch gar keine Zeit gehabt, diese Frage richtig zu durchdenken, die doch aber in der Situation, in die er sich hineinkatapultiert hatte, die dringlichste von allen war. Was ist die Alternative zu Waffen und Gewaltanwendung? Und mitten in seiner ungelenken Ausführung über das befreiende Element zivilen Ungehorsams, in der er auch Gandhi erwähnte, Mahatma Gandhi, über den er ein paar Artikel gelesen und einen ebenso beeindruckenden wie sentimentalen Film gesehen hatte, brachte er in seiner Verzweiflung den Hungerstreik ins Spiel.

– Hungerstreik, sagte er, im schlimmsten Fall.

– Wenn die Soldaten eines feindlichen Staates über die Grenzen des Landes hereinströmen, was tun wir dann? Wir machen einen Hungerstreik, sagst du?

Kasper starrte ihn mit aufgerissenen Augen an, er war sprachlos, nicht über den Vorschlag selbst, den er nicht ernst nahm, sondern darüber, dass er von Ivar kam. Kasper war es gewohnt, mit Ivar nach interessanten Lösungen für schwierige Probleme zu suchen, und er war es gewohnt, Ivar als einen würdigen Gesprächspartner zu betrachten, aber jetzt zweifelte er daran. Und Ivar ging es genauso, denn auf einmal wurde ihm klar, dass er seine eigenen Standpunkte nicht durchdacht hatte, dass das Ganze vielleicht nur ein Versuch gewesen war, sich Frida und dem, was er für Fridas Standpunkte hielt, anzunähern. Er vermisste seine Tochter, so einfach war das, und er machte sich Vorwürfe, weil er den Kontakt zu ihr verloren hatte, also hatte er sich in etwas hineingestürzt, dessen Reichweite er unterschätzt hatte. Doch diese Erkenntnis nutzte ihm wenig, er konnte jetzt nicht mehr zurück, und so sagte er zu Kasper, Krieg sei im Grunde nicht anders als jeder andere Konflikt, unsere wichtigste Aufgabe sei es, die Situation aus der Sicht des Feindes zu betrachten. Zu versuchen, die Perspektive der Gegenseite einzunehmen. Versuchen, die Ursache für den

Angriff zu verstehen. Er hatte auch einige Artikel des Friedensforschers Johan Galtung gelesen, an einem jener späten Abende, als er versucht hatte, die Haltung seiner Tochter zu durchdringen. Und deshalb sagte er:

– Vielleicht müssen wir auch einfach lernen, unsere Feinde zu lieben. Wer seinen Feind liebt, kann ihn vielleicht allmählich ändern und ihn dazu bringen zu verstehen.

Er hörte sich selbst diese Worte sagen, und Kasper sah ihn an und lächelte vorsichtig. Kasper hatte Essensreste zwischen den Zähnen, das hatte er oft, und Ivar hatte ihn manchmal freundlich darauf hingewiesen, aber nicht jetzt, jetzt ging es nicht, denn jetzt saßen sie einander einfach nur gegenüber und sahen sich an, und Ivar war genauso überrascht wie Kasper, dass dies alles war, was ihm einfiel, um auf die Frage nach einer Alternative zur Waffengewalt zu antworten. Was er gesagt hatte, lag offensichtlich als letztes Mittel vor ihm, und Ivar konnte selbst nicht begreifen, dass er keine bessere Antwort hatte. Gab es denn keine Friedensbewegung mit besseren Antworten, sollte das wirklich die Lösung sein, wenn feindliche Soldaten schwere Panzer über die Grenzen des Landes rollten? Er erinnerte sich an einige Bücher und Zeitschriften aus der kurzen Zeit, als Runar Pazifist gewesen war, irgendwas mit *Gewaltfreiheit*, kopfschüttelnd hatte er in diesen dünnen Zeitungen und Büchern geblättert, und vielleicht waren es genau solche Dinge, über die er damals den Kopf geschüttelt hatte – die Idee, die Perspektive des Feindes einzunehmen? Er beschloss, zu Gladys zu fahren und in der Garage danach zu suchen, die Garage war gerammelt voll mit Pappkartons, Gladys bewahrte alles auf, besonders Runars alte Sachen, nichts wurde weggeworfen, vielleicht waren diese Bücher noch da, und vielleicht auch ein paar von Runars Gemälden, an die er oft gedacht hatte. Aber würde er in den alten Wehrpflichtverweigerungspamphleten aus den Siebzigern etwas finden, das ihm helfen konnte? Das bezweifelte er. Derjenige, der ihm wirklich helfen wollte, war Kasper, aber jetzt fühlte es sich so an, als hätte er auch ihn weggestoßen. Du bist doch nicht etwa Christ geworden?, sagte Kasper und lachte, und Ivar lachte zurück, aber er kam sich dumm vor, denn das war tatsächlich das Schlimmste, was er sich vorstellen konnte: für einen Christen gehalten zu werden.

Und dann wurde er eines Morgens zu einem Gespräch mit seiner Weisungsbefugten gerufen. Sie selbst drückte sich so aus, Ivar, sagte sie, ich bin deine Weisungsbefugte, und das war an sich schon ungewöhnlich, sie hieß Elisabeth Wang, und normalerweise begegneten sie einander auf Augenhöhe, aber nun habe Elisabeth keine andere Wahl gehabt, als ihn zu diesem Gespräch zu bitten, sagte sie, weil unter den Mitarbeitern ein Aufruhr entstanden sei und ihr Beschwerden über ihn zu Ohren gekommen seien. Sie kannten sich gut, mochten einander, die Zusammenarbeit zwischen ihnen war immer leicht und humorvoll gewesen, wie alles rund um Ivar, bis jetzt, und Elisabeth tat ihm leid, weil sie aufrichtig besorgt schien. Wie kann ich dir helfen, sagte sie, ist in deinem Leben irgendwas passiert, fragte sie. Und so erzählte er ihr von Frida, zwar nicht alles, nicht die Sache mit Frida und Benjy und wie Frida ihm die Augen geöffnet hatte, was den Marschflugkörper im Besonderen oder die Waffenproduktion im Allgemeinen betraf, aber er erzählte ihr, dass Frida sich von ihm abgewandt habe und von zu Hause ausgezogen sei und dass er keinen Kontakt mehr zu ihr habe, dass sie nicht mit ihm reden wolle und nicht auf Nachrichten antworte, dass er nur durch Hanne erfahre, was in ihrem Leben passiere. Er erzählte sogar von der App, mit der er die Bewegungen seiner Tochter verfolgen könne, und dass er das auch regelmäßig tue, in jedem freien Moment: nach seinem Telefon greifen und die App öffnen und Frida beobachten, das Frida-Symbol, er erzählte, wie er ihren Bewegungen folgte, zur Schule und von der Schule zurück, zu Freunden, Geschäften, zum Schwimmbad und in Cafés, und dass er sehen könne, wie schnell oder langsam sie sich bewege und wie viel Prozent Akku sie noch auf ihrem Telefon habe. Manchmal könne er sie nicht finden, weil ihr Akku leer sei. Und Elisabeth saß da und hörte ihm zu und betrachtete ihn mit besorgtem Gesichtsausdruck, auf ihrer Stirn wurden mehrere Falten sichtbar, die er noch nie zuvor gesehen hatte, eine davon verlief schräg hinunter zur Nase, und zwei andere quer über die Stirn, und an einem Punkt kreuzten sich diese drei tiefen Falten und schufen am unteren Ende ihrer Stirn einen winzigen Krater, eine Art Vertiefung der Verzweiflung, so kam es ihm vor, an einem Punkt während des Gesprächs traten ihr sogar die Tränen in die Augen, und Ivar ebenso, und es fühlte sich gut an, fast wie Weinen, aber später kam es ihm vor, als hätte er sich selbst und seine große Sache verraten, weil er es in diesem Gespräch nicht geschafft hatte zu wiederholen, was er ansonsten immer sagte, über Moloch und den Tod, der in der Fabrik entwickelt und verkauft werde, und am allerwenigsten hatte er über Friedensarbeit und zivilen Widerstand und Hungerstreik sprechen wollen. Er hatte es nicht über sich gebracht, aus Mitleid mit Elisabeth, die seine Weisungsbefugte war, und auch aus Mitleid mit sich selbst, denn er verstand, dass er in seinem Gegenüber sein eigenes Gesicht gespiegelt sah, und er wollte es weder für sie noch für sich selbst schlimmer machen, als es bereits war.

Aber es war ihm gelungen, Verständnis für seine Situation

zu schaffen, und so wurde es kein Gespräch über seine Zukunft im Unternehmen oder seine fragliche Zukunft, ob er in den Ruhestand gehen wolle, was er abgelehnt hätte, doch wurde es gar nicht erwähnt, stattdessen wurde es ein Gespräch, in dem Elisabeth ihn ermunterte, sich krankschreiben zu lassen, ein oder zwei Wochen, sagte sie, mindestens, sie sagte, er müsse sich ausruhen, und vielleicht würde er so auch die Möglichkeit bekommen, wieder zu seiner Tochter zu finden, wenn er etwas Ruhe um sich hätte. Sie sagte, er solle sie anrufen, wenn sie etwas für ihn tun könne, sie sagte, sie würde für ihn da sein und dafür sorgen, dass er diese Zeit überstehe, damit er bald wieder arbeiten könne. So ungefähr endete das Gespräch, und beim Aufstehen hatten sie beide Tränen in den Augen, wenn auch vermutlich aus unterschiedlichen Gründen.

Und so wurde Ivar krankgeschrieben und blieb vormittags zu Hause, ohne dass es sich nach einer guten Lösung anfühlte. Er machte Spaziergänge durch die Nachbarschaft und den Wald, aber er hatte den Eindruck, dass die Leute ihm scheele Blicke nachwarfen, was machte ein erwachsener Mann tagsüber zu Hause, warum war er nicht in der Arbeit? Unter der Woche war die Siedlung menschenleer und verlassen, auch wenn mehrere Nachbarn im Homeoffice arbeiteten, denn es war diese Art von Nachbarschaft, Busfahrer oder Ladenverkäufer gab es hier keine. Ivar ging durch die leeren Straßen und auf den Pfaden im Wald und fühlte sich beobachtet, selbst im Wald, wo nur die kleinen Vögel ihn sehen konnten, fühlte er sich beobachtet. Ihm war klar, dass es sein eigener innerer Blick war, der ihn beobachtete, aber für jemanden wie ihn war dieser innere Blick mit dem Blick der anderen verwoben, etwa mit dem der Nachbarn. Ein paar dieser Nachbarn waren Kollegen aus der Fabrik, und eine davon war die Erste, mit der er über Moloch gesprochen hatte, die mit den Losen für die Klassenfahrt ihres Kindes, eine Busfahrt zu den Konzentrationslagern, erinnerte er sich jetzt, was für eine hässliche Ironie. Von seiner Terrasse aus konnte er ihr Haus und Teile ihres Gartens sehen, und normalerweise ging er auf dem Weg ins Zentrum an ihrem Haus vorbei, aber jetzt gewöhnte er sich an, einen anderen Weg zu gehen, einen Umweg. Er konnte es nicht ertragen, von ihr gesehen oder begrüßt zu werden, und wenn er ihr trotzdem begegnete, dann brannte es in ihm vor Scham oder Trauer oder Wut, er wusste selbst nicht, was es war. Overberget war immer noch eine kleine Stadt, nicht so klein wie zu der Zeit, als Gladys und Gunnar hier aufgewachsen waren, aber klein genug, dass jemand, der von der Norm abwich, bemerkt wurde oder sich bemerkt fühlte. Und Ivar fühlte sich bemerkt, das gefiel ihm nicht. Eines Tages hörte er Geräusche aus einem Nachbargarten, es war der Garten ebendieser Nachbarin. Es waren Herbstferien, und der Sohn der Nachbarin war vormittags allein zu Hause, und Ivar fragte sich, was er bei seinem Besuch in den Konzentrationslagern wohl gelernt hatte, denn jetzt stand er da und zielte mit einer Pistole um sich. Es war keine Spielzeugpistole, es war eine normale Pistole, eine von der Art, wie sie bis vor wenigen Jahren im norwegischen Militär im Einsatz gewesen waren, mit diesen Dingen kannte Ivar sich aus, er erkannte sie wieder, zumindest meinte er sie wiederzuerkennen, es war eine echte Pistole. Die Terrassentür stand offen, Ivar ging hinaus, um besser sehen zu können, und der Junge musste ihn gehört haben, denn er drehte sich um, mit ausgestrecktem Arm, und richtete die Waffe auf Ivar. Früher hätte Ivar ein ernstes Wörtchen mit ihm geredet, ihn aufgefordert, mit der Waffe ins Haus zu gehen, er hätte die Eltern des Jungen angerufen und ihnen erzählt, dass ihr Sohn mit einer echten Pistole spiele und auf die Nachbarn ziele. Jetzt aber drehte er sich einfach um, ging hinein und schloss die Terrassentür und hielt sich den Rest des Tages vom Garten fern. Er wusste nicht, ob es Angst war oder Verlegenheit, was er empfand. Eines späten Abends, als er auf dem Sofa saß und fernsah (in den USA waren gerade Präsidentschaftswahlen), hörte er von draußen ein Geräusch. Da war etwas. Er saß auf dem Sofa und fühlte sich beobachtet, schaltete den Fernseher aus, öffnete die Terrassentür und ging hinaus. Die Sterne leuchteten schwach am Himmel, der nie ganz dunkel zu werden schien, obwohl es spät war, ein milder Wind wehte durch Bäume und Büsche. Und ja, da knackte etwas, jemand bewegte sich am unteren Ende des Gartens, wo es in der Hecke eine Öffnung gab. Er ging ins Haus, kam mit seinem Handy zurück und benutzte es als Taschenlampe, aber wer auch immer die Geräusche verursacht hatte, war verschwunden. Das Einzige, was er fand, war ein Igel, der über den Rasen spazierte und sich nun im Lichtstrahl zusammenrollte. Für Igel war es doch viel zu spät im Jahr, meinte er, die müssten längst Winterschlaf halten. Noch ein Zeichen dafür, dass alles aus den Fugen geraten war. Im Haus des Nachbarn brannte im Zimmer des Sohnes Licht, und er meinte, eine Gestalt zu erkennen, als ob sich jemand vor ihm versteckte. Er wurde schreckhaft und steigerte sich weiter in seine Angst hinein. Er gewöhnte sich an, die Tür abzuschließen, wenn er nach Hause kam, das hatte er früher nie getan, in diesem Punkt war er nach Karl geraten. Overberget ist eine sichere Stadt, hatte der immer gesagt, aber jetzt verriegelte er die Tür sowohl abends als auch tagsüber. Herman geriet jedes Mal in Raserei, wenn er vor der verschlossenen Tür stand, er klingelte und hämmerte dagegen, aber Ivar ließ sich nicht davon abbringen abzuschließen, er hatte das Gefühl, dass ihn jemand beobachtete, dass ihn jemand verfolgte.

Und dann rief er eines Tages Frida an. Sie ging nicht ran, und er rief wieder an, und sie ging nicht ran, und er rief noch einmal an, und sie ging wieder nicht ran, aber dann bekam er eine Nachricht. Sie schrieb: Kann gerade nicht, können wir später telefonieren. Er antwortete, Ja, wann passt es dir? Es kam keine Antwort, aber jetzt wollte er nicht länger warten. Er wusste, wo Frida war, sie war zu Hause in ihrer Wohnung, sie ging oft mittags nach Hause, hatte wohl eine Pause im Stundenplan. Er setzte sich ins Auto und fuhr zu ihrer Wohnung. Er schickte keine weitere Nachricht, er fuhr einfach hin, zu dem Haus, in dessen Dachgeschoss sie eine Wohnung mietete, er parkte vor dem Haus und klingelte an der Tür. Es gab eine Gegensprechanlage, er hörte ihre Stimme, sie sagte Ja, und sie klang dünn durch den schlechten Lautsprecher, als wäre sie in Not. Er lief die Treppe hinauf, zwei Stufen auf einmal, kam zur Eingangstür, die angelehnt war. Er ging hinein, sie saß in der Küche, sie war allein. Er hatte erwartet, dass Benjy da sein würde, er hatte gefürchtet, dass sie nackt sein könnten, vielleicht gingen sie in der Mittagspause nach Hause, um miteinander zu schlafen, er wusste nichts über Frida oder ihr Leben, nicht mehr als die Orte, an denen sie sich aufhielt. Aber er war trotzdem hingefahren und hatte an der Tür geklingelt, jetzt musste er sie sehen. Sie schien nicht überrascht, dass er gekommen war. Sie sagte, sie müsse bald wieder zur Schule, aber vorher könne sie ihm noch eine Tasse Tee anbieten, was er gern annahm. Sie fragte, warum er nicht in der Arbeit sei, und er antwortete, er sei krankgeschrieben, er nahm an, dass sie das bereits wusste, Hanne musste es ihr erzählt haben, aber sie schien überrascht, einen Augenblick lang sah sie ängstlich aus, sie wollte wissen, ob er ernsthaft krank sei, und er erzählte ihr kurz, was passiert war. Am Ende sagte er, dass er nicht wisse, ob er weiterhin in der Waffenproduktion arbeiten könne, und dass sie es gewesen sei, die ihm das bewusst gemacht habe. Sie sah ihn verwundert an, oder vielleicht war es keine Verwunderung, die er in ihrem Blick sah, sondern nur Leere. Er wiederholte, dass sie ihn dazu gebracht habe, über sein Leben nachzudenken, sie und Benjy, und darauf antwortete sie, dass sie nicht mehr mit Benjy zusammen sei. Wirklich? Nein, das sei schon mehrere Monate vorbei, sie hätten nichts mehr miteinander zu tun. Aber sie habe eine Freundin, die neben Benjy wohne, und durch diese Freundin habe sie ihn letztes Jahr kennengelernt, die Freundin heiße Asta, und es war also Asta, die sie am Dedalusbakken besucht hatte, nicht Benjy.

– Aber ist das nicht der Grund, warum wir nicht miteinander reden?

– Was meinst du?

– Du bist ausgezogen.

– Ich bin siebzehn, Papa. Es ist doch nicht so ungewöhnlich, dass ich ein bisschen mehr Space gebraucht habe.

– Aber du warst sauer auf mich, weil ich in der Waffenproduktion arbeite.

– Sauer?

– Ja, oder es hat dich belastet. Du hast gesagt, wir leben vom Tod, und alles, was wir haben, ist mit Blutgeld bezahlt.

– Habe ich das gesagt?

Sie lächelte mitleidig, und er meinte, dieses Lächeln zu verstehen. Sie kannten sich, er konnte sie lesen, das hatte er schon immer gekonnt. Sie fand, dass er übertrieb. Sie war längst woanders, sie hatte die ganze Sache hinter sich gelassen, und jetzt, wo er sie wieder darauf ansprach, klang das Ganze aus seinem Mund viel zu dramatisch.

– Die Sache mit der Waffenfabrik ist mir nicht mehr so wichtig, sagte sie. – Ich verstehe schon, dass es auf der Welt Waffen geben muss, ich hatte vorher nur nie wirklich darüber nachgedacht, wir haben ja nie über diese Dinge geredet.

– Nein, das Schweigen lässt das nicht zu.

– Das Schweigen?

– Ja, in dieser Stadt kann man nicht über Waffenhandel reden. Die Leute halten es nicht aus.

Sie sah ihn an und lächelte wieder, dasselbe abwartende Lächeln. Sie hatte keine Ahnung, wovon er redete. Sie stand auf und räumte die Tassen vom Tisch, stellte sie in die Spülmaschine. Sie hatte eine Wohnung mit Spülmaschine, sie war auf ihrem Weg hinaus ins Leben, sie hatte Freunde und Interessen, von denen er keine Ahnung hatte. Nichts von dem, was vor einem Jahr so unglaublich wichtig gewirkt hatte, schien ihr noch wichtig zu sein, sie hatte es gehen lassen, sobald er den Kontakt zu ihr verloren hatte. Sie ließ sich von äußeren Einflüssen steuern, von äußeren Systemen wie Freundschaften oder einer zufälligen Beziehung. Sie konnte sich der Perspektive, dem Willen eines anderen Menschen hingeben, sie konnte sich der Persönlichkeit und dem Willen anderer unterordnen, jedenfalls für kurze Zeit, ohne ihre Integrität zu verlieren. Sie nahm sich, was sie wollte, was sie zu diesem oder jenem Zeitpunkt gerade brauchte, alles andere ließ sie an sich vorbeiziehen, ahnte er. Bei ihrem Bruder war es umgekehrt, er fing jede Stimmung auf, die im Raum lag, alles konnte mit lähmender Kraft in ihm einschlagen, er musste sich mit Elvis oder sonst irgendetwas beschützen, um Ruhe und Stabilität zu schaffen. Herman war rigide in seinen Ritualen und seinem Selbstschutz, und dasselbe galt vielleicht auch für ihn selbst, begriff Ivar plötzlich. Er hatte sich an Fridas plötzliche Feindseligkeit geklammert, er hatte alles, was in seiner Macht stand, in Gang gesetzt, um sie zu ertragen und sich vor ihr zu schützen, sie eventuell zu neutralisieren, aus der Welt zu schaffen, während Frida einfach weitergegangen war, befreit und erneuert und leicht. Er stand auf, fühlte einen plötzlichen Schwindel, er musste sich an der Tischkante festhalten. Sie kam auf ihn zu und ergriff seinen Arm, sie sah besorgt zu ihm auf und fragte:

– Bist du okay, Papa?
– Aber ja, sagte er.

Was hätte er sagen sollen, immerhin war er ein erwachsener Mann, und er war ihr Vater.

Er fing wieder an zu arbeiten, und am ersten Tag klopfte er bei Elisabeth Wang an die Tür und bedankte sich für ihre Hilfe. Sie wirkte leicht verdutzt, als hätte sie die ganze Sache vergessen, in jedem Fall musste sie vergessen haben, dass sie ihn gebeten hatte, jederzeit zu ihr zu kommen. Es freue sie, dass es ihm besser gehe, sagte sie, ohne weitere Fragen zu stellen. Sie hatte den Kopf voll mit anderen Dingen, das konnte er sehen, und somit war alles vergessen, und Ivar wieder zurück im Arbeitsleben. Er war mit der Leitung einer Gruppe betraut worden, die den Steuerungsmechanismus des neuen Marschflugkörpers überholen sollte, die meisten seiner neuen Kollegen kannte er schon, einige von ihnen hatten die kurze Etappe seines versuchten Friedensaktivismus miterlebt, aber niemand erwähnte das ihm gegenüber. Niemand redete darüber, was mit Ivar los gewesen war, und er selbst tat es auch nicht. Der Schnee fiel und schmolz wieder, und dann kam noch mehr Schnee. In weiter Ferne wurden Kriege geführt, und in einigen dieser Kriege wurden Waffen aus der Fabrik in Overberget eingesetzt. Manchmal gab es in den Medien kritische Kommentare darüber, dass norwegische Waffen aus Overberget gegen Zivilisten eingesetzt worden seien. Das ging Ivar nahe, und er wusste, dass es auch die meisten seiner Kollegen beschäftigte, aber in was für einer Welt lebten wir, wäre es besser, wenn verbündete Staaten ihre Waffen in anderen Ländern kauften? Es war die Verantwortung des norwegischen Staates, sicherzustellen, dass die in Overberget hergestellten Waffen an Länder verkauft wurden, denen wir vertrauen konnten, an Länder, die ihre Waffen nicht gegen Zivilisten und Wehrlose einsetzten. Dass die Kriege in weiter Entfernung stattfanden, machte es leichter, damit zu leben, das wusste er selbst, aber er versuchte, nicht die Augen vor dem zu verschließen, was geschah. Der Gedanke an den Schaden, den die Waffen anrichteten, quälte ihn immer noch, wenn auch auf etwas abstraktere Weise als zuvor, er wollte nicht vergessen. Und dann war eines Morgens Krieg in einem Land ausgebrochen, das nur wenige Stunden entfernt lag. Ivar stand an der Küchenanrichte über sein Handy gebeugt, er las die Nachrichten, während er auf den Kaffee wartete, und er las, dass Russland in die Ukraine einmarschiert sei, dass an mehreren Orten im Land gekämpft würde, dass die ersten Angriffe in den Morgenstunden erfolgt seien. Ivar hatte noch in seinem Bett geschlafen, als in Kiew die ersten Raketen eingeschlagen waren, nur wenige Flugstunden entfernt, und in den Wochen und Monaten, die folgten, dachte Ivar darüber nach, wie falsch es gewesen war, jemals an seiner Arbeit und an dem, was in der Fabrik geleistet wurde, zu zweifeln. Vielmehr hätte er stolz sein sollen. In dieser ersten Phase des

Krieges änderten viele Norweger ihre Meinung über Waffenproduktion und Waffenverkauf und die NATO, selbst ich, der Wehrdienstverweigerer, meinte plötzlich, dass Norwegen Waffen in die Ukraine schicken müsse. Das überraschte ihn, und doch auch wieder nicht. Ivar wusste, dass ich den Militärdienst verweigert hatte, weil ich ihn mir nicht zugetraut hatte, er hielt meinen Pazifismus für eine Art Reflex, nicht den wahren Grund, warum ich Zivildienst an einer Gehörlosenschule geleistet hatte, anstatt schießen zu lernen. Aber typisch war, dass ich zu denen gehörte, die sich jetzt mitreißen ließen. Es war typisch für mich und Leute wie mich, selbstgerechte Linke mit ihren Islandpullis und Militärjacken und bunten Schals – es ist lange her, dass er mich in solchen Klamotten gesehen hat, aber er stellt sich vor, dass ich immer noch so rumlaufe, obwohl ich in schwarzen Jeans und weißem T-Shirt vor ihm sitze, genau wie er selbst – und ihren langen theoretischen Ausführungen über Macht und Ungerechtigkeit. Er hält es nicht aus, ihnen zuzuhören, er kann ihr Gerede nicht ernst nehmen, es ist nichts als Gejammer und Gewimmer, Angeberei mit der eigenen Sensibilität und wenig Verständnis für die Perspektive anderer. Nichts davon sagt er mir, nicht direkt, aber es fällt mir nicht schwer, seine Gedanken zu erraten. Wieder ist es wie das Wasser im Moor, das in den Abdruck dessen sickert, was er sagt, schwarzes Wasser, es ist leicht, sich darin zu spiegeln, leicht, alles zu lesen, was er über mich denkt und je gedacht hat. Und das Schlimmste ist, dass ich ihm zustimme. Plötzlich schaffe ich es nicht mehr, eine andere Meinung zu haben als Ivar, alles, was sich in seinem Inneren bewegt, bewegt sich in mir weiter. Irgendetwas geht in diesen Tagen in mir vor, ich bin nicht mehr derselbe wie zuvor. Alles, was mir bis vor Kurzem wichtig erschienen ist, was mich zu dem gemacht hat, der ich war, entgleitet mir jetzt, ich sehe es im Abfluss verschwinden, es hat keine Bedeutung mehr. Ich betrachte mich selbst durch Ivars Blick und mache ihn zu meinem eigenen. Er hat mich immer für schwach und unselbstständig gehalten, und er war froh, dass ich im Leben trotzdem zurechtkam, auch wenn ich einem gewissen Schlag Mensch nachgelaufen bin. Aber jetzt ist er froh, dass ich in der Lage bin, meine Meinung über Waffen und Militärpolitik zu ändern, er deutet es als gutes Zeichen für das ganze Land, nicht nur für mich. Und jetzt sei es für jeden, oder fast jeden, leicht zu erkennen, dass wir ein schlagkräftiges Verteidigungssystem brauchen, dass das Gute verteidigt werden müsse, und wenn nötig, auch mit Mitteln, die nicht per se gut seien.

Das ist typisch Ivar, ich erkenne ihn wieder, er macht es sich leicht, ebenso wie er mir vorwirft, es mir leicht zu machen. Sogar wenn er mit alten Fehlschlüssen abrechnet, gibt er sich simplen Gegensätzen hin, er wechselt einfach auf die andere Seite, greift sich selbst aus einer anderen Richtung an, ein Melodrama, das sich in seinem Inneren abspielt, er entlarvt sich selbst und geht mit ein und derselben Bewegung in Deckung. Aber immerhin, er versucht es, er tut, was er kann, um seine eigenen Grenzen zu überschreiten. Er schafft es nicht und versucht es erneut, schafft es nur teilweise und scheitert auf anderem Wege. Aber er gibt nicht auf, und deshalb liebe ich ihn, hätte ich beinahe gesagt, das war es nicht, was ich sagen wollte, und ich sage es nicht zu ihm, das könnte ich nie, das würde ihn viel zu verlegen machen.

An dem Tag, an dem Ivar die Nachricht erhielt, dass die Waffenfabrik in Overberget Waffen produzieren würde, die in die Ukraine geschickt werden sollten, ging er in die Stadt und kaufte eine Marzipantorte. Am Nachmittag versammelte er die ganze Abteilung zu Kaffee und Kuchen, er schnitt die Torte an und verteilte an jede und jeden die Stücke, und alle gerieten in Hochstimmung, eine aufgeregte Erleichterung breitete sich aus, befreites Lachen über den Tisch hinweg, und unter dem Lachen bebte ein nachdenklicher Ernst, vermutlich eine in zielgerichteten Optimismus umgewandelte Angst. Jeder wollte gegen Russlands groteske Kriegsführung gegen die Ukraine etwas beitragen, und jetzt bot sich endlich die Gelegenheit dazu. Eine der jüngeren Mitarbeiterinnen ließ eine Bemerkung fallen, die vielleicht ironisch gemeint war, sie hieß Elin Vikene, und mit vollem Mund sagte Elin, für die Wirtschaft sei der Krieg trotz allem gut, zumindest für eine Waffenfabrik. Aber Elin Vikene wurde zum Schweigen gebracht, niemand wollte so etwas jetzt hören, und schon gar nicht Ivar, der sich ärgerte, nicht sofort, aber später. Im Auto auf dem Heimweg schlug er aufs Lenkrad und schrie, was ist das nur für eine Idiotin, wer hat sie eingestellt? Das hatte er selbst getan. Und den ganzen wirtschaftlichen Aspekt des Kriegs hatte er heute gar nicht bedacht, jetzt war er besorgt, dass es so aussehen könnte, als wäre das der Grund gewesen, weshalb er Torte für alle gekauft hatte, bezahlt aus eigener Tasche. Für ihn war es ein großer Sieg gewesen, dies feiern zu können: dass er selbst etwas gegen diesen Angriffskrieg tun konnte, der ihn Abend für Abend an den Fernseher fesselte. Der Idealismus hatte ja schon einmal in ihm Wurzeln geschlagen, und beim ersten Versuch war es ihm nicht so recht gelungen, ihn zu nutzen, aber jetzt konnte er ihn ausleben und zugleich sich selbst treu bleiben. Ivar wollte gut sein, er wollte auf der Seite des Guten stehen, das war das Einzige, was für ihn zählte, und das Gute musste verteidigt werden, und genau darum ging es in seiner Arbeit. Jeden Morgen stand er auf und las über die nächtlichen Raketeneinschläge in Kiew, in Charkiw, in Odessa, in Mariupol, in Bachmut, Ortsnamen, die weder ihm noch irgendjemand anderem hier in Norwegen je viel gesagt hatten, aber jetzt waren sie auf einmal aufgeladen mit Bedeutung und Schicksalhaftigkeit und Erfahrungen jenseits von allem, was er sich vorstellen konnte, und er wollte etwas tun. Er wollte selbst in die Ukraine reisen und Flüchtlinge holen, er wollte in die Kriegszone fahren, mit Medikamenten oder Waffen oder was auch immer gebraucht wurde. Mit dem Auto würde es nicht länger als 24 Stunden dauern, von Overberget bis zur ukrainischen Grenze zu fahren, er studierte die Karte und zog unterschiedliche Routen in Erwägung, er gierte nach Geschichten von anderen, die die Reise schon gemacht hatten, er beneidete sie, auch er wollte helfen, wollte seinen Beitrag leisten. Es waren starke Gefühle, die er da empfand, zwingende und fordernde Impulse, und er wollte mit allen darüber sprechen, besonders mit seinen Kollegen, aber etwas hielt ihn zurück. Denn nur zu gut erinnerte er sich daran, wie er nur wenige Wochen zuvor durch die Abteilungen gegangen war und irgendetwas über Pazifismus gefaselt hatte und darüber, dass man einer militärischen Invasion mit zivilem Widerstand und Hungerstreik begegnen müsse. Hungerstreik! Er hatte über Moloch und Mordor und das Geschäft mit dem Tod gesprochen, und jetzt trat ihm beim Gedanken an sein eigenes Auftreten vor Verlegenheit der Schweiß auf die Stirn, er konnte sich noch an den Klang seiner eigenen aufgebrachten Stimme erinnern. Er hoffte, dass sich von seinen Kollegen niemand an diese Stimme erinnerte, nasal und penetrant und aller Wahrscheinlichkeit nach ziemlich selbstgefällig, aber das taten sie vermutlich sehr wohl, denn in ihren Blicken meinte er eine diskrete Verwunderung zu erahnen. Kasper Gutterud kam nicht mehr zu ihm, weder um über Ambient oder Elektronik zu sprechen noch über Feindesliebe. Und Ivar erinnerte sich daran, wie er selbst zurückgelehnt im Stuhl gesessen und doziert hatte, und wie Kasper zusammengezuckt war, als er über die Liebe zu seinen Feinden gesprochen hatte. Ein Glück, dass er damals seinen Job hatte behalten dürfen, dachte er jetzt.

Und auch deshalb ärgerte ihn der Kommentar, der mit vollem Mund gemacht worden war. Er fuhr nach Hause und sprach mit Hanne über Elin Vikenes unangemessene Bemerkung, und Hanne lachte ihn aus und brachte ihn dazu, über seine eigene Verzweiflung zu lachen, das half. Sie sagte, sie habe nie an Ivars kurzzeitigen Pazifismus geglaubt, und auch das half. Ihr Lachen verletzte und tröstete ihn zugleich, die eine Emotion prallte in seinem Inneren auf die andere, und er blickte in ihr Gesicht, das lange und empfindsame Gesicht des einzigen Menschen, dem er sich vertraut fühlte. Ihm war nicht bewusst gewesen, dass sie in der Lage war, ihn aus der Ferne zu betrachten, so klar und distanziert, während sie ihm zur selben Zeit gegenübersaß und ihm nahe war und ihm auf Augenhöhe begegnete. Sie konnte zugleich bei ihm sein und über ihm, sie hatte ihn durchschaut und sich entschieden, nichts zu sagen, weil sie zu Recht angenommen hatte, dass er nicht bereit gewesen wäre, ihr zuzuhören. Er fühlte sich gleichermaßen entlarvt und umsorgt. Damals, als es Grund dazu gegeben hatte, ihn auszulachen, hatte sie es nicht getan, sie hatte sich seine Ausführungen über das Geschäft mit dem Tod angehört, er hatte neben ihr im Bett gelegen und ins Dunkel hinausgesprochen, Abend für Abend, und sie hatte zugehört und ihm Fragen gestellt, ihn gebeten, ihr dies oder jenes zu erklären, und es hatte sich angefühlt, als würde sie ihn unterstützen, aber die ganze Zeit hatte sie vermutet, dass seine Verzweiflung etwas anderes betraf. Hanne wusste, dass er Frida vermisste, aber sie sagte es nicht, es hätte nicht geholfen. Sie ließ ihn weitermachen, bis es vorüber war, und jetzt nahm sie ihn in den Arm und erzählte ihm, dass sie ein wenig besorgt gewesen sei. Es war beschämend. Es schien, als hätte er rein gar nichts mitbekommen, weder was ihn selbst noch was Hanne betraf.

Der Frühling ging, und der Sommer kam, und er traf Frida ein paarmal auf einen Kaffee, und in manchen Augenblicken redeten sie miteinander wie früher. Sie erzählte ihm von ihren Freunden oder kommentierte irgendetwas aus den Nachrichten, und plötzlich vergaß sie, sich zurückzuhalten. Ihre Stimme wurde wieder rein und offen, und ihre großen klaren Augen sahen ihn an und suchten Bestätigung oder wollten sich vergewissern, dass er verstanden hatte, was sie meinte. Aber er fühlte sich bei ihr nicht sicher, er hatte Angst, sie könnte sich plötzlich wieder gegen ihn wenden. Er vertraute seiner eigenen Tochter nicht, aber konnte man diese Art der Vertrauenswürdigkeit von seinem eigenen Kind verlangen, konnte er von ihr erwarten, dass sie sich nicht von ihm distanzieren würde? Sie musste raus ins Leben, sich von ihm abnabeln, selbstständig werden – und war es für all dies etwa nicht erforderlich, dass sie ihn wegstieß, zeitweise oder für immer, wenn es sein musste? Und hatte er nicht insgeheim erwartet, dass es dazu kommen würde? Ja, aber nur hypothetisch, in der Theorie, er hatte sich nicht vorstellen können, wie es sich in der Realität anfühlen würde. Und jetzt wusste er es, jetzt hatte er einen Weg gefunden, damit zu leben. Aber trug er nicht auch ein anderes Gefühl mit sich herum, das viel schwieriger war, nämlich dass auch er sich von ihr, von Frida, von seinem eigenen Kind, lösen musste?

Und dass er sie bereits ein wenig losgelassen hatte, nur eine Spur, aber mehr, als er früher für möglich gehalten hätte? Er musste sich vor ihr schützen, vor Frida, das hätte er sich nie vorstellen können. Die alte Zärtlichkeit, die einfache, bedingungslose und allumfassende Liebe zu dem kleinen Kind, was war damit? Die hatte ausgedient. Aber es half nichts, das zu wissen oder zu bedenken, dennoch vermisste er das Kind, das sie gewesen war, er sehnte sich zurück, so wie sich Gladys seine Kindheit zurückgesehnt hatte, als er sich nichts anderes gewünscht hatte, als sie hinter sich zu lassen.

Er ging langsam über die Treppen, langsam durch die Großraumbüros, langsam zum Auto. Er fuhr wieder mit dem Auto. In guten Zeiten fuhr er mit dem Fahrrad, aber sobald ihn irgendetwas belastete, nahm er wieder das Auto. Und jetzt fuhr er langsam. An manchen Tagen musste er rechts ranfahren und anhalten, nur um still dazusitzen, die Hände am Lenkrad, und zu atmen. Es kam vor, dass er im Geschäft stehen blieb und die Gesichter der Menschen betrachtete, die an ihm vorbeihasteten, junge Gesichter, alte Gesichter, einige ältere Männer wie er selbst, in Joggingkleidung, in Jeans oder im Anzug, und er blieb stehen und starrte ihnen nach. Menschen mit Einkaufskörben in der Hand oder Menschen, die Einkaufswagen vor sich herschoben, beladen mit Waren, die sie sorgfältig ausgewählt hatten und nach Hause tragen würden. Wie rührend, wie vergänglich doch alles war. Und wie verletzlich sie alle wirkten, wie empfindsam füreinander, ein kleiner Blick oder ein unglücklicher Kommentar konnte ausreichen, um Menschen zu Fall zu bringen. Das hatte er früher nicht gesehen, aber jetzt sah er nichts anderes als das Empfindliche und Verwundbare in den Gesichtern um ihn herum, und er hatte das Gefühl, sie alle zu lieben, absolut alle auf der ganzen Welt.

Und dann eines Vormittags war Gladys krank geworden, die Nachbarin fand sie auf dem Küchenboden und rief zuerst die Rettung an und dann Ivar. Er rannte aus dem Büro und fuhr von der Fabrik durch die Stadt, über die neue Brücke und durch all die Kreisverkehre, ehe er zu dem kleinen Krankenhaus gelangte, in dem er selbst geboren worden war und wo er nun vermutete, dass Gladys im Sterben lag. Und das tat sie auch, aber es ging nicht so schnell, wie er gedacht hatte. Die ersten beiden Tage sah es so aus, als würde sich ihr Zustand bessern, sie war bei Bewusstsein, sie schien die Aufmerksamkeit der Pfleger und Ärzte zu schätzen, aber dann ging es ihr plötzlich schlechter. Ivar rief mich an und überredete mich zu kommen, das war nicht so einfach, am Ende musste er sagen: Wenn du sie lebend sehen willst, dann komm jetzt. Und dann kam ich endlich. Ich betrat das Krankenhaus, und wir trafen uns an der Rezeption, und er konnte sehen, dass ich bei seinem Anblick erschrak, etwas stimmte nicht mit seinem Gesicht, es war nackt wie ein Stück helles Fleisch. Er befand sich nun schon einige Jahre auf einer Reise, er war auf der Suche nach etwas, einer Art Klarheit, dachte er selbst, und dann war er mitten im Flug unterbrochen worden. Er hatte versucht herauszufinden, wo er sich befand, er hatte versucht, sich selbst und die anderen zu verstehen. Er war in starker Bewegung gewesen und ertrug den Gedanken nicht, dass Gladys sterben sollte, nicht jetzt, es passte ihm nicht, nicht in diesem Sommer, es gab zu viel anderes, was er herausfinden musste. Das muss es gewesen sein, was ich sah, als ich in sein nacktes, hilfloses Gesicht starrte. Ich meine nicht nackt und hilflos, weil er sich in einer Krise befand, ich glaube, er sah aus prinzipiellen Gründen nackt und hilflos aus, weil er sich dazu entschieden hatte, mir auf genau diese Art und Weise zu begegnen.

3

GLADYS WACHT IM KRANKENHAUS AUF und weiß, dass sie im Krankenhaus ist. Sie erkennt das Zimmer, sie erinnert sich daran, wie sich der Korridor dem Licht entgegenstreckt, was meint sie damit, einen helleren Teil des Gebäudes, einen neuen Anbau mit größeren Fenstern und einem Korridor, der in Richtung Stadt und bis zum Wald auf der anderen Seite der Stadt weiterzulaufen scheint.

Wo der Korridor eine scharfe Biegung macht, befindet sich der Aufzug, und sie stellt sich vor, dass sie sich aufsetzt, nicht ganz ohne Mühe, sie sitzt auf dem Bett und stellt die Füße auf den Boden, ihre Füße sind nackt, aber sie stellt sich ein Paar Sandalen vor, die sie einmal besessen hat, weiße Sandalen mit einem weichen und breiten Riemen über dem Spann, es war leicht, sie anzuziehen, leicht, damit zu gehen, und trotz ihrer halbhohen Absätze machten sie nicht dieses dumme Klackgeräusch auf dem Boden, das sie bei anderen Frauen immer geärgert hat, und sie stellt sich vor, dass sie das Zimmer verlässt und den Korridor entlanggeht, bis sie zum Aufzug gelangt. Sie kann mit dem Aufzug hinunter in die Eingangshalle fahren und hinausgehen, die Türen öffnen sich automatisch, und dann ist sie draußen im Licht und kann nach Hause gehen. Zu Hause warten die Kinder auf sie, sie hat doch Kinder, wie viele, das weiß sie nicht mehr, sie stellt sich eine kleine Tochter vor, mit sandfarbenem, strähnigem Haar, das sie kämmt und kämmt, bis es weich und glatt wird. Hat sie nicht einmal eine kleine Tochter gehabt? Aber sie kommt nicht aus dem Korridor heraus, etwas hält sie zurück, sie erinnert sich an eine schwere Brandschutztür neben dem Aufzug, die führt ins Treppenhaus, und über diese Treppen ist sie gegangen, sie sieht ihre eigene Hand auf einem runden Metallgeländer, das mit dicker schwarzer Farbe gestrichen ist, die Farbe ist auf der Unterseite zu Tropfen erstarrt, sie befühlt die Tropfen, und sie kann ihre Füße in den weißen Sandalen auf den Stufen sehen, sie erinnert sich an den dunkelgrauen Zement, oder wie auch immer das Material heißen mag, aus dem diese Stufen gemacht sind, es ist kein Zement, du musst lernen, wie die Sachen heißen, hätte ihr Vater gesagt. Diese Treppen ging sie auf und ab, das war an dem Tag, an dem sie ihren Jungen bekommen sollte, den ersten, sie war morgens unter Schmerzen zu Hause aufgewacht, und die Schmerzen blieben den ganzen Vormittag, und ihre Mutter sagte, jetzt müsse sie ins Krankenhaus. Sie machte sich fertig, schmierte sich ein paar Brote, und warum tat sie das, sie dachte, sie müsse es tun, sie ging hinaus zu ihrem Fahrrad, aber sie konnte nicht auf dem Sattel sitzen, Spinnst du, Mädel, sagte ihre Mutter, wir gehen zu Fuß, ich komme mit. Und so gingen sie zum Krankenhaus, und sie brauchten fast eine Stunde für den Weg, für den sie sonst zwanzig Minuten gebraucht hätten. Die Mutter hielt sie am Arm fest, sie war gereizt, wie immer, sie war gereizt, weil sie Angst hatte, wie immer, und dieses Mal hatte sie Angst, dass sie nicht rechtzeitig ankommen würden, dass Gladys auf dem Bürgersteig entbinden würde, was würden die Leute denken, jedes Mal, wenn Gladys stehen bleiben und ein wenig atmen wollte, zog die Mutter sie am Arm weiter, und dann kamen sie ins Krankenhaus, und sie wurde von einer

Krankenschwester untersucht, die sagte, sie sei zu früh gekommen. Das dauert noch lange, sagte sie streng, und Gladys begriff, dass sie einen Fehler gemacht hatte, und dachte, sie müsse wieder nach Hause gehen, und das hätte sie nicht geschafft, aber die Krankenschwester sagte ihr, sie solle Treppen steigen, rauf und runter im Treppenhaus, sagte sie, so schnell und so lange du kannst. Das sollte die Geburt beschleunigen, das wusste sie, aber es fühlte sich an wie eine Strafe, sie lief dort allein über die Treppen und hatte Angst, dass dem Kind etwas zustoßen würde, es bewegte sich nicht mehr, fühlte sich in ihrem Bauch nur schwer und tot an, aber sie traute sich nicht, etwas zu sagen, und zugleich hatte sie Angst, das Kind zu verraten, wenn sie nichts sagte, aber sie hatte die Anweisung bekommen, zu gehen, bis in den Keller hinunter und dann wieder hinauf in die oberste Etage, alle Treppen runter und alle Treppen wieder rauf, sie erkennt das weiß gepunktete Muster auf der dunklen Treppe wieder, woher kommen diese kleinen weißen Steine, wer hat sie gesammelt, die Wände sind in einer gelben Farbe gestrichen, von der ihr übel wird und die sich über alle Stockwerke bis zur Decke wölbt, und sie geht wieder über die Treppen, und es ist das Leben selbst, für das sie eine Lösung finden muss, das weiß sie jetzt, aber zuerst muss sie ganz hinauf und dann langsam wieder hinunter, sich mit der einen Hand am Geländer festhalten, mit der anderen den Bauch stützen, ist da noch Leben, ist alles in Ordnung oder stimmt was nicht, daran will sie nicht denken, und damals war ebenfalls Sommer, damals war ebenfalls Anfang August, und jetzt erinnert sie sich, was sie anhatte, ein blau-weißes Umstandskleid aus Frottee mit Reißverschluss auf dem Rücken, ein solider weißer Reißverschluss, sie hatte ihn im Nähgeschäft gefunden, und er hatte ihr sofort gefallen, und dort fand sie auch den

Stoff, sie bekam beides für einen guten Preis, aber dann stellte sich heraus, dass das Kleid schwierig zu nähen war, der Stoff war elastisch und verzog und kräuselte sich unter der Nadel, sie kämpfte mit der Nähmaschine und war unzufrieden, aber später hat sie das Kleid dennoch gern getragen, und jetzt vermisst sie es, wo ist es hingekommen, bestimmt eingepackt und weggegeben, aber wann und an wen? Sie muss es wohl ihrer Tochter geschenkt haben. Aber sie hat keine Tochter, die ihre Kleider erben könnte, und auch nicht viele Schwiegertöchter, soweit sie sich erinnert. Könnte es doch die Tochter gewesen sein, die das Kleid bekommen hat, irgendeine Tochter, sie wird fragen, wenn jemand zu Besuch kommt, habe ich eine Tochter, mit Töchtern redet es sich leichter als mit Söhnen, glaubt sie, denn ihre Söhne hören nicht wirklich zu, außerdem ist sie jetzt schon lange allein, das Hinuntergehen fällt ihr leicht, Stufe für Stufe, es ist beruhigend, es ist wie ein Loslassen oder ein Auf-den-Grund-Sinken, sie nähert sich der Dunkelheit und einer tieferen Lage, und als sie ganz unten angekommen ist, steht sie da und atmet und hält sich mit beiden Händen den Bauch, sie vermisst die Bewegung unter ihren Händen, die sie so oft gespürt hat, und jetzt spürt sie sie doch, wie ein kitzelndes Flüstern unter den Fingerspitzen, ein leichtes Streicheln einer kleinen Hand oder eines Fußes von innen, und dann ist sie bereit und geht hinauf, von einem Stockwerk ins andere, der Bauch ist schwer zu tragen, und sie hört ihren eigenen Atem, den hat sie schon immer gehört, leicht keuchend, sie geht ganz nach oben, und dort, im obersten Stockwerk, will sie wieder zurück ins Licht und in den Korridor, aber die Tür ist abgeschlossen. Ist sie im Treppenhaus eingeschlossen, sie braucht Hilfe, um das Kind herauszubekommen, allein schafft sie es nicht, aber vielleicht ist die Tür verschlossen, weil sie noch eine Weile weitergehen soll? Und sie geht weiter, runter und wieder rauf, sie kann nicht mehr, aber dann geht sie doch noch ein bisschen weiter, noch einmal ganz runter und wieder rauf, ihr ist schwindelig, und sie will sich übergeben, versucht es erneut an der Tür, und jemand auf der anderen Seite bittet sie zu warten, schließt auf und sagt: Hier bist du? Wir haben dich gesucht, jetzt mach schnell, du kommst zu spät zu deiner Geburt. Sie schüttelt den Kopf, das können sie nicht gesagt haben, sie liegt mit dem Kopf auf dem Kissen, und niemand kann sehen, dass sie sich bewegt, und dann liegt sie im Kreißsaal und erinnert sich an nichts, wie seltsam, die ganze Geburt wie aus ihrem Gedächtnis verschwunden, aber sie erinnert sich, dass danach jemand hereinkommt und ihr den Jungen zeigt, sie haben ihn gewaschen, das runde Gesicht und eine kleine Hand mit winzigen Fingern und plastikartigen, aber ganz echten winzigen Nägeln über dem Rand der Babydecke, ein Riss geht durch sie hindurch von seinem Anblick, oft wird sie sein Gesicht betrachten und Angst haben, dass es ihm nicht gut geht, dass etwas schiefgehen wird, dieselbe Angst wie damals, als sie kein Leben mehr in ihrem Bauch spürte, aber damals war es die falsche Tür, denn beim nächsten Mal versucht sie es eine Etage tiefer, und die ist offen, dort ist sie hergekommen, und dann ist sie wieder in dem langen Korridor.

Sie wacht im Krankenhaus auf und weiß, dass sie im Krankenhaus ist, sie ist wieder in ihrem Zimmer, und es ist mitten in der Nacht, und jetzt sitzt da ein Mann, ein älterer Mann, wie seltsam und ärmlich er aussieht mit seinem kahlen Kopf, fast keine Haare, sie scheint mich nicht zu erkennen, aber sie wacht auf und hat Durst und möchte Wasser trinken, Ich habe Durst, sagt sie, und ich verstehe nicht, was sie sagt. Wasser, sagt sie so deutlich sie kann, und ich weiß nicht, ob sie das darf, da sie an einen Schlauch angeschlossen ist, der ihr Wasser gibt, ich zeige darauf und versuche zu erklären, ich sage, dass ich nicht weiß, ob sie gleichzeitig Wasser aus einem Glas trinken kann, aber es nutzt nichts, ihr Mund ist so trocken, und schließlich höre ich auf sie, ich kann nicht Nein sagen, nicht jetzt, wo sie auf einmal aufgewacht ist, ich fülle ein Glas mit Wasser und helfe ihr beim Aufsetzen, das Wasser ist lauwarm und abgestanden, es hat lange im Krug gestanden, Ivar oder ich haben heute Morgen daraus getrunken, aber was solls, ich muss ihr das Glas hinhalten, sie öffnet den Mund, und ich verschätze mich und das meiste läuft wieder aus ihrem Mund heraus und rinnt herunter auf ihren Hals und ihre Brust, das Nachthemd wird nass, und sie zuckt leicht zusammen, ein gedämpftes und sanftes Wimmern, und dann legt sie sich wieder hin, aber jetzt sind Laken und Decke nass geworden, und ihr ist kalt, sagt sie, es ist mitten in der Nacht, und sie ist wach, und eigentlich müsste ich Ivar anrufen und es ihm sagen, Jetzt ist sie wach, jetzt musst du kommen, er würde jetzt hier sein wollen, unsere Abmachung lautet, dass ich ihn anrufe, sobald etwas passiert, aber er schläft, ruht schwer und hilflos in seinem eigenen Bett, er hat sich überreden lassen, nach Hause zu gehen und sich auszuruhen, erschöpft von mehreren Tagen ohne richtigen Schlaf, und Gladys liegt ja ohnehin nur hier, ohne dass jemand wissen kann, wie lange noch, aber jetzt muss ich ihm Bescheid geben, ich will nur noch ein wenig warten, zuerst drücke ich auf den Hilfeknopf, eine Krankenschwester kommt, und ich sage, dass Gladys nass geworden ist, dass sie wach ist und dass ich ihr Wasser gegeben habe, und die Krankenschwester wiederholt: Du hast ihr Wasser gegeben? Sie war wach?, sagt sie, und ich sage Nur kurz, ich habe ihr Wasser gegeben, weil sie darum gebeten hat, aber wir haben das meiste verschüttet, und sie antwortet Sie schläft jetzt wohl wieder, aber es ist völlig in Ordnung, dass sie getrunken hat, und dann kommt noch eine Schwester, und gemeinsam wechseln sie Gladys' Nachthemd und Bettzeug, und sie liegt wieder da und hat die Augen geschlossen, und die Krankenschwester sagt, ich soll sie rufen, falls Gladys sich übergeben muss, und dass sie selber auch darauf achten werden und dass ich keine Angst zu haben brauche, und ich sage mir, ich muss Ivar anrufen, er hat solche Angst, dass Gladys stirbt, wenn er nicht hier ist, dass sie allein stirbt, wie er sagt, er befürchtet, dass ich einschlafen oder das Zimmer verlassen könnte, wenn es passiert, er will neben dem Bett sitzen und ihre Hand halten, so hat er es sich vorgestellt, es ist ihm wichtig, aber ich beschließe noch ein wenig zu warten, ehe ich ihn anrufe, vielleicht will ich sie für mich allein haben, noch ein wenig länger, sie und ich, immerhin hat sie doch nur ein bisschen Wasser getrunken und ist dann wieder eingeschlafen.

Und sie wacht im Krankenhaus auf und weiß, dass sie im Krankenhaus ist, und da ist jemand im Zimmer, eine blonde weiß gekleidete Frau und dann noch eine andere mit dunklerem Haar, auch sie in weißer Kleidung, sie sind bestimmt tot und wollen sie mitnehmen, sie aber ist noch am Leben und scheucht sie weg. Die beiden packen sie, und sie wehrt sich, sie dürfen sie noch nicht mitnehmen, husch, sagt sie, weg mit euch, sagt sie und scheucht sie mit der Hand weg, aber sie kann nicht sehen, dass ihre Hand sich bewegt, und sie glaubt auch nicht, dass die Frauen es sehen können oder dass sie hören können, was sie sagt. Husch, sagt sie wieder, weg mit euch, sagt sie, und die eine Frau beugt sich über sie und sagt Jetzt schläft sie, und vielleicht schläft sie wirklich, aber mitten im Schlaf wacht sie wieder auf und begreift, was los ist, sie ist krank und wird nicht mehr nach Hause gehen, sie muss hier liegen, bis sie nicht mehr da ist, weder hier noch irgendwo anders, aber sie will nicht verschwinden, sie will hierbleiben, zusammen mit allem anderen Lebendigen, das Leben ist für sie immer noch ganz neu, neu und unerwartet und taufrisch und roh, als wäre sie gerade aufgewacht, ohne zu wissen, dass sie geschlafen hat, aber sie hat es geschafft, es ist tatsächlich gut gegangen, einmal war sie ein Kind, und ihre Eltern hatten Angst um sie, wenn sie Fieber hatte, und ihre Mutter geriet völlig außer sich, wenn sie zu spät nach Hause kam, aber sie hat es geschafft, es ist gut gegangen, sie ist fast unbeschadet durchs Leben gekommen, ohne größere Verletzungen als die, die das Leben normalerweise mit sich bringt, stell dir nur vor, sie hat es geschafft, sie hat es überlebt, sie ist draußen unter den Bäumen gewesen, und drinnen in den Zimmern, und sogar über die Treppen hat sie es geschafft, und manchmal im Sommer hat sie auf dem Rücken im Wasser gelegen und sich treiben lassen, sie ist nicht gern geschwommen, sie fand es eklig, Wasser ins Gesicht zu bekommen, Wasser, in dem andere gebadet hatten, aber sie lag gern auf dem Rücken und ließ sich treiben, und sie mochte es, aus dem Wasser zu kommen und sich mit einem großen Handtuch abzutrocknen und in einem Liegestuhl zu sitzen und sich mit geschlossenen Augen zu sonnen, sie sieht seichtes Wasser vor sich, seichtes goldenes Wasser, von Lichtstrahlen durchbohrt, sodass der Sand auf dem Grund sichtbar wird, und sie erinnert sich an einen Falken, der still in der Luft hing, er kreiste und beobachtete wahrscheinlich ein kleines Tier im Heidekraut, und an einen falben Hengst mit einer langen, hellen, feminin aussehenden Mähne, und an den Geschmack von frisch geschlagener Sahne und Mentholzigaretten und an die rote

Farbe, die man auf Eisenbahnbrücken verwendet, nichts davon will sie loslassen, sie möchte noch ein wenig hier sein, sie öffnet im halbdunklen Zimmer die Augen und sagt etwas mit dieser Stimme, die sie nicht als ihre eigene erkennt, sie versucht, etwas herauszufinden, die Lösung zu etwas Unlösbarem, Uschupp, sagt sie, und neben ihrem Bett sitzt ein Mann und neigt sich zu ihr, ein völlig unbekanntes Gesicht, so kommt es ihr vor, ein für ihren Geschmack allzu glattes und unverdorbenes Gesicht, sie mag erwachsene Männer mit mehr Schwere, mit schweren Gesichtern und blutgefüllten behaarten Händen, und ich verstehe nicht, was sie sagt, Uschupp, sagt sie wieder, und ich verstehe nicht, sagt sie husch, sagt sie usch, möchte sie, dass ich gehe, oder hat sie Hunger, ich frage sie, sie schließt die Augen vor Ohnmacht oder Erschöpfung, und erst viele Wochen später verstehe ich, was sie gesagt hat, Ursuppe, und das erzähle ich keinem, das ist zu dumm und auch zu seltsam, um das Letzte zu sein, was sie gesagt hat, aber gar so seltsam ist es auch wieder nicht, und es ist ohnehin niemand hier, der ihr zuhören oder verstehen würde, was sie sagt, nicht ich und nicht der andere Sohn, der normalerweise immer hier ist, er ist zu Hause und ahnt nichts, bis es zu spät ist, ich bin im Sitzen eingeschlafen, meine Stirn auf die Matratze gestützt, die eine Hand umfasst ihren Arm, ihren Unterarm, der fühlt sich weich und vertraut und holzartig kühl an, und ich schlafe, und niemand hört sie, nicht einmal sie selbst. Sie versucht sich in das, was passiert, hineinzufinden, sie spürt etwas aus sich entweichen, wie kleines Getier, das sich in Falten und Hohlräumen und Schatten verbirgt, wie scheu und flüchtig das Leben auf einmal ist, sie kann es nicht festhalten, es versteckt sich, und dann rinnt es plötzlich hinaus in die Dunkelheit unter dem Bett.

Die Originalausgabe erschien 2023 unter dem Titel
»Øvre port, nedre port« bei H. Aschehoug & Co., Oslo.

Der Verlag behält sich die Verwertung der urheberrechtlich geschützten Inhalte dieses Werkes für Zwecke des Text- und Data-Minings nach § 44 b UrhG ausdrücklich vor.
Jegliche unbefugte Nutzung ist hiermit ausgeschlossen.

Die Arbeit des Übersetzers am vorliegenden Text entstand mit Unterstützung des Deutschen Übersetzerfonds.

Die Übersetzung wurde von NORLA, Oslo, gefördert.
Der Verlag bedankt sich sehr herzlich dafür.

Penguin Random House Verlagsgruppe FSC® N001967

1. Auflage
Deutsche Erstausgabe März 2025
btb Verlag in der Penguin Random House Verlagsgruppe GmbH,
Neumarkter Str. 28, 81673 München
produktsicherheit@penguinrandomhouse.de
(Vorstehende Angaben sind zugleich
Pflichtinformationen nach GPSR)

Copyright © der Originalausgabe 2023 Geir Gulliksen
Published by agreement with Copenhagen Literary Agency ApS,
Copenhagen
Copyright © der deutschsprachigen Ausgabe 2025 btb Verlag
Umschlaggestaltung: Sabine Kwauka
Covermotiv: Edvard Munch, Das Haus am Strand, 1905,
Privatsammlung (Ausschnitt) © Photo © O. Vaering / Bridgeman Images
Satz: Uhl + Massopust, Aalen
Druck und Einband: Nørhaven A/S, Viborg
MSP · Herstellung: KH
Printed in Denmark
ISBN 978-3-442-77493-7

www.btb-verlag.de
www.facebook.com/penguinbuecher